本书属于中国国家新闻出版广电总局和俄罗斯出版与大众传媒署批准的"中俄文学互译出版项目·俄罗斯文库"。由中国文字著作权协会和俄罗斯翻译学院负责组织实施。

Закон сохранения любви

爱情
守恒定律

Евгений Шишкин
〔俄〕叶甫盖尼·希什金 著
温哲仙 杨怀玉 刘开华 译

中俄文学互译出版项目·俄罗斯文库

北京大学出版社
PEKING UNIVERSITY PRESS

著作权合同登记号　图字：01-2015-5803
图书在版编目(CIP)数据

爱情守恒定律/（俄罗斯）叶甫盖尼·希什金著；温哲仙，杨怀玉，刘开华译.—北京：北京大学出版社,2016.8
　ISBN 978-7-301-27460-6

Ⅰ.①爱…　Ⅱ.①叶…②温…③杨…④刘…　Ⅲ.①长篇小说—俄罗斯—现代　Ⅳ.①I512.45

中国版本图书馆CIP数据核字（2016）第193692号

本书属于中国国家新闻出版广电总局和俄罗斯出版与大众传媒署批准的"中俄文学互译出版项目·俄罗斯文库"。由中国文字著作权协会和俄罗斯翻译学院负责组织实施。

书　　　名	爱情守恒定律
	AIQING SHOUHENG DINGLÜ
著作责任者	〔俄〕叶甫盖尼·希什金　著
	温哲仙　杨怀玉　刘开华　译
责任编辑	李　哲
标准书号	ISBN 978-7-301-27460-6
出版发行	北京大学出版社
地　　　址	北京市海淀区成府路205号　100871
网　　　址	http://www.pup.cn　新浪微博：@北京大学出版社
电子信箱	pup_russian@163.com
电　　　话	邮购部62752015　发行部62750672　编辑部62759634
印　刷　者	北京中科印刷有限公司
经　销　者	新华书店
	650毫米×980毫米　16开本　24印张　350千字
	2016年8月第1版　2016年8月第1次印刷
定　　　价	58.00元（精装）

未经许可，不得以任何方式复制或抄袭本书之部分或全部内容。
版权所有，侵权必究
举报电话：010-62752024 电子信箱：fd@pup.pku.edu.cn
图书如有印装质量问题，请与出版部联系，电话：010-62756370

目　　录

第一部··· 1

第二部··· 133

第三部··· 261

代尾声··· 377

第一部

深夜时分，尼科利斯克城刮起了强劲的风。这是南方的季风，温暖而又湿润。三月末在本地这个接近极圈的北纬地带，这样的天气是极为罕见的。傍晚时分城郊地区就开始起风了：一阵阵风击打在迎风行走的路人的脸上，让他们简直透不过气来；风儿争先恐后地驱赶着空啤酒罐在公园的林荫道上叮呤当啷地响着；风儿撕扯着，铆着劲儿地要把海报从剧院的广告柱上抡下来；阵阵的穿堂风犹如大扫把，扬起中央广场积雪融化的柏油路上刺人的冰粒，把它们撒在石座已经剥落的马克思铁像上。

半个夜晚的时间，风密集地向城市袭来——紧紧地，仿佛几乎不曾间断的洪流。它已经不是在玩耍和淘气，而是无情地折断了树木细弱的枝条，一些老朽的枯木干脆就吹倒在地上；刮得屋檐喀喇作响，从某处房顶扯下那些搭建不稳的铁皮和石棉瓦；在一群典型的五层楼布局的迷宫中绝望地窜来跳去，呼啸着，咆哮着，甚至钻入城里唯一的地下通道——仿佛在四处搜寻着猎物。

其中一栋楼房檐下的排水管经不住强风的冲击，突然歪倒，砸向近旁阳台的玻璃框上。玻璃咣当一声碎了：伴随着清脆的破裂声稀里哗啦地向四下散落。这一声轰隆巨响，犹如路上的颠簸，惊醒了玛丽娜。她抬起了头。透过窗帘和窗纱，昏蓝的窗外，什么东西哐啷一声掉了下去，发出碎裂的声音。由于恐怖的回声，玛丽娜已经听不太清这些响动。她瞟了一眼谢尔盖：他侧身面墙睡着，看不见他的脸。

玛丽娜试图想起被这突如其来的声响搅醒的梦，却一时间什么都记不起来了。风在窗外呜呜地咆哮着，紧接着又听到玻璃的碎裂声。玛丽娜浑身瑟缩着，翻身从床上下来，快步去莲卡的房间，生怕她的小窗户没关，风会吓到女儿，或者把她吹着凉了。

孩子的房间朝向楼房的另一面：院子，在这里风似乎柔和了些，虽然昏黄的街灯下院中白杨树的枝影在墙壁和天花板上摇曳着，但风声听起来飘渺而温存。玛丽娜的心头涌上一种罕有的愿望：画十字为自己祝福，为女儿祝福。女儿看来睡得很香：发出轻微的鼾声，也没有蹬掉被子。不过玛丽娜没有贴身的十字架，在房间的角落里也没有供奉任何圣像。"该挂一个。莲卡是受过洗的。圣像和十字架搁在什么地儿了。该找出来。现在每个人都戴，都挂，每个人又都开始信了"，飘过这个念头，她走出了房间。

回到床上，玛丽娜眯起双眼，想尽快入睡，可是不由自主地凝神谛听着窗外吼叫嘈杂的风声，怎么也赶不走心里的担忧："撞了玻璃？什么东西撞的？啊，对了！是燕子！它也撞过玻璃。那也是春天时候的事……"

一只燕子，也许是觅食，也许是由于某种不可知的力量，犹如一道黑色闪电穿过开着的一扇窗飞进了房间。独自在家的玛丽娜，当时还是五年级的小女生，被这突如其来的燕子吓得大叫起来，出于恐惧紧紧地偎在炉子旁边，而她的尖叫声可能也吓到了燕子。

那只燕子，围着屋子乱飞，看来，它也明白了：无意中飞进了牢笼，它向着有光亮的小窗猛冲过去，不过却不是它飞进来的那扇，而是紧闭的那一扇。"往那儿飞，往那儿，旁边儿的那个"，玛丽娜不停地低声说着，怯生生地用手向燕子指着窗户。可是那只燕子，在通往自由的道路上遇到了透明的阻碍，更是乱了手脚，它向房顶深处猛冲，在那里攒足了力气，全力加速向玻璃撞去，为自己开辟自由……

玛丽娜甚至听到了鸟儿骨头折断时发出的脆响。燕子翻身落在窗台上，摊散着折裂的翅膀。它还挣扎了片刻，全身颤抖着，竖起小凤头，不停地喘息着。它漆黑的双眼放出疯狂的光，双翅抽搐着，不停地抖动着。很快它就断气了。屋子里甚至都变得格外地安静。对于这只小鸟荒诞不经的死亡，玛丽娜深感内疚，所以迟迟不敢走到小鸟近前。

按照迷信的说法，有鸟飞进家里会带来不幸，玛丽娜那时候太小还不知道这些。不过兆头应验了。几周之后妈妈去世了，很突然，好像是因为一场普通的传染病，流行感冒，起初根本就没当回事儿。只是后来过了很久，玛丽娜才把自己的孤儿命运，和那只在他们家里迷了路又没有找到通往自由归程而自戕的那只鸟联系起来。

"老天啊，这风声呜呜地真瘆人！好像在召唤着不幸。"她重又猛地睁开眼。四周黑魆魆的，风狂吼着。

"谢廖沙！谢尔盖！"她轻声地呼唤着丈夫。可是，她的声音太轻，他并没有被唤醒，甚至当她从后面抱着他，把脸埋进他的后背，他也没有醒。

夜里的风不单在城里耍混，还制造了异常情况：它把城南受潮而膨胀的巨大的乌云驱赶在一处，清早这些乌云用前所未有的暴雨对地面发动了猛攻。就这样开始了三天的世界末日。尼科利斯克城发生了各种事故：扯坏的断流的高压电线、呛水的电话电缆井、损毁的供暖系统。伴随着雨流和凌汛，城市还淹没在闲言碎语和悲惨的报道中：

《飓风和暴雨导致百余座民房受灾……》

"哇塞！这让人想起《圣经》里的洪水。上帝给有罪的人们降下了兆头。"

"温室效应。无处可逃。大约还要二百年左右——我们北极地区将是全世界的救星。"

"暴雨几乎融化了地面所有的积雪。在老城区半数的街道都遭受了冲刷。水往下坡方向，往河流的方向冲刷。"

"据说，郊区的一位农妇在自家的床上被淹死了。瞧，水位涨成什么样了！"

第一部

"收音机一直在广播找人，查出缺了三个，全部来自于老城区。"

尼科利斯克没费神地就被分为旧城和新城两个区域。分离它的是乌鲁扎河。在缓坡的河岸那边，那里的房屋几乎一色儿都是平房，房顶通着烟囱的木屋，连着柴棚、板棚，甚至牲口圈，这片儿是老城区。而在河的对岸，地势陡峭的那边，房屋都是楼房，由石块和水泥搭建而成；在新区，聚集着尼科利斯克的主要人口，坐落着城市的政治、工业和文化中心。

水灾给老城区造成了很大的损失。飓风尚未停息，天空中残存的雨滴又飘洒向大地，康德拉托夫家里就来了一位河对岸的客人——筋疲力尽而又灰头土脸的瓦莲京娜，她是玛丽娜的姐姐。她绝望地开口说道：要知道，我们差不多被席卷一空。屋子里的水没过了脚踝。风掀走了房顶的石棉板，接着——倾盆大雨。装满衣服的衣柜也湿透了。刚把水从屋里清出去，地窖的水还是满的。我真害怕：地基可别毁了。那房子，可以说是咱们的祖辈儿建的。

玛丽娜张着嘴，听着姐姐的讲述。她惊恐地嘎巴着嘴跟着重复某些词，想不到讲述的居然是祖屋，那座圆木垒成的两间房，小的时候觉得又宽绰又结实。

"不过我到你这儿来是为别的事，"瓦莲京娜说完微微一笑，"我是给你送疗养证的。在南方，海边。说实话，现如今那儿确实不能下海泡澡，但是有温泉，还有泥疗。我这张疗养证是通过社保搞到的。我跟你说过这事儿，他们早就答应我的。现在你去吧。我跟单位的领导把一切都说清楚了，他们不反对。去度假的行程单我们都交了钱，拿到手了。你在建设局的铁路工作，连票钱都不用花。"

玛丽娜又听得目瞪口呆。本来说的是不堪想象的祖屋，突然又说到了海边和那桩古怪的事。

"我奔哪儿？瓦丽（瓦莲京娜的昵称）？去这样的地方都得

早作打算才成。"

"去吧！这年头这种事儿过了这个村儿还有那个店儿吗？你一直都梦想去海边，喏，这不就成真了。"

"不行，瓦丽，我不能去。莲卡怎么办？她这学期老师勉强让她及格。谢尔盖呢？他们厂子里正在大面积裁员。工资已经一个月没发了。我们领导可能会犯倔不给假。"面对姐姐的好意，玛丽娜举出了一堆理由，可是她的声音出卖了她的举棋不定。诱惑的萌芽迅速地破土而出。

第二天，更确切地说，第二夜，玛丽娜对自己的丈夫极尽热烈和温存。她吻他，疯狂而又贪婪——想要让丈夫得到自己的爱抚到"吃不了还能兜着走"的地步，同时也想自己享受个够乃至比他还多。这一夜过得颠鸾倒凤，犹如新婚燕尔，缠绵悱恻，陶醉销魂，直到凌晨三点多……只是在内心深处，在心底里，玛丽娜又为真相感到懊恼：她这样热情并不完全出于爱，而是有些偿还的成分：她觉得自己有愧于谢尔盖，她要用多情来弥补这次意外幸运的启程带来的罪过。去海边。

去高加索，到黑海疗养院，不得不倒车，经停莫斯科。

首都把玛丽娜拖进了形态各异、平凡无奇的熙熙攘攘的人流中，溅满了春天湿泥的车流把她都惊呆了，首都到处都吹拂着异乡的气息。"这儿可不是尼科利斯克！乱踩乱踏也没人看得见……"，玛丽娜小心翼翼地朝四下张望着。面对着簇新、耀眼的西式楼房的正门，她心里暗想："怎么着，这儿每个街角都有银行吗？"护板上贴满了五花八门的广告，雅罗斯拉夫车站里浑身散发着臭气的无业游民：都是些年龄不清不楚的乡下农夫和农妇，衣着破烂，脸上带着瘀伤，地下通道里一个小叫花子，一看就不是俄罗斯人，黝黑的面孔，厚着脸皮，拦腰揪住风衣的下摆，伸出脏兮兮的手，嘴里乞求着："行行好！行行好！"地铁里乘客的面孔都那么苍白："几乎都是些没有梳洗过的人。女人都穿着长裤，也不化妆，边走边吸着烟。似乎所有的人都没洗过头"；橱窗里名酒集会，女式内衣、食品遍布各处——国泰与民安的幻象，路上的煤渣和拥挤……玛丽娜打算去红场看看，学生时代她曾在那里留过影，背景是宏伟壮丽的墙壁和圣瓦西里升天大教堂的穹顶。可是红场今天禁行。身穿黑色工作服的警卫面部阴郁，眼睛望着别处，嘟哝了一句："今天不开！"玛丽娜不敬地瞥了一眼救世主钟楼，一群乌鸦在楼顶盘旋。随后她走向古姆商场。各个商品部充斥的外国货和货品的天价令她震惊不已，仿佛无意间闯入了一个令人厌烦的异邦国度……在汽车此起彼伏的嘈杂声中，她穿过了剧院广场，大剧院旁的喷泉已经钉上胶合板，她站在喷泉旁吃了个冰激凌：华芙筒的巧克力球。特列季亚科夫画廊未能成行，虽然她从前也曾做过多次打算。在库尔斯克火车站饱受了几个小时的折磨之后，火车刚一放行，她就兴高采烈地坐了上去。

　　包厢里的旅伴是一对儿亚美尼亚夫妻，在顿河畔罗斯托夫站下了车，留下玛丽娜孤零零一个人。整座车厢的旅客也寥寥无几了，其中的一位如画般猛扑入眼帘。他个头儿不小，块头儿挺大，大脑瓜，秃顶，蓄着说不清什么颜色、近似于褐灰色的胡须，胡子很宽广，却稀稀拉拉的，像一把破扫帚。他时不时地抚摸着头部，手从脑门捋向脖颈，顺路压平鬓角和后脑勺上几绺稀疏的头发，然后用手掌顺着唇髭向下整理胡须，手刚拿开，胡子又四处扎煞开来。从他那画中人般的外貌，那硕大的脸庞，可以捕捉到几分狮子般的、贵族的气质：稍微有些发扁的肉乎乎的鼻子，一双大眼睛：坦诚直爽，还有滑稽含笑的双唇。途中玛丽娜曾多次在车厢的过道里遇到他，但是他们初次交谈却是在列车驶离图阿普谢之后才开始的。

"大海！"玛丽娜高喊道，当列车往左驶向海滨，进入港口城市的郊区，那片广阔的湛蓝便跃入了眼帘。"大海！"她重又喊道，不过音调低了下来，害羞地回身看了一眼秃头大胡子的"狮子"，他也站在过道里。

他冲她微微一笑，走到近前，语气中充满了垂爱："孩子，绝不会是第一次见到海吧？"

玛丽娜暗笑："你真行，叫我'孩子'？"她想说，自己已经有了女儿——都是中学生了。不过这位"大叔"看起来还是很有礼貌的，用刺刀迎候他似乎不太合适。

"从前只在电影里见过，还在画上见过。我自己也画过大海，有段时间我在艺术工作室学习过。

大海真的令人神魂颠倒，茫茫的海面苍然无际。泡沫打着雪白的弯儿在轻缓的浪峰上戏耍，海浪消融在岸边的鹅卵石中。骇浪挟裹着波涛寻衅而来，拍打在防波堤和丁字坝上、码头的木桩上，激起一堆巨大的泡沫。身姿健硕的海鸥盘旋在海滨的上空。感觉远方那片激流暗涌的蔚蓝总是令人百看不厌。

个性独特的大胡子，名字也非同凡响：发音低沉而圆润：普罗科普。普罗科普·伊万诺维奇·卢欣。原来，他和玛丽娜在同一站下车；原来，他是受"新俄罗斯人——年轻的头儿"之邀，这位头儿在滨海有栋房子，请他到海边休养，顺便"琢磨琢磨"新的出版方案；原来，普罗科普·伊万诺维奇到处都有"创作关系"。

"有段时间，孩子，"旅伴的语调中流露出些许的乡愁，"我在苏联最大的一家出版社工作过，主管科普文艺部。啊！如果你知道，高加索的作者给我带来的是多么香醇的白兰地！中亚的作者带给我的皮囊酒！摩尔达维亚的马奶酒、卡尔瓦多斯酒，里加的香脂……，不过，我现在戒酒了，"他用手指了指右侧腹部,应该指的是肝脏,然后在胡子下面的喉咙处,打了个响指:"肝坏掉了,只得戒了。"

玛丽娜笑道:"不想再喝了?"她试图重复旅伴的手势,但是响指没打成。

"孩子,什么叫不想啊?甭提有多想啦!不过不行啊。在头儿的劝说下接受了酒瘾专家的治疗。酗酒,自然不是好事,可是没酒的生活又太乏味了。'萨佩拉维''庚兹马拉乌里''茨崀达里',单是酒名就蕴藏着无尽的灵感。现在生活压力巨大,简直跟判了刑似的!噢!已经晚点四十分钟,"他看了看表,"我们头儿可千万别走。富人可不喜欢等穷人。"

玛丽娜和邂逅的旅伴走出站台,来到站前广场,广场不大,有一座喷泉,在阳光下喷溅的水柱中沐浴着两尊海豚的雕像。玛丽娜四处张望一眼,有些惊呆了:暖融融的春意;玉兰树闪闪发亮的叶子;板栗树散发着芳香,四面伸展着枝条;棕榈树的躯干粗壮有力;疗养城郊外绿茸茸的群山绵延起伏,与蔚蓝的天空融成一片。草坪上嫩绿的春草清新怡人,长椅旁圆形的石砌花坛中紫色的雏菊花新鲜可人。

不远处,在条形遮阳伞下,摆着一家卖帽子的小摊。玛丽娜的脑海里立刻冒出买顶轻盈鲜艳的草帽的念头,她还从没戴过这样的帽子。她走到摊位前,仔细地挑拣起来,一时忘记了同行的旅伴。

"跟我们一块儿走吧,孩子!"普罗科普·伊万诺维奇喊道,"可以捎你一程。"他站在离玛丽娜几步开外的地方,敞开的出租车门旁。他的旁边站着他——那个"新俄罗斯人","头儿"。"请多关照:罗曼·瓦西里耶维奇·卡列特尼科夫。"普罗科普·伊万诺维奇用高雅得有些做作的轻快口气做了介绍。

玛丽娜马上下意识地整理了一下身上被肩包带揉皱的风衣,捋了捋头发,好让对方不去注意她脚上那双有些陈旧的便鞋。又

9

尽量使自己看起来精神些，漂亮些。

"我帮您提着包吧。"卡列特尼科夫说道。

"不用，干嘛呀，不必要。包很轻，我自己来……"玛丽娜不想让他把包拿到手里：包带像满是油污的草绳，皮包的品相：破旧磨损，上面沾着无法清除的斑渍。

在后排就座后，玛丽娜躲在普罗科普·伊万诺维奇身旁，像只小老鼠，虽然她心里特别希望前排的那位乘客转过身来说说话，好打断这位话多的编辑。

"您要去的疗养院到了。"出租车司机停下了车。

"到了？"玛丽娜十分惊讶，也就五分钟左右的车程。

她别过普罗科普·伊万诺维奇和卡列特尼科夫，道了谢，然后钻出了汽车。

"我还是把您固执的包送到吧。"卡列特尼科夫说着钻出汽车，跟在她的后面。

"真的不用。"玛丽娜微微一笑，可是为了延长和这个人的有趣的相识，在这种力量的驱使下，她把行李交到了这个男人的手中。

疗养院是一座白色的多层建筑，带有蓝色的敞廊，敞廊里安放着许多带有条纹的躺椅。通往疗养院的主楼，有一段不长的林荫道，一路上他们二人几乎没有什么交流：只是两三句客套话（"旅途顺利吗？""还好。""人多吗？""只有罗斯托夫那站人多。""明白，不是季节……"），可是玛丽娜胸中开始嘀咕起来。

在前台接待处，她说道：

"谢谢您。您……您是真正的骑士。"

"我算什么骑士？只不过提个箱子而已……再会。"点头告别，挥手告别，卡列特尼科夫离开了。

"再会。"玛丽娜若有所思地重复着，就像初次品尝正宗的格鲁吉亚红酒"萨佩拉维"一样,有种滋味在心中徘徊不去,就像初次曚昽的醉意在脑海愉快温暖的波涛中轻轻地摇动着清醒的意识。

电梯把玛丽娜送到了八层。她踏进了宽敞的大厅,厅里有一面镜墙和几个角沙发,在巨大的窗下,摆着一排落地陶瓷装饰花盆,盆里的绿叶团团簇簇,像一块菜畦。她看了一眼花盆,随后看到了镜中的自己,心里不由得一紧。又瘦又小的灰不溜秋的风衣,已经褪了色,活结扣子松散开了,风衣从新婚时就开始穿了,并且和大衣一样,配的是绒布坠脚。一条过时的黑色长裙,直挺挺的,没有开襟,修女似的。那双便鞋,在众人面前真的是羞于展示。好在临行前去了趟理发店,做了自己喜欢的方角发型,把头发染成了和自己淡褐本色相配的浅栗色。

玛丽娜看着镜子里的映像,没想到心里突然乱糟糟的。为什么要来?为什么同意?耳边立刻回想起莲卡委屈的哭诉:"妈妈,你要走,却不带我。你自己去海边晒太阳,我们却在这儿挨冻……好吧,你走吧!我和爸爸在一起还更好呢!"送行的时候谢尔盖有些惘然若失:不是不满,而是沉默,时而漫不经心地微笑,时而神情专注:好像要惩罚什么,但是没有狠下心来,拖延着。

玛丽娜走到窗前,观望着她和卡列特尼科夫走过的那条林荫路。当然他早已离开,车子也早就开走了。"再会……应当回他一句:'为什么?'"玛丽娜自娱自乐地想象着。

远处,在林荫路的后方,盼望已久的大海吸引了她的目光。

***

卡列特尼科夫的家离疗养院很近,还在路上,在出租车里,普罗科普·伊万诺维奇带着轻薄淫邪的语调,话里有话地对罗曼说道：

"非常可爱的外省尤物。是不是呀，我的朋友？"

"您想追吗？"罗曼反问道。

"我哪儿配呀？！我都六十多岁了。可别忘了，朋友，多少升金色的水分通过我的肌体……不管怎么说，外省的女人没有失去自己的天真和自然。乡下妞儿从前那也是把老爷们搞得魂不守舍的。我敢打赌——你喜欢她。"

"也许。"

"明天我们打算去格鲁吉亚，是吧？要不格鲁吉亚之行暂时缓缓？或者，可以取消？"普罗科普·伊万诺维奇狡黠地试探着口风。

"不。一切按计划进行。先去阿布哈兹，然后去阿扎利尤，再到巴统。"罗曼答道，但是在他的话语中却流露出对自己所言的几分遗憾。

身躯肥胖、行动却灵巧利落的柳芭莎一见到她就抓住不放。

我在这儿好几天一直孤孤单单，寂寞无聊。怪不得我的鼻子发痒——准要喝酒了……为啥站那儿不动，跟个小女生似的？快来安置东西！欢迎到来！

作为这家疗养院的常客，富有经验的人，柳芭莎立刻传授给玛丽娜各种规则：向医生"请求"哪些治疗措施，向哪些人"塞"巧克力糖果，在哪个时段登记矿泉浴。

"这地儿，姐们儿，跟男人是溜不掉的。这儿的男人都带着老婆。即使没带老婆，从他们那儿也得不到什么，除了化验……这儿的人都说这个笑话：有个女人给女友打电话说：'玛莎，这儿你不用来了。这儿没男人，所以很多女人疗养还没到期，就要走了……'"柳芭莎大笑起来，在她那花里胡哨的豹纹短上衣下，一双木瓜般的巨乳来回滚动摇晃，如同颤抖的肉冻。

夜幕时分，玛丽娜和交际花柳芭莎坐在房间的桌旁：桌上摆着一瓶赤霞珠干红、水果和一盒糖。

"我在毛皮兽养殖场做会计。维佳尼亚，我老公，也在那儿上班，他是车库主任。钱好像还够用——于是我就来了，治病。要知道，我生了两个男孩儿，做过两次剖腹产手术。老大，就一傻子，书包里的成绩全是一分。小的呢，还往袖子上抹鼻涕呢。我一直幻想着能生个女孩儿，有个帮手。但是老天不给我。随他去吧——男孩就男孩，只是长大了千万别酗酒……咱们的男人相当脆弱，比女人还弱。生活中稍微有个磕磕绊绊的，他们就奔着酒杯去了。俄罗斯人是不该喝酒的。我在电视里看过：我们是北方人，我们的身体机能分解白酒的能力很差。你看当地的高加索人喝自酿的葡萄酒，就一个酒鬼都没有……我自己家的维佳尼亚，经常是我从客人那里肩扛回家的。至于上班时候喝酒——那是从来没有的事！你老公呢，玛丽娜，他喝酒吗？"

"跟别人一个样，"玛丽娜机械地回应道，"不能说'喝'，也不能说'不喝'。常喝。"说完，她沉思了片刻，情绪低落下来。

那样的场景一次足矣，让你再也无法回答"不喝"。那次谢尔盖喝得酩酊大醉回到家里，脸色阴沉；玛丽娜盛怒之下，贸然责备道："家里没钱，你还去喝酒！"他抬起头，两眼通红，充满了凶光，一拳捶打在餐具橱的玻璃上，哗啦一声，玻璃碎了，厨具叮当作响。莲卡从自己的房间急忙跑出来，看到眼前的一切，吓得脸色惨白如纸，躲到角落里，嘴里念叨着："妈妈，我怕"；无奈只能把她送到邻居家过夜，离罪孽好远些；后来谢尔盖一下子就睡着了，躺在地板上，旁边是玻璃碎片，那只流血的手捂着头。一早起来清醒之后他悔恨万分，跪着爬到玛丽娜面前,说,请求原谅他的愚蠢行为和无理取闹,说,单位领导气死他了,剥夺奖金这事儿不公正,回到家里又因为钱遭到责备……当时她不知道吞咽了多少自己那又咸又涩的泪水。

"来,让我们举杯!为我们干杯!这不应该一直是男人的天下!"柳芭莎振作起精神。她一口喝下半杯葡萄酒,皱了皱眉,囫囵个儿放入嘴里一块儿糖,不等嚼完咽下,就说道:"根据今天的星运,我要饮酒和唱诗。或许,我们唱一曲,玛丽娜?比如说这首:'红莓会盛开,如果你是男子汉',或者这首……"还没等邻居同意,柳芭莎就唱起了著名的萨拉托夫民谣,只是歌词改头换面,进行了更新:

如今唱起歌来没废话
来自萨拉托夫的女娃:
五个单身汉
胜过一个有家郎

玛丽娜喝了几口杯中酸溜溜的"赤霞珠干红",把目光投向了窗外的大海。太阳已经落山。撒在海面上的鲜红的晚霞也暗淡下去,爬向了地平线。周围的一切都笼罩在夕阳的余晖之中。这些余晖如此的短暂易逝:南方山区黄昏苍茫的暮色很快就浸满了漆黑的夜色。

柳芭莎开始准备就寝。按摩梳发出嘈杂的响声,翻扯着一头染成浅色的发丝,发型算是整理好了。她又花了好久的时间卸妆,然后钻进宽大的白色睡衫,坐到了床上。这位人高马大的主妇面如满月,胸脯高耸,双臂浑圆,上面布满红褐色的小斑点。她坐在那里一动不动,若有所思。不过在她的脸上和神态中没有悲伤,没有疲惫,没有焦虑,而是某种强忍在心里的快乐。突然柳芭莎扬起光溜溜的腿,使劲地挠了挠又黄又壮的脚后跟。

"不管怎么说,那个年轻的男人,就是在食堂里坐你对面的那个，很中我意。"说完，她就哈哈大笑起来，露着牙齿，一副幻想着肉欲的派头。轻薄的睡衣下面，双乳猛烈地抖动着，"和这样的男人可以瞎扯一气。嗯，不错，应该可以。"她迅速地钻进被窝，把自己包裹严实，掖好被角躺下，安静了下来。

玛丽娜关掉了房间里的灯。窗外深蓝的底色下，南方的夜清晰可见。延伸到岸边的柏树犹如漆黑尖利的栅栏。高大的棕榈树凌驾于浓密的热带树冠之上扬起了硕大的披散的头。索道的瞭望台上闪烁着红色的小萤火虫。海上已经升起了明月——银白的月光洒向平静的海面，水面上铺出一道粼粼的波光。

沉浸在离愁别绪带来忧虑与不安曲调的玛丽娜，内心又响起了如愿以偿所带来的欢乐旋律。"高兴起来！你可是在海边啊！"玛丽娜心里想，"在这里简直像置身于童话世界……"

睡前，她觉得有些羞愧，因为理智呼唤着她不去回想和罗曼·卡列特尼科夫的邂逅，她却总是愉快地忆起这次相识的每一个细节，不断地回放着那些讨人喜欢的简短对话。唉，玛丽娜不停地叹气，她的谢尔盖是那么邋遢，不修边幅：上衣的扣子快掉了，他就那么穿着，如果她或者莲卡没看见，那就不缝；而这个卡列特尼科夫浑身上下都是崭新的，有范儿：衬衣领，夹克的翻边袖口，浅色的裤子没有一处褶皱，没有一个污点；甚至是着装上的粗心大意，也显得那么有型；当然，这是有钱，但是难道只是钱的原因吗？嗯，或许，和这样的人可以瞎扯一气！玛丽娜的双唇狡黠地一撇。

从前她也常常这样，尤其是还没出嫁，还在大学读书的时候。如果某个讨人喜欢的小伙无意中在她的命运里滞留上一分半秒，玛丽娜就已经开始幻想他们未来共同的幸福生活。她对他敬

15

若神明，他爱她几近疯狂，准备将半个世界奉送给她：要知道世上余下的是骑士……这种虚幻的柏拉图式精神恋爱的微风把女孩子的头吹得昏昏沉沉的。难道只有她是这样吗？！理智上她也很清楚：愉快的是幻觉，甜蜜的是幻象，内心却渴望停留在幻想之中。

"他在哪儿，这位面部修得光滑、打扮入时的卡列特尼科夫先生？还是个大款！"玛丽娜心里一会儿打趣自己，一会儿打趣普罗科普·伊万诺维奇，笑他强塞给自己这样一场心神不安的相识。

按部就班的疗养院生活，日子过得飞快，曾经许诺的"再会"变成了谎言。玛丽娜为感伤而自责：莫斯科的这位富商为什么需要她？他身边有多少美人，年轻、漂亮、单身……一切都是愚蠢、胡闹！可是今天晚上，她打算去疗养城中心的电话局给家里打电话的时候，重逢的火焰还在内心的隐秘处闪现。

每次沿着疗养院的林荫路漫步，玛丽娜都感觉像在天堂的花园一般：分外迷人。龙舌兰，犹如一株巨大的芦荟，抑或一只巨型的软体动物，扬起厚厚的触角，枝叶扶疏地立在花坛上；香蕉树像喷泉一样挣脱出亮绿的椭圆叶子，冲向太阳。坚硬的黄杨树，树身矮小、弯曲多节，戳在花坛边上，长满了盖有角质的小叶；夹竹桃硕大的树冠乱蓬蓬的，果实流露着刺鼻的芳香，花朵含苞欲放，却已经散发出极其浓郁的香气；郁金香树，红杉，野生五味子，映山红……"多么得天独厚的地方！"玛丽娜对着周遭葱茏的绿意微笑着，深深地吸了一口满是新鲜的高加索山地椴树风味的空气，夹带着些微海水碘盐的气息。

常绿崖柏灌木丛限制了林荫道的行进轨迹，在它的上方，高大的松树树干的缝隙间，玛丽娜还隐约发现了一幢奇怪的房子。她从林荫道转到小路上来，为了走近些，好看个究竟。这是隔壁一家废弃的疗养院，四层楼房已被洗劫一空，破碎的玻璃窗，有的甚至连窗框都没了，墙上露出光秃秃的灰石，地上洒着脱落的灰泥。空荡荡的黑暗替代了房门。在疗养院幸福安康的氛围中，这栋房子看起来有些恐怖——像一个丑八怪……

玛丽娜从"包打听"柳芭莎那里听说过这家倒霉的疗养院："不动产无法分割。当地黑社会想从中捞笔钱，莫斯科的骗子也想从中捞一笔。这个疗养院从前隶属于西伯利亚一家工厂，后来工厂倒闭了，就落到了莫斯科骗子的手上。他们急着想到这儿来，可是这儿的骗子已经够多了。当地黑社会说，疗养院在我们地盘上，事情就这样陷入了僵局……这有什么好惊讶的！俄罗斯现在这样的事——多了去了……"

玛丽娜恐惧而贪婪地看着这栋房子。她觉得在战争纪录片里见过它；似乎不是当代野蛮人的突袭，不是国内宗教改革的残酷带来的生活水准下降，而是战争夺走了和平人民的这栋房子。要知道现在还有人生活在战乱中。争什么呢？在车臣？在阿布哈兹？在奥塞梯冲突不断……德涅斯特河沿岸国家也不平静。俄罗斯到处是难民、被迫的迁徙者。甚至在尼科利斯克，也有被命运从哈萨克、土库曼驱赶出来的人……

踏上林间小路，玛丽娜不再去想那栋黑黢黢的房子，也摆脱了那些阴郁的思绪，小路旁有一座不易为人察觉的绿漆岗亭。"也许，是园丁老人的地儿"，玛丽娜暗自猜测。每天早晨在这里的花坛附近这位老人都会出现。他个子不高，背有点儿驼，穿着深色的夹克，戴着卡拉库利羔羊皮帽（无论什么天气），拿着草耙，背着秧苗箱。只要遇见过一次，你就真的再也无法忘却，他的面孔如此富于表现力，不是不堪入目的，而是难以忘怀的。一个偶遇的路人看上他一眼，就像见到肖像画上格外生动的苍老面孔。园艺老人黝黑的面庞上无情地刻满了皱纹：既有深深的沟痕，又有细小的裂纹，纵横交错。他在这里离群索居，和谁都不交谈。如果有人向他打听点儿什么，他通常回答得非常简短，或者用草耙朝哪儿指指。

沿着小路没走多远，玛丽娜意外地看到了老人。她不由自主地躲了起来。他跪在一块儿小小的地毯上，身体伏在地上，垂着头，忙着做穆斯林祷告。他不时地向上举起手掌，搓洗自己的面颊和稀疏的灰胡子，然后朝地面叩首。

"哎，美女！偷窥可不美！"背后传来的声音让玛丽娜非常窘迫，这声音透露着讨好和快活，带有南方口音。

不远处站着一个年轻人，头戴浅色呢帽，身着暗色皮夹克，胡须和唇髭修得齐齐整整，漆黑的眼眸里闪着嘲讽轻浮的光。此人应该属于某种典型的高加索血统，玛丽娜分不清。

"我没有偷窥，我是路过。"

"怎么，美女，里（你）不懂开玩笑吗？"他走近玛丽娜，声音压得更低了，马上以自家人的口吻说道："这是阿赫迈德爷爷。我和我哥现在住他这儿。一位值得尊敬的爷爷。胆子小……不要打扰他。我们走，美女。我送里（你）。我叫鲁斯兰。"

他那自来熟的"你"，玛丽娜听起来不觉得刺耳，也不觉得难堪。似乎和她讲话的是一位朴实的半大小子，对于他的过分亲昵是可以原谅的。他的音色礼貌而友善，俄语讲得很纯正，只是偶尔会冒出几个高加索音。"就让他送我好了，这样会更有趣些……看样子不像土匪。身上散发着名贵的香水味儿。呢帽。胡子剃得一根一根很整齐"，玛丽娜顺着就想到。

市邮政总局的电话枢纽站停业了：由于技术原因。玛丽娜很难过：她答应莲卡和谢尔盖就在今天给他们打电话。

"你知道在这儿哪儿还有城际长途电话吗？"

"当然啦，美女，就在旁边。拐角就是。"

"逗我呢？"

"高加索山民保证。"鲁斯兰大笑起来。

"你从哪儿来到这儿的？"玛丽娜好奇地问道。

"从克拉斯诺达尔。我是高加索之子，美女……哎哎，我僧（生）气了啊，美女……我跟里（你）说了——过了拐角。"

拐角后面原来是一家带有吧台的露天咖啡馆，五颜六色的漆布伞形凉棚下，摆放着白色的塑料餐桌和餐椅。玛丽娜本想勃然大怒，立刻转身离开，但是殷勤的高加索之子却抢先了一步：

"请坐，随便往哪儿打都行，美女。"他从皮夹克兜里掏出了手机。

"我……我不用这个打，"玛丽娜小心地推开了微型话筒，"这个，可能很贵吧？"

"我僧（生）气了啊，美女。说电话号……想呲（吃）点儿啥吗？"

玛丽娜谢绝了用餐。不过葡萄酒——格鲁吉亚的"萨佩拉维"干红，还是喝了几口：尝尝正宗的，因为在尼科利斯克这样的牌子大概都是赝品。而且与那位友善山民对酌，主要是因为他帮了大忙。她给莲卡打通了电话，谢尔盖不在家，看来，还没下班。

"这儿很美。"玛丽娜说道，眺望着海面。灰白的云雾下，海面的残阳一片深红。傍晚悄悄地来临了。

"不，美女。这儿还不算美，"鲁斯兰并不赞同，他用手指向山上，"那儿才美呢。沿着缆车道，在瀑布旁边，那儿有一个湖，一切都很美……走吧，美女。我指给你看。十分钟的车程。旅游观光，"鲁斯兰扶了扶头上的帽子，颇有些牛仔范儿，"没什么可担心的，那儿有真正的风请（景）。"

对于"风请"，玛丽娜宽容地笑了笑，喝了点儿杯里的葡萄酒，瞧了眼缆车的车厢，它正沿着粗厚的缆索爬向山顶的瞭望台。哪怕兜一回"索道"呢：她早就猜到了……

当缆车像只小鸟，翱翔在高空，飞过山坡，越过大张双臂的深谷、两侧陡峭的悬崖，玛丽娜高兴得头晕目眩。一点儿都不可怕。她只是心神非同寻常：春意迸发，织出一块块绿毯围裹着群山，大海宛若酒盅，洒满了金色的阳光。格鲁吉亚红酒带来了甜蜜的微醺和醉意。

山顶钢缆的线盘附近，有一方幽雅的小天地，位于两面斜坡之间一块儿不大的高原上，一家羊肉串餐厅勉强挤在那里。北面，是群山支脉开始的地方，双阶瀑布的水飞流而下，闪着银白的光芒，落入不大的湖中，湖的两岸是巨石堆。南面，极尽宽广，极尽辽阔，尽情地张开双臂，敞开胸怀，展现出激动人心的大海风光。

露天餐厅挂着装饰用的渔网，还有一个人工修建的小湖，既美观又新奇，里面的鳟鱼游来游去。湖的底部安装了小灯，在灯光的照射下，鱼鳍呈玫瑰色，就像玫瑰色的薄纱裙的褶皱……不过，这里主要的风景是：瞭望台，稍稍向前探出，在峡谷之上。观光客在那里会涌起飞翔的渴望：大海吸引、诱惑着人们融入那无边无际的蔚蓝：无边无际的海水，和海水之上无边无际的天空。

"这儿的羊肉串很美味。纯天然的。好的羊肉串只能来自上品的羊肉。"鲁斯兰说完，冲着站在火盆旁烤肉串的小伙子招了招手，从那儿飘来了浓郁的烤肉和调味料的香气。

"我只要一小块！一小块！你听到没有！"玛丽娜警告他。

"我又僧（生）气了啊，美女，"鲁斯兰无奈地两手一摊。接着对女招待小声地说道："来瓶白兰地。"

"白兰地？你疯了？刚喝完红酒？"玛丽娜抗议道。

"哎哎，美女。喝度数高点儿的酒——没什么害处。我从克拉斯诺达尔的食品学院毕业，是专家。每人喝20克，血液循环得更好。"鲁斯兰大笑道。

这样的羊肉串，玛丽娜以前没吃过。它汁肉肥美，明火烤制，用烟熏烤，配有洋葱圈和番茄圈，有刺激喉咙的香辣调料，有青菜：香芹、茴香、香菜……对于这一切，鲁斯兰举杯祝酒："为了你的美丽，美女！"然后是酒劲儿浓烈芳香而令人昏沉的白兰地。杯酒下肚，顿觉暖呼呼、轻飘飘的！

鲁斯兰口袋里的手机响了起来。回话时鲁斯兰说起了某种高加索语。虽说听不懂，但毕竟是别人的谈话，为了避嫌，她从桌前起身走到瞭望台上。正如几分钟前初次从这儿眺望一样，她重又感受到四面袭来的海风，脚下大海的辽阔。她的身后群山耸立，远处瀑布的水流声不绝于耳。前方，在落日金色的余晖中，一艘船似乎冲着她迎面而来，其实驶向了河岸。想再看个清楚实不可能：船已走远。也许，这艘双体游船返回码头了。不过玛丽娜浪漫地把自己同格林笔下爱幻想的阿索莉的愿望相比：大海上仿佛有一艘巡航舰，上面能升起格雷船长"秘密号"上的红帆……

鲁斯兰走到玛丽娜的身后，递给她一架望远镜。

"这儿一切都安排好了，美女，"看到玛丽娜惊讶的眼神，他说完就大笑起来，"现在，你，美女，就是舰长！"

透过望远镜玛丽娜寻找着舰艇，与此同时感觉到鲁斯兰小心翼翼地揽住了她的腰。

天很快就黑了下来。索道停运了。由于异域的羊肉串，她不得不沿着狭窄蜿蜒的山路返回。鲁斯兰租用的汽车在山路上左摇右晃，车灯在路旁的山岩和灌木丛中照来照去，玛丽娜开始感到有些头晕，恶心，缺氧。

鲁斯兰与她并坐在后排，心情愉快，双目有神，一直大咧着嘴微笑，搂着玛丽娜的双肩。她不时地想从他的胳膊中挣脱出来，可是不是力气不够，就是鲁斯兰顽固不放……

"我为什么在这儿？我应当在疗养院里！"玛丽娜害怕起来，当司机把车停靠在昏暗的街道上，一堵带有便门的围墙旁边。

"见（现）在，美女，我们换乘另一辆车。"

或许，玛丽娜应该坚决反对，开始大吵大闹，不从车里出来，或者请求司机的保护。可是，这时她感觉非常不舒服。不习惯的刺激食物、红酒、白兰地，它们在腹内聚集在一处，产生令人作呕的不适，脑子里醉嗡嗡的，全身绵软无力，感觉身子不是自己的。她笨拙而被迫从车里费力地走下来，车子马上开走了，空旷无人的街道，隔着花园的灌木丛，依稀可见低矮的房子的窗户里透出稀疏的灯光。鲁斯兰抓着玛丽娜的胳膊时笑了起来：

"我的房子——你的房子！"他打开便门，昏暗中玛丽娜看见一幢低矮的平房，房子由各式不平整的石块垒成的，窗子狭长。一扇窗户中透出微弱的灯光。"我们先喝杯水，美女，然后再走……"

在房子的墙边，柱子上，玛丽娜看到一个悬壶洗手器。一个合理的想法冒出来：应当洗洗，哪怕只是擦把脸呢。她走进了便门。她把小包挂到柱子的钉子上，刚抬起洗手器的壶嘴，就感受到了鲁斯兰强有力的双臂。他从后面抱住了她，紧紧地，牢牢地，带着动物的激情。玛丽娜满怀恐惧地意识到，她的反抗是徒劳的，她无力挣脱他，也无人相助，甚至呼喊、尖叫，也是需要刚烈性情的。

随后，鲁斯兰把她拖到房子里一间黑乎乎的屋子，里面弥漫着烟草的气味，面对鲁斯兰的粗暴玛丽娜颤抖着呻吟着。鲁斯兰急切而无情地扯下她的连裤袜，欲火中烧地低声威胁道：

"裙子自己脱，美女！要不我一下子给你撕开……"

说完他把玛丽娜一把推到一张坚硬的床上，似乎是沙发床。接下来：他沉重的身体，他苦涩的汗味，粗重的呼吸，扎人的胡须。这一切持续了很久，很疼。玛丽娜希望陷入不省人事的酩酊大醉，跌入失忆之中，或者绝望地嚎叫，祈求不知谁人的宽恕和怜悯。

后来她坐在床上，蜷成一团，战栗着，身上遮盖着自己的裙子。鲁斯兰坐在旁边，喘息声已经疲软，似乎在黑暗中不时地窃笑。突然在房间里，在黑暗的角落，响起了点燃打火机的咔嗒声。长长的黄色火苗映照出一张长满络腮胡子的脸，剃着光头。他坐在椅子上，穿着条纹睡袍，从他敞开的衣襟中，露出长满黑毛的前胸。

"这是我的哥哥法齐尔……，"鲁斯兰愉快地说道，"哎哎，美女，别急！还没完呢……我总是和我的哥哥分享……不用开玩笑……美味的羊肉串吃啦？吃啦……红酒喝了？喝了……"

玛丽娜从沙发床上猛地跃起，却立刻被四只胳膊按住了。

巨大的厂房已经废弃，静默无声，高处的格窗由于日久天长结满厚厚的灰尘。成排的旋工机床和铣工机床已经忘记了工人的熟练操作和关机离去——也蒙上了一层黏黏的灰尘。在一排排的机床中会有几处露出空地：有些机床找到了新的外地的主人；有的被扯下来，挪到旁边——等着哪一天被四面钉上木板，从这里运走。

在厂房中间，主过道上，一辆电瓶车侧翻在地，八成是被人故意掀倒的，并惨遭痛骂，四只黑轮朝天翘着，上面布满了金属切屑的划痕，仿佛一个老顽童一把抛掉了这个他已经厌倦的巨无霸玩具……车床旁边堆砌着无用的工具：磨损的锉刀、折断的钻头、有豁口的钝铣刀，居然还有：破损的油布工作服、塑料防护镜、粗厚的充革皮鞋。

空旷的厂房回荡着谢尔盖·康德拉托夫的脚步声，在高处的拱顶隐约传来回声。谢尔盖抬头望了一眼：从前，这里有人的时候，在穿堂的水泥顶梁上常常落满了野鸽，它们不怕车床的嘈杂声。如今，鸽去梁空，看来，连鸟儿也对这破产的经济退避三舍。

"没什么好遗憾的，康德拉托夫！企业完蛋了，那就让它见鬼去吧！喏，看看那些美国大片，凡是匪徒都在哪儿火拼？想起来了？对吧？"车间主任奥古涅夫身材粗壮，形似牛肝菌，秃脑门，一双灰色的眼睛机敏灵活，现在特别饶舌；他似乎在辩解，尽管车间工人普遍失业，而他还能又有工作，又有职位，"在老美那儿，整套设施都废弃的。仓库、港口、各种机库。人家也不当回事儿！旧的不去，新的不来。我们可好，永远都是拖拖拉拉，磨磨唧唧！"

"我不看美国大片，"谢尔盖低声说道，"为什么不发钱？已经拖欠一周了。"

"明天新厂长上任，你问他吧。我算什么？我跟大家一样。我在这儿跟门卫没什么区别。自己也没钱。车间主任不过是个虚名。什么实权也没有。在老美那儿，合同是跟经理签订的，里面什么都写着……"奥古涅夫又飞快地喋喋不休起来，顺便举些国外的例子。

谢尔盖垂下了头：要知道，说实话，他是来找奥古涅夫借钱的。他们从同一所母校毕业，是工学院同年级同学，一起在这儿工作有年头了，在同一车间的屋檐下，两家人甚至还曾经一道去旅游基地游玩过。可是如今奥古涅夫对于谢尔盖而言已经难以接近。讨好，逢迎，谢尔盖对这样的事理解不了，友好地拍拍肩，他做不到。

"车床，设备哪儿去了？已经卖了？"谢尔盖问道。

"给些波兰人讨价还价地便宜买去了。多半是些二道贩子，倒爷。他们擅长这一手。不像我们，磨磨唧唧。"

"怎么你一点儿好处都没捞着吗？"

奥古涅夫气得撇着嘴，暴躁地挥了挥短粗的胳膊，开始了暗中进攻：

"你到这儿来干什么？"

"到我的实验室去。我在那儿……"谢尔盖停顿了一下，"还有点儿东西，有些书。实验室里的设备也都卖了？"

"暂时还没。再说谁要它们啊？会陆续都搬走的。一色儿过时的旧货：鬼都不要。"

"谁有钥匙？"

"我有。为什么给你？"

"我说了，收拾自己的东西。"

奥古涅夫不情愿地从写字台里找出钥匙，递给谢尔盖，用一种缓和到令人愉快的语调问道：

"玛琳卡在管理局怎么样？没裁员吧？"

"好像没有。"

"去他们那儿试试。那儿有铁路局。那儿的工作更稳定些。暂时还不会分着卖掉。"

"我试试。她一回来我就去试试。"

"她现在哪儿？"

"黑海，疗养院。"

奥古涅夫假装高兴地接茬道：

"你看，康德拉托夫，不是什么都那么糟。我们失业人员的妻子在南方游玩！我都忘了，我什么时候去过海边。"

"玛琳卡也没去过。头回摊上。"谢尔盖低声说完，走出了奥古涅夫的办公室。

破败：就像看不见的传染病……谢尔盖站在测量仪实验室中间，他到这里足足十年了，他站在那里，环顾四周，留意到物是人非的变化。就像一栋老房子，里面的居民永久迁出分居到各地，而房子注定要拆除，不是因为过于老朽，而是因为妨碍了某个人；居民丢掉了那些不需要的东西，尽管它们实质上还是可用的。没有外壳的示波器，内部缠满了导线，损毁的测试仪上的玻璃已经碎裂，烙铁的尖端扎在一小罐松脂中，歪斜的绞合电线圈，半罐反沙的黑加仑果酱，上面覆盖着白色的霉菌，桌子上、隔板上、窗台上落满了褐色的灰尘。种植着普鲁士红的花盆里，土中插着烟头。地板上撒满了曲别针。

谢尔盖在办公桌上安放了一个试验台，上面填满了仪器、按钮、接线端子。这个试验台他装配了几个月，将近一年……谢尔盖甚至最后也没有说出这些想法：它们似乎盘旋在污浊沉闷的空气中，乱扔在地板上，陷于厚厚的灰堆中：断断续续、含混不清、痛苦不堪……工厂会计科的出纳小窗上贴着告示："无款。请勿敲窗。"设备卖了，按照部里那些功利者的意愿，工厂如今就要属于新的主人——外国人，或许，不过是些冒名顶替的人，他们未必能让工人回到车床前。试验台？谁会要呢？他们会以几美分的价格把它卖了，或者丢尽垃圾堆。会有酒鬼陆续把它拆走当作有色金属……谢尔盖从钳工箱里拿出安装工具，走到试验台前用尽全力朝它抡去。一下、两下、三下：朝着正中间，朝着仪器的核心，朝着显示器。玻璃碴、弹簧、仪器的指针四下里飞溅，还有只小灯轰然破裂。谢尔盖用工具依次挂住试验台的四角，用力将自己的合理化建议活动连着墙皮从砖墙上扯了下来。又是散落、坍塌，不可挽回地破裂声。谢尔盖把工具放回原处，看到试验台脸朝下倒栽下去，已然无法恢复，心头涌起一阵恶意的满足感，随后步出了实验室。

　　没什么好遗憾的：无论是体力，无论是时间，无论是脑力！仅有的是：命运带来的麻木的绝望。就像准备一场重要的考试：不停地读书、钻研、记背，之后突然取消了考试。这些知识，他们说，没啥用。可是付出的精力白白浪费了。

　　"实验室里，试验台掉下来了。紧固件，可能，松了。你跟清洁工说一声，让她打扫一下。"谢尔盖闷闷不乐地说道，把钥匙交给了奥古涅夫。

　　"我他妈的一点儿都搞不明白。什么试验台？"起初奥古涅夫疑惑不解，不过看来很快就明白过来了，秃脑门涨得通红："你怎么着，康德拉托夫，想找事儿是吗？想上报纸？是吗？"

　　"代我向你夫人问好。"谢尔盖打断了他，走出了办公室。

　　***

　　在工厂的无果之行的前一天，还在大清早，谢尔盖看了眼走廊里的蔬菜摊儿。土豆几乎没了：只剩下几个又松又皱、长出白芽的小土豆。于是他抓起网兜，去桑·桑内奇和瓦莲京娜那儿一趟——去地窖，取些土豆。不久前入春的暴雨带来的肆虐的雨水已经撤离了地下室和菜窖，虽然亲戚的土豆受到严重的损害，但最终没有彻底受损。

去老城并不近。本来该坐公交的，但是谢尔盖决定徒步，他想省点儿钱，买包带过滤嘴的香烟：廉价的"首席"牌香烟抽着总咳嗽。"坏蛋，又拖欠工资！只能去借债了。"空寂无人同时又好像骗人的工厂，落在了身后。在工厂通道的玻璃上贴着一张传单，号召工人们参加抗议游行。

温暖的暴雨过后，乌鲁扎河的两岸裸露了出来，乏味的织物替代了皑皑的白雪：暗绿的草和去年灰褐色的落叶。峡谷陡峭的斜坡上某些地方潮湿的粘土呈现出暗红的颜色。通常在四月中旬，或者四月底，浮冰从河面漂离。如今，似乎已经没有冰了，飓风涤荡着河面，乌鲁扎河的冰壳已经非常细薄，眼看着就要咯吱作响，提前爬走了。

河面上一个渔夫都没有。就在流冰期前，甚至在毛蓬蓬的酒红色杞柳呈马蹄铁形环绕四周的河湾处，冰窟窿旁还坐着无精打采的农夫，可是眼下——一个人影都没有：也许是因为脆冰危险，也许是因为鱼儿在沉睡，不上钩。就是说，谢尔盖对于冰下的世界没什么好奢望的。

沿着滨河街展现出一座不大的公园，公园里栽种着成排的杨树、白桦树和槭树，还有稀有的橡树，黑色的枝杈分得很大。好像一直在寻找而恰巧赶上这样难得的东西，谢尔盖无意间，却敏锐地发现在长椅附近有一个空瓶子。黑色的玻璃瓶。这样的瓶子值一卢布，浅色的要便宜一半……不，这一个还不够：应当收集空瓶子！不管怎么着还能撑一阵子。马琳卡回来之前还得想出个法子。谢尔盖没告诉她，没有承认，在她走之前，他和工厂之间当然已经——完蛋了！——无法回去了；现在肯定是回不去了，和奥古涅夫见面之后。让一切都见鬼去吧！受够了！他希望忘记不快，幻想些美好，将思绪转移到光明愉悦的事情上，哪怕是童年的回忆，他们一群小男孩常去乌鲁扎的那个河湾洗澡，每到傍晚就躲在灌木丛中，偷窥恋人接吻……可是这样的回忆也只能解一时之渴。没钱的痛苦此刻重压心头，搅得心烦意乱，好像肌体内某个重要的腺体有了炎症似的。

　　天幕阴沉沉、雾蒙蒙的，只有几小片蔚蓝。太阳活跃起来了，但是还没有燃旺春天，基本上隐藏在云层后面。吹自河面和对岸原野上的风，凉丝丝的，像色彩中的灰颜色。在这里，人烟稀少、几近空旷的河滨，失落和无望的处境愈发明显。似乎，谢尔盖·康德拉托夫在现在这种处境，只得像饿狼寻食一样走访各个机关，给自己弄个新地儿，可是他拐进了一家公司，在一位看来是"人事经理"的黄毛丫头面前腼腆地倒着脚，这位人事经理看起来营养不良，鼻子上敷着厚厚的粉。还没听她说完编写简历的训话，谢尔盖就像被碰伤一样走了出去；说实话，他还去了一趟职业介绍所，确切地说，尼科利斯克就业服务站，谢尔盖坐在一位平庸的检查员对面，这个婆娘已是退休年龄，戴着眼镜，穿着一件翻领锃亮的小上衣，她说："工程师的空缺暂时没有。"谢尔盖撞了几下公告板，好像不再相信……算了吧，听天由命吧！

　　突然谢尔盖回头看了一眼后面：没人。前面也没有碰到一个熟人。他猛地转身走向白桦林。两只空瓶子颈对颈、肩对肩地躺在那里，就像两个朋友，可能不久前还一起宿醉后喝醒酒，在这里，在白色的树干下。谢尔盖环顾一下四周，迅速地将瓶子塞进网兜，然后快步往回走，拾起自己从前会嫌脏的空瓶罐。"既然都这样了，多几个算不了什么！"他腼腆而又自嘲地向某个假想的人承认道。

　　当谢尔盖踏上老城的街道时，他网兜里的五个空瓶子轻微地叮当作响。粮店的不远处，行人更多的十字路口旁，堆着一摞空箱子，旁边坐着收空瓶罐的人，一个妇女，穿着厚大衣，戴着一方小披肩，脚蹬带套鞋的毡靴。她的装扮和这样的工作很般配：别看是春天，在外面要无聊地待上一整天！

"收瓶子吗？多少钱？我这是黑瓶的！"

穿着厚大衣的妇女飞快地回头望了一眼这亲切的声音。她坐在箱子上，把报纸摊在双膝上，脏兮兮的白手套里握着铅笔，做着纵横填字游戏。

"一卢布一个，谢廖沙，所有的地儿一个价。"

"塔妞哈！"

"正是她，如你所见。"

不知道从哪儿，从天上、从青春星球上，掉下来了同年级的同学塔吉扬娜。毕业后他们几乎就没再见过面。

"塔妮娅，塔涅奇卡，塔妞莎……"也许是有过这样的歌，也许是民间故事的引子，也许是诗歌的开端，这些对于塔安卡都是那么贴切。那时女孩子流行穿迷你裙，梳"加夫罗"短发，心爱的户外游戏是：羽毛球。谢尔盖和塔安卡打羽毛球度过了多少时光啊！甚至不是同一年级、同桌、而是轻盈的羽毛球，在两个球拍之间飞来飘去，画下了信任的轨迹，使他们成为了朋友。

"她是多么壮的一头小母牛啊！我要破了她的童贞。我要塔安卡！"有人见证的情况下，绰号"班房"的窃贼做出了决定。他服完两年徒刑后刚刚出狱，走出狱区，看到了已经发育成熟的塔安卡：化过妆，穿着短裙，于是用贪婪淫荡的目光死死地盯着她。"班房"在尼科利斯克城的无赖中是非常受宠的：他的身后是一段光荣的履历：做过少年犯，也做过成年犯，名牌的监狱文身，而兜里总是揣把芬兰刀。谢尔盖和流氓团伙没有交往，不过对于"班房"的胃口早有耳闻：传言来自同年级同学，而塔安卡自己也曾痛苦地暗示过：她说，在猎捕她……塔安卡没有庇护人：没有兄长，没有有权有势的亲戚；父亲是个残疾人，半个酒鬼，母亲呢，是工厂食堂的保洁员。"我不管怎么着都要塔安卡。""班房"眯缝起凶巴巴、色迷迷的双眼。不要说他总是蓄意侵犯别人,单是他那一脸土匪相,就够让周围的年轻小伙和姑娘们害怕的了:寸头、中间梳着典型盗贼般的分头,眉毛,纵横交错的伤疤,手指上的指环文身。"你要不成,混蛋!"谢尔盖暗自下定了决心。他做出这个决定,是和塔安卡交谈之后。塔安卡向他坦言:"他昨天把我往板棚里拖。为了不留反抗的痕迹,他想用毛巾把我的两只手捆起来,开始粗暴地戏弄我,纠缠不休,还说,让我们好好地……我勉强挣脱出来。警察局我不会去的,因为如果去了,所有的人都会开始戳戳点点……""你别哭,塔妞哈,我想个办法。""你想什么办法?""随便什么办法。"

他想出了办法。他躲在暗处等到了"班房",虽不粗鲁却坚定地告诉他:"你别动塔安卡。我是她的男朋友……""什么?你小子是哪儿冒出来的?""你别动塔安卡!我……我要和她结婚……她是我的未婚妻。你不许动她。""班房"本人没和谢尔盖交手:当地的六人流氓团伙在"班房"的唆使下,打掉了谢尔盖的牙,打得他满身瘀青。不过谈话还是起了作用:"班房"不再厚颜无耻,只是贪婪地死盯着塔安卡,嘲笑"未婚夫",但是手没再伸向别人的未婚妻。谢尔盖从那时起尽心地扮演着未婚夫的角色,每逢天黑必送塔安卡,舞会之后把她送到家,送到门前,却从没有过一次接吻的举动。

不过在六月那充满激情的夜晚,在中学毕业晚会上,塔安卡一再邀请谢尔盖到自己的祖母家,而祖母恰巧不在家,她双臂搂住他的脖子,整个身体紧贴着他,笨拙的激情,少女式的,热烈地对他耳语道:"听着,谢廖任卡,爱我吧。你有权利得到我。如果不是你,'班房'不会放过我的……你救了我。反正我也没有心上人,而你是朋友,永远是我的朋友。就让你成为我的第一个……"

塔安卡的声音颤抖着,此外她那笨手笨脚的拥抱更是充满了诱惑。谢尔盖满脸通红，觉得血往太阳穴上涌，脉搏加速，浑身热血沸腾。但是汹涌中烧的欲火战败了。他羞涩地推开塔安卡，说道："这样有些不妥。你说了，你没有心上人……不需要献给我。我是真心诚意地想要帮助你。不需要回报……你还会碰到心上人的。一定会碰到的。"就这样他们分开了，彼此始终没有明白对方的某些想法。起初是几天，接着是半年，然后一别将近二十年。

塔吉扬娜的心上人并未让她久等，很快就来了。尼科利斯克城的战时警备司令部来了一位年轻的见习中尉，他成了心上人。很快塔吉扬娜站在火车的踏脚板上，挥动着三角巾告别了尼科利斯克，作为军官的妻子前往远东海滨驻防部队。

"就这样我们随着部队辗转漂泊。滨海，中亚，科拉半岛……后来开始压制军队。周围到处都是贫穷、混乱。丈夫转业复员，回到了自己的故乡：梁赞。而我：到了这儿，我的故乡，一个小地方。我们离婚了。他开始疯狂地酗酒，家暴……女儿长大了，去了彼得堡，她考上了那里的大学。而我在这儿，在郊区买了房，住在那儿。我什么专长都没有。于是就回收瓶子，经常算错多给钱……我其实见过你，谢廖沙，有一次。你和妻子、女儿从这儿不远处经过。我没叫你，不好意思叫。生活嘛没有非常厚爱我。"塔吉扬娜苦笑了一下，伸开双臂，说道，来让我们看看欣赏一下：穿得多么暖和的一只要下蛋的老母鸡。随后她整理了一下手上的破手套，露出的中指上涂着玫瑰色的指甲油。

"还是老样子。"谢尔盖鼓励道。可是恭维之后，想的却完全不是这么回事："显然，生活把你折磨得不像样子，塔妮娅，塔涅奇卡，塔妞莎。"不知道为什么他开始非常同情她，发胖的身材，难看的外貌，同窗，打羽毛球的伙伴，曾称作未婚妻的人。那种同情：就像流氓头子"班房"又要侵犯她一样。

"来，谢廖沙，瓶子给我。"塔吉扬娜把瓶子放到箱子里，开始数钱。

"刮了飓风,你那儿怎么样?房子没事儿吧?"谢尔盖问道,把话题从瓶子引开。

"狂风大作,我还想,如果吹跑了,"塔吉扬娜大笑起来,"就飞起来,像童话里的那个小女孩……"

"绿宝石城里的艾莉。"

"你什么都记得。难怪在学校里是好学生。"

"我不久前给女儿读了这个故事。她喜欢听童话。"

在这样的谈话中,不自然的沉默是可预期的。似乎可以说呀说呀,讲述呀,回忆呀,可是有某些言外的东西:眼神、灵感,无需解释就揭露了两个人的底细,两个多年未见,在回收瓶子的空箱子旁意外重逢的人。谢尔盖点了点头,告别了。塔吉扬娜冲他摆了摆手,重又坐到箱子上,埋下头来猜报纸上的纵横字谜,却不忙着拿笔了。

6

"什么人谈什么话,虱子多的谈的都是澡堂子。他们又要谈共济会会员了……"谢尔盖会意地一笑,在远处看到那一对朋友。

对于桑·桑内奇和廖瓦·乔尔内赫来说,关于犹太人的争论,就像响铃玩具之于婴儿,高档烟之于烟鬼,是他们喜爱而又无法摆脱的话题。随便一个转身,一点儿暗示,甚至一丁点儿火星儿——都会产生令人难以捉摸的联想,从而热议起这个永不枯竭的"俄罗斯主题"。

现在两人坐在桑·桑内奇房前小花园的长凳上,正在争论着。他们刚刚做完修复工作:给板棚铺上新的油毛毡。前不久的暴雨冲坏了房顶。

"不管怎么着,事实不容争辩:犹太人是最聪明的民族。他们有长寿的基因,锡安式的团结。只有这样强大的民族,虽然没有处在政治权力的顶峰,却能把美国的资本掌握在自己的手中。"桑·桑内奇话语坚定,充满了自信,似乎,丝毫不能反对。"我们的钱就不用说了,三下五除二就全被他们骗到手了。"

"他们不是群混蛋吗?!"廖瓦握住拳头,轻蔑地把拇指从食指与中指间伸出来,刻薄而欢快地说道。他身材矮小,敦实,一头深栗色的卷发,尖嘴利舌,面对桑·桑内奇从不让步,"他们在一九一七年革命的时候也以为:已经一切都有了!一切都在他们的权力之中。想得倒美。要知道后来斯大林把这些人的羽毛都给拔光了!"廖瓦哈哈大笑起来,"今天作孽越多,明天偿还得越多。"

"我们一直靠着某些愚蠢的理想聊以自慰。一直盼着老天来报应。不是自己,而是邻居!而可敬的生活从我们身旁走过,"桑·桑内奇悲观地反驳道,"甚至用自己的才能去谋求幸福都做不到。所以我们在这里把弯钉子砸直,用来修房顶……而犹太人:古老的文化,《圣经》里书写的民族。他们富有才华,堪称鬼才,热爱劳动,媲美蚂蚁。还会喝酒。"

"这回说到点子上了!"廖瓦高兴起来,"吃的方面他们是懂行。才华方面,桑内奇,我不同意你的观点。才华和才华是不同的,不能一概而论。他们的才华很狭隘,心不宽,也没有血性。我们的天才是谁?"廖瓦,伸出他那红褐色爱嘲笑别人的鼻子,直盯着桑·桑内奇的眼睛,"我们的天才是费道尔·伊万诺维奇·沙里亚宾,而他们呢:阿尔卡基·拉伊金。歌手和小丑。感觉到他们的区别了吗?或者说说艺术家。我们的瓦斯涅佐夫画了'三壮士',他们的沙加尔:画了只蓝色的公鸡,像头驴。"廖瓦大笑起来,挥舞着食指恫吓道:"而财政权对他们来说:是生存的方式,是身体的保护反应,就如甲壳之于乌龟……无论如何：成为富人！与世隔绝也好，灵魂救赎也好。一切贪婪的魔爪都伸向金钱！没有钱，犹太人早就完了。就像爱斯基摩人，或者印度人。应该把他们赶到土著居民移住的居留地，赶得尽可能远点儿。去比罗比詹……比罗比詹那儿他们的人多吗？你知道吗？"

"谢廖嘎，你说，"远远地廖瓦向正朝着他们走来的康德拉托夫喊道，"你在外贝加尔的边防哨所服役的时候，犹太人很多吗？"

"我和你说了不止一次了，"谢尔盖微微一笑，把手伸向兴致勃勃的廖瓦和激怒他的桑·桑内奇。他和他们一起坐在长凳上，抽起了烟。

"在阿富汗，对于我们的闪族人，我不很清楚，"廖瓦接着说，"我记得从莫斯科来了一个无良的记者，一直围着装甲车拍照，在士兵中间就没见过他。所以，桑·桑内奇，不存在什么兽性的反犹主义，反犹分子不是天生的！"

"明天厂里新厂长上任，"谢尔盖没有加入话题，对廖瓦说道。不久前廖瓦·乔尔内赫也在厂里当供应发货员，他这个坐不住的活儿暂时也不需要了。"工人们想在通道那儿举行集会。类似纠察队。和新领导谈谈。你去吗？"

"和他有什么好谈的？某个犹太寡头早就把工厂据为己有了。把自己的傀儡派到这儿来。"廖瓦活跃地响应到，"工厂已经完了。他们在这儿启动白酒生产线。让俄罗斯的男人尽快变成酒鬼然后蹬腿儿玩儿完。当代的小酒馆老板……"廖瓦把俄罗斯–犹太的结打得更紧了。桑·桑内奇关于犹太人的每一次公允的反驳或者辩护，都会遭到红褐色鹰隼疾驰而来的反扑，这头鹰身着士兵的迷彩短呢上衣。

谢尔盖有一句没一句地听着廖瓦的话，他已经听了这位朋友无数的反犹言论。有什么用呢？！自己的愚蠢不要转到别人头上。责骂不会增加口袋里的钱。

"寡头不是凭空产生的。戈尔巴乔夫，叶利钦，切尔诺梅尔金，"桑·桑内奇往取之不竭的主题那贪食的炉膛里又投了一小块儿煤，"从民族上看，他们都是斯拉夫人。他们手上握有一切权力。所有的省，几乎所有的城市：省长和市长都是俄罗斯人。俄罗斯人在俄罗斯统治，这就是为什么……"

廖瓦不等他说完，刁钻地截住了话题：

"俄罗斯人统治，却不是俄罗斯人掌权！一直还是按照列宁时代的准则生活。说是民主派，瞧：结果干的尽是布尔什维克干的那些事！如果领导是俄罗斯人，副手应该是犹太人！如果真的是犹太佬，就塞给他斯拉夫人做副手！"

廖瓦大笑着摇晃着满头的鬈发：

"这叫什么事儿呢！你要是破口骂娘，谁都不会阻止你，可是你要是说'犹太佬'，就像锥子扎屁股！你去看看书，如果到处写着这样的话，你会吐的；如果是脏话，你就挣大钱了。但是如果偶然遇见'犹太佬'这个词，整个知识界都会立刻起来执意反对。"廖瓦没有坐到长凳上，跳了起来，恶意地挥动着"长矛"投向桑·桑内奇，"你在中学的时候，有孩子在墙上划了三个字母的脏话，你像校长对总务主任下命令似的：给我擦掉！如果写的是'犹太佬'，也许，要进行全面调查。谁写的？还会捅到媒体。跑来一群傻记者，跟着他们来的还有电视台的下流坯。"

"你别揭我的疮疤！"桑·桑内奇严肃地打断了他，"我现在不在学校！"

不久前一段痛苦的教训中断了桑·桑内奇的中学校长生涯。手工师范学院毕业后，桑·桑内奇在黑板前站了将近十年，书写物理公式；然后坐到了校长的位子上。在这个位子上忙忙碌碌了几乎同样多的年头。"抢劫和违纪的巨浪"不要把淫逸和鄙俗泼到甚至还是"俄罗斯圣殿"的中学——桑·桑内奇写给克里姆林宫的信就是这样开头的。他本人没有过错，可是拖欠教师的工资让他倍感羞愧：地理老师，一位素有洁癖、一丝不苟的人，穿着织补了破缝的长袜，可见，根本没有钱坐在这里教书……教师，这个自古以来在外省城市中备受人们尊敬的职业，现在的状况是忠诚却饱受委屈，桑·桑内奇在信中接下来写道。他本人是教育者，三个孩子的父亲，富有理性，克制谦恭。不应该因为绝望的贫困令教师受到侮辱，让学生厌学。他把自己的痛苦寄往高高在上的克里姆林宫议院，寄给俄罗斯的"沙皇"。但是，信件被总统行政机关拦下，来到了教育部，从那儿往下发放，到了州人民教育局，然后，到了尼科利斯克，围着官府走了一圈。事情最后以闹剧告终。在地方行政机关桑·桑内奇大发雷霆地写了份声明。如今他在外国牌号汽车修配服务站做保安，干了一个冬天了，老板是他以前的学生。

"我去鲍里卡·瓦伊斯曼那儿一趟，"廖瓦突然说道，裹紧身上的军用迷彩短呢上衣，"飓风把他的天线接收器刮坏了，该去帮个忙。"

"俄罗斯的反犹分子，是世界上最善良的反犹分子。从犹太人那儿能得到啥？要知道在俄罗斯如果没有俄罗斯人，犹太人跟孩子没什么区别。矿井他们不下，伐木他们不干，服兵役他们不愿去，耕地他们不能，连自来水龙头那玩意儿都修不了，就会拉小提琴，在电视上扮鬼脸，笔尖在纸上刷刷作响，类似那个鲍里卡·瓦伊斯曼，确实，还会拔牙。你没法儿谴责。"廖瓦大笑起来，握着长满斑点的褐色拳头揉了揉自己的鼻子。

廖瓦走后，在灰色的板条还没有干透的长凳上，高大的老花楸树光秃秃的枝条下，剩下桑·桑内奇和谢尔盖两个自己人，他们开始感到空落落的，不开心；吵吵闹闹、嘻嘻哈哈的廖瓦是他们三人行中不可或缺的一个。

带阁楼的原木房屋，四周镶着钉板，三扇映出暗色天光的窗子朝向街道。窗子饰有雕花窗框，木板已有开裂，由于年久失修，一些破旧的锯木花纹丢失散落了。暴雨和狂风过后，房子似乎整个都湿透了：无论是正面，还是两侧，墙上都是斑驳的水痕，看上去黑黢黢的。石棉瓦房顶还是湿乎乎的，灰蒙蒙的。只有新的薄板闪着四方补丁的白光。板棚上刚铺的白色的板条也很惹眼，它们卡在屋顶上，在新的反着玻璃光的油毛毡上面。桑·桑内奇和谢尔盖不时地转向房子，大概，想到了家务事，但是两个人暂时什么都没提。

空气中飘来一股有些苦涩的气味。房子的烟囱里冒出了一股股烟。应该是桑·桑内奇和瓦莲京娜的大女儿生起了炉子。他们还有一对孪生子，暂时还不能让这两个孩子靠近炉子。

"借点儿钱，桑·桑内奇，"谢尔盖愧疚地说道，"厂里承诺的，但是又没发工资。我也知道，不会发的。玛琳卡走之前我不想让她难过。我本想，和莲卡在这儿能挺过来。可是，你看，我想随便找个什么工作……我借得不多，就是糊口。"

"说什么呢。要说钱嘛，身无分文。这坏天气连维修都得取消了……感谢瓦莲京娜，她在牛奶场没有闲坐着无事可干。他们那儿很少停工。人们可以不工作，可是不能不吃。从她的私房钱里取点儿出来……我看，网兜从你口袋里露出来了，取土豆吗？"

"取，桑·桑内奇。"

"胡萝卜、甜菜也装些吗？"

"装，如果洪水过后还能完好无损。"

"完好无损。走，到家里坐坐。喝杯自制烧酒。我昨天新酿制的，从花楸树上采的果子。我在风里都快冻透了。"桑·桑内奇说着，从长凳上站了起来。

走近门前的台阶，谢尔盖忧心忡忡："该是这样吗？桑·桑内奇开始自酿烧酒。教书的时候，这样的事情没做过。中学校长，永远是打着领带，众人瞩目，作为所有人的榜样。有种什么东西在俄罗斯真的发生了移动，就像乌云悬浮在所有人的上空。工厂关闭了。车臣在贩卖奴隶。克里姆林宫的人，一会儿酗酒，一会儿生病……"

谢尔盖的这些想法似乎被桑·桑内奇听到了，他用振奋人心的话语打断了他：

"没关系，谢尔盖，我们的先人不是从这样的坑中爬出来的，"他兄长般把手搭在谢尔盖的肩上，"拯救俄罗斯人不应该在金钱中寻找出路。我们的钱过去永远不够花，将来也不够。救赎在别的事物中。心灵的坦诚可以……院子里春天已经来临，而我们常常忘记为此而感到快乐。"

乌云之中穿行着太阳。太阳金色的光柱如今也斜照到老城。

"春天任谁也无法取消。这是真理。"谢尔盖微微一笑。

预感到就要喝上一顿小酒，随之而来的是舒舒服服的暖意，谢尔盖心中的苦闷也得到了消解。喝上一两杯，瞧，心情也舒畅了。

***

晚上，忙着家务，聊着天，桑·桑内奇问妻子：

"瓦柳莎，真的是这样？你硬塞给玛丽娜一张疗养证？或许，你应该自己去？我说……"

"家都淹成这样了，我还能去哪儿？孩子们都没有干衣服可穿。地板啪唧啪唧地响，一半的房顶都掀没了，我还去……"瓦莲京娜气呼呼地说道，"就让玛琳卡去休养一下，治疗一下。"

"难道我反对吗？不过话赶话……谢尔盖今天来过了。没精打采透了。他工作不顺，又赶上玛丽娜走了，甚至看着都有点儿驼背了，走起路来像挨过揍似的。"

"没事儿，会挺过来的。再说，莲卡，可以说已经是个帮手了，"瓦莲京娜飞快地答道，"让玛琳卡去看看海，要不然成天圈在那歪歪扭扭的篱笆墙里。"

这场没有走火的简短谈话过后，两个人又闲聊了些其他的话题，可是关于妹妹的思绪却萦绕在瓦莲京娜的脑海里，她时常会想起玛丽娜。

父亲早逝，之后母亲又离家出走，在无依无靠的那些年月，瓦莲京娜常常可怜妹妹，非常同情，同情到心疼的地步。自己，她不怜惜，已经长大成人，可以说，都上班了，可玛丽娜，还是个小姑娘，没爹没妈的怎么办？况且她还是个粗心的孩子，生炉子常常忘记打开风门，烟雾在房间里弥漫，呛得她不停地咳嗽，眼里满是闪亮的泪花，挥着小拳头抹擦着……还有一次，瓦莲京娜用工资给她买了素描本和水彩，而玛丽娜在当天，一个晚上就从头到尾用完了整个素描本，画形态各异的大海和帆船，非同寻常的星辰和行星；瓦莲京娜有点儿心疼钱，买了素描本，可素描本一下子就用完了……可是她从未因为这样的艺术责备妹妹，而且水彩的气味她很喜欢。在母亲的葬礼上她发誓：不向任何人张口求援，要把妹妹抚养成人，穿戴不比别人寒酸，供她上学读书。大学：没考上，但是考上了建筑中等技校，玛丽娜在瓦莲京娜的监护照管下毕了业。当年瓦莲京娜遇到一个偶然的机会，带着玛丽娜一起乘船到伏尔加格勒旅行，小妹妹多么欢天喜地呀！甚至到了夜里，玛琳卡还在欣赏着河面，目不转睛地盯着舷窗（她们乘坐的是三等底舱，那儿不是窗户，是舷窗）。

玛琳卡在船上结识了一个黑头发的男孩，两个人相处得很融洽，原来那个男孩是茨冈人，和同族人要去阿斯特拉罕附近的一个什么地方；瓦莲京娜的眼睛紧盯着妹妹不放，她很担心，万一那帮茨冈人诱惑她，迷住了轻信的小姑娘，偷着把她带走了……

至于把她嫁给谢尔盖·康德拉托夫？可以说瓦莲京娜是嚎啕大哭。就像母亲把自己唯一的亲生女儿嫁到了遥远的异乡。

在工厂的通道旁,值班门卫的岗亭空无一人,十字转门上着锁,那里聚集着一群人。主要是男人,女人很少。即使是女人,穿得也很不起眼,和男人几乎分不出来,打扮得平淡无奇,身着深色的短外套:蓝的、黑的、深褐的;头戴深色的鸭舌帽,一样款式的深色运动编织帽。人,也许,本来应该更多些,可是不巧突然下起了雨。雨势根本不大,细雨如丝,不过感觉还是潮乎乎、阴沉沉的。又无处躲雨。人群后面的通道关闭了:少数余下的工厂人员,穿过旁边的行政大楼来到了生产区域,新领导的车应该经过这儿。

工厂前的集会是半自发的,没有统一的组织,五颜六色的女式花伞散盖着人群,不过工厂的大门上用胶带粘贴着两条写在纸上的标语:"还我们的钱!""你们的资本主义——狗屎!"标语的字体歪歪扭扭的,可能是出自学生之手,红色的水彩书写的,有些地方已经淋透,流下红色的泪痕。有人仓促地写了一份致当地政权请愿书,这份申请在人们手中传递着,大家纷纷签名,虽然大多数人心里都清楚这不过是徒劳。

集会的作用很少有人相信:集会,甚至罢工在厂里不知道举行多少次了,可是就是不能得到工人想要的结果。如今人们加入"这样"抗议队伍,是为了安慰自己的良心,或者是出于好奇。

谢尔盖·康德拉托夫也不知不觉地来到了这里,几乎不抱任何希望。他清醒地认识到:从前的生产——已经完蛋了。设备本来就需要更新,升级换代,而目前,停顿闲置的设备都以三倍的速度老化,凡是值钱的都被陆续偷光,拆掉,拧走……谢尔盖甚至对于自己在测量仪实验室的野蛮破坏行为没有丝毫愧意。

"瞧，想要拿生意来教训俄罗斯。到处听到的都是：生意、生意，生意……"

"美国的走狗！他们想把全国上下都变成二道贩子！"

"那个秃头改革派干的好事。现在所有的平民都在为窃贼打工。"

"这样的政权不需要俄罗斯民族了。人死得越多，他们得到的石油就越多。"

"青年人吸毒，姑娘们羡慕妓女。难道让这样的年轻人站到机床前面？"

"变成了无人照顾的流浪儿——像国内战争时期一样。"

"现在依然是国内战争。每生一个死两个。"

"确实。女人都不想生孩子。"

"养活得起吗？"

人们之间的谈话简短而又充满了愤怒。那些恶毒的语言或者针对政府，或者指向所有的人。不过交谈的过程中几乎听不到脏话，很少有失控的时候……（男人想起了女人）

一位妇女，头戴蓝色贝雷帽，身穿暗绿色廉价羽绒服，这身行头是尼科利斯克旧货市场上越南人常卖的物品，谢尔盖在车间工作时对她很了解：铣工莉扎。他很少和她交谈，只是打个招呼。和她讲话很难：她口吃，说话时拉长音节，很久才能费劲地讲完几个字母。她在机床前的工作千篇一律、单调乏味：拿起坯料——一根小金属棒，把它固定在夹具上，用铣刀车槽……就这样更换好多好多好多多次。就这样日复一日，像台自动机器。

站在莉扎旁边的尤尔卡，围着她转来转去，他是莉扎的儿子，十二岁左右，不知道为什么他在这里，而没有去学校。确实，大家都知道，这个男孩子——天不怕地不怕，不大喜欢上学，而成年人的罢工对他来说，更有趣些。

"快看！廖瓦·乔尔内赫举着旗起劲地舞着呢！"

人群中涌动起来。廖瓦手握细木，高举着一面红色的旗帜，朝着工厂走来。他没戴帽子，一头蓬乱的红褐色浓发，敞着带斑点的短呢上衣，步伐坚定，阔步前进，富有戏剧性。和他并肩行进的是当地《尼科利斯克真理报》的记者鲍里斯·瓦伊斯曼，他穿着黑色皮大衣，戴着方格鸭舌帽，肩背着手提包，跟着廖瓦，唱呀，笑呀，镀金框的墨镜闪闪发光。

"同自（志）们！子（只）有新的无产阶级革命能够把工人阶级从万恶的资本中解放出来！"模仿列宁发不准的 p 音，廖瓦像在集会上那样大声喊道，"同自（志）们，我们的命运掌握在我们的擞宗（手中）！"接着他用浓重的鼻音唱起了无产阶级的《国际歌》，双手紧紧地握着无产阶级旗帜的旗杆：

起来，饥寒交迫的奴隶，
起来，全世界受苦的人……

对于他的表演有的人哈哈大笑，有的人开怀一笑，而人群中有个人厉声斥责起来：

"你说，记者兄弟，你应该知道，你在报纸工作"，一个个头不高、圆脸的胖子用低沉的声音冲着瓦伊斯曼说道，他的外号叫"仓库管理员"，穿着棉袄，头戴一顶又脏又破的小圆帽，"我们自己的国家既像革命，又像战争，一句话，乱七八糟。那么其他国家呢？啊？以前有二十个国家大批购买我们的产品，啊？他们那些国家也是丘拜斯这类货色攫取了政权吗？啊？干嘛他们一下子都不要我们的产品了？啊？"

鲍里斯什么也没有回答，微微一笑，镀金的眼镜不时地闪闪发亮：不知道在黑色的镜片下，他的眼睛里装着些什么。"仓库管理员"的问题得到了其他人的回应。人群中再次翻起了喊喊喳喳的声浪。

在三层厂部的一扇窗口中，谢尔盖发现了奥古涅夫。他从上面观察着从前的工人，似乎是要把自己隐藏起来：没有完全走进窗前。"我在大学里帮他写毕业论文,这个下流坯。现在处处都和我作对……"谢尔盖漫不经心地想道。

突然人群骚动起来:

"来了!"

"不错——来了!"

"在那儿!那辆正在拐弯儿的黑色伏尔加。"

"听说,从莫斯科来的。"

"从自己人中选拔一个更好。"

"说得对。莫斯科人挺可恨的。"

"要是从德国请来德国人管我们多好啊……"

灰蒙蒙的细雨中,沿着通往工厂的路上,行驶着一辆黑色的轿车。它那闪亮的前脸越近,人群中的话语越少。最后人们完全安静下来,稍稍向左右闪开,好让驶近的领导看到大门上挂着的泪水涟涟的红色标语。

黑色的伏尔加在集会工人前面停了下来,没有穿行到行政楼的正门。厂长,或许,不想回避人群。不过起初从车上下来的是个一头浅发的小伙子,看起来是位警卫人员,他用贪食的眼神快速地扫过人群,回过身来,对司机说了些什么,然后才打开了轿车的后门。平静而庄重,仿佛人群是等在这里欢迎他的,从车里下来一位年纪不轻、头发斑白、落在地面的步履却还弹性有力的人。他的穿着很有派头:带有灰色细条纹的黑色西装,浆洗过的白衬衣,饰有金色菱形图案的红色真丝领带。警卫员稍微靠前,和厂长并排走着。

"为什么造反,各位汉子?你们好啊!"他的问候平实朴素,既不死板又不奉承,那善意清醒的语调立刻动摇了人们的情绪,缓和了他们的愤怒。

人们觉得,这个人饱经世故,没有电视里那些年轻经济学家的野心和夸夸其谈,但是十足的官气从他的脸上也难以掩饰。

人群的各个角落里响起了叫喊声。人们不由自主地走近厂长，他自己也迈步向前迎了上去。

"关于工作……我来这里就是为了工作岗位做重新安排……以前的管理阶层不是我解雇的。是股东会议的决定，其中包括你们的代表……至于产品，你们自己清楚!"他提高了音调，"工厂往后不再生产产品。这样的质量市场不会接受的。竞争……"

"干吗要它，市场这个鬼东西!所有的人都为了它受罪!"

"从前也有竞争。我们的产品一直是出口到西方国家的!"

"为什么工厂毁了？你们的资本主义——害死人!"

厂长的话被打断了。但是他丝毫没有感到窘迫，平静地听完人们的插话，松了松粗壮的脖子上的领带，狡黠地微微一笑，有理有据地询问道：

"难道不是我们一起选择了这个体制吗？我们所有人！不是个别人……我是共产党员。我没烧党证。我一直投共产党候选人的票。所以资本主义不是我的，而是我们的！我们共同的！如果我们自愿置身于资本主义，那么我们应当平静地克服危机。首先，应当……"

厂长弯着手指，开始数起"依靠集体的力量"亟须着手的事务。人群安静了下来，听着他的讲话。似乎冲突平稳地转入了规劝，参加集会的人从中见到了自己的一线希望。人们开始更紧密地环绕在厂长周围，他们转来转去，离厂长更近了。警卫员很明显地感到不安，推开了最初拥上来的人。

谢尔盖漫不经心地听着领导的讲话，不由自主地观察起铣工莉扎来。她站得离厂长最近（警卫员没有推她，他只是推走那些男工人），看起来像个孩子般地对他充满了信任，听他讲的每一句话，甚至他的呼吸。她睁着大大的眼睛，有的时候稍稍向前探身，好像要弄清楚什么，了解些更具体的事。可是口吃使她闭口不言。唉，可怜的铣工莉扎！谢尔盖有些难过。熟人的解说为他拉开了印花布的帷幕，让他窥视了后面躲藏着的女人命运……

莉扎的丈夫是大型长途载重货车司机，一次夜间行驶的时候趴在方向盘上打瞌睡，开着玛斯带篷货车溜到了反向的车道，把一辆全速行驶、没来得及躲闪的宝马车压在了车下。从一大堆进口金属中，救援人员用气焊装备切下了两具尸体。这种情况下，司机已经注定被判流放。但是不幸的名牌进口车遇难者的朋友却自己另外进行了法外裁决：犯人司机一家住的房子，交给当地经商的阿塞拜疆人做了私产，他们耍尽了花招，把莉扎和儿子尤尔卡母子二人似乎"临时"搬到空旷的工厂简易住房的一间，那些住房早就决定要拆迁，并且已经没水没气，只有电。如今莉扎面临着连电也要断的遭遇。房子变成了"无主的"，工厂放弃了老旧不堪的破烂，取消了所有的服务，注销了所有的账务。雪上加霜的是，莉扎不久前成了寡妇。她的丈夫死于肺结核。莉扎忠诚地为了丈夫的生活而奋斗，往流放的地方看望他时带些吃的和一些买得起的药，可是赡养人——工厂的机器停了，失业带来的是没钱的痛苦和折磨，而没钱对于病快快的流放犯丈夫来说，则成了一个做棺材的快手木匠。

谢尔盖难过地看着从前的工厂铣工戴着一顶蓝色的贝雷帽，这时旁边想起廖瓦愉快的声音：

"听听，谢廖佳，这人真能扯。好像当年的戈尔巴乔夫这个小子，秃头上应该还有块斑点胎记就更像了……"

"我也来自工人阶级……"传来了厂长的话音。

"不太像。是吧，兄弟们？"人群中飘来"仓库管理员"的瓮声瓮语。他的话传不到厂长那儿去，不过周围的人都能听得出过去铸造车间劳动能手的低音，"这么细皮嫩肉的脸平炉边上可没见过，甚至这样的钳工也没有过，对吧？"

近旁的工人们有的大笑起来，有的眉头皱得更紧了。人群中又响起了一阵低沉的不满声。人们开始交头接耳，悄声低语。厂长的讲话黯然失色，对他的最初的信任开始枯竭。

"我永远站在工人阶级这一边……"

"噢，共产党员！我们的工资钱带来了吗？"廖瓦喊道。

"现在谁都不容易！"面对责难，厂长用坚定而威严的语气答道。

"这个'谁'是谁？"，廖瓦的嘴也不是省油的灯，"你照过镜子瞧瞧自己那张脸吗？它比总理的还宽！"

"人家问你钱呢！"谢尔盖声色俱厉地喊道，免得把工人集会变成一场闹剧，"您带来结算的钱了吗？给大家发工资吗？"

"我已经回答了。现在谁都不容易……钱我们应该一起来挣！"

突然发生了大家都意想不到的一幕。莉扎，站在厂长旁边，看来，更清楚地意识到了厂长关于钱的态度，整个人变得苍白无力，嘴唇打着颤，眼里放出疯狂的光。忽然，她像一头豹子猛扑到厂长身上，用双手锁住他的喉咙。一切都发生得这样突然，一头浅发的警卫员一直防范着近处的工人，忽略了莉扎。第一排的人们不由自主地跟在她身后波动起来，把警卫员挤离了他的首长。

有人吹了声刺耳的口哨，人群开始摆动起来，嘲弄声挖苦声此起彼伏，一下子充满了狂怒。工人成群地用力挤压，将警卫员和厂长完全隔离开来，而厂长被围在狭窄的圆环中成了俘虏。

有的人踹他，有的人拽他的衣袖，还有的人试图拉架，伸手去掰开莉扎……四面八方的人群挤压着厂长，他的眼中充满了恐惧，脸色苍白，呼吸急促，张着嘴大口吸气，试图从脖子上甩开疯狂的女铣工那紧扣的手指。莉扎头上的贝雷帽被打掉了，落在了地上，脸上已经泛起几处暴力所致的深红色的斑点，嘴角流着口水，没有呼号，没有呻吟，没有话语，而是心中的某种怨恨迸发了。厂长的脖子上几道紫痕清晰可见：几条刚刚抓破的伤口，渗着血迹。

"下流坯！叛徒！"

"出卖灵魂的党棍！"

"在这些肥牛眼中永远都是人民有错……"

"打倒新资本家，伙伴们！"廖瓦慷慨激昂的声音恶毒地搅动了人群。

在这场斗殴中暗含着某种狂热和快意。就像儿时的"叠人堆儿"游戏"人堆儿小——不要我吗？"可是与此同时还有一种绝望和走投无路的情绪，似乎连工作、赚钱的零星希望都熄灭了。莉扎大哭起来，双肩颤抖着。人群嗡嗡的嘈杂声如同一窝蜂，他们把厂长团团围住，冲着他喊着什么。

突然砰的一声枪响！在这些宽肩膀的灰色男人群中东奔西窜的警卫员，无法穿过人群接近厂长，他从上衣下面的枪套里拔出手枪，先发制人地朝天空放了一枪。所有的人瞬间吓呆了，愣住了。

"闪开！边儿上去！走开！"警卫员吼叫着，不顾一切地冲向自己的被监护人。

"用大炮吓唬人？走狗！"廖瓦愤怒地喊道，把自己的红旗往别人手里一塞，勇敢地拦住了杀气腾腾的警卫员的去路。

出于愤怒和狂热，人群再度鼎沸起来。廖瓦机灵地钻到警卫员的背后，巧妙地（格斗没有白学）朝他的肝脏一侧打出一记短拳，把他手持武器的胳膊向上一弯，枪掉在了水洼里。为了确保警卫员无法反抗，廖瓦又猛力朝着他的脖子擂了一拳。

"工友们，我把他制服了！我制服了这头公山羊！"他大吼着，一身胜利者的豪气。

遭到廖瓦的击打后，警卫员并没有倒地——毕竟年轻又强壮，他摇摇晃晃地站在那里，双手在空中乱抓，双眼空洞，浅灰无神……

黑色伏尔加司机扑过来帮厂长的忙。可是他刚扎入人群，又传来了轰隆一声巨响。尤尔卡，莉扎的儿子，把一块大砖头朝领导轿车的后窗玻璃狠狠砸去。司机不知所措：去哪儿？怎么办？跑去抓混小子还是去救长官？还是折回轿车那儿，乌黑锃亮的后备箱上落满了碎玻璃片？

警车的鸣笛声疯狂而灼热,直烧到骨头。带警示灯的乌阿斯牌警车以及特警队的大客车疾速行驶,似乎准备好去哪个角落躲藏起来。

人们向四下里散去,退离了厂长和警卫员,留下遭受痛打的他们在厂前广场的中央。有的人沿着工厂的栅栏立刻溜掉了,但是人群中的大多数留了下来抵抗被警报器和警示灯惹恼的警车。

警察知道自己的职责所在。人群还没醒悟过来,就已经被分割开、打散、完全瘫痪了。现在已经不再是人群,而是可怜的一小撮一小撮人,一群身穿黑色制服、手持黑色警棍在头上盘旋的特警队员朝他们猛扑过来。

特警队员对叛乱分子决不拖泥带水:谁赶上热情的手,那就饱尝一顿橡胶警棍。谁胆敢反抗,逃跑或者大声叫喊,像廖瓦·乔尔内赫:"本土的人民要用警棍来教训?下流的'条子'!"这样的人,干脆收拾走送监狱。

廖瓦的被捕也是一出闹剧。他大声喊叫,胡闹捣乱,而当三名特警队员包围了他,他却突然微微一笑,举起双手:"好了,垃圾,我投降!逮捕我吧!"

疯狂的头戴钢盔的特警队员也朝谢尔盖·康德拉托夫冲去,用肘部撞向他的前胸,一边粗暴地大喊着:"散开!散开!"谢尔盖没有像出于自我保护的本能那样愤怒,他放过特警队员到前边,然后抓住他的袖子,做了一个擒拿。可是随后一切突然都团成了团儿。眼冒金星!橡胶警棍沿着后背一击,一头儿还打在脖子上,谢尔盖顿时失去了知觉,眼前一黑。他马上被反剪双臂,拖上了特警队的大客车。一切都从眼前闪过,头上传来一阵呼喊声。透过眼角他发现了叛乱的主要分子莉扎,她蹲在栅栏旁,披头散发的,用双臂蒙着头。还在某一时刻,他看到了奥古涅夫,他正围着厂长转呢。

工厂通道前面、关闭的大门前面以及行政大楼前面的广场很快空无一人。大门上的标语涸得更不像样子,耷拉了下来。烟头、碎玻璃、脏兮兮的红旗和蓝色的贝雷帽——已经被人们踩破、莉扎丢失的那顶……细雨如丝，轻轻地磨光毫无成果的对抗的痕迹。

被拘留的抗议者在警察局里受尽了折磨，在猴笼子里——带有金属栅门的囚房。他们被逐一叫到侦察员那里接受询问和编写审讯记录。逐个、间隔开来释放，是为了不让这些男工们重新聚集成群闹事，避免集体酗酒的可能。

"科斯佳，做完这张笔录，然后干什么呢？"谢尔盖问道，坐在办公室里侦查员舒宾的对面，这是一位上尉级别的侦查员，留着齐整的黑色短髭，有一双欢快的眼睛。舒宾和康德拉托夫住在一条街上，他们很早就认识。

"你们要交罚款，滑头们，破坏公共秩序，和其他一切破坏行为。"

"还上哪儿能搞到罚款的钱呢？"

"找外捞吧！"舒宾马上答道，"我现在把你们这些滑头处理完了，做完笔录，我就去卸货。在车站我有一个类似包工的装卸工人队。"他扯下笔录——纸上的记录几乎都是无意识机械地进行的，狡黠地一笑，结果一根胡子高过另一根："要知道我不久前刚结婚，谢尔盖，还不到一年呢。要体面地养活漂亮的老婆，要穿得漂亮，家具考究。那个也想，这个也要……我不会收取贿赂，所以不得不自己玩儿命。"

谢尔盖知道舒宾结婚了，知道他的妻子不是本地人，来自萨马拉，在警察学校的培训班上找到了她欢快的上尉。舒宾毫不掩饰地夸赞道，他的妻子年轻，美貌：樱桃嘴，大眼睛，黑亮亮的，丰满的胸脯，大腿诱人地摆动着……谢尔盖见过她几次。每次走过身边,都会不由自主地瞟上一眼,从下到上地打量一遭,常常边看边想:"科斯佳真行,搞到了这么漂亮的美人儿!"

"如果你愿意,我可以带上你,"舒宾说道,"我正打算组建一个新的装卸队。罚款两个晚上就可以挣出来。"

"没办法——这是公务。他们乐于用警棍教训对方一顿,可是——唉,没有上级的命令……顺便说一句,那儿有两个弟兄,一个是工厂的,一个是特警……我也是抓那些工人、那些穷光蛋,编写他们作案记录。要知道你们工厂把二百吨的钛合金当作废金属卖到国外。我们什么也做不了。私人财产高于国家利益!简而言之:自私自利最重要。在这儿签字。"舒宾把笔录推到桌边。

"我们都是胆小鬼吗,科斯佳?"伏在那页纸上,谢尔盖嘟囔着,"兄弟之间自相残杀。车厢拖着巨人。你靠装卸工捞外快。我工程师——一文不值。在自己的国家像个租户。主要是我不明白:力量属于谁?真理属于谁?……当初的国家紧急状态委员会:里面都是些酒鬼和没头脑的轻浮人。一九九三年发生了新的争端。反对叶利钦的人——从前和他拥抱着同行……私股证券、通货膨胀、拖欠债务。一看电视就想啐一口唾沫。我们一直是局外人,保持沉默。这么说来,我们是害怕?"

"别多想了,谢尔盖,生活本身会一切恢复正常的。"舒宾嘲弄地一笑。

"也许,会恢复正常的。只是不知道会在我们这个世纪吗?"

"在我们这个世纪!当然,在我们这个世纪!整个的生活来日方长呢!"侦查员无忧无虑地答道。

办公室的门霍地开了,没有敲门,一个一脸红疙瘩的警察中士探进头来望了一眼:

"上尉同志,年少的复仇者抓住了,把他带到哪儿?"

"还有什么复仇者?"

"半大小子，用砖头把伏尔加轿车的玻璃砸坏了。"

"尤尔卡！"谢尔盖怀着一种痛苦的欣喜猜到，想起不幸的叛乱妇女莉扎的儿子。

"科斯佳，求你放了那个男孩子，"谢尔盖神秘地对舒宾说道，"我们无法保护自己，孩子们为了我们就自发地闹事……不要追责放了他吧，他妈妈的情况现在非常糟糕。"

***

工人们表现出团结一致的决心：他们等到所有的工人都从警察局里放出来，不让一个人留在预押室里过夜。警察们也想尽快摆脱那些劳动者，非常同情工厂墙下被愚弄的愤怒的人民。

当所有被拘押的人都得到自由后，一个决定悬而未决：需要仔细琢磨和喝酒庆祝发生的事件。不是整个叛乱群体，而是分为几个友好的团队。谢尔盖·康德拉托夫和廖瓦·乔尔内赫被"仓库管理员"请去做客。去板棚。他在那儿储藏了半俄石的红莓酒。

"不比勃伦茨阿洛夫酒差！""仓库管理员"保证道，虽然谁也没有要求他做出这样的保证。众所周知，"仓库管理员"的红莓酒用的是质地非常精良的甲醇，是从他做药剂师的妹妹的药店里买来的。"兄弟们，记住，喝醉不取决于喝的数量多少和酒的好坏，如果和正派人喝酒，喝醉了也不是累赘，如果和品行不端的人喝，哪怕是喝点儿国外的马丁尼，早晨整个内脏都要翻上来。我说的对吗，兄弟们？啊？"

在去板棚的路上鲍里斯·瓦伊斯曼加入了他们的团队。在一片混乱、特警到来的时候，他融化了，消失了，潜入到泥潭中的什么地方去了，就像一条鲍鱼。现在浮上来了，就像健壮而精力充沛的小黄瓜……面对特警的蟹螯，鲍里斯偷偷溜走了，工友们没有责备，没有怨恨，并无恶意地取笑而已。

"你不该跑,鲍利卡,"廖瓦责备道,"塞给条子们瞧一下'新闻界'证明,说不定他们对我们会温柔点儿,对你谁也不敢动一下手指头儿。瞧,你穿着皮衣,墨镜是金框的,方格鸭舌帽。一看就知道你是有来历的……"

"狗仔队这些家伙只要一碰,""仓库管理员"快活地低声说道,扶了扶头上被蛾子蛀坏的帽子,"就跟踩上了狗屎似的。会闹新闻自由闹得天翻地覆!所有的人都会忘记为什么到工厂那儿集会去了。是吧?

"我是编辑部的,已经发稿了。关于工厂明天就可以见诸报端。"鲍里斯宣布。

"一切都如实报道的?"谢尔盖问道。

"我不编瞎话!"

爱说话的四人团,边聊边喝着红莓酒,谁都不觉着鲍里斯·瓦伊斯曼多余。"鲍连卡,我的儿啊,你不能和他们学。他们是工人,是俄罗斯人。他们通常都是酒徒,而你这样很不体面……"母亲波利娜·扬格列夫娜不止一次教诲鲍里斯,每当他从枕头上揪起由于酒醉而沉甸甸的头,摸到床头柜上的眼镜,把它架到肿胀的鼻子上,"向你爸爸学习,他又会消遣,又能喝酒。但从不会烂醉如泥……"瓦伊斯曼一家来到尼科利斯克是命运的安排,就是国家安全部支配的那个命运。战后的一九四九年,来自白俄罗斯维捷布斯克的x射线医师戴维·瓦伊斯曼被宣布为人民公敌。斯大林去世之后的一九五六年,他从北方的集中营获释,让自己的未婚妻波利娜离开维捷布斯克搬到附近的尼科利斯克老城,因为可以让他选择居住的地方是受限制的。在这儿孩子们出生了。最小的一个:是鲍连卡。曾经有过一段时间,瓦伊斯曼一家像老城区所有的住户一样,靠种地过活。餐桌上的土豆、洋葱、大蒜、黄瓜都来源于自留地。鲍利卡在青少年时期乃至后来一直无法忍受农活,回避铁锹,蔑视培土犁,仇恨种土豆的垄沟。可是有一次他和邻居的小伙子们喝得昏头胀脑的,比素来如此的俄罗斯人喝得还邪乎。话说回来,他年轻的酒友中,还很少有人突出他的民族特性。所有人都认为瓦伊斯曼家人已经完全俄罗斯化了。难怪廖瓦·乔尔内赫会给朋友讲挖苦犹太人的笑话。但还是那个廖瓦,如果在义不容辞的情况下,会担当鲍里斯忠实的保护者和助手。

"仓库管理员"的板棚里,工人们围坐在一起:大家有的坐在空木箱上,有的在翻了个儿的木桶上,有的在白桦短木桩上。中央是一块放在砖头上的胶合板,上面放着浊绿色的玻璃器皿,里面盛着250毫升茶色的果酒;还有发黄的玻璃方杯,一整个儿面包,一罐腌西红柿和一铁碗渍苹果。板棚里光线昏暗,散发着木柴、老羊皮袄和受潮的鸭绒褥子的气息,还混杂着丢弃的鞋子的味道,以及任何板棚和阁楼都喜欢的生锈的金属垃圾的气味。

令人苦闷厌烦的毛毛雨停了。透过打破了半块玻璃的方窗,可以看得到从河面升起的橙黄色的月亮,上面是晶莹剔透的陆地。清晰而寒冷。虽说已是四月,可是到了夜里春天的暖意消失殆尽,寒意袭人,有时水洼里还会结起冰泡。

寒冷并不影响什么:酒精带着红莓果的香气不可抗拒地发生了作用,烧得热血沸腾。为了照亮板棚,仓库管理员点燃了一盏洪荒时代的煤油灯。大家的话多了起来,带着醉酒的快活心情,打着手势,喷吐着烟雾。煤油灯微弱的光在影子间晃来晃去,聊天的话题也转来换去。

"这个厂长——小卒一个。他一个人怎么会马上扭转乾坤?整个国家需要振兴起来,"谢尔盖说道,"莉扎抓破了他的脸——这也是我们要学习的。女人突然发作了,我们所有的人也会突然发作的——这样没法儿活。"

"谢廖卡,你说,如果让你枪杀一个近期的高官,"廖瓦扔出了一道题,"你会去杀谁?要是我——先杀了胖子盖达尔①!

---

① 叶果尔·吉姆洛维奇·盖达尔(1956—2009),俄罗斯国务和政治活动家、经济学家。担任俄罗斯副总理期间(1992—1994),在经济上推行"休克疗法"。

要是你会选谁？"

对于朋友的残暴幻想谢尔盖冷冷一笑，但还是非常严肃地答道：

"要是我就毙了戈尔巴乔夫。"

"口头上我们所有人都很勇敢。"鲍里斯说道。

"真的去射杀吗？啊？""仓库管理员"想得到证实。

"别的人不知道，但是这个人，是真的。我要个人对他宣判，然后所有的三十发子弹从新型卡拉什尼科夫冲锋枪一梭子打出去。"

康德拉托夫犹如花岗石般坚定不移地深信，国内腐败的始作俑者是最后一位苏共总书记，那位头上有一块斑点，好像魔鬼的标记的人。他还深信，如果给他一把冲锋枪，国产的"卡拉什尼科夫"——他在边境服役的两年随身携带的就是这款枪，从来都是枪不离身，如果真的让他凭自己的良心去审判一位曾经给国家带来灾难的执政者，他会无畏地扣下扳机，咬牙切齿地说："这是给你的，犹大，为了被毁掉的国家，为了被劫掠的工厂，为了空酒瓶子……"

"暂时美国佬给我们贷款，用他的烂鸡肉喂养我们，"廖瓦抓起了一个新的话题，"不会有好结果的。他们帮助所有的国家：给你十个戈比好东西，带来两倍的臭大粪。"

"对于美国没什么好埋怨的。西方没教我们偷自己，"鲍里斯说道，他那弧形的镜架在煤油灯火苗下发出些微红色的光，镜片上散发出萨满教般的光芒，透过这轻盈滑动的光，鲍里斯看起来比实际上更添几分醉意，"我们没有秩序……俄罗斯所有的进步都或多或少和外国人有关联。留里克王族是外族人；叶卡捷琳娜二世是雅利安人；彼得一世完全是一个德意志化的皇帝……"

"你还提拔都汗，要不要！鲍利卡，丢掉你那一套反俄宣传吧！"廖瓦握紧了拳头，恐吓道，"你那些狡猾的同族人也给了我们生活的教训。战争期间整个俄罗斯都在抛洒热血。你不是唯

——一个会看书的。我们也学过索尔仁尼琴和沙法列维奇。"

"不管怎么说上帝是在我们这一边的，"响起了"仓库管理员"的低音，"我在书上看过，兄弟们，由于气候变暖冰山很快就会融化，地轴会转到别的角度。你们觉得，会有什么后果？啊？整个臭美国都会淹没在大洪水之中。这是上帝为了俄罗斯对他们进行的复仇之举。"

有人小声地敲了敲板棚的门，谈话停了下来。

"是谁？啊？""仓库管理员"皱着眉喊道。

朝街半开着的门留出一片蓝色的空间，出现了一位妇女苍白的面孔。来的是"仓库管理员"的妻子齐娜伊达。

"你们在干嘛？伙计们？"她摇了摇头，"到家里去吧，坐有坐相，吃有吃相，你们又不是流浪汉，干嘛在板棚里？"

邀请遭到了一致拒绝："我们在这儿棒极了，谁也不妨碍。"齐娜伊达走了。为什么"仓库管理员"对她——朴实、不爱骂人的婆娘——掩藏自制的迷魂汤？对此工人们也议论了一番，调侃的成分居多。最后得出了结论，聪明的女人从来都不会责骂自己的丈夫喝酒——是喝酒，不是醉酒……又一次干了半杯红莓酒，酒宴平稳地接近了尾声。

第一个起身告辞的是鲍里斯。他从箱子上站起来，扣上皮外衣的纽扣，扶正头上的方格鸭舌帽，嘟哝道：

"好了，工友们！再会！"随后走出了板棚。

明月当空，银光闪耀。透明的大陆已经无迹可寻，只能依稀辨认得出在浑圆银色的大海上有些泛白的群岛。

走出一段路后，鲍里斯逐渐适应了黑暗，他转到最近的五层砖楼的拐角处，停了下来解手。月光泻在他的后背，鲍里斯的影子，折断在地上和砖砌的墙上。虽然喝了不少的烧酒，不过他头脑还非常清楚，稍微向旁边挪了一下，不让小便淋在自己的影子上。"一群蠢货！"，他脱口骂道，滑稽地模仿着廖瓦，心想：俄罗斯人，俄罗斯人……蜜罐里长大的。石油、天然气、钻石、镍矿、铝矿……可是整个城市里连一间体面的厕所都没有！像牲畜似的生活了千年，现在还是这样子。他幻想美国发洪水，傻瓜的国家！

月亮不情愿而冷漠地窥视着鲍里斯：看他如何在砖墙上用小水画着图案，同时还保护着自己的影子。

当鲍里斯·瓦伊斯曼沿着尼科利斯克城黑暗的街道往家走的时候，当地印刷厂的报纸车间里，印刷机的滚筒上正在印制他那带有注解的最新报道，用的是笔名鲍里斯·布里特维恩。

"……不，在俄罗斯进行革命的不是赫尔岑分子也不是马克思分子，不是民意党人也不是犹太共济会会员，无论顽固的保皇党黑帮如何乐于证实，也不是他们，甚至也不是布尔什维克。在俄罗斯进行革命的是生计没有着落的女人！没有什么人会比一个望着自己饥饿的孩子的妇女陷入更令人绝望的处境了。正是她们，这些绝望的女人，用自己工人丈夫为利器，成为一九一七年革命政变的推动力量。

反对万恶欺诈的资本的新俄罗斯革命也需要妇女的发起。让我们拭目以待。今天的压迫者使女人下苦涩的眼泪，明天他们必有报应！"

接下来在《尼科利斯克真理报》中，关于尤尔卡的流氓举动有这样一段文字，报纸允许自己的最佳评论员鲍里斯·布里特维恩自由地放纵亲共的视角，"这不是胡闹——这是保护父母的利益。这些孩子早晚会要求最高当局就他们父母的贫困做出回答，并且会立刻向资本这个盗贼进行复仇。他们会扯着嗓子喊出私有证券、存折上那些属于父母的钱。今天的富人以为，可以逃脱一切罪责，这是空想。为了被劫掠的俄罗斯，为了被消亡的伟大的强国，复仇的一代有权剥下他们的皮。"

板棚里的声音不知不觉中完全沉寂下来。煤油灯中的火苗也暗淡无光起来。

喝完的250毫升的空瓶子泛着绿光。"仓库管理员"忧郁地泛出了褐色，身子发沉，坐在那里一动不动，像一座肥胖的雕像，只是不时地抬起手臂，单调地扶正圆帽，他头上的圆帽戴得不稳，他力图把帽子扣得更深些，可是帽子太旧了，或者是由于时间太久，或者是由于坏天气，它不想在醉酒主人的头上牢牢地待着。齐娜伊达又来了，几乎没言语就拉着"仓库管理员"回家。他乖乖地跟着她，牵着妻子的手。

在板棚旁廖瓦和谢尔盖也没有多说话就分手了。

廖瓦走在通往老城的路上。寒冷的夜色中令他格外清醒，思考着亟待解决的问题：想着已经很久没有工作了，想着事实上现在靠着母亲的退休金生活，想着他又该去西伯利亚打工了。

廖瓦没有到自己的家，而是转到邻家的小门前，用拳头擂起了门。由于他深夜突然的敲门声，圆木屋似乎整个都响了起来，震颤起来。很快在窗口惊恐地突然亮起了灯。屋中传来了沙沙作响的急促的脚步声。

"瓦尼亚，是我。你的铁哥门儿乔尔内赫，快开门。十万火急。"廖瓦故意声嘶力竭地说道。

门开了。伊万·基里亚科夫蓬头乱发、睡眼惺忪，肩上披着毛皮短外套，穿着秋裤，站在了廖瓦面前。生活中他是个孤苦伶仃的人，有点儿抠门，手头上总是有些闲钱，他在市场上卖些卫生用品谋生。

"我要一罐蜂蜜。应急，治嗓子……你听，伊万，我的嗓子多哑？可明天我要在会议上讲话。快给点儿蜂蜜吧！"

"要是有该多好！"或许是由于寒冷，或许是出于吝啬，基里亚科夫瑟缩着答道。他没有因为无端被吵醒而责骂，看出这个带着奇怪要求的不速之客是喝醉了。"也许，酒不够喝了？这样，你去桑·桑内奇那儿去一趟，他会给你倒点儿烧酒的。他酿酒，我知道。"

"我要蜂蜜，蜂蜜！你怎么就不明白呢！在大会上没有一副好嗓子，我算什么演说家啊？别冻我了，瓦尼亚，也别刁难我了。给我点儿蜂蜜，没啥好犹豫的。"

经过一番争吵，基里亚科夫借口缺少这样的蜂蜜，廖瓦用细管倒出了小小的一罐，把甜蜜的小罐向怀里一塞，用手指戳了一下瓦尼亚的胸脯，声音清亮没有任何嘶哑地说道：

"瓦尼亚，你有良心！你没有完全烙上资本主义市场的印记。上帝会回报你的牺牲的。在恐怖的审判法庭上我去充当保护人……"他将手指转向天空。

"呸！你小丑一个……"伊万骂了句娘，在廖瓦红褐色的鼻头前恼恨地咣当一声关上了门。

为什么醉酒的廖瓦在深夜里索取蜂蜜？不是为他自己——是为了母亲。她还不算很老，不久前才退休，可是他对她就像对待一位老妇人——常常赠送些小礼物给她。每天晚上他都尽力想给她带点儿什么，哪怕是一块廉价的硬糖，哪怕是一个小苹果，哪怕是配茶的柠檬，哪怕是从邻居柴垛上拿来的一段白桦木块儿，"瞧，妈妈！从上面劈下一条——就会发生奇迹！在炉子里劈啪作响！像火药一样！"妈妈对这样的白桦木块儿也会满心欢喜。

谢尔盖低着头，浑身瑟缩着，走上了回家的路。繁星满天的夜空和耀眼的蓝色的月光，仿佛将春天又倒转回冬日的清寒。可是谢尔盖佝偻着身子，把头缩到肩膀里，不仅仅是因为夜里的凉意：他背疼，脖子痛。稍微踩空一脚或者在哪儿绊一下，粗重的橡胶警棍打伤的肌肉就会格外难受。

工厂斗殴的沮丧和警察局的不快之旅，他已经不放在心上，心头挥之不去的是离别带来的忧郁和压抑。真想和玛丽娜说说话。

他低声念叨着，好像在发送一封有声的信件：

"对不起，玛琳。和工友们喝了点儿酒。庆祝自由日。现在对我们来说就是尤里节……用警棍殴打劳动人民……真的，对于俄罗斯这样的崩溃谁也不会去谴责，也没有谁可谴责吗？"谢尔盖停下脚步，抬头望了眼夜空，望向遥远的星空，温柔地低语呢喃:"我想你,玛琳。非常想你。到了晚上一个人很久都睡不着,早晨醒来又惊恐万分:我的玛琳卡在哪儿?她在哪儿?为什么她要离开这么久?去那么远的地方?"他苦笑了一下,由于几分醉意和涌上心头的伤感,他的嗓子哽咽起来;内心隐隐作痛……他疯狂地想念玛丽娜。玛丽娜不在对他的肉体是一种折磨。十几年来的共同生活中,他们还从未分离得这么远,根据疗养证和路程推算要分开将近一个月这么久。"在那儿治疗一下。好好看看大海。黑海,据说,很美。等你回来,给我和莲卡好好讲讲……一切都会好的。工作,钱。就是快点儿回来吧。"

回到家里,谢尔盖委屈万分的女儿,飞快地问他:

"爸,你去哪儿了?我等着你,死等!妈妈来电话了,问起你……"

"她什么时候回来?"谢尔盖精神一振。

"你怎么了?还要很久,"莲卡惊讶地说道,"她才走了一周啊!"

透过窗户的气窗传来大海的喧嚣声,富有节奏,轰隆作响,间杂着些许沙沙的声音。

风暴来了。

灰色混浊的海浪裹挟着马鬃般白色的泡沫滚滚奔腾,摔落在岸上,击打着,卷起细小的卵石翩翩起舞。之后海浪环环扣住大的鹅卵石,不情愿地向后退去,遇到陡立而来的新的海浪,它们汇合在一处,灰绿色的海水更加沸腾,更加汹涌,泛滥在岸上,泡沫随之散去。

某时某刻,沉重的海浪的咆哮声撞击着玛丽娜沉睡的意识,她醒了。远处大海的咆哮声盈满了黎明前静谧的房间。她的心常常猛烈地跳动着。梦中有人在追赶玛琳娜。她不知道是谁在追赶她，不敢转身向后看，却感觉得到有人在追她。她拼命地跑，想摆脱追踪的人，迎面的风声灌满了双耳，压倒了其他所有的声响。现在耳朵里也有嘈杂声，大海的嘈杂。

追踪的感觉，确切地说，追踪的恐惧感，从那晚过后，在玛丽娜的梦中就会经常出现。从园艺老人的房子里，从他的房客那儿，她胡乱快速地穿上裙子，抓起风衣，窜了出去，整个人都傻了。她沿着斜坡下的一条街道在黑暗中奔跑着，朝着河滨的灯火奔去，透过树丛，窗口亮起灯光的救命草疗养院在远处依稀可见。

在路上她摔倒了，磕伤了膝盖，疼得哭了。某一瞬间她整个内脏翻江倒海，不由得呕吐起来。她呻吟着，由于痛，因为疼，出于怕。她总觉着背后有追赶的喘息声。眼看着，在某个刹那，鲁斯兰一把抓住她的肩："哎哎，美女，别急！……"更令人无法忍受，更令人可怕的是，如果他的哥哥法齐尔抓住她，这头畜生……

到了疗养院的林荫道上，有了路灯，似乎安全了，玛丽娜还是缩成一团，与其说是羞于见人，不如说是因为看不见的追踪者。她竖起风衣的衣领，躲开对面脸上留络腮胡子的行人……拖着疲惫不堪的身体，似乎被棍子打得遍体鳞伤，她飞快地走着，孤僻离群，却很不自信，喝的红酒开始发作，她微微摆动着身体，有时脚步错乱，歪歪斜斜走在自己那蓬乱、摇晃的影子上。

到了自己的房间，玛丽娜一头倒在床上，嚎啕大哭起来。对不知所措的室友和盘托出：

"我，柳芭，被车臣人强奸了。"

柳芭莎举起双手一拍，晃动着自己的大胸，惊讶地说道：

"你怎么会这样！整个黑海的本地人都认为俄罗斯妇女是妓

女。靠近他们都很危险，更甭提搭话了！……尤其是车臣人。或许，他们是某个恐怖组织的成员。他们偷窃，或者贩毒。他们真是些令人捉摸不透的人。可以刚刚还对你微笑，然后马上拿刀捅向你的肋骨！"泼出最初惊异的痛苦后，稍稍冷静下来，柳芭莎坐到了玛丽娜身旁，安抚道："你哪怕是因为刑事案件和一个野蛮的亚洲人，和一个中亚人纠缠在一起，也胜过和这头畜生。"

"也许，我该报警？"玛丽娜抽泣着问道。

"你说什么呢！这可是高加索！官官相护，乌鸦之间是不会互相啄眼睛的。这儿的人不喜欢俄罗斯人。现在俄罗斯人在哪儿都不吃香。从哈萨克斯坦被撵了出去，从波罗的海被赶了出来。甚至克里米亚，也被一撮毛①乌克兰人和鞑靼人窃走了。在这儿，高加索，即使在苏联时期也没有秩序，现在……对于发生的一切要保守秘密！我在哪儿看过：据统计，每四个妇女中就有一个被强奸，或者未经同意而遭到非礼……好好睡一觉吧。我现在给你倒点儿镇静剂喝。早晨比晚上更明智。"

可是早晨比晚上更痛苦。醉酒引起隐隐的头痛，磕破的膝盖火辣辣地疼，已经出现淤青，胳膊肘也磕青了，五脏六腑里是想恶心呕吐的痛苦。如果能不看整个世界，不睁开双眼——遮住黎明的曙光，该有多好！她不是沉浸于被追赶的梦境，而是沉浸于一无所有的黑暗中。她不用相信，也不用承认在园艺老人房子里发生的一切。

"我得走！今天就走！"玛丽娜突然冒出这句话，接着就飞快地从被窝里爬了起来。

凌晨时柳芭莎通常觉很轻，这是乡下生活养成的习惯。玛丽娜急剧的动作惊醒了她。她马上用拳头揉了揉眼睛，挠了挠头发，打了一个很响的哈欠。

"我不想看了！"玛丽娜从内心里痛苦地发泄道，她站在窗

---

① 对乌克兰男人的一种称呼。旧时乌克兰男人在剃光头顶的脑门上留下一小绺头发。

前,望着大海,望着海岸。"我得走!现在就走!"

"你想什么呢?你去哪儿!"柳芭莎故意刺激她道,"你的脸上全都写着呢。在这种状态下突然跑到老公那儿:'接受我吧,亲爱的……'最好在这儿多待一段时间,平静下来。为了猩猩人渣放弃治疗,不值得。"

玛丽娜抽了抽鼻子,可是忍住了眼泪,只是在内心里更加委屈,风暴中肮脏的海浪溅向自己的灵魂,触及昨天的伤痛。

海浪好像从大海的深处,从笼罩着晨雾的最核心处,积聚起来。它们逐渐高涨,毛绒绒的,笨手笨脚地一个搭着一个,爬向岸边,在那里把浪峰的泡沫梳子摔碎。

突然有人敲门。在清晨的寂静中敲门声听上去很不友好,非常固执,刺痛着玛丽娜的心。她的目光中流露出恐怖,脑子里龙卷风般地飞转着昨天的事。

"柳布什卡,救救我!又是他们!"她疯狂而惊慌地小声嘀咕着,抓起床单,迅速地裹住自己,藏到了角落里。

柳芭莎不慌不忙地穿上睡袍,穿过狭窄的过道,坚定而大声地问道:

"是谁?"

"我是来送皮包的,"门外响起了低沉的声音,"康德拉托娃处(住)在这儿吗?"

很快房间里走进了园艺老人。他的手里拿着一个塑料袋:没有把找到的东西暴露在外面,免得别人看到。园艺老人和往常一样,穿着深色的夹克,戴着卡拉库利羔羊皮帽。苍老的面容上,布满了深色的皱纹,给人感觉目无表情。

"给,"老人平淡地说道,"你忘了。包挂在钉子上,里面有本书,我看了一眼……"他想把包递到主人的手里;他,显然,马上就断定,主人是她——玛丽娜,站在角落里,身上裹着床单。

但是玛丽娜一动没动,她不能,也不想把手从床单下伸出来去迎接园艺老人。他默默地把塑料袋放在椅子上，转过身，准备走出去。

他的整个外表，苍老，粗糙，从前令玛丽娜感到惊讶的罕见的深深的皱纹，有些甚至透过灰白的胡须也隐约可见，如今在她内心里却产生了一股强烈的敌意。似乎这位老车臣人也曾挖苦过她，贬损她的尊严，把包送来：给，街头女郎，别再丢了！玛丽娜的双唇颤抖着，一阵神经质的苍白掠过她的脸庞，她带着一种狂怒的无畏抛出了满心的痛苦：

"畜生！你们都死了算了！就知道抢劫和强奸！野兽！你们所有人都该死！"

老人愣住了。好像这些恶毒的话让他慌张起来。他站在那里，似乎在等着，等着还有侮辱性的话语向他射来。可是玛丽娜沉默了，只有胸膛出于愤怒急促地起伏着。

老人慢慢地转过身来，看着她的脸。他那双南方人的黑眼睛在灰黄的苔藓般的眉毛下，看起来并不凶狠。眼神很迷人，甚至显得有些无助。没过多久，他低下了头。他似乎在考虑：值不值得对这个狂怒的女人说点什么？接着他抬起了头，朝玛丽娜伸出双手：

"闺女，你看看我的这双手，"老人的手长着厚厚的、有些发黄的指甲，黝黑，布满了皱纹，还有凸起的筋包。同他干瘦、驼背的身躯相比，他的手又大又笨，"我这一僧（生）"，他用略微沙哑而压低的声音说道，"用这双手在地里干活，谁都不希望我使（死），我也不希望任何人使（死）。你的兄弟们来到了我的土地上，他们毁掉了我的房子。我就到这儿来了。现债（在）我的很多兄弟们也被迫四处漂泊……"

"好了，好了，好了！"柳芭莎说道。她警觉地站在那里，等待机会，尽早把事情收场。"可你们把多少俄罗斯人变成了难民！你，这么大年纪，不要在这儿散布一面之词……好了，好了，好了！我知道您。别劳累过度了。一人耕田，七人吃饭。干活的人少，吃饭的人多。我们对你不要求索赔。走吧！谢谢您把包送来。"

老人又低下了头，转过身去，两脚蹭着地，朝门走去。

歇斯底里的举动之后，玛丽娜更加苦恼了。找到了丢失的皮包，里面装着疗养手册和一点儿钱，这并未给她带来快乐。

"海上起风暴了。走看看去，很有趣。"百折不挠的柳芭莎召唤道。

"我得走，"玛丽娜答非所问，"我得走！不想看！"

"你哪儿也不能去，我不放你走！"

这一天玛丽娜待在房间里，柳芭莎替她从食堂里取来食物。

***

第二天风暴没有平息，反而更强劲了。叛逆的魔力，隐秘在隆隆滚动的巨浪声中，吸引着休养的人们。玛丽娜对于观看这种自然奇观也着了迷。

海浪带着狂怒扑通一声摔落在岸上，落在日光浴场的混凝土桩上，落在岸上工事的巨石上，落在残破的防波堤和丁坝上。浪花四溅，击打在陡峭的山坡上，化作雪白的泡沫，平息下来；接着又卷土重来。

在空旷无人的野浴场上方的斜坡上，玛丽娜给自己找了一处幽静的角落，空无一人，在斑斑点点的梧桐树下面的长椅上，玛丽娜不停地咬着嘴唇……有的时候她的面容很平静，看上去甚至远离尘世而又沉着泰然。可是有的时候表情突然发生了变化，不安的红晕浮上面颊，双唇苍白，目光游离了海面，闭塞在自己内心的黑暗处。

格鲁吉亚葡萄酒"萨佩拉维"——她很想尝尝。这位来自莫斯科的旅伴，普罗科普·伊万诺维奇，曾经对它夸口称赞……。为什么会这样？园艺工人，这位老人阿赫迈德，一眼就看得出来，他是个勤快人。而鲁斯兰认识他。他就凭这一点靠近了她……鲁斯兰——叛徒，坏蛋，恶棍！他骗取了信任。假装成友善的样子，借用电话，请客吃饭，突然变得像头野兽！接着是他的哥哥……恶魔！我恨！

玛丽娜再次哽咽了，真想抱头痛哭。但是她克制住了。这个夜晚她就这样在泪水中度过，整个脸都哭肿了。现在她努力保持不哭，像念咒语似的不停地重复着柳芭莎的话："别折磨自己！什么都不会改变！"

巨浪全力拍打在近处的防波堤上，摔得粉碎。风儿截住细小的水屑，将咸咸的水珠喷溅在玛丽娜的脸上。风……那时候夜里她也是被风惊醒的。飓风给尼科利斯克城带来了如注的暴雨。给姐姐瓦莲京娜带来了不幸，最后把玛丽娜赶到了这里，疗养院。

风儿扯碎了天空的云，阳光如耀眼的雪崩倾泻而下，远方的大海闪动着激动人心的绿色。离开大海，走出孤独，到疗养院的休养人员那里，玛丽娜不想。甚至梧桐树下僻静的长椅近处出现的人群也令玛丽娜赶到生气。她稍稍竖起风衣的衣领，说，边儿上去，看到没有，一位女士独自坐着，她对什么都没兴趣。

玛丽娜要柳芭莎发誓，不对任何人讲她的事。不过即使没有谣言和闲话，玛丽娜觉得她的身上还是有种印戳，它是恶意的标记，显而易见，并且众人皆知。

突然，不断重现的回忆又如海浪般涌上心头。当她和谢尔盖在尼科利斯克火车站告别时，曾不停地叮嘱他："照顾好莲卡！"他点点头，临别祝福道："自己多保重！""自己多保重！"什么意思？好像是提醒。似乎他知道，猜到了她会遇到倒霉事……

真不想从长椅上起身去诊疗所，去采取那些必须的治疗措施！

玛丽娜经过离疗养院不远的网球场时，听到有人叫她。一个男人的声音透过高高的铁丝防护网从球场上传来。

"怎么,您认不出来我了?非常高兴见到您……您安置得怎么样?休息得好吗?"罗曼·卡列特尼科夫身穿白色运动装,脚蹬白色运动鞋,头戴白色棒球帽,手握网球拍,柠檬黄色的网球围绕在脚旁。还是像从前一样优雅、清新、笑吟吟的。

"啊——啊,是您,您好。一切正常。"

玛丽娜不想像初次见面时那样梳理打扮一番。她连话都不想跟他说。

"他害得我还不够吗?!现在和他——再没任何'废话'",玛丽娜想到,对强暴者,对自己,对卡列特尼科夫,这个令人绝望地为时已晚的约会者,她变得残酷起来。她命令自己快步走开,手掌在风衣口袋里甚至握成了尖尖的小拳头,以坚定自己的意志:义无反顾地离开。在他面前,她绝不会为哭肿的脸颊和鼻子而感到羞耻。

"您去哪儿?请等等!"卡列特尼科夫乱了阵脚,紧贴着防护网。

为了追上玛丽娜,他需要从球场绕道过去,这很浪费时间。

她没有回应,没有转身。罗曼·卡列特尼科夫迷惑不解地愣在防护网前。

卡列特尼科夫出版社,靠着巨额数量的国家定购获得了很大的成功,罗曼是这家出版社的共同合资人和社长;私人公司的肥肉,当然,他也不嫌弃。不过企业的商业运作罗曼管得不多,卡列特尼科夫哥哥的控股公司专家负责。他的主要业务是扩大出版企业在教育领域的规模。

"我们白来格鲁吉亚了,不是时候。"罗曼说道。

他的话落入了翻松的土中。

"我跟你说什么来着，老兄！"普罗科普·伊万诺维奇马上接过话头，"现在谁都不需要这些花样。你亲自看到了赤贫的巴统。因为战争而满目疮痍的阿布哈兹呢？谁能今天就告诉我们这场战争的真相？参战的不只是阿布哈兹人和格鲁吉亚人，还有车臣人，以及新出世的哥萨克……而且阿布哈兹人中有不少是穆斯林，而格鲁吉亚人——一色儿基督徒。不过阿布哈兹人比格鲁吉亚人和俄罗斯更亲。不，罗曼·瓦西里耶维奇，别动高加索各民族的历史！"普罗科普·伊万诺维奇用自己办事员那软绵绵、肉乎乎的手轻轻地捋了下头，接着又用手掌笼住自己的胡子，"历史学本身：是很傲慢的妇人。她只计取胜利。失败对于她连情人都做不成！结果是，凡是关于人民的真相，历史都不会讲述的，尤其是高加索人民！克兰人、捷伊普人、大部落小部落、大家族小家族……能把俄罗斯历史搞清楚就很不错了。"

罗曼提起格鲁吉亚之行，间接地暗示自己的方案时，普罗科普·伊万诺维奇对话的激情爆发了。卡列特尼科夫精心策划着出版一套《民族史》。根据形态特征，阿布哈兹人和阿扎尔人刚巧排在方案的最前面："А-б"，"А-д"，字母表的最前列。策划的出版物的百科水准需要的正是这样一种方法和态度。况且在黑海的滨海坐落着卡列特尼科夫的别墅，罗曼可以不必抽象地接触山民的历史石碑。强邀来的普罗科普·伊万诺维奇还在苏联时期出差时就对当地很熟悉，并且和学术圈的本地土人还保持着友谊。

几年前罗曼就有了出版这样一套百科的想法。在国外生活和工作时，他看到西方世界倾向于简单划一，就像全球化这只无形的巨兽，贯彻北美的样式和标准，旧大陆在它面前也无力抗衡。如今俄罗斯，也像一个迟到的中学生，赶着去上文明课……"时代在变换，很多东西都无可挽回地消融在时间的长河中。历史不会重演！"卡列特尼科夫断言道，"在时代的断口处应当捕捉和记下民族的状态：精神生活方式、智慧，传统、哪怕是亲近俄罗斯的各民族的历史。"

普罗科普·伊万诺维奇当即捍卫自己的观点：

"请看看我们祖国的历史，有多少可耻的篇章。俄罗斯诸公内讧，有时兄弟反目，宗教分裂。很难想象对于俄罗斯社会来说还有更大的危害！伊万雷帝的残暴，之后是彼得一世。彼得一世统治时期俄罗斯的人口减少了三分之一！农奴制的野蛮、十二月党人的谋反和对他们的镇压、军事委员们的残暴行为、国内战争、斯大林的恐怖行为、疯狂的战争的牺牲品、改革的白痴主义⋯⋯接着：苏联解体。自由主义的奸商和过客⋯⋯而在历史学中伟大罗斯的骄傲还在游荡徘徊。莫斯科——第三罗马帝国！人们越否认自己的历史，越少利用历史投机，就活得越轻松。俄罗斯的不幸在于，它怎么也无法走出自己的救世论思维！"说到这儿，普罗科普·伊万诺维奇咧嘴一笑，论辩的热气，大概从他的身体里整个蒸发了，于是他心平气和地把话说完："现在从事高加索研究，当然，不是时候。为了研究火山，应当等它熄灭了再说。"

"您这是给我上了完整的一课。不过我说的'不是时候'指的完全是另一回事，"罗曼郁闷地把话说得更确切些，"我⋯⋯"他支支吾吾地说道，"我见到了这个女人。"

"玛丽娜？"普罗科普·伊万诺维奇很快就猜到了，好像这个名字就在空气中悬着似的。

"是⋯⋯她不想和我讲话。可以说，从我身边跑开了。"罗曼沉默了片刻，"我们去旅行的时候，她出了什么事。不知道为什么在她面前我很不自在⋯⋯您说她从哪儿来？尼科利斯克城？这座城市在北方的什么地方？还是在乌拉尔？⋯⋯姓氏呢？您不知道她姓什么？"罗曼活跃起来，"她没有偶然告诉您？⋯⋯嗯，或许，您在火车票上见过？"

普罗科普·伊万诺维奇胖乎乎的脸上闪过一丝善意嘲讽的

微笑。

"罗曼·瓦西里耶维奇，老兄，这已经超出了好奇的范围。"

在卡列特尼科夫宽敞的两层楼别墅的露台上，他们坐在藤椅里。从这里，从露台上，透过刚刚萌发的绿色枝条交错成的网状筛子，远处蓝色的大海跃入眼帘，左侧，群山沿着蜿蜒的海岸渐行渐远，隐没在灰蓝色的烟雾中；右侧，在疗养小城滨海缓坡的辽阔空间里，疗养院白色的大楼赫然矗立在那里。

"对外省小姐的爱，远深于对首都贵妇的爱，"兴趣广泛的普罗科普·伊万诺维奇说道，"外省女人在男人身上看到的就是男人，而莫斯科女人首先看到的是身边男人的功名。在莫斯科所有人的鼻子都朝向权贵，朝向金融上的成功，甚至出现了新词'成功男士'。在外省，为了有人爱上你，只要保留一个男人的本色就可以，而在莫斯科一定要成为一个成功的男人！俄罗斯什么地方对财富的崇拜，都不及京城！"普罗科普·伊万诺维奇侃侃而谈，"在莫斯科鲜有爱。名利、金钱、政治——它们替代了个人的生活。所以在首都人们很早就变得孤独。这种孤独甚至不是因为遭遇，而是凭着感觉。在外省主要的敌人是爱……"普罗科普·伊万诺维奇因为自己滔滔不绝的嗓子打了个响指，"白酒！"

罗曼苦笑了一下，侧眼望着疗养院迷人的大楼。

"非常遗憾，您不知道玛丽娜的姓氏。我真想试试在疗养院里找找她。"

"这还不是小事一桩。送束花给登记员。她两分钟就能给你找到一周前从尼科利斯克城来的玛丽娜。"

"没有您指点的话，我还真想不到行点儿小贿。"

罗曼没有承认自己去找玛丽娜。卢欣也没有要求他承认，很快露台上只剩下他独自一人。

爱情守恒定律

***

夕阳西下。大海上风暴的喧嚣声越来越低沉。想必海浪已经精疲力竭,退下阵去。海风耗尽了精力,疲弱不堪,跑到什么地方躲藏了起来。

普罗科普·伊万诺维奇背着手穿过露台,望着卡列特尼科夫的别墅,看着邻近小花园里开花的苹果树。罗曼的老爸是个机灵人,还在苏联时期就居然能在海边建成这样一栋别墅。瓦西里·巴雷奇的才能得到了施展,得到了充分的施展!如今盖座宫殿也能胜任……罗曼是另外一种秉性的人:人文的策划方案,多愁善感,跑去找一个外省的小女子……就让他去吧!总比和他自己父亲的情妇鬼混强……啊,有杯葡萄酒好了!他怒目盯了一会儿藤桌上盛水的长颈玻璃瓶,接着把自己不听话的扎煞的胡子握在拳头里。

片刻过后,普罗科普·伊万诺维奇重又坐回藤椅。在肉乎乎的鼻子上戴好眼镜,沉浸在阅读从莫斯科无意中带来的手稿中。

"人类自身的存在有两种形式:肉体的和精神的,无论是唯物主义者还是唯心主义者都不曾质疑。人是物质,人是精神生活:具有性格特征的各种感觉的总和。在这些感觉中最为耀眼和神秘的是——爱。如果这种感觉既能够把人带到极乐的状态,又能导致自杀,那么能否假设,这种感觉不仅仅是某种精神的,而且是某种物质的?它的成分来源于目前尚不可知的物质、织物、细胞、某种新分子?那么就可以合理地寻找人类感觉的守恒定律,类似于物理、机械和数学定律。因为物质、物体就像能源、脉冲等一样,不会从无中产生,也不会变成无。整个守恒定律群体宣告的都是这一点。此外,除了所谓严格的守恒定律,存在着近似守恒定律,这种定律只适用于某种过程范围。爱情守恒定律未必要加入严格守恒定律法群体。但首先,这是带有极大近似性的定律……"

文稿是用老式的打印机打出来的，打印机上有一条破损的打印带，文稿的纸张因为年代久远已经有些发黄。普罗科普·伊万诺维奇发现这部手稿纯属偶然，它躺在旅行箱的里兜，存放的时间不短了。几年前出版社的档案资料需要烧毁或者放到废弃的集装箱里，在处理这些资料之前，普罗科普·伊万诺维奇从中淘出了这部文稿，把它放到了箱子里。苏联的图书生活结束了，工作过的出版社濒临倒闭，为新富的生活空间腾出位于莫斯科市中心的一桩别墅楼，成千上万页的出版社手稿在这种新生活中无处安身。

普罗科普·伊万诺维奇拯救的手稿也受到了损失。它有很多缺陷：没有扉页，只有标题《爱情守恒定律》保留了下来。哪儿都没有作者名字的记载：第一页也遗失了。手稿的结尾很奇怪。确切地说，它就是不完整的。显然，当手稿一批批地推到存放档案的地下室时，匆忙中没有抓到结尾的几页，或许是掉落了，或许是塞到旁边的一摞里了。

"男人和女人。女人和男人。无论如何改变这两个词的顺序，在连接词'和'下隐含的矛盾、乃至对立，都保存下来。不言而喻，这种矛盾是小范围的，又不能视为战争屠杀、革命的毁灭性疯狂、改划国界、伦理道德颠倒等直接带来的后果。

"但是，整个历史都是由个人的作用交织而成的，而'男人和女人'的矛盾对于个性往往产生最重要的影响。布莱兹·帕斯卡[①]说出这样的话并非空穴来风：'克利奥帕特拉的鼻子：假如克丽奥帕特拉[②]的鼻子长得短一些，整个世界的面貌就会改变。'

手稿的章节不多。作者好像从这些章节中，就像从五颜六色的色块中，拼出一幅马赛克镶嵌图案，可是却又不急于揭示马赛

---

① 布莱兹·帕斯卡（1623—1662），法国数学家、物理学家、哲学家、散文家。西方科学和思想界的重要人物，发明和改进了许多科学仪器，主要代表作有《算术三角形》《思想录》等。

② 克利奥帕特拉（公元前69—公元前30年），指克利奥帕特拉七世，通称为埃及艳后，古埃及克罗狄斯·托勒密王朝最后一任女法老。据传她的鼻子硕大而向上翘起。

克的整体结构，要么整个完整图案（即负责使人类爱情得以流传的定律之真正面目）隐藏在丢失的那几页手稿中。

就在眼前又出现了马赛克新的残片：

"三角恋爱的数学模型可以建在阴谋原则的基础上。恋爱三角大多数情况下类似二人同盟反对第三者的阴谋。一旦阴谋揭穿了，爱情也就瓦解了。

s=(x+y)-z，其中：

s代表：爱情作为两个情人相互关系的衍生品；

x代表：男方的感觉；

y代表：女方的感觉；

z代表：第三者的感觉（z可以代表与x和y相对应的妻子或丈夫，或者是与他们极其亲密、有暧昧关系的人）

所以，如果z一无所知，那么z=0，那么对于情人们来说，是一种非常愉快的情形：

s=x+y-0

如果阴谋揭穿了，那么z的感觉≠0，而相反——不断的增强，那么x和y的爱情则飞速衰亡，公式为：

s=(x+y)-z，

其中z→∞（无穷大符号），那么

s→0"

傍晚黄昏的光线下已经无法看清由于年久而发黄褪色的文稿。普罗科普·伊万诺维奇把手稿放到一边，摘下眼镜。这是什么东西？故弄玄虚？古怪之举？或者对读者耍的花招：在爱情的名义下作者其实想推动的完全是另一桩事情？不管怎么说总是有些遗憾，手稿没有结尾！或许，最后几页碰巧脱落，从破损的纸板文件夹中掉出去了。也许，还能找到？就像手稿一样突然出现，在莫斯科没有察觉，却在这儿，在旅行箱的里兜发现了。

普罗科普·伊万诺维奇习惯性地抚摸下秃顶，捋了捋胡子，平静地把双手叉放在肥胖的肚子上，困得合上了眼皮。但没睡着。宗教、教派、思想流派、民族主义，从本质上看这一切对于人类来说是社会的马厩，并且是单栏马厩。一个稍微宽敞些、明亮些，另一个就拥挤些、昏暗些……爱情、嫉妒、对意中人的忠诚，这些是本"我"的私人的、个人主义的损失。正如那位某某所写：爱情是被接受的身不由己。社会的伦理道德或宗教都无法像爱情那样约束人。当拿破仑得知他的妻子约瑟芬出轨的消息，他的癫痫病发作了，严重到惊厥的地步。得知这一消息后，拿破仑无法再继续自己对印度的军事远征。在战斗中法国皇帝丧失了数以万计的士兵，见过数以万计的死亡，没有出现过类似的病状；没有什么可以和爱情背叛的悲剧可比。

　　普罗科普·伊万诺维奇睁开眼睛，想探身去取手稿，可是随后改了主意。天色已经完全暗了下来，可是他又不想打开露台的电灯：这里舒适、安静，又不很凉……看上去这位作者大概是这样构思的：爱的感觉的构造，和良心的构造是一样的。良心既在人的自身，又超乎其外。人想忘记自己的劣迹，但是良心不肯。它能够绞死劣行。它无法控制的只有个体，或者成为创世主的一部分，或者成为全人类善恶基因的决定性因素。

　　不过，普罗科普·伊万诺维奇，不再极力去回忆和纠结于手稿中的句子。他盖上暖和的方格毛毯，重又闭上了眼睛。他愉快地小睡了一会儿，内心宁静，外表平和。

　　傍晚的世界沉寂无声。

　　突然刺耳的鸟鸣声打破了宁静。在附近的山坡脚下有一棵枝繁叶茂的山橡树，小鸟在高大的山橡树枝上鸣叫。由于这一声鸟鸣，周围的所有空间发出了清脆的回响。可是，鸟的叫声，好像不是求救声，而是出于恐惧而发出的绝望的叫喊；小鸟在歌唱，这是平常的高亢嘹亮的啼啭。普罗科普·伊万诺维奇甚至都没去猜想：为什么小鸟在黑夜来临前的寂静中这样高声鸣叫；他想着别的……对，自然而然！小鸟不需要薪俸，不需要宗教，不需要宪法。小鸟想吃，就去觅食，想喝，就去找水，想唱，就放声歌唱，既不贪婪，也不嫉妒。小鸟没有发动战争的国家机器……而人呢？人类用各种学说、理论折磨自己，沉湎于迷信活动，创建男神和女神，一直在给自己找不自由。人受制于物质，受制于多余的声望，受制于新轿车，受制于党员名册……受制于《爱情守恒定律》。

鸟声沉寂了，周围又安静下来。夜幕降临了。太阳已经西下。落日的余晖只在东面群山的峰巅照耀。在沿岸的山谷中夜色渐浓。

普罗科普·伊万诺维奇听到一阵沙沙声。起初他非常警觉：什么东西？从哪儿传来的？声音是从上面传来的。随即他见到一小队人字形玫白色的鸟。是海鸥，腹部受到夕阳的映照，正排着有些摇摆的人字形朝群山飞去。是它们发出的沙沙声：它们迎着强劲的气流拍打着有力的翅膀。

鸟类！神奇的造物！难怪人类幻想着成为一只鸟，哪怕时间不长也好。普罗科普·伊万诺维奇深深地叹了口气：再过几天他就年满65周岁了。这就是不可避免的衰老的气息。他自问。这么做吗？为了什么目的去做？为了什么原因去做？这么转向再这么转向——一切都可能按照另一种方式完成，以另一种方式安排自己：头脑、健康和感觉。可是什么都已经不能翻转了。他一直都觉得，真理和生活的意义在书中找得到。可只有那儿才有真理和生活的意义吗？它们在哪里？

他又望向了天空。玫白色的鸟群飞走了。

普罗科普·伊万诺维奇把毯子披得更紧些，不紧不慢地又开始按照老年人的方式思考起来。他想起了自己的第一任妻子，顺便说一句，他现在还没有第二个妻子。他回想起每逢生日，前妻都会拉着他去饭店，因为她喜欢在人前炫耀，喜欢跳舞。

11

阿訇山上的瞭望塔，离索契不远，是约瑟夫·斯大林下令建造的——或者是他的那些殷勤的党员仆从，马上领悟到建在山上会讨得主人的欢心。在这里他们用布满孔隙的巨石修造了高大的哥特式的建筑名胜。从黑海沿岸的平原到阿訇山顶，蜿蜒盘旋的数公里蛇形山路，修了整整四个月……

"马采斯得区的绕行道路地段，长度和到阿訇山的距离差不多，我们这个时代已经建了快十年了，"导游带着讥讽的语气说道，在游览的过程中没有掩饰对于昔日领袖的耿耿忠心的敬意，她的年纪已经不轻，浓浓的眉毛，宽阔的鼻子，下巴上长着一个疣子，是个亚美尼亚人。

玛丽娜和罗曼站在瞭望塔的上层，置身于五颜六色的衣裳和不同年龄的游客人群中。

天空万里无云、明净清澈。极目远眺，无边无际的远方，如梦如幻。山麓从北方延伸，春意盎然，绿草如茵，光彩照人，坐落于其间的远处的村庄看起来像一个个小盒子似的。更远处是高加索山脉：群山山脊堆叠，难以企及的峰顶白雪皑皑。从另一个方向，从南方，跃入眼帘的是半圆形的大海，阳光照耀着海面。蓝色的苍穹，连绵的山脉，无垠的大海，所有这一切富含哲理的空间，在这里，在高塔之上，似乎压制着人们：缩小他，把他在世间的存在化为庸碌而空虚的瞬间。

玛丽娜渐渐地感到忧郁和烦闷。她忧伤地想起了家，想念女儿。她非常希望女儿拥有另一种人生，不要像她一样……

"在晴朗的夜晚，"女导游欢快地讲述道，"一些喝了酒的瞭望塔的游客证实，从望远镜里可以看到土耳其沿岸的灯火。斯大林了解，在哪儿选地儿……在下面，在山谷里，山脚下，我们会见到约瑟夫·维萨里昂诺维奇·斯大林在高加索的别墅中的一栋，"导游指着万能统治者的隐秘居处，"从前别墅不对游客开放。现在这里是一家商业企业，可以租用一段时间，可以在餐厅里预定宴会，或者在斯大林的卧室里度过一个晚上。"导游用带有南方的口音补充道，在她那满是皱纹涂得浓艳的双唇上，露出一丝狡黠。

"莫斯科的克里姆林宫里很快也会商业化。"

"已经商业化了。"

人群里一阵大笑声。

"斯大林是不会容许这样的放纵行为的。"

玛丽娜和罗曼碰巧加入这个旅行团，游客中传来一段悄悄话，声音既不年轻，也不年老：

"斯大林是创造者。从木犁到航天飞船的发展过程——都是斯大林的功劳。"

"四个月修好山路！真不可思议！"

"社会主义时期创建的财富，民主派偷窃了那么多年，也偷不光。"

"要是能把斯大林唤醒一会儿该多好啊！"

这些话基本上是朝着女导游去的，牢骚话讨巧，她听着很顺耳，同意地点点头，笑面应付着那些激情昂扬的游客。

"人类真是乖僻！"罗曼将身体稍稍倾向玛丽娜，小声地说道，"一个人，推行奴役劳动，参与对数十万无辜者的屠杀，会引起崇敬，似乎还成了政治活动家的理想人物。这种现象不是俄罗斯独有的……"

玛丽娜看了一眼罗曼。不过他的话引不起她的一丁点儿兴趣。

"所有的男人都喜欢谈论政治，"她忧郁地想到，又独自沉浸在大海、天空和遥远的山峰。由于自己的孤独，由于思念，她真想大哭一场。为什么她在这里？在这里，在这座山顶，是这样地孤独！

……罗曼在疗养院的林荫道上跟踪到了玛丽娜。他没去登记处：恰好并非偶然地重新遇到了玛丽娜。他没有口是心非，而是第一时间就向她坦白：

"林荫道上有非常舒适的长椅。一个小时不知不觉中飞逝而去。我知道您会抽工夫从自己的单间里出来的。"

"您之前身在何处啊，骑士？"

"骑士只在书本中到处所向披靡。可是要知道公主在约会的时候也总是迟到。您遇上什么倒霉事儿了？"

"请您什么都不要问我。"

第二天他邀请玛丽娜出来游玩。

"票多少钱？请求您：不要为我付钱。我自己买……明天十一点？不过不行，我早晨有治疗。我们最好午饭之后去吧。"

就是它，这是阿訇山。巍峨高耸，有些恐怖，令人心情不能平静。可是罗曼和这毫无关系！他没有什么，没有什么过错！罗曼和这些畜生没有任何关系！

"……在法国，"她听到身后传来他的声音，"至今到处都有拿破仑的粉丝，甚至在德国，我在那儿生活了三年多，常会碰到一些受过良好教育的人，由衷地崇拜希特勒，希望能够东山再起……我的父亲，如果他活在一九三七年肯定会被处决，但他也常举斯大林为范例……人们的记忆不怕别人流过的鲜血。人世间动物'自我'的本能非常强大……自我保护、自我救赎。别人犯的错误不会成为我们自己的教训。"罗曼盯着玛丽娜的眼睛。不过，他貌似被她眼中的什么东西惊住了。他匆忙地问道："您一切还好吧？"

"我们走吧。我的头有些晕。"玛丽娜说道，避开他的目光。

通往瞭望塔的阶梯有几处非常狭窄和陡峭。罗曼走在前面，但常常回转身来，把手伸给玛丽娜，帮助她从平台上更容易下来。她把自己的手伸给她，但在最后一层，他没有抓到她的手。玛丽娜落在了后面，她离开了楼梯，把肩轻靠在墙上。

"您怎么了？您不舒服吗？"

"是的，"透过泪眼她回应道，"我觉着不舒服，恐高症……马上就好。"

她无法抑制内心的沮丧，双唇颤抖着。喉咙里满是痛苦的痉挛。眼泪把眼前的一切都变得模糊起来……

罗曼胆怯地轻轻拥抱了一下玛丽娜，护着她离开跟在后面的游客。她哭得越来越凶，泪水越来越多。

"一切都会好起来的。不需要哭。"他安慰道。

"我知道……我知道。我自己知道。不需要。"她哭着，嘴里含糊不清地说着些什么回答他的安慰话语，眼前的一切几乎什么都分不清了。"马上就好。这是因为恐高，"她嘟囔着，没有离开罗曼的肩膀，"这是因为恐高。"

***

在疗养院的之后一周时间飞逝。玛丽娜无法清醒，一天两次跑去和罗曼·卡列特尼科夫约会。

她没有问过自己：为了什么目的？出于什么原因？应该这样吗？她只是无法对他说"不"。他邀请她去植物园。怎么？她应该拒绝吗？他买了两张喜剧片电影票。为什么她该像个郁郁寡欢的人，气呼呼地走到一边去？他安排了一次徒步旅行，去山谷中矿泉水的发源地。那儿非常美。回绝吗？或者日间乘坐双体船在大海上漫游，展现在眼前的群山是那样壮美！海鸥在甲板上盘旋，游客们把饼干抛给它们。也没有任何愚蠢的理由，甚至连咖啡馆都不去……

玛丽娜把疗养院规章中规定的每一个自由的空档时间都给了他，罗曼·卡列特尼科夫。可是，每次她告别约会时，从不啰嗦，也不回头。强调自己的独立！

"走吧，走吧，别回头！"她常常暗暗命令自己，"不要给他任何一点儿口实……唉，为什么我固执倔强？自己付钱买那种荒唐的冰激凌？我又没什么钱……"

每次去赴例行的约会，她都会有意迟到十到十五分钟。她才不在乎首都的富豪等着她呢！她还给自己戴上一幅高冷的面具。

"柳芭莎，柳珀，你怎么想：我和他们去餐厅吗？普罗科普·伊万诺维奇过生日，他们正式邀请了我……知道吗，罗曼给他准备了什么？不含酒精的法国红酒：在一家酒店弄到的，大概，很贵。"

玛丽娜可疑地没有听到室友的回答。

"柳芭莎，你为什么不说话？生气了吗？"

柳芭莎又避而不答，双眉紧蹙。

"你怎么了？干嘛愁眉苦脸啊？柳珀，你怎么了？"玛丽娜腻腻歪歪地缠着她不放，甚至打算挠她的痒痒。

"干吗呀？嫉妒你呗！你看男人们都是怎么讨好你的！我的假期又白过了。要知道，我应该，非常应该给我们家的维加尼亚戴个绿帽子。哪怕不像鹿角那样高，小点儿的像山羊的尖角也行啊，非常有必要！这样他就不会再和调度员的老婆搞在一起了……每一个男人——都要戴上！"柳芭莎欢快地大笑起来。房间里，似乎整个疗养院里都洋溢着愉快的豪情。

柳芭莎是这样一种类型的人：对她来说，生活——就是有趣的游戏。日常的忙碌，无法摆脱的各种家务琐事，这就像天气："无论坏天，还是好天——都得忍着"，她如是说；而所有其他的事情——高高兴兴、心甘情愿地去做；如果饿了，一块儿咸黑面包就着水灵灵的洋葱头吃——最有滋有味了！每逢过节烤一张美味的黑果越橘馅饼——手指都舔得干干净净！周六的晚上

79

和老公洗浴过后喝一杯伏特加，吃些自己腌制的小西红柿，放松地看看喜剧电影《钻石手臂》——笑得肚子都疼！有一次偶然在药店里遇到从前的女同学，聊了个够——想起了很多从前最美好的往事！买一块儿时兴的布料做条新裙子，裙子的效果好极了，令人赞叹不已！凡是这样的事——都是欢喜，对于一切——在行而有兴趣。"别假惺惺了！这儿也不对，那儿也不对！全部是对的！活着就要快乐！"可是要知道柳芭莎，玛丽娜对她感到非常诧异，在手术台上剖腹产生了两个儿子……住在乡下，喂猪，养鸡……

"别假惺惺了！"柳芭莎不假思索地说出这句口头禅，作为对犹豫不决的玛丽娜的回答，"去吧！你自己去参加生日会吧，小甜心！多么可人啊！拒绝参加这样的活动——这是非常古怪的人干的事。他们这么有钱，不会带你去自助小吃铺的，会去本地最好的餐厅。有脱衣舞表演的！"

"海报上写着：色情芭蕾。"

"这意味着更邪乎！类似于集体淫乱！"柳芭莎大笑起来。

"你胡说什么呀！"玛丽娜感到很羞辱，"我还没想好：去还是不去。真的，没想好。"

"我信！我信，小甜心。我看得见！我自己一切都看在眼里，你和这个富豪怎么忙活得晕头转向的。这样的关系是朝着最深的泥潭发展的，直到分手。根据黄道十二宫推测你多情，开放。你自己无法明白，追求的是谁。危险就在这儿。"

"柳芭莎，别说了！我和他什么事儿都没有。我可以对上帝发誓。他只是把手伸给我，为了扶我下楼梯。还有一次用他的皮夹克搭在我的双肩上。"

"不幸就在这儿。如果他马上就勾引了你，"柳芭莎做了一个环抱的动作，"那么可能连交谈都不会有了。可这个人，你看，耍手腕，玩浪漫。对于已婚的妇女来说——最易上钩的方案了。"

"这不是什么方案！"玛丽娜的火气更大了，"他有妻子，儿子和我的女儿莲卡一样大！"

"他的妻子和儿子在哪儿？"柳芭莎刻薄地逼问道，"在德国？他在俄罗斯成天抱着枕头？"

"够了，柳珀！好了！什么餐厅我都不会去的！"玛丽娜挥了下手，转身背对着室友，接着又否定了一句，不过这次已经是沮丧而忧郁的口气："我也没衣服可穿。就一条体面的连衣裙，可就是那一次……不想穿那件。"

"你，玛琳，试试我的上衣吧。是弹力布料的。你穿包身的衣服效果好极了。"柳芭莎钻进衣柜去找衣服。玛丽娜将信将疑地回头看了她一眼。上衣真的很合身，也很漂亮：显出了玛丽娜苗条的身材。和她的容貌也很般配，棕褐色的花纹图案配她深色的眼睛，和她栗色的头发也很般配。

"简直就像为你缝制的！"柳芭莎鼓舞道，"现在，来，试试鞋子。我几乎没怎么穿过。鞋跟很高。我，这母牛式的身板，怎么能穿这样的跟！买了，不过没穿，更多用来讲排场的。你刚好要出席场合。怎么样，鞋子不大吗？"

"柳芭莎，你真的把鞋子也给我穿？"

"你还可以试试我的耳环！"

"好吧！那又怎么样呢！"玛丽娜若有所思地旁若无人般反复念叨着。她似乎在为自己辩解，当她有些羞涩地望着镜子中盛装的自己，手忙脚乱地在镜子前转了个圈。"那又怎么样呢！我哪怕在这儿做个女人也好？！"

瓦西里·巴雷奇·卡列特尼科夫，还在改革之前的年代，人

们背后就给他起外号"老爷",派头不小的商人,莫斯科一家大型控股公司的创建人,常常喜欢喝一小杯白兰地,讲述自己商人出身的先辈。没有粉饰,没有传奇,卡列特尼科夫家族在俄罗斯确曾非常成功地做过木材贸易。不过瓦西里·巴雷奇只讲八十年代的事,对于此前的族谱则绝口不提,因为俄罗斯的二十世纪,由于各种事件已经面目全非:革命、政变、内讧和武装干涉战争,这个世纪走到尽头已经成为一个在各领域或者是秘密迫害、或者是公开迫害的世纪:政治迫害、阶级迫害、宗教迫害、民族迫害。

在二十世纪人丁兴旺的卡列特尼科夫家族开始走向式微,族谱中甚至出现了后继无人的支脉,俄罗斯的生活制度歼灭了他们。如今继承瓦西里·巴雷奇姓氏的只有他的两个儿子,还来自不同的婚姻:长子瓦吉姆和幼子罗曼。瓦吉姆有两个女儿,对于卡列特尼科夫家族和姓氏来说,这是间接的损失和亏空。罗曼有一个儿子伊留沙,和妈妈住在汉堡的市郊,已经渐渐忘记了俄语,在一所偏重海洋学的外国语中学读书。"伊留沙,请你和我还有爷爷讲话的时候只用俄语!"每次和儿子通电话时,总能听到自动穿插的德语,于是罗曼提出了严格的要求。瓦西里·巴雷奇虽然很少能够见到这个唯一的"德国"孙子,爱他却胜过"瓦吉姆的两个女孩儿",每逢伊留沙生日,除了买些小礼物,还会给他的账户存上一大笔钱。

瓦西里·巴雷奇和两人妻子的关系都不牢靠,罗曼得到父亲的看管和关爱同样比同父异母的哥哥瓦吉姆要多。确实,后来瓦吉姆,而不是罗曼,成为父亲商业事业中的第一大股东,但是即使在这个舞台上罗曼也要略胜一筹。罗曼对于家族的企业不感兴趣,无法巩固它的经营路线。所以父亲和瓦吉姆商议过后,从公司股份中认定出版这一块儿供他经营。"让他去做书吧。这也是盈利的产业。我们能够保障他有国家定制,以及免费纸张。"当罗曼从德国回来,瓦西里·巴雷奇做出了这个决定,罗曼当时在汉堡科学院学习，撰写学位论文。"好的。图书——这对他的路，"瓦吉姆轻蔑地随声附和着父亲，"而且纸还免费。要知道他可是我们的优等生。"

在罗曼就读的中学，优等生的入队仪式在红场隆重地举行，在宏伟的列宁墓碑墙下——列宁墓的看台上。戴着熨得平整的红领巾，听着少先队女辅导员洪亮的声音，年轻的列宁主义者齐声宣誓，扬手敬礼，形成一片手的丛林。作为忠诚于领袖事业的标志，典礼过后，他们出席大克里姆林宫举行的音乐会，在幕间休息时享用免费的甜甜的冰激凌和茶水。

过了几天，下课后艾米莉亚·阿尔卡季耶夫娜等候到罗曼，并将他请到了教师休息室。这个白发的老太婆是教务主任，牢牢地掌控着整个学校。她用锐利的眼睛盯着罗曼，那幅厚镜片让她的眼睛看起来增大了，她用事先准备好的话问道："罗曼，你是我们学校的骄傲。现在你已经是一名少先队员，在列宁墓旁宣过誓的。少先队员没有权力说谎！昨天你们班上谁在体育课的男生更衣室的护墙板上刻下了脏话？"

"我不……不知道……我没看见……"，罗曼吞吞吐吐地说道，感觉心脏在嗓子眼里突突地跳着。

"好吧，就算你没看见……"，艾米莉亚·阿尔卡季耶夫娜推断道，"哪位男生上学带着小折刀或者其他刀具？"

"我不知道……"

"罗曼，你不会说谎！不应该说谎！你是少先队员！是扎鲁宾吗？"铁面无情的教导主任死追着问道。

罗曼害怕供出扎鲁宾，这个留级生，爱打架斗殴，学校流氓小团伙的头子，就是说出他的名字也要万分小心。

"不用怕，罗曼，你说的话，谁都不会知道。是扎鲁宾吗？"

"不是，是斯米尔诺夫。"罗曼喉咙发干地答道。

"不可能！"艾米莉亚·阿尔卡季耶夫娜高声喊道，"斯米尔诺夫是个非常守规矩的孩子！"

"扎鲁宾给了他刀子……强迫他刻的……"

"啊，原来是这样！嗯，这样更好！"艾米莉亚·阿尔卡季耶夫娜不知道为什么高兴起来。

第二天，下课之后，在学校操作车间的后面，篱笆旁，扎鲁宾当着同班同学的面打了斯米尔诺夫，罗曼·卡列特尼科夫也在场，以示教训。

"敢告密，兔崽子？出卖我？"扎鲁宾一只手抓着不幸而无辜的可怜虫斯米尔诺夫的脖领子，另一只手从侧面不断地用短拳击打着他的颌骨，用力不大，却充满了侮辱。斯米尔诺夫的颌骨晃动着，像安在关节上似的，嘴不由自主地张着，嘴唇上流着口水。斯米尔诺夫不时地断断续续地哭诉着："我跟谁都没说！谁都没说……"

罗曼·卡列特尼科夫没有站出来为斯米尔诺夫打抱不平。第一片自责的沉重的乌云就这样躺在他的心头。回家的路上，出于背叛的羞耻，他激昂起来，从脖子上扯下红领巾："我不需要这样的少先队！"到家之后，他拒绝吃午饭，在自己的房间里放声痛哭。

"很好！"父亲瓦西里·巴雷奇高声喊道，通过儿子发红的眼睛他感觉到发生了争执。"越早煅烧，越好！说吧！"

罗曼对他和盘托出，毫无隐瞒，在结束自己的忏悔时保证道：

"爸爸，我再也不会这样做了，再也不会！"

"你们的教导主任——是一匹狡猾的老马！"瓦西里·巴雷奇恶狠狠地赞叹道，"看来，她在内务人民委员部工作过。我会同她谈谈，让她以后不要再把你放到这种不利的境地。"

罗曼上十年级毕业班的时候，在中学结业考试期间，一个来自索科尔尼基医学醒酒所的电话打到了部里瓦西里·巴雷奇所主管的总局：

"大尉萨达科夫，"打电话的人自我介绍道，"卡列特尼科夫同志，您的儿子，我们在索科尔尼基公园里捡到了他……"

"很好！"瓦西里·巴雷奇冷冷一笑，来到了醒酒所，看到单人铁床的油布床单上赤身裸体、酩酊大醉、不省人事的儿子。"希望，没有做任何笔录？"他向警察大尉问道，还没等到后者的报告，就硬塞给大尉一笔钱，大尉有些慌了神，不知道该说什么，该做什么，最后迅速地把钱伸进制服的侧兜里。

到了家里，罗曼在卫生间里地呕吐、呻吟了很久，在地板上扭曲着身体，透过呻吟、疼痛和痛苦，不停地向旁观着他的父亲保证：

"我再也不会……再也不会！"

原来，考试之后他和朋友们喝了啤酒，坐车去索科尔尼基公园游玩。在那儿他结识了一群从柳别尔茨来的小伙子，为了打赌决定喝一玻璃杯伏特加酒。罗曼喝啤酒已经喝醉了，也参与进去。

"让你喝，让你喝……喝个够……这白酒，肯定是杜酒……这样的酒最烈性。"没有斥责，也没有怜悯，瓦西里·巴雷奇看着抽搐的儿子说道。当罗曼完全清醒后，父亲对他点拨道：

"满满一玻璃杯伏特加酒，只有敌人才会端给你。"

"我以后再也不会喝伏特加了。我保证，爸爸，再也不会！"

莫斯科大学历史系三年级的大学生罗曼坐车来到了父亲在郊区的房子。（当时瓦西里·巴雷奇已经是单身了）。罗曼耷拉着头，认罪似的眼神盯着地面。

"爸爸，给我点儿钱……结婚用。我不得不结婚。女方怀孕了……以后我挣钱，还给你……我和古丽娅一起挣钱……"

"很好!"瓦西里·巴雷奇一声传统的高喊,"她需要莫斯科户口和住房,我马上就明白了。不过她还是个非俄罗斯人!她是谁?"

"她是阿拉木图人……加油站旁边咖啡馆里的售货员。卡什尔斯科耶公路那边……"

第二天,在卡什尔斯科耶公路上,加油站旁的一家小酒馆门前停下来一辆黑色的伏尔加轿车,和一辆乌阿斯牌警车,轿车车牌号是政府公车车号。从伏尔加轿车上下来的是长者卡列特尼科夫和高大肥胖的警察上校米哈雷奇;从乌阿斯警车上下来的则是两个高大魁梧的警察,手里握着冲锋枪。

"你们的主管在哪儿?"瓦西里·巴雷奇大声问道,站在小咖啡厅的中央,面向着厨房。

从吧台旁边的侧门跑出一个穿着哈萨克服装的小伙子,惊恐地盯着上校、手拿冲锋枪的警察以及要求见领导的人。

"我……我是经理。"

"你叫什么,经理?"

"阿扎玛特。"

"你们的古丽娅在哪儿?"

"在那儿,吧台那儿。"

"就是那个细眼睛的?"

"是的。"

"你和她睡过吗?"瓦西里·巴雷奇苛刻而毫无傻气地盯着阿扎玛特的黑眼睛。

"问题很清楚:你和她睡过吗?"上校米哈雷奇加入了谈话;手持武器的两位警察,把阿扎玛特更紧地围在圈中,似乎默默而带有威胁地重复着问题。

"是的……你们问这干什么?"

"米哈雷奇,你从经理这儿搞清楚,他是干什么勾当的?不贩卖大麻吗?"瓦西里·巴雷奇对上校说道,自己则朝着他们指认的那个亚洲姑娘走过去,她很苗条,按照东方的审美观,大概很可爱:又大又厚的嘴唇,光滑黝黑的双颊,焦黑的大波浪的头发,在后脑勺编成粗粗的发辫。

"我是罗曼的父亲。我们从这儿离开一会儿。"瓦西里·巴雷奇说道,朝储物间的方向点了点头,那里沿墙乱堆着纸盒箱子。

他们刚走进幽静的角落,瓦西里·巴雷奇一把抓住古丽娅的头发,抓住那编起来的粗粗的辫子,猛地向下一拽,扬起了姑娘的脸。

"你敢叫,母狗!你和谁怀的孕?"

"不知道。和罗曼,和他……"

"几个月了?"

"不知道。三个月了吧。也许,不到三个月……"

她低声嘟哝着,那压抑的声音从弯曲的嗓子里嘶哑地冲出来。最后瓦西里·巴雷奇放下她的辫子,朝厅里喊道:

"米哈雷奇,把经理带到这儿来!"

"这样,阿扎玛特,今天你就带着你的娼妇去做流产!一周以后在莫斯科不要见到她的人影?明白吗?"

"明白。"

"一周以后我和米哈雷奇来检查……"

当天晚上瓦西里·巴雷奇给儿子打电话:

"明天你去保加利亚,去大学生国际营地。我和学校已经把一切都谈妥了……在那儿别染上淋病!"

"什么?"罗曼在话筒里喊起来。

"是的,是的!就是你听到的!唉,罗曼,幸福而又不幸的你……你善良的品性和帅气的长相会招来很多女人黏糊你,就像黄蜂扑向蜂蜜……马上预告所有人,住在学生宿舍,你的父亲是图拉集体农庄'伊里奇遗训'的钳工,母亲是养猪场的统计员,在莫斯科没有住房,也不指望有……"

87

"爸爸,这是意外。"

"记住,儿子。不是狗屎粘到鞋跟上,而是人用鞋跟踩到了狗屎!"

***

在罗曼·卡列特尼科夫经历的主要人生教训中,这三个教训给他的印象最为深刻。关于学校里"内务人民委员部员工"艾米莉亚·阿尔卡季耶夫娜和可怜虫斯米尔诺夫事件,他和谁都没有提起过,他知道,他会终生感到耻辱,而耻辱的真相要独自一人来经受。对于第三个教训,关于未婚妻古丽娅的教训,罗曼也会守口如瓶,有一次,在迪斯科夜总会里,古丽娅的异域风情、丰满的双唇、具有东方魅力的脸蛋儿俘获了他,接下来她那光滑诱人的大腿……关于这个有什么好散播的呢?每一个人都会有过这样的经历。不是什么稀罕事儿!

回忆起关于"醉鬼"的教训,他丝毫不觉痛苦,没有羞愧,甚至刚好相反——带着些许快意。

罗曼现在正讲述着他在索科尔尼基公园里为了打赌喝的那杯倒霉的伏特加,说到细节处,讲得有声有色。他给玛丽娜和普罗科普·伊万诺维奇讲着。他们坐在餐厅里。

这样的餐厅玛丽娜还是头一次来。领班的黑蝴蝶领结,银质的刀叉,浆洗过的雪白的印花麻布餐巾,镜锥面的天花板吊顶——周围的一切都表明了这座餐厅的显要。

当那个长着鹰钩鼻、蓄着小黑胡子的服务员小伙,恭敬地前倾着把一个刻着金色花体字的厚文件夹递给她的时候,她惊慌失措,起初甚至没明白想要她做什么。原来,是菜谱,页码很多,登着些看不懂的菜肴、饮料、甜点,用的是双语:俄语和英语,价格不着边际。最初玛丽娜很平静,她好像置身于舞台上。穿着柳芭莎的上衣，紧绷绷的，很包身，觉得肚子过于凸显了；鞋子也是柳芭莎的，有点儿大：这么高的鞋跟，可别扑通一下摔倒了；还有手持刀叉的方法要正确，不能出错，讲究礼仪，否则像个外省的乡下人……还有这些高加索人，每一个蓄着黑色大胡子的人都像她遇到的那些恶棍；好在餐厅里的小餐桌有些自主独立的空间：网纹玻璃打造的半透明的间壁隔开了每一桌用餐的客人。

也就一个钟头过后，随着舞台前沿彩色脚灯的亮起，乐师们走上了舞台，随之大厅里回荡着轻松舒缓的爵士乐曲，大家略微品尝后，满桌的美酒佳肴稍稍减少，为过生日的人说完第一轮祝酒词后，香槟酒带来的微醺让周围的一切都变得柔和温润起来，玛丽娜不再在意自己的言行举止，不是故作姿态，而是发自内心地时不时微笑着：两位有教养的男士对她周到殷勤，想在各个方面为她效劳，彬彬有礼地开着玩笑；和他们在一起她感到身心愉快，分外地轻松："我哪怕在这儿做个女人也好？！"

"好，各位看官，这就是事情发生的详细经过。不过从那儿以后我一次伏特加都没喝过，亲手对自己施行宗教惩罚。多少年过去了！不管在哪儿，一次都再没尝过。"罗曼不无骄傲地讲完自己的伏特加故事。他拿起香槟酒瓶，想把玛丽娜杯里的酒斟满。

"如果我现在请求您喝伏特加呢？"玛丽娜突然抛出这句话，眯着眼睛看着罗曼，眼神中隐藏着几分狡黠。

"敢不敢，老兄？"普罗科普·伊万诺维奇帮腔附和道，满意地捋着自己蓬乱的胡子。

"如果我现在请求您喝伏特加呢？"这些话语就像回声一样，在餐桌的高脚杯中渐行渐远，变得模糊不清。空气中悬挂着顽皮却又坚定的间歇。"如果我现在请求您喝伏特加呢？"在罗曼讲完索科尔尼基公园打赌的故事之后，玛丽娜说出这句话，几乎就是玩笑话。现在，席间静默的裂隙中，玛丽娜害怕了：万一

89

他现在真的起了喝伏特加酒的念头呢?可是又不情愿马上就走出倒退的一步:应当等等看。

罗曼坐在那里一动不动,脸上凝结着惊讶的微笑。也许,他在权衡着什么,在做着选择……他抬起眼睛看看玛丽娜,然后看了眼普罗科普·伊万诺维奇,后者握着胡子,焦急地等待着新的打赌的结局。罗曼重新把目光移回玛丽娜身上,她正不安地屏着呼吸:

"当然!我甚至都不想再三考虑。如果您希望这样。解铃还须系铃人,我自己立下的戒约,我自己取缔……"

接着玛丽娜有些为时已晚地感觉到,他把自己的手放在她的手上,非常严肃而坚决地重复道:

"当然!我一定要喝……服务员!"罗曼转身朝向大厅。

"不,我请求您,不必!如果您这样做,我就走了!"她的声音颤抖着,"我开个玩笑,我错了,罗曼,不需要伏特加!"她甚至从椅子上一下子站了起来。她的语气中有命令的口吻,就像对亲近的人一样,敢于无所顾忌地加以制止。在她的语气中还掺杂着央求和忏悔。

服务生应声来到了餐桌前。普罗科普·伊万诺维奇打了圆场。

"过会儿再说,亲,"他朝鹰钩鼻的服务员点了点头,让他慢下来,接着马上对着饭桌欣喜若狂地喊道:"好!"他双手鼓掌,"好!无论是功勋,还是罪行,都源于女人的任性。就是这种品性,感觉的物质实体!"也许是有意这样说,好把罗曼带离致命的诱惑,用滔滔不绝的清谈掩盖玛丽娜的教唆,也许真的为了证明感觉中会存在某种物质,普罗科普·伊万诺维奇主动承担了酒宴司仪的角色,讲起了《爱情守恒定律》的手稿。

普罗科普·伊万诺维奇总体上来说是在自言自语。玛丽娜听不懂他在讲什么,也没有听。她觉得罗曼也没有听这位寿星的演讲;她甚至有种感觉,她和罗曼在餐桌上是一伙的。他和她,刚刚共同经历了一种既恐怖又甜蜜的感觉。这种感觉永生难忘。

她看着他的眼睛，为了自己的莽撞想请求他的原谅。整个大厅的灯光突然同时熄灭了。因为意外玛丽娜不由得音量不大地尖叫了一声。一阵低沉的惊呼传遍了餐厅。两三秒钟之后，舞台前沿的脚灯和舞台上方天棚的灯光同时迸射。轰然响起了节奏很强的音乐。大厅的中央，装扮成白脸的巴布亚人，跑出了一群半裸的长腿歌舞杂技女演员，浓墨重彩的眼睛描画得像盏灯，微笑一直咧到耳际。不时高高扬起的裸露的大腿、经常猛然上举的双臂、色彩缤纷的盛装、地灯射出的电子彩虹，构成一片混乱，在这样的幻境剧背景下交谈纯属徒劳。用餐的大厅一时变成了观众席。玛丽娜时不时谨慎地扫一眼罗曼，她还是想向他解释一下，认个错，可是震耳欲聋的音乐不给她机会讲话……

巴布亚人的舞蹈结束了，响起了七零八落的掌声。大厅里再次黑夜来临：所有的灯都熄灭了。例行的漆黑一片是新的一幕的前奏曲。

玛丽娜感觉马上就要开始色情表演了。脱衣舞——是淫秽表演，是给男人看的演出。不过脱衣舞没有吓到她。她感到可怕的是已经发生的事情，她害怕，她想抗拒，她不想认真地去考虑。她清楚，现在想阻拦自己已经很难，无法做到……她想轻轻碰一下罗曼，紧紧地贴近他。哪怕是在黑暗中找到他的手。

一道靓丽的蓝色光柱突然从天花板的剧场照明设备中打在舞台上，勾勒出正中央的月光岛。灯光中满是一道道宝石蓝的光线，镜面的天花板将它们分裂开来，飞散在香槟酒瓶的银箔上、高脚杯的金边上、女士闪亮的饰物上、莹润漆黑的双眸上，那双明亮的双眸准备着看到一些不同寻常的事物。

长发的小伙子头上绑着根带子，像个印度人，浑身上下赤身裸体的，只在大腿间围了块破布，像来自原始社会的人，长满肌肉的双臂托举着一个赤裸的姑娘来到了舞台上，把她放在舞台的灯光下，在众目睽睽之下：小巧的乳房上黑色的乳头、略微凹陷的腹部、腹部下面颀长秀美的双腿。瘦削，柔韧，在音乐的召唤下她开始蠕动，做世界经典中耳熟能详的动作。舞男只是扮演一个配角。整个大厅的目光都投注在那个姑娘身上，她的痛苦，她的欢乐，她的爱恋，在舞蹈的动作中传达了这些情绪，忽而婀娜多姿地向上伸直整个身体，忽而平缓而优雅地慢慢把头垂下，平躺在舞台上。她忐忑不安地将手臂伸向自己的舞伴，追上他，触摸他的胸部、脖子，好像烫伤了一样，紧张而又痉挛着跳开；接着又去祈求他的爱抚，无望地向他伸出双手。在这部不知羞耻的芭蕾中暗含着女性爱情的象征和对于爱情的永恒渴望。这种不知羞耻并未引起排斥和尴尬的情感。

中学时代玛丽娜曾经上过尼科利斯克文化宫的芭蕾舞班。她也想体验舞者的造型美，在拉美音乐悠扬的旋律中踏着充满激情的舞步在木地板上翱翔。

滚滚而来的伤痛的浪潮将玛丽娜带回了动人的往事。她想起了舞蹈教师亚历山大·尤里耶维奇——萨沙。自己的初恋，自己的第一个男人。也许，为了他，她才报名芭蕾舞班的。要知道那时候她本来上的美术班。但是有一次在镜厅休息室，她看到了芭蕾班学生的排练，看到了亚历山大·尤里耶维奇。

她，一名九年级女生，在体检时不得不向医生承认自己已经不是处女，她羞得满脸通红，不过在同龄的女同学面前，她暗中还是很骄傲的，为自己的成熟，为自己的早恋。玛丽娜如此的美丽，一如这个赤身裸体跳舞的姑娘，一如这个姑娘，融化在以优美的舞姿诱惑了她的亚历山大·尤里耶维奇的怀抱里，在他的宿舍，在五层的角落处。

他是名义上的年轻专家，毕业于莫斯科郊外化学制剂厂的文化研究所，对于自己的学历极端狂妄自大，并且极其鄙视尼科利斯克"这个闭塞的小城"——"笨蛋系主任"把他分配到这个地方的。在第一堂芭蕾课上，玛丽娜目不转睛地盯着亚历山大·尤里耶维奇，锐利地盯着他的每一个动作，却又充满了赞叹，她不仅把他当作一个老师，而且当作一个极其英俊的男人：高大，匀称的身材，蓝色的眼睛，一头光亮蜷曲的长发。他用橡皮筋把它扎成一条非常可笑的小辫。

真走运！在课堂上玛丽娜没有男舞伴。老师本人做了他的临时舞伴。她感觉得到他那精心琢磨、令人不可抗拒的动作，他那强有力同时又温柔的双臂。甚至后来，当玛丽娜有了固定的舞伴，一个戴眼镜的男孩，下巴上长满了青春痘，鼻子下面留着无色的青春期的胡须，亚历山大·尤里耶维奇为了给全班做示范，仍经常会选择玛丽娜。她感觉得到他喜欢她。每次被拉向他的时候她自己也会脸红。

她是怎么到了他的房间，去了他的宿舍？他引诱她来的？好像，不是。他对她说，有本关于舞蹈史的书可以介绍给她看。"书在我宿舍，下课后我们可以顺便取一下。"乌拉！她高兴得脸上泛起了红晕：今天晚上她就可以看一眼真正演员的谜一般的世界，哪怕一会儿也好。确实，在这个世界里玛丽娜没有遇到任何特别的事物，只有两样东西引人注目：夜里用的琥珀色小灯和洋盘录音机的半球状音响。在保罗·莫里哀乐队舒缓的旋律下，立体声充盈着整个房间，在夜灯那不同寻常的橙黄色光线下，他，亚历山大·尤里耶维奇，说道："玛丽娜，叫我萨沙就好。我们不是在课堂上，"他，萨沙，吻了她，颤抖的手指急促地解开她校服裙上的衣扣（下课后玛丽娜马上就赶来上芭蕾课了）。疼痛，在狭窄的床上很不舒适的处境，萨沙沉重的喘息声和他的话语："别怕……没人会知道……别怕……你是个美丽的女孩……只要让自己放松就好……"接下来是由于亲近带来的绝望，以及古怪的新一轮对于舞蹈教师的柔情高潮，他们独自在一起时，她叫他萨沙。

在宿舍楼的这个房间里他们有过几次动人的会面。不过很快一切都中断了。为了逃离尼科利斯克，亚历山大·尤里耶维奇自己和文化宫的负责人挑起一场闹剧。他挑起事端，弄到一个处分，被除了名，滚出了"闭塞的小城"，甚至都没和玛丽娜告别。当她得知他的离去，哭了整整一夜，把头埋在枕头里，不声不响地，怕姐姐瓦莲京娜听到，拷问出所有的真相。芭蕾舞班解散了。美术班玛丽娜也放弃了。

一年多之后她考入建筑技工学校，中学时代的结束，伴随着痛苦的初恋飘然远去，对于亚历山大·尤里耶维奇的回忆也归于淡漠。接下来的一切按部就班，和所有人一样：短暂的欢娱、与谢尔盖相遇、爱情、婚礼、家庭、生育、日常生活。一切习以为常、平庸无奇、寂寞无聊……为什么寂寞无聊？玛丽娜对自己提出了抗议。一点儿都不寂寞无聊：她在一家昂贵的餐厅里为裸身的芭蕾女演员鼓掌，和她一起在丰盛的餐桌前就餐的人，就像早年的萨沙那样可人。

大厅里的灯还没有全部点亮，而玛丽娜愉快地建议道：

"让我们喝一杯！我想为普罗科普·伊万诺维奇喝一杯。普罗科普·伊万诺维奇，我是如此的感激您。您是一位非常善良的人，祝您长寿百岁！"

"我的孩子，这番祝酒词之后，哪怕是零度香槟酒我也得站着干一杯。"普罗科普·伊万诺维奇从椅子上站起身来，立刻向前倾身去吻玛丽娜的手。

"啊！是谁在什么时候最后一次吻我的手？"玛丽娜想到，普罗科普·伊万诺维奇扎人的胡子在她的手上感觉痒酥酥的。

"我会吃醋的。"罗曼在玛丽娜耳边低声悄悄地说道，随后也站起身来，喝掉杯中的香槟酒。

"也好吧！就让他们纠缠！我哪怕在这儿做个女人也好？！"

***

夜色温暖而柔和。玛丽娜甚至没有穿风衣，把它搭在胳膊上。经历了餐厅的音乐之后，周围是这样的安静，波光粼粼，一片虚空。对于罗曼的问题：她是不是累了？玛丽娜答道：

"疲劳走过，印象留存。在这儿好像在另一个星球上……"
他们沿着滨海漫步。

远处山上灯塔的塔楼在昏暗的午夜夜色中几乎不见踪迹。低矮的天际塔上的灯光好像红色的星辰。高大的柏树漆黑的尖顶，好像巨大的古时的短剑，直抵云霄。梧桐树粗壮的树干上泛白的斑点，好像打着补丁，它们还有另一种名称——不知羞：因为树皮经常从树干上脱落，树干经常赤身裸体地立在那里……海滨浴场的入口处并排有一座低矮古旧的土坯房。不过屋顶是新的，用闪亮的灰瓦搭建的。房子处于阴影中，窗口没有灯光，入口前的露台上遮满了从顶部垂吊下来的浓密的还未开花的葡萄和蔓藤，月光下房顶有些泛蓝。月光沿着瓦片的沟槽从房顶倾泻而下，落在地面上，微弱昏暗，融于大地，消失得无影无踪。房顶的烟囱阻挡了月光。烟囱菱形的影子折断了源源的流水般的月光的道路。在海滨浴场附近听得到大海沉静的呼吸，不是凭听觉器官，而是对任何活物都有某种敏感的内在的触觉。大海附近的空气咸鲜，污浊。

玛丽娜和罗曼低声交谈着。

"我真不想放你回疗养院。我跟这儿走着就怕你说'我该走了。'"

"我早该走了。大堂里的保安和值班人员会骂我的，破坏了制度……我也答应柳芭莎按时回去。可是我自己也不想离开这儿。离开你……"

"不用担心。保安我们可以买通。值班人员——给她一盒糖，警卫——给他一瓶伏特加……让我们买瓶香槟到岸边去，去远处的日光浴场……来，跟我说'好'。"罗曼轻柔地拥抱了玛丽娜，低头向着她的脸，亲吻了她的双唇。

他的一吻令玛丽娜的呼吸错乱，头有些晕眩，在罗曼本人的提示下，她回答说"好"几乎是无意识的，像回声。

"海滨浴场，可能，已经关了。"走出几步之后，她说道，"那儿有很高的围墙。"

"我们俄罗斯就喜欢围墙。不过，依我看，更喜欢围墙上的缺口。我知道一个这样的地方。"

海滨上还有为数不多的游客在那里闲逛，一些咖啡馆和小店还在营业，罗曼买了香槟、巧克力和几个橙子。很快他和玛丽娜挤过围墙上的缺口，来到了空旷的浴场。黑暗中只是在船站附近听得到年轻人的说话声、笑声，烟头的火光在跳动。玛丽娜和罗曼来到远处的日光浴场，来到最远处的躺椅，在边缘上，大海之上。

"我买了香槟，杯子却忘买了，"罗曼抱怨道，"和你在一起我这么粗心！"

"直接对着瓶子喝不行吗？"玛丽娜嘲笑道。

"毫无疑问，行……"

酒瓶的软木塞垂直飞了出去，高高的，落了下来，幸运的是，没有掉到大海里，而是落在了浴场上。在混凝土地上低声跳了几下就躲藏起来。没有损害水的光亮。

大海罕见的安静。紧挨着岸边的地方还勉强听得到海水和岸上鹅卵石的呢喃，不过再远处平静的大海表面如镜般光滑。在这面镜子中甚至倒映出满天的繁星。月亮铺就出一条银光大道。

"罗曼，这种香槟比餐厅里的更好喝。"

"好喝多了。尤其是和你共用一个瓶嘴……"

"多美的月亮！几乎是满月。这里非常美。真想这样拥抱整个世界！……对不起，我把酒洒到你身上了。不是故意的。"

"你今天是这样的不同寻常！"

"只不过是和你在一起我感觉很好……"

他们说了些空泛的、无足轻重的话，话里有话、重要的和不很重要的话。所有这些话，似乎已经没有实质上的意义，因为两条河流已经渴望着彼此相逢,必然要冲毁设置在它们之间的所有障碍。

他们久久地拥吻着,充满了激情,呼吸急促,到了忘我的境地。玛丽娜渴望罗曼的爱抚。她自己也渴望与他在一起时能够温柔、无法抗拒、技巧高超。她感觉得到他逐渐增强的热烈的欲望,她经受不住这种欲望,臣服于他,自己主动迎了上去。

"爱我,罗曼。"这样的激情、顺从、不羁从她身体内挣脱而出。

现在,没有谁,世界上没有谁,除了月亮和星辰,能够窥探到她。没有谁能够阻碍她的愿望,夺走她的这种自由的快乐和头晕目眩的热恋。

他们离开了海岸,两个人都喝醉了,非常激动不安。他们走起路来甚至都不平稳,好像真的是喝过头了。不过酒在这里的作用并不大。他们二人都很清楚这一点。

"啊——啊!"玛丽娜高声喊道,险些摔倒。

"你怎么了?"罗曼勉强来得及扶住她。

"踩到什么了……脚扭了。疼……傻瓜。鞋跟断了。鞋子不是我的,柳芭莎的。"

"别难过。我给你买双鞋……让我帮你揉揉可怜的脚。"

罗曼抱着玛丽娜到了停着出租车的路上。

13

这整整一个晚上莲卡对于做家务装模作样地表现出极大的热诚:成人般仔细地刷洗盘子和碗,用苏打擦亮大锅和茶壶;不但浇了所有房间的花,还用小刀松土,擦净花盆上的灰尘;在澡盆里在盆里慢慢腾腾地弄出很大的动静——洗着什么。谢尔盖注意到女儿在家务方面不同往日的勤勉，但是原因没有猜到。谜底原来很简单：

"爸，你上中学的时候学习怎么样？总是'4分'或'5分'吗？"莲卡问他，既害羞又胆怯地望着他。

"不总是。"谢尔盖答道，没把问题当回事。

"爸，学校请你去一趟。"莲卡用悲痛的声音招认道，满脸通红。

"惹什么事儿了？"

"我学习不好，老师说请家长到学校。"

女儿在学校里出了差子或意外事，通常由玛丽娜去解决。她和女儿埋头做家庭作业，一起画画。如今莲卡无处可藏：妈妈——在远方，而老师拉伊萨·格奥尔基耶夫娜性格严厉，没有任何宽容。于是她不得不对父亲坦诚布公。

"一点儿都不好？"谢尔盖仔细地打量着女儿。

莲卡耸了耸肩，内疚地垂下了头，压抑地沉默不语。

"所有的科目吗？"他打破了沉默。

"俄语……还有数学'2分'。测验的问题我不懂。老师大声呵斥了我……爸，你不会打我吧？"

"不会。"谢尔盖皱起眉头，"去睡吧，明天我去趟学校。"

莲卡温顺地看了他一眼，静悄悄地走开了。谢尔盖的脸色更加阴沉了。不是女儿的数学"2分"使他陷于沉思，分数不算什么，但是女儿问他，爸，你不会打我吧？难道他打过她吗？好像记不起有这样的事。可是一次动手打人，就足以引起孩子的恐惧。莲卡将来会认为她小的时候挨过打。挨打！如果哪怕是揍了一顿，也意味着打人……

现在已经是谢尔盖自己想要出现在女儿面前，安慰她，鼓励她，在她面前赎罪。要知道确实发生过：他啪啪地打她的屁股；有一次考了2–3分，用皮带教训了她。过后，他确实心里很阴郁，自己并不高兴；莲卡大哭，玛丽娜起身保护女儿，责备谢尔盖，经常是自己和女儿哭成一片；那时谢尔盖是那么的不自在，真想跪在女儿和妻子面前。尤其是，说起来无论是父亲，还是母亲，从未用耳光或者是皮带教育过谢尔盖。从未动手教训过他的，还有继父格里高利·斯捷潘诺维奇。

  关于父亲的记忆谢尔盖印象不多：一些温暖的光线照耀下的图片。幼时记忆中的最后一个珍贵的场景，是父亲为要上一年级的谢尔盖买书包。书包是沙土色的，厚厚的皮革，里面很宽敞，结实的糅皮背带，带有银灰色的金属扣子，散发着怡人的、令人激动不安的原初的气息。还远在冬天，离九月份入学很久，父亲就把礼物送给了他。父亲在时背着这个书包去上学，这一幕谢尔盖到底也没有赶上：就在那个冬天父亲没了，当地的匪徒无耻而冒失地打死了他。匪徒决定抢劫工厂的司机，从后面把刀刺入肩胛骨的下面，摘下他那戴了三年的旱獭护耳帽，抢走了装有九个卢布和零钱的钱包。

  两年多之后继父出现了。谢尔盖总觉得继父的出现是他自己的错，是他自己迫使妈妈嫁人——出于经济上的考虑，嫁给一个不爱的人。凭着什么，哪些迹象让他坚信妈妈不爱继父，谢尔盖对自己甚至都不想解释，只要一次就可以一劳永逸，就像数学公理一样。继父是一位服役的乌克兰人，是后方部队的准尉，他们的团驻扎在尼科利斯克。推动母亲再婚的，好像是起因于一个美味的大蛋糕。

  有一次妈妈带着谢尔盖去商店，这家商店很大，位于市中心，马克思纪念碑附近。这家商店占用的是古老的商人房屋，有高耸的绘有彩画的天花板、一盏枝形吊灯和饰有近千个晶面闪变的小块玻璃。在尼科利斯克人们称它为"我们的叶利谢耶夫斯基①",借此强调它和首都的商品名牌精神上的姻亲关系。谢尔盖是第一次到这家商店里来,他和妈妈住在郊区,工厂简易宿舍的一个小房间里,去的商店都是住处附近的,和农村的很像:同一层货架上摆放着厚油布长筒靴、一包盐、女士衬裙附近是一袋方糖。在这里,在叶利谢耶夫斯基,在糖果点心部谢尔盖看呆了。妈妈去其他的货架寻找自己需要的东西,而他刚一看到糖果点心,就站在橱窗玻璃前一动不动了。装有焦糖和饼干的高脚盘,古怪的小甜面包,上面撒满了糖粉和坚果碎,小块巧克力搭建的小房:一切都是那么新奇。不过最耀眼最惹人注目最难忘的是——大蛋糕。大马蹄铁的外形,奶油制的各种颜色的花朵做框,蛇形奶油镶边;正中央,马蹄铁巧克力浇制的表层:白色膏体的题字"生日快乐"闪闪发光。金黄色的盒子里蛋糕旁边是纤细的白蜡烛,幸福的过生日的人应该吹灭它们的火焰。谢尔盖的眼睛无法离开这些丰盛美味的食品!

母亲从后面走过来也注视着大蛋糕。

"贵吗?"谢尔盖问道,当她把手放到他的肩上。

他还不明白价格:数字他知道,加法、减法和乘法他都会,可是贵贱——不会评判。只知道贵重的物品没什么可看的,这是禁用的,就像苹果树,满树挂满了苹果,却在别人家的果园里,在高高的围墙后面。

"贵……对于大蛋糕来说已经相当贵了。"妈妈答道。接着她把谢尔盖紧贴近自己,慷慨激昂地承诺道,"没关系,买得起。你就快过生日了——我要花钱破费一下!你十岁的生日我一定买!"

谢尔盖的生日为时尚早,还有两个多月,可是母亲这样的承诺是不会随着时间风化消失的。他耐心地等待着,不言不语,暗怀心里。有的时候独自一人,自娱自乐,他会鼓起腮帮子用尽全

---

① 叶利谢耶夫斯基,莫斯科著名的美食商店,位于特维尔大街上的历史大厦内。1901年由商人格里高利·叶利谢耶夫创办,内部装修奢华,经营具有异域风情的食品和稀有品牌的红酒。

身力气去吹他想象中的节日蜡烛上面的火苗。一下子，一股浪，一口气吹灭十只火苗。只是有一次谢尔盖忍不住了，离生日剩下一周多的时间，在黑暗中，在睡前，妈妈也躺下就寝之后，隔着低矮的双扇屏风，他小声地呼唤着：

"妈妈，你真的会买蛋糕吗？"

"会买的，睡吧。"

在事件发生的前夕，谢尔盖诱使自己的朋友和邻居果利卡到简易宿舍走廊的一个偏僻的角落，对他说：

"我今天生日。我妈答应给我买蛋糕。像马蹄铁，大蛋糕。还有蜡烛。哦，你知道，需要吹的。你来吧，我邀请你。"

长久等待的时刻近在眼前。内心的激动令谢尔盖躁动不安。他在房间里撒着欢儿，从一个地方跳到另一个地方，不住声地连珠炮似的对果利卡没完没了地说着什么，果利卡为了他庆祝生日还精心打扮了一番，穿着一条干净的肥大的灯笼裤，还买了一支新的自来水笔送给他作为礼物，笔芯很粗，"慢转"的容量。

突然从走廊里传来母亲的声音，邻居大婶法雅叫住了她，问她或者是告诉她什么。谢尔盖冲向自己的椅子，惴惴不安地等待着，都不敢向走廊看一眼。

还在清早的梦中，他觉得妈妈亲了他一下，低声说了些祝福的话。后来他在凳子上发现了一件新的小孩儿穿的白衬衫——难道这就是礼物！重要的真正的礼物应当出现在此时，一分钟之后，几秒钟之后，喋喋不休的大婶法雅不再纠缠母亲。

终于门动了一下，谢尔盖整个身心都凝住了。妈妈不慌不忙地走进房间，在门槛旁放下自己的包。盒子，里面应该包装着朝思暮想的蛋糕的盒子，她手上没有。谢尔盖惊恐地看着妈妈的眼睛。

"对不起，谢廖沙，"妈妈小声说道，"我答应的没有买（蛋糕这个词，看来，她都不敢说出来）。钱不够了，对不起。"妈妈弯身从包里拿出几个又大又红的苹果，三个沙土色的酥饼和一瓶果汁。"来，吃吧，孩子们。"然后走到小屏风的后面，她的床在那里。

谢尔盖呆呆地盯着酥饼。他觉得妈妈的出现是一种幻觉。应当再忍忍，再等等：蛋糕，可能，还会有的。可是接着他快速地抓起馅饼，贪婪地吃起来，饼渣散落在桌子和膝盖上。他故意作对似的吃着……果利卡小声地质疑着，有些伤感情地嘟哝道：

"你说的，蛋糕会是马蹄铁形的。"

"不想吃——别吃！干脆从这儿出去。拿走你的笔，我不需要！"谢尔盖勃然大怒，他准备殴打果利卡，把所有的委屈都发泄在他的身上。

果利卡生气地撅着嘴，可是又不敢反驳和打架。他从椅子上站了起来，走出了房间。谢尔盖表现得更加恶劣，破口大骂，赶走了朋友，要知道是他自己骗了人家。唉，好吧！这个万恶的蛋糕！再也不要见到它！还有果利卡和他的钢笔！

谢尔盖再次咬了一口一点儿都不好吃的酥饼，接着往杯子里倒了果汁，没有喝，而是开始观察摆脱了杯壁的小气泡在饮料的表层是如何胀破的。

"妈，"最后他小声唤道，"和我坐一会儿。为什么我一个人在这儿坐着？今天是我的生日。果利卡走了，柳珀卡也不在（小妹妹柳珀卡当时在乡下的奶奶家做客）。

妈妈的床吱呀响了一声。透过布面的屏风，谢尔盖看到妈妈把身上的裙子抻平整，用手抚平头发。她从自己的藏身处走了出来，他看到她的眼里满是泪水。

"别哭，妈妈，别这样。你怎么了？"

"你想要蛋糕。我全都明白，谢廖沙。你很委屈……你再等等。我以后一定会还给你的，我会买的……钱现在刚刚够。我不想借钱，很不自在，而且也不合适，要是连面包都买不起才可以借钱……借了钱——终究也要还的。你的大衣已经一点儿都不合身了，鞋子完全穿破了。柳珀卡也需要买件短毛皮大衣过冬……"母亲又说了些什么，解释着什么。作为回答谢尔盖拼命地向她证明，他不需要新大衣，鞋子无所谓，还可以穿着跑……

"只是你别哭，妈妈。"

那天晚上邻居大婶法雅顺便到他们家里看看。谢尔盖无意中，也许，完全不是无意中，听取到了她和母亲的谈话。

"……嫁给他吧。丈夫不能从坟里起来了。哪儿去给每一个女人弄到爱？听命吧。该有的，就会有。他是一撮毛乌克兰人，准尉。你知道，他们多机灵！不会让军人没有面包吃的，住房会分配的……现在这样物质生活根本得不到改善，像鱼撞在冰上。两个孩子，开玩笑呢，一个人带。到老了也没个后路。"

母亲在工厂的洗衣间工作，为工厂的宿舍洗涤工作服和内衣。由于接触肥皂水、水蒸气，她的双手又瘦又白，指甲清澈透明，枯干，暴皮。她经常擦用散发着沼泽地淤泥气味的灰绿色软膏。

很快出现了格里高利·斯捷潘诺维奇：开诚布公，没有隐藏意图，他成了谢尔盖和妹妹柳芭的新父亲。无论是爸爸，还是父亲，谢尔盖从未叫过他，不过对此也并没有强迫，虽然那位不安分的大婶法雅不只一次在谈话中提起这个话头。

再次嫁人，母亲可以"喘口气"歇歇了：有了房子、令人羡慕的房间的陈设、邻居们嫉妒的节日服装；她从洗衣间调到了办事处，做和文件打交道的轻松工作。谢尔盖长大成人，更加坚信母亲的第二次婚姻是出于经济考虑，要知道格里高利·斯捷潘诺维奇比她矮半个头，有只可笑的土豆鼻子，耳朵支棱着，打起呼噜来，就像水晶枝形吊灯上悬垂的饰物不停地摇摆。后来母亲和继父，在他在军队刚服役期满四年的时候，离开了尼科利斯克去了乌克兰。

离家去异乡生活，母亲的心情很不好。

"你别走，妈妈！柳珀卡也不很希望你走。"谢尔盖带着一丝讥笑，却非常严肃地建议道。他那时已经服役期满，成为一名大学生，但是还没有根除青少年时期的极端主义缺点（他自己就断然拒绝离开尼科利斯克）。

"你说什么呢，谢廖沙！怎么可以这样？他是我的丈夫。他和我们在一起这么多年……噢，你怎么可以这样说话！"

谢尔盖现在坐在厨房里，抽着烟，想着自己的母亲，为了他和妹妹嫁给了这个身材矮小、坚韧顽强、办事机灵的准尉。要知道她那时候非常美，所有的人都这样认为：长长的头发披散着，她用手托着腮部，坐在那里听着电唱收音两用机里放着的唱片……

谢尔盖走近女儿的房间，门框和虚掩的门之间形成一道缝隙，他顺着缝隙形成的一道光束向房间里望去。莲卡坐在桌子前，往练习本上写着什么。从侧面看得出，由于紧张她咬着下唇，非常努力。

第二天谢尔盖坐在老师拉伊萨·格奥尔基耶夫娜对面，她用指头一会儿戳着班级杂志，一会儿戳着莲卡的练习本。抽泣的莲卡，哭得两眼通红，站在那里，倒着脚，由于遭受的侮辱而抹着眼泪。

"您倒是看看，她是怎么写的！"老师翻着练习本，"一色儿潦草，乱划拉！还不如一年级小学生……看看这页？这儿？这是家庭作业！像母鸡爪子爬出来的。现在看看数学。难道可以这样解题吗？到处都是涂抹删改，页边的规则也不遵守……您应该更严格地监管自己的女儿。这个呢？哪儿都不合适！"她不停地唠叨埋怨，挑着毛病。

"对不起，拉伊萨·格奥尔基耶夫娜，"谢尔盖打断她，对女儿说道，"列娜，你出去。在走廊里等会儿。"

拉伊萨·格奥尔基耶夫娜不解地望着他，但是不言语了。当教室里只剩下他们二人时，谢尔盖善意地对着老师咧嘴微笑道：

"她会学会的，拉伊萨·格奥尔基耶夫娜。她会正确地书写和算数。值得这样浪费感情把孩子说哭吗？"

"怎么个学会？怎么个感情？"拉伊萨·格奥尔基耶夫娜惊慌而不满地问道。

"她会学会的。您能教会她正确地书写和算数。"好像带着挖苦和进攻，谢尔盖依然咧嘴微笑着重复了一遍，"我还不知道有任何成年人不会书写和算数的。所有的人都学会了，她也能学会的……至于在'更严格'这方面，您，依我看，白操心。她是我唯一的女儿，在任何情况下，任何处境下，我永远站在她的一边，永远……老师应该教她，而父母应该爱她。这是我们神圣的职责，拉伊萨·格奥尔基耶夫娜。"

从学校出来他和女儿一起回家，她拉着谢尔盖的手。他们久久地沉默着。第一个忍不住的是有错的莲卡。她狡猾地将话题绕开学校的麻烦事，问道：

"爸爸，这是真的吗，人是从猴子进化来的？"

"对此我从来都不相信，甚至经常和生物老师对骂，令她不得安宁，"谢尔盖自嘲道，不由自主地返回了中学的轨道，"她给我们讲达尔文的理论，说英国有这样一位学者，他想成为一名神职人员，但是后来写了这部著作，说人是从猴子进化来的。看来，魔鬼把他迷住了……我对我们的生物老师是这样说的'您不是很漂亮，但是和猴子毕竟长得也不像……'她那次把我从课堂赶走了，而我把她锁在实验员室了。这事闹得全校都知道了。她也不喜欢我，就像拉伊萨·格奥尔基耶夫娜不喜欢你。"

"上帝存在吗？"莲卡低声而又小心翼翼地问道。

"应该存在。人类建造了房屋，铺砌了道路，发明了电视，"谢尔盖对女儿解释道，某种程度上也是对自己本人的解释，使自己坚信，"但是要知道某个人创造了群山、海洋、河流、太阳……某人创造。这就是说，创造所有这一切的上帝是存在的。他还使人类产生了灵魂。"

"怎么产生的？"

"比如树在生长，它有生命，但它没有灵魂。树木没有心脏。而人类拥有心脏。从心脏的第一次跳动开始上帝就使人类产生了灵魂……心脏跳动、发热，保护人类直到最后一瞬间。心脏停止了，灵魂从人的身体里出走了。"

"爸，"莲卡小声提醒道，"你和我们老师不要再争论了。以后她对我更不好了。2分我会改正的。妈妈回来之后——我和她一起学习。她很快就要回来了。好吗，爸爸？不要再去我们的拉伊萨那儿了……"

"就听你的，"谢尔盖朝女儿点了点头，感到又沮丧，又愤怒，心里想："也许，我们的一切不幸都源于此：我们，俄罗斯人，从小就怯懦，畏缩。既不要求，也不保护……我们永远都害怕医生、老师、警察、房管处不起眼的九品芝麻女官儿也怕。形形色色的坏蛋钻进了我们的政权。九三年在莫斯科发生了混乱，大量平民死伤，两年之后，那个鲁茨科伊当选为省长，大把捞钱，和叶利钦又像朋友一样……对于普通人什么都吃亏。俄罗斯的真理在哪儿？教堂纷纷开放，精神却不复存在。精神——当一个普通的人得到珍惜，这是博爱。可是在俄罗斯，普通人得不到珍惜！搞得精神也颠倒了……我本来想管教一下老师，告诉她的职责是教会孩子数字相加，莲卡却觉得是帮了倒忙。"

在邮箱里谢尔盖找到了一纸公文：对于扰乱社会秩序进行罚款的决议。所有扰乱秩序的工厂肇事者，去过警察局的人，他们都给寄了这样的决议。"在……期限内交付。"

谢尔盖摸了一下自己的前臂，警棍带来的疼痛已经消失了；脖子上的疼痛也不知不觉地消散了。

"到底制服了苏联工程师！"他自嘲着屈从了。"该去科斯佳·舒宾那儿登记去做骗子了。收下我吧，科斯佳，到你的卸货工作队！还应当劝服廖瓦·乔尔内赫加入，还有'仓库管理员'，更快乐些。"

警察局寄来的小张纸,廖瓦·乔尔内赫断然把它撕成了碎片。"想要罚款?见鬼去吧!"邮箱里与警察局决议书躺在一起的还有一份竞选小报,一个奇怪的信封,是寄给母亲叶卡捷琳娜·阿列克谢耶夫娜的。说它奇怪,指的是寄信人。在信封的角落处蓝色的邮戳上印着:州犹太人协会。这个落款散发出奇怪的寒意:犹太人协会干嘛给一个纯俄罗斯血统的妇女发信呢?这会儿叶卡捷琳娜·阿列克谢耶夫娜不在家:她虽然已经退休,但是找到一个挣外快的活,在诊所做卫生员。拆开信封,稍稍揭露隐瞒的真相,廖瓦不敢。万一无意中冒犯了母亲……母亲是神圣的,不需要揭发。

他疑虑重重地前后翻转着看了看信封,把信放在最显眼的地方:紧贴在抽屉柜上方的镜子。小报上有关于一个尼科利斯克城所有人都已厌烦的某会议代表候选人的宣传,配有候选人的照片,仔细阅读之后,廖瓦意外地发现了作者陈词滥调的笔名鲍里斯·布里特维恩,他哈哈大笑起来,决定通过记者朋友,拐弯抹角地弄清楚给母亲寄信的人。"鲍里卡对于犹太人无所不知。无论是从职业的角度,还是从出身的角度,都理应如此。"摆一摆深栗色卷发的欢快的头,廖瓦瞄准了《尼科利斯克真理报》编辑部,他决定梳洗打扮一番,穿上亮眼的衬衫。

廖瓦·乔尔内赫的命运和他的性情一样曲折,粗心、容易激动同时又浅薄、心软。从年轻时起,狂热而又有着强烈好奇心的他,阅读了大量的书籍。妈妈甚至有些担心地问老师:是不是读得有点儿过了?他如饥似渴地读着,有的时候通宵达旦,频繁的造访令学校的图书管理员都感到吃惊。他言语尖刻、饱读诗书、容易激动。中学毕业之后,廖瓦考入乌拉尔大学的物理系。当时他带着非常坚定的意念,一心想创建一台永动机。可是对这样的发明家的世界有了充分足够的认识之后,廖瓦很快就对科学感到失望了。大二的时候他没有参加夏季学期的考试,半推半就地准备参军入伍。无所畏惧和导致从大学里被驱逐的天生的极端性格,使他加入了东方格斗俱乐部,那时这是年轻人中的时尚。所以在军队里他直接成为登陆兵,随着登陆兵部队他来到了亚洲炎热的坎大哈,执行国际维和使命。天使护卫者照看得堪称典范,廖瓦从阿富汗战争中毫发无损地回到了祖国。服满兵役后他在西伯利亚的北部飘荡数年,寻求赚钱和成功的机会:跟着建筑队捞外快,猎杀狐狸和貂,随着渔业劳动组合到宽广的大河上捕鱼,甚至尝试采金勘探领域。可是他和领导相处不好,好动坐不住,到哪儿都碰壁。在感情上他也没有什么收获,和几个女人同居过,不过时间都不长,没有组建家庭。

通常在外面胡闹几年,他就返回母亲的故乡。但即使在尼科利斯克他也不会逗留很久,待个一年半载,求变者那种闲不住的感觉重又把他拖向俄罗斯无边无际的辽阔空间。

亮眼的衬衫廖瓦没来得及穿——报纸编辑部未能成行。鲍里斯·瓦伊斯曼自己在最需要的时候出现了:他开着自己那辆简朴的有点儿破的欧宝三门汽车来到乔尔内赫的家里,但毕竟是欧宝!

"走!我是来接你的!战斗就要打响。到退休人员面前演讲——能挣好多钱。你也是没有工作游手好闲。"像是挣脱了锁链,鲍里斯爆豆似的说个不停,眼镜腿晃来晃去地闪个不停。

"冷静冷静,鲍利卡!给,喝口克瓦斯!"廖瓦粗鲁地喊着作为回答,"忙啥呢?"

"竞选报你看了吗?"

"嗯……甚至连你的胡说八道也看了。"

"那上面有位候选人。马上要和老战士组织会面。你以'阿富汗士兵'的身份发言。你在阿富汗打过仗吧？打过！所以发言这事非你莫属。我们支持候选人。说些这个那个的。战士支持候选人的热烈观点……"

"可是他是头蠢驴和笨蛋！"

"他们所有的候选人都这样。主要的是——这不是一个吝啬鬼，肯定会让我们大捞一把。"

"不不不，鲍利卡。这会让我成为一个十足的痴呆低能儿。我以后在男人们面前没法儿做人了。你的这位候选人，没当过兵，却要给军队泼脏水。要是我也赏脸……我这张脸事后往哪儿搁呢……"

"可这是政治！政治通常没有原则。今天泼脏水，明天赶着去吹捧。宁可信口胡说，也胜过做苦力干体力活！"

"不不不，鲍利卡！这样的事我做不来。这对你完全无所谓。你反正随时会移民到以色列的。可我呢……我要在这儿生活。"

"那你自己做主吧。没时间陪你聊。"

"站住！"

"干嘛？"

"好吧，走吧！回头我再问……"

没有多舌问鲍里斯关于犹太人协会的事。廖瓦有些警觉。

给妈妈的信不让人心静。廖瓦试图忘掉它，把萦绕不去的念头埋没在各种事务中：开始给船上油，出去捕鱼的日子近在咫尺，乌鲁扎河上的冰已经开化了。他有一艘旧木平底船，马达是动力微弱的"微风"牌，至少在河里留下一道道痕迹。

廖瓦准备好木工工具，清洗干净喷灯，在板棚里找到几块黑色的树脂蜡。在开着的板棚门旁，在底朝上的小船上坐了一会儿，起先给烟草涂上树脂，"即使是最微不足道的工作也应该从歇下抽支烟开始"……但是抽完烟后他回到了屋子里,回到了里屋。

他羞涩的朝镜子里看了自己一眼,镜子上放着犹太人的来信,廖瓦拿起信,往手上蘸了点儿唾沫,来到茶壶近前,放在开水上蒸粘合处,试图没有撕毁的痕迹打开信封,偷看完信再把它恢复成原样。

"不可能!"廖瓦大声嚷道,"不可能有这样的事!"

他又回到房后,板棚附近,小船旁边,坐在小船上,抽起烟来。

廖瓦没有把信带在身边,不过只要读上一遍,就可以记住所有的详情了。犹太人协会通知叶卡捷琳娜·阿列克谢耶夫娜,拟定出版一部回忆文集,收录自己同族人中最知名的人士,这些人士在不同时期曾被迫在此地生活过。"如果您能寄来关于1939年被镇压的列宁格勒人别利斯基·约瑟夫·谢苗诺维奇的回忆文章,我们将不胜感激,他是一位才华横溢的化学研究人员,六十年代初您和他共同在尼科利斯克化学制药厂工作。"

尼科利斯克城——一座北方的城市,距离首都相当遥远。俄罗斯的任何时代这样的城市周边都被选中作为监狱、禁区、奴隶村落、被羁押人员的伐木区。斯大林清洗时代尼科利斯克附近的禁区人头攒动。战争年代和战后人数明显骤减。但是一些政治犯的木板通铺甚至到五十年代末期还没有空闲。赫鲁晓夫的反斯大林创举犹如天降食物,但是对于某些无辜的蒙难者来说,他们未能获得彻底的平反。许多从前的在押政治犯被禁止到首都、家乡的大城市居住。这时就在近旁出现了尼科利斯克,虽然是非行政中心,规模却不小,坐落于美丽的河边,地势诱人,工业城市,区域城市。普通人也从乡村源源不断地来到这里:工作赚钱、读书学习、享受具有配套建筑工程的城市生活。

"相似的说法。巧合。简单的巧合!她从前会这样告诉我。他在禁区没呆过!"廖瓦想着,抗拒着谁和什么,一直没有着手为小船底部涂抹油脂。神秘复杂的真相让家庭履历中的黑点再次浮现出来。

在每一个命运中，在每一个家庭中都有这样一页，以特殊的方式写就的。这样的一页最好不要展示：人言可不温柔。

年轻的农村姑娘叶卡捷琳娜·乔尔内赫来到了尼科利斯克，农村不发达，应当开始城市生活，租一个床位，在化工厂应聘做实验室员，清洗试管和烧瓶，搅拌简单的溶液。

妈妈的历史，廖瓦基本上都清楚：在哪儿，做过什么，什么时间。尽管不够完整，但是资料都有。父亲的历史就不连贯了。"没有一张照片，没有任何痕迹……就算是私生孩子！可是要知道是初恋，通常是难以忘怀的……不可能有这样的事！为什么她总是骗我？"对于未知的真相的深入，令廖瓦大动肝火。

他一直都没有时间仔细问问母亲，探问出谁是他的父亲，为什么有名……有一次廖瓦试图和叶卡捷琳娜·阿列克谢耶夫娜聊聊。她没有回避问题，只是回答简短而简单。"年轻的时候，很蠢。从农村来，疏忽大意，信任了一个年轻的小伙子，是个军人。他答应要结婚，之后突然彻底离开了。"

这就是全部的故事。套套话试试。在这个故事中有什么东西被深深隐藏起来。廖瓦感觉得到这一点，有时能琢磨出某些暗示，仔细询问的借口，但是不敢固执地钻进妈妈的内心。

如今他像个梦游病患者在小船旁徘徊，抓起斧头、刨子、凿子，点燃喷灯，熄灭它。一切经过暂时还不清楚。事情并不顺利，没有进展。脑子也不平静。

到底也没开始的工作，被汽车的警报打断了。在房子的窗下，篱笆旁，停着另一位铁客人：一辆旧的驼色"日古利-戈比"轿车。从车里下来一伙人：警察局上尉科斯佳·舒宾，谢尔盖·康德拉托夫和戴着自己那顶忠实的又破又旧圆帽的"仓库管理员"。

"走！"他们争先恐后地说道，"去火车站卸车厢里的货。

钱——当场就可以到手。快点儿！穿得破点儿。那儿不发卸货的专用服装。"

男人们到达时欢畅活跃，喋喋不休，哈哈大笑，好像不是来猫腰干活的，而是来过节的：喝得也好，吃得也美。

搬着一袋袋水泥和雪花石膏，廖瓦用不友好的目光斜瞟着"仓库管理员"。有一次廖瓦激动起来，那位用完全是刻薄、令人无法忍受的反犹主义者的姿态，就是他，"仓库管理员"，对他建议道："你照照镜子看看自己的那张嘴脸。啊？你的身体里，或许，他们的血脉在奔腾？"廖瓦当时用拳头挥向"仓库管理员"。好在，工友们及时赶到，分开了这两个捣乱的人。或者是谢尔盖·康德拉托夫，现在也弯着腰背着麻袋，要知道是他有一次说道："最凶残的反犹分子不在俄罗斯人中间。乌克兰人，波兰人，波罗的海地区土著居民……俄罗斯人是老实人。我们身上没有连贯和传承……犹太人自己内部也有反犹主义者，尤其是在那些'年过半百'的人当中。我在学院里读书的时候，我们有个小伙子，冒充库班哥萨克，实际上——是个穷凶极恶的杂种……"

"不可能有这样的事！不可能有这样的事！"廖瓦像念咒语一样反复地絮叨着，急急忙忙地赶着，赶着尽快和工友们把工作干完，他疯狂地一袋一袋搬着，马不停蹄，汗流浃背，赶着尽快见到母亲；如今他不会再放弃，他要挖出事实的真相。

***

"廖瓦，是你回来了吗？想吃东西吗？"叶卡捷琳娜·阿列克谢耶夫娜隔着间壁，从厨房里呼唤道。

"想吃。"廖瓦回应道，坐到门槛旁的长凳上，开始脱鞋子，"妈妈，您看信了吗？"

"看了。他们已经是第二次寄信来了。"

"我看过信了，"突然廖瓦出卖了自己，"你会给他们写吗？"

"不，为什么要旧事重提。"

廖瓦疲惫地垂下头，由于不习惯于装卸工的工作，累得筋疲力尽。他有些后悔，没买上一瓶伏特加酒：当时就可以解乏，和妈妈的谈话，或许也可以更轻松。

"这个男人……这个别利斯基……他就是别洛夫·伊万·谢苗诺维奇？我的父亲？"

叶卡捷琳娜·阿列克谢耶夫娜在厨房里不时地敲打几下餐具，围裙窸窣作响，卷心菜在刀下咯吱作响……突然一下子安静下来。似乎炉子、墙壁、天花板都进入了某种张力，一切人和事物在瞬间定格。

安静的脚步声搅乱了房间的安静。叶卡捷琳娜·阿列克谢耶夫娜悄悄地走近廖瓦，悄悄地在他的身边坐下来，坐在低矮的长凳上。两只手放在裙子的下摆。

"我知道，你自己会知道一切的。我也解释不了，为什么想出这样的主意。"

"为什么你自己不说？"

叶卡捷琳娜·阿列克谢耶夫娜把双手深深地埋进裙摆：

"现在舆论放开了，可以多嘴多舌。从前没有这样的事……约瑟夫·谢苗诺维奇坐了十五年牢，虽说放出来了，可是依旧是人民的公敌。他说任何话都要看人脸色行事……我也很害怕。我害怕会伤害你。万一有人翻旧账，把父母的错算到你的账上……"

"他抛弃了你？"

"没有。他去了列宁格勒，他的故乡。他想把需要的书带回这里，和亲戚见见面。家人虽然当初与他划清了界限，他却没有怪罪。那是时代的特征，他说，就是这样的。不然亲戚也会被送去坐牢。他说，他会回来，会向我求婚……"叶卡捷琳娜·阿列克谢耶夫娜面带着微笑，回想起那遥远的新娘的时光，"接着从列宁格勒传来消息，他病得很重。在路上他被发现内脏出血。多年的牢狱生活损害了他的健康。他招呼我到他身边，写信给我。可我一个年轻的头脑不清的乡下姑娘，坐车去哪儿啊！在那儿他病逝了。我嚎啕大哭了一阵子，后来也就不再哭了。当我得知自己怀孕的消息，有时想，为这罪恶的事服毒自杀。这是种耻辱：和一个年纪不小又判过刑的人搞在一起，还没结婚就睡到了一块儿。他还是外族人，不是我们的信仰。在农村就别露面……附近驻扎着军人，他们刚好要开拨。我就选了一个，和他混熟了。他是来短期休假的。请他在晚会结束后，送我一程，好让女伴们都看到……他叫伊万，姓我可是已经不记得了。别洛夫·伊万·谢苗诺维奇和约瑟夫·谢苗诺维奇两个名字很相近，当我说的是一个名字的时候，想的却是另一个……士兵伊万也不知道，浪荡出一个后代来。"

"就是说，真的吗？别利斯基？这个犹太人？"廖瓦眯缝着眼睛，牙关紧闭，双拳紧握。

"我总觉得，我的廖瓦一直这么聪明，因为他的身体里有犹太血统，喜欢读书，有音乐天赋。天性欢快也源于犹太基因。他们就是风风火火的民族。"她用手抚摸着儿子深栗色卷发的头，笑意吟吟。

"妈妈！你说什么呢！"廖瓦跳了起来，双目圆睁，棕褐色的鼻子紧张起来，手无物可抓，脚也无处可放。"我现在怎么办！我不是一直把犹太人……"

"我现在怎么办！我是个犹太人……"

"你住口，"叶卡捷琳娜·阿列克谢耶夫娜无动于衷地建议道，"也不是小孩子了，舌头却把不住门，信口胡言……我对你说多少次了，廖瓦，不要讲犹太人坏话。难道白杨树能够教导如何种植梣树？每个人都按照自己的方式生活。我们农村还有句老话儿：鸡吃鸡饲料，牛吃牛饲料……"

"可我是东正教教徒！受过洗的！"好像回击什么人似的，廖瓦几乎喊了起来，"俄罗斯东正教教徒！"

"这是真的，廖瓦！你刚一出生，很快就在乡间的教堂里偷偷地给你施了洗礼。我想加入共青团，如果他们得知儿子受了洗礼，不会接受我的。"

廖瓦在原地来回转了一阵，转了一阵之后又坐回长凳上，和妈妈并排坐着。

"对于这些最好我什么都不知道，"他小声地说道，闷闷不乐，愁眉苦脸。但很快来了兴致，"你为什么给我起了一个这样的名字？根据圣徒的名字吗？"

"不是，"叶卡捷琳娜·阿列克谢耶夫娜微微一笑，"约瑟夫·谢苗诺维奇心爱的作家是列夫·托尔斯泰。托尔斯泰所有的作品他都读过。我就给你起了这个名。某种纪念。年轻的时候，很愚蠢。"她沉默了片刻，看来，思绪回到了"愚蠢的"青年时代。她叹了口气。"你可以为自己的父亲感到自豪。他是一个令人尊敬的人……不过给犹太人协会我什么都不会写的。不想回首往事。存在过，生活过——上帝来评判。"

廖瓦·乔尔内赫这一夜几乎没有合眼，辗转反侧，磨得肋骨都疼，脸颊在滚烫的枕头上转来转去。他一会儿眯缝着眼睛，一会儿突然睁开眼睛，像受到了惊吓似的。

临近清晨，当黎明的薄雾取代了黑暗，廖瓦起床喝了点水，抽了支烟。在立有镜子的抽屉柜旁逗留了片刻，他透过曙光看了一眼镜子中的自己。深栗色的头发蓬乱地扎煞着，长满了雀斑的鼻子，像天花瘢似的。不满的目光，坦诚到无耻的地步。

"这副嘴脸……我的老爷原来是这种人！哪怕是鞑靼人、高加索人或者乌德穆尔特乡巴佬也好，却是犹太人！如果他们知道，我是半个犹太人？在我说过那些反犹的话之后！"

连着几天廖瓦·乔尔内赫都带着怀疑、挑剔和耻辱的眼神看着镜子中的自己。母亲则躲着他，避免和他交谈。他晚上通常回来得很晚，尽量一个人吃晚饭。

普罗科普·伊万诺维奇离开黑海海滨回莫斯科，往家走了。

"你们两个热恋，我一个老头儿在这儿搅和什么！"在罗曼面前他高声感叹道，像一个任性的孩子，希望别人的关注。

罗曼没有挽留他，甚至还为他的离开忙前跑后：给他买了昂贵的软卧包厢火车票（普罗科普·伊万诺维奇拒绝乘坐飞机，他有时有恐高症，就像乘坐地铁时，有时会感到身在地下的恐惧）。

打包行李箱并不是件容易的事。无论在哪儿，凡是普罗科普·伊万诺维奇借宿的地方：宾馆、亲戚家、朋友家，他都会迅速地铺上一层杂志、旅行指南和图书。此次旅行，他租住了卡列特尼科夫别墅的一个房间，如今他环顾着房间的各个角落：床上、椅子上、桌子上、窗台上堆放着各种出版物，其中有些值得珍藏记忆。值得珍藏记忆的包括《爱情守恒定律》手稿。

他随手翻了一页，读了一个简短的章节：

"感觉的物质实体不一定要直接呈现。如果光——定向的光子流，作用是直接的，那么树上叶子的繁殖在光的影响下，作用是间接的。

"可能，感觉完全没有任何新分子。就让感觉成为绝对无形体，但这不能取消物质属性。

"《圣经》、圣像、圣物、祭祀的物品均应视为宗教信仰的物质体现。最后是庙堂！它们是精神如何获得物质的典范。信仰创造物质……爱情物质可以辨认出大地上艺术家的创造。这是物质的间接体现。不管怎样，首先爱情物质是人类的行为，行动！

朱丽叶把短剑插入了胸膛……"

"这个文件里的内容您都猜出来了？"罗曼走进房间问道，"是个什么样的定律，搞明白了吗？"

"您，老兄，带着傲慢的怀疑态度问我，那里面所指的已经是答案了。手稿里说，您的各种探求一文不值，"普罗科普·伊万诺维奇答道，"假如您对基督的学说都不信仰，又如何能承认和皈依它呢？您首先请相信基督降临，然后自己就会承认它背后的公正。如果承认人类中爱情的存在，就请相信它的守恒定律吧！"

"可是要知道这一切都像文学虚构。天然，生活，事实高于任何美丽的假想。"

"当然！"对于笔墨官司易燃的普罗科普·伊万诺维奇燃烧起来，"天然高于任何创作！高于任何虚构！就像普希金所言：'史诗的价值永远不抵性感双唇上的笑意！'但是天然本质上是粗陋而易逝的，所以人们总去杜撰。彩色岩画，古老文献，建筑。民间传说和民歌。没有诗歌的精神生活是卑微的！贫乏的！"普罗科普·伊万诺维奇也不歇口气，"人们不仅为心灵，也为身体寻找新的形象。服装，香水，发型。还有饮食的仪式！漂亮的餐具，餐桌的摆设……人类的形象思维刺激了进步，但还是这个形象思维把人类引向灭亡。为什么罗密欧，这个健康、完全合乎条件的青年，喝毒药自杀？"

"让我们把莎士比亚放到别的时间去谈，"罗曼说道，"玛丽娜在车站等着呢。她想和您道别。"

"好，好，当然，我这就完！"普罗科普·伊万诺维奇忙碌起来，把手稿在自己装得满满的箱子里压实，气喘吁吁地拉上拉锁。

普罗科普·伊万诺维奇读的那页手稿上，还有另一个很短的章节。

"忠诚与爱情——虽然不是一回事，但却是相近的情感。爱情是与生俱来的,自然而然的。比起忠诚,爱情的感觉更充实。爱情的维持不仅依靠于对崇拜方形象上虚构的画面,而且依靠于肉欲、性欲和动物本能。

"忠诚,是智力成熟、明理的那代人的导数。大地上的教堂是通过人类的各种痛苦建造的。

"在忠诚面前人人平等……

"在爱情面前可能是一个不幸的人,甚至是非常不幸的人。真正虔诚的人不会遭遇这样的不幸。永远都有光。光在最后。无形的永恒的光。于是爱情通向自己的上帝。"

开往莫斯科的火车不需要等待。卢欣和卡列特尼科夫赶到车站刚刚好。

看到月台上头发凌乱、衣衫不整的普罗科普·伊万诺维奇和他旁边手里提着行李箱的罗曼,从第一眼开始,玛丽娜就高兴而不安地会回想起自己在此地的出现,在南方的疗养院。这是没有多久却又很久以前的事,当她和普罗科普·伊万诺维奇一起踏上了这片土地!在全世界,在她自己身上发生了些事情,她好像登上了一座神秘岛,来到了未被发现的海岸,悬崖的边上。

普罗科普·伊万诺维奇迅速地抚了抚秃顶,用手捋了捋胡子,朝玛丽娜探出身子,吻了吻她的面颊。

"我的孩子,希望我们还能见面?"

"我不知道,我希望……我不知道。"她确实无法铺设那条道路,她和这位可笑的学者大叔重逢的命运在这条道路上滚动,根本不知道,这样的道路是否存在。

火车在这一站停留了两分钟。普罗科普·伊万诺维奇,费力地走到自己的车厢，气喘吁吁地提着行李箱挤进火车的连廊。又过了一会儿，电力机车发出低沉的长鸣，火车启动了。已经看不到普罗科普·伊万诺维奇了，可是玛丽娜依然追着太阳下反光的车厢窗户挥着手。

"罗曼，你不会为了我回莫斯科吧？"她问道，没有扭头去看站在旁边稍后的罗曼。

"我想，这连解释的必要都没有。"

玛丽娜转向罗曼，某种不可抗拒的力量把她拉向了他，他们拥抱着，紧紧地依偎着，在众目睽睽之下，无所畏惧，像是和自己最亲近的人在一起。

"不要怕！什么都不要怕！"她对自己说。但是她怕。她觉得自己摇摆不定，好像沿着一架长长的狭窄的木板舷梯跨越万丈深渊……一步犹豫，稍不小心，就会掉下去，摔得粉身碎骨。要想回去，已经没有退路。什么是肉体的亲近？激情不过是几分钟而已。可是这几分钟有多么强大的威力啊！不，后退为时已晚，所以，要向前冲！和他肩并肩，这个来自陌生而富有的莫斯科生活的人，和他肩并肩，趁着还有机会。要知道她幻想着这样。虽然不直接，不明显，不公开，她在心灵的深处隐秘地幻想着这样。每一个女人都憧憬着热恋，在心里任由秘密的希望游荡。每一个女人都想成为可爱的、渴望的对象，也渴望这段经历美丽，不同寻常。

玛丽娜的思绪就像万花筒里的图案：色彩斑斓，出人意料。只是有一次在她五彩斑斓的思绪中闪过背叛谢尔盖的黑色想法。她把这个想法赶到了一边。不应该，不必要想起这事儿！虽然不清楚如何回到从前的生活，但是猜想未来并不值得！不要怕！今朝有酒今朝醉，明日愁来明日愁。

"你和我在一起感觉好吗？"

"好……非常好。你是这么的温柔，罗曼……我头晕目眩，身体里的一切都在颤抖。"

"我也从来没有过这样的体验……想来点儿凉果汁吗？"

"不……最好紧紧地抱着我。再亲亲我……我们把整个床单揉成了一团儿，被子滑落到了地上。"

在身体的爱抚中，在信任的低语中，在百叶窗紧闭的昏暗的卧室里，几个小时不知不觉中过去了。暮色垂向地面，厨房里"女仆"准备的晚餐已经凉了，她是当地妇女，在卡列特尼科夫的别墅整理房间和做饭。可是没有谁也没有什么能够限制他们自由、懒散、幸福而消耗体力的床上时光。

唯有电话铃声钻进了他们的世界，它来自另外一个充满了问题、操劳和匆忙的世界。罗曼当着玛丽娜的面接了电话，没有到旁边带卧室的工作间。他和自己的商业副手马克谈论着财务估算，用的是俄语，但和儿子伊留沙交谈时掺杂着德语。和妻子索尼娅交谈时则充满了平静、善意和关心，期间玛丽娜不由自主地紧张起来，一动不动，怕暴露了自己。他说了句玩笑话敷衍，想尽快摆脱恬不知耻的然娜的纠缠：

"别扯了！全不是那么回事。普罗科普·伊万诺维奇走了，留给我一大堆活儿……好，好，我也拥抱你。"

有时铃声令人感到厌烦，罗曼就关掉手机，转用别墅的自动应答器。

"女人真是令人惊奇的创作品。然娜，什么都不知道，却坚信我留在这里是为了女人。"

"男人能够终生不去猜测对手。女人在千里之外就能感受到对手……然娜，她是你的秘书？"

"不是，我的秘书叫伊琳娜。然娜在我父亲的部门工作，是他的助手。"

突然出现了片刻的安静。沉默不语的玛丽娜应当在吃醋，为了她不知道的然娜和伊琳娜——两个来自首都骄奢淫逸的生活、以美色勾引罗曼的人。

"我无法想象：要知道如果不是遇见你，我现在已经在莫斯科了，在班上忙些鸡毛蒜皮的小事。我做商人是迫不得已的，"罗曼说道，"一个人，在我看来，应当做惊天动地的大事，但不是通过钱来表现的。建造埃菲尔铁塔，创作交响乐，生很多孩子，乘着帆船环绕地球，最后，追求某个幻想中的爱情守恒定律……和你相逢，我真开心！你什么时候回尼科利斯克？我想订两张到莫斯科的机票。"

玛丽娜从未坐过飞机。她非常想试试，坐着大飞机腾空而起，向下看看大地，看到旁边就是云团。可是她并没有为罗曼的建议欣喜若狂，她警觉起来。

"明天我们沿着索道去'红色的林中草地'"，他继续说道，"那儿有一座山地滑雪疗养院，还有美丽的风景。我还想去黄杨林游览……"

他的话在玛丽娜心中引起了任性和不满。噢，他把她的时间安排得真好！对于这个自信的富翁，她好像是个供人娱乐的玩偶，他帮她付机票钱，请她吃饭，旅行。难道这个特别的新俄罗斯人帮派里所有的人都是这样生活的吗？买下一切，买下所有的人？钱，钱，到处是钱……

可是，她对他来说怎么会是玩偶，因为——天哪！他是多么可笑，赤身裸体，睡袍没有穿好，如此的温柔，如果他现在跪在她的面前，亲吻着她的膝盖，她的感觉好极了。这和钱有什么关系！这中间有欺骗，玩弄，不可能……疯了……几乎无力离开他。天色已经晚了，该走了。

她没有同意在卡列特尼科夫的别墅过夜。自己发过誓不在他家里过夜。不想让他驯服她，故意想思念他，制造别离，哪怕只是做一夜梦的时间，只是医疗处置的时间。

***

时间飞逝，犹如沙子在沙漏中一样。沙漏是放在水疗所的单间、矿泉水浴缸旁边的。沙漏可以翻转过来，永不疲倦的沙子向着相反的方向渗漏。在这种状态下，时间朝着唯一的方向奔跑，朝着家。

今天柳芭莎就要离开疗养院了。

"给我写下你的地址。我会给你寄信的。或者在路上有机会——顺路到您的尼科利斯克看看。我特想知道，你和这个罗曼会孵出个什么结果来。据统计，玛琳，度假的私情只有2%还有交往。你，也许刚好在这2%里。"

"我呸！我们没有任何私情！如果有私情，不会是这样的态度。你知道吗，柳珀，他对我是多么的关心。他的双臂是多么的温柔……"

"不温柔才怪呢。怎么，他在哪儿干活累坏了？伐木了？砌砖了？在矿井里用丁字镐刨矿了？也许，他用手从来都没有提过重的东西，却有大笔的钱……现在有钱人对自己的健康你知道是多么关注！很时髦。我看过，电视上总放。所有的骗子都打网球，挥舞着球拍。"

她们坐在海滨日光浴场的躺椅上，晒着正午的太阳。

四月温暖的阳光宠坏了疗养的人，他们当中的很多人都晒成了巧克力色。柳芭莎甚至晒过火了：鼻子爆皮了。如今在她的圆脸上鼻子有很多红色发亮的斑点。玛丽娜也有些晒黑了，那种特别的、南方的、亮铜色的黝黑，这在俄罗斯的北方地带是碰不到的。"金黄的玛丽娜，甜甜的，好像葡萄酒……"昨天罗曼悄声对她低语，亲吻着她的肩……

"哎，柳芭莎！你的一切都是挺实际的，"玛丽娜拉长了语调说道，而接下来，飞快地像说绕口令："如果突然有了爱情？真正的爱情呢？"

"真正的爱情？"柳芭莎精神一振，胸部的两座山丘在游泳衣下晃动着，脱了皮的玫瑰色鼻子因为刻薄而更加突出了，"关于真正的爱情我这就告诉你。真正的爱情，这是当人家想娶你为妻的时候。如果你的富翁对你说：啊，你是我的手臂和心肝，那是情爱，……所有其余的，简单说，都不叫爱，叫别的词儿。以字母б开头，以字母о结尾。还有字母лэ，它后面的字母是я。就像电视上的节目《奇迹天地》①。那里还有这个，戴着一张宽大的兽脸，在鼓旁吼叫着，'在这个词中有这样一个字母！'"柳芭莎哈哈大笑起来。

"一点儿都不好笑。"玛丽娜厌烦地对她摆了摆手。

"可不啊！自己的老公——就是自己的家。随他没本事，没钱，但是自己的。既不淫荡好色，也不偷奸耍滑……我说的不是你的罗曼，你不用皱眉！我看见，你如何为罗曼备受煎熬，像个女中学生。"柳芭莎欢快地用手指着，一下子转换了话题，"快看，那个男人在搞什么名堂！在这么冰冷的水里会把自己冻坏的！简直疯了！"

在下面，一个高大的竞技运动型的年轻小伙儿从一处防波堤上俯冲到大海里，浑身上下都是突起的肌肉，像运动员那样修剪过，很时髦：剃了个"光头"。他每天都进行这样的冬泳，许多观看他的人都不时地打寒颤瑟缩着：冰冷的海水咸咸的，如火般烫伤人的肌肤，其灼痛的感觉比淡水强烈得多。但是小伙子英勇地赤着身子走到防波堤的端面，抬起双臂，双腿起跳，肌肉发达的身体在空中一闪，头朝下扎入水中。然后他在浮标中游了一段距离，返回了岸上，不慌不忙，没有居心不良的人希望在他身上看到的怂样。从水里出来之后，他用毛巾粗略地擦了擦身子，四肢隆起的肌肉由于冷热反差而变得通红，在阳光下展示着健康。他的脸不动声色，像印度的瑜伽信徒。这儿的人也这么叫他——瑜伽信徒。

---

① 《Поле чудес》(《奇迹天地》) 是俄罗斯非常火的一档电视节目，效仿美国的《命运之轮》（文中'鼓'就是'轮'的意思），由主持人给出一个词或者词组，然后大家通过逐渐显示的字母来猜这个词，类似于《幸运52》中的部分环节。文中的词是«блядство»（奸情）。

"我总是羡慕这样的人,"玛丽娜说道,观看着瑜伽信徒的游泳仪式,"在这样的人身上,目标明确,意志坚强。健康的精神寓于健康的体魄。我永远偏离方向。而他们永远都是勇往直前。

"为什么要羡慕?走过去跳入水中。所有的羡慕就都不见了。"柳芭莎嘲笑道。她从小钱包里找到几个硬币,把它们从日光浴场抛向大海。"

***

柳芭莎的离去更强烈地提醒她,疗养院的沙土在沙漏中一去不复返了。二十四天的疗养证只剩下三天可以使用的沙子了。最后的三天,告别的三天,准备收拾行李的三天。

没有柳芭莎的房间空落落的。思念涌上心头。可是玛丽娜又不希望有别的房客,希望不要再安顿别人住进来。最好是一个人,胜过新的结识,谈话聊天。玛丽娜忧郁地看着重新整理好的床铺,柳芭莎曾在上面坐过、躺过、哈哈大笑过。如今柳芭莎在车轮的滚动声中踏往回家的路。回家,回家……玛丽娜想起昨天从尼科利斯克打来的电话。在这次交谈中,她觉得自己有些生疏、换了个人似的。不知道自己该说些什么,该问些什么,谈话的人和她在一个屋檐下生活了十多年,生了一个女儿。在交谈的最后她说了惯常的话:"拥抱你,亲吻你",可是却不能想象在有了罗曼之后如何拥抱和亲吻丈夫。

玛丽娜觉得,此时此刻的孤独让她寂寞难耐。如果现在离罗曼这么近,她都这样想他,将来在家里她怎么生活!离约会的时间还有一个小时。不要坐在这里看着空空如也的床铺。没有想好去哪儿消磨这一个小时的时间,她忘掉自己从前会面时的骄傲和迟到,去找罗曼了。她想见到他。现在!非常想见他!

卡列特尼科夫的别墅是用石头砌成的,非常坚固,宽敞的露台，露台四周环绕着果树花园，高大的围墙把别墅和街道隔开，上面爬满了常春藤和野葡萄。玛丽娜的内心充满了矛盾。在这栋别墅的外墙之后，隐藏着一个安乐的世界。在那儿她和罗曼很幸福，在那儿有她所希望的自由，没有任何令她讨厌和谴责的目光。但是与此同时，卡列特尼科夫的别墅又引起她的恐惧。别墅好像自身有眼睛和耳朵，有执拗的性情，无声地对她讲，她在这里是临时的，偶然的。要想在这里成为不是偶然的，要敢做，敢想，敢于跨越。应当和自己的某段往事告别，跺一下脚，然后对着这些墙宣称："如今我是这里的女主人！"

"女仆"打开了便门，这是一位少言寡语、不苟言笑的女人，年纪不轻，黝黑的面庞，头上包着一块黑方巾。玛丽娜见过她几次，每次内心都会感到胆怯：女仆也是卡列特尼科夫家族刁钻性格的化身。但是"女仆"表现得很有分寸和礼貌。她小声地问候了她，领着玛丽娜来到了台阶前。

"噢，你在哪儿，罗曼？"玛丽娜在前厅喊道。

盥洗室的门打开了，罗曼从门内探出头来，脸颊上涂满了亮白的泡沫。

"我非常高兴你来了！我马上！你在客厅里稍坐！那儿有糖块和水果！"

玛丽娜走进客厅，下意识地四处打量着。饰有瓷砖的壁炉铺着白色大理石板，上面立着一架笨重的大钟，装饰着半人马怪的青铜像，维罗绒的沙发上放着羽绒靠枕，钢琴是德国名牌，品牌的名称用金色刻花纹装饰。在圆形地毯的正中央，放着两张又宽又矮的扶手椅和一张玻璃茶几，茶几上摆着糖果盘，里面的果仁糖堆放得像小山似的，还有编织的果篮，盛放着香蕉、梨和葡萄。

像在童话世界里一样……玛丽娜可以现在就享用这些不起眼却绝对奢侈的物品。她可以在沙发上躺一会儿，按几下昂贵乐器的琴键，抚摸一下半人马怪浓密的长发，尝尝又大又黄的鸭梨，想吃多少就吃多少有着文雅名称的"果仁糖"。但是她内心却很警觉。不想要水果,也不想要糖果。在这里孤零零一个人,空荡荡的,有些不安全感。只能想到罗曼在那里,可以得到他的保护。

她踮着脚尖悄悄走近盥洗室,里面传来流水的嘈杂声。她小心地把门打开一点儿,向里面张望。罗曼站在大镜子前半裸着上身,穿着短裤和拖鞋。他扬起下巴,握着银色的剃须刀沿着脖子从下往上推着。刀片所过之处,脖子上的泡沫中就留下一道干净的沟痕,突然在干净的皮肤上出现了红色的斑点,开始四面漫流。

"刮破了,可怜的人!"玛丽娜忍不住喊道。

"你偷窥我?"罗曼中断了修脸,把门开得大些,"进来,你不在我很无聊。"

"你不生气?要知道我不是按约定的时间来的,也没有征求你的同意。"

"你是个聪明人。你听到了我的愿望。我非常希望你来。"他抱住了玛丽娜,用刚刚刮完的温暖发亮的脸颊贴在了玛丽娜的脸上。

"你真滑溜!"玛丽娜高声喊道,吻了一下他的脸颊,沾上了一点儿留在他下巴上刮脸用的泡沫。没有任何责备的意思,一个念头一闪而过:谢尔盖的那个旧电动剃须刀多讨厌啊,他从来就没好好刮过胡子!

水龙头里的热水流到了盥洗盆。升腾起一团团有些发灰的蒸汽。镀镍的开关和镜子的下部覆盖了细小的水珠。

"这儿很热。"玛丽娜说道。

"你可以脱下衣服。"

"真的吗?"

"真的。"

亲近的秘密和那种暧昧的相互之间的感情将他们联结在一

起，那种感情允许他们彼此调情，平常话语下的弦外之音令他们欲火中烧。

"啊，罗曼，你长白发了！"

"在哪儿？不可能！"

"看，就在这儿，鬓角上面。让我帮你把它揪下来吧。"

"啊——啊！"

"唉，手滑没抓住。忍忍，再来一次！"

"哎呀！！"

"怎么着，罗曼？"玛丽娜仔细地端详着他，"你骂娘吗？"

"当然不！你凭什么这么想？你觉得这样而已。我从不骂娘……我的父亲让我戒除了脏话。他无时无处不骂人。小孩、老人、姑娘或者某位重要的官员——在任何人面前他都把持不住。从小我就想反抗这一点，他使我养成了这种反感的习惯。"

"对不起。我确实觉得……我无论如何也要拔掉这根白头发。你别乱动！虽然你有钱，是大人物，我不怕你……乌拉！拔下来了！现在你英俊、年轻、没有白发了。你的伊琳娜、然娜会更喜欢你了。"

"真的吗？"

"真的。"

"那你呢？"

"我已经晚了。已经喜欢上了。从第一刻起。"

他又吻了她，情不自禁，没有理智，吻得很痛，吻得两眼发黑，吻得神志不清。玛丽娜看了一眼镜子，里面的自己是那么的陌生、美丽，充满了激情，双肩裸露，胸衣的吊带从肩上缓缓地滑落。看到自己这样的状态，半裸的身体，因爱的激情而沸腾，看到罗曼如何亲吻自己的胸部，她既害羞，又充满了渴望。她想忘乎所以，因为很快就要走到边缘，很快这一切就要风消云散。

"吻我！再吻吻我，罗曼！"

白昼尚未耗尽，可是紫灰色的乌云已经遮盖了向地平线西沉的太阳。傍晚半明半暗的暮色洒满了别墅的客厅。在暮色中还融入了寂静。非常非常安静。似乎窗外的整个世界都消失了，或者远去了，到遥不可及的距离。

玛丽娜坐在沙发上，罗曼在旁边躺着，头放在她的膝盖上。他的双眼闭着。

"今天留在我这儿吧。"他说道。

"不，我有点儿怕这栋房子。怕你的女管家。怕你的电话铃……最后一个晚上我会留在这儿。"

"说好了？"

"说好了……我们先去海边，然后到这里。你要弹琴，给我唱歌。"

"我不会唱歌。弹琴的话现在就可以。"

"不，现在不用。现在这样就很好。"

在昏暗的客厅里，在寂静中，除了交谈的话语，还飘荡着关于即将不可避免的别离而没有说出的思绪，主要的是，关于新的不可避免的重逢，在这次别离之后，发生在将来的某个地方。但是他们没有出声讨论，好像两个人有共同的约定，禁止谈论这个问题。

走廊里的这些脚步声，在铺着的地毯上几乎是无声的。玛丽娜通过直觉捕捉到一种特别的声音。当罗曼来到她房间的门前，她已经起来了，回应他的出现。简短而响亮的敲门声证实了她的灵敏。玛丽娜从床上跳起来，穿着睡衣朝门扑去。然后回过身来找睡袍，又朝门走去。忙乱中她的腿被凳子刮住了，轰的一声她摔倒在地，这时她才彻底醒来。明白地辨认出昏暗的晨光。她打开过道里的灯，马上就听到了罗曼的声音："玛丽娜，是我……"

"父亲在复苏科。昨天夜里他们给我打的电话。情况很严重。非常糟糕！我刚和医生通了电话。我急着飞往莫斯科，我需要赶早晨的航班。过两天我去多莫杰多沃机场接你。打电话给我……我该走了，这是我的名片，这是钱……你无权拒绝！这是票钱和鞋钱，我答应过你……"他往她的睡袍口袋里塞了堆纸票子，透过脸上的紧张很不自然地微微一笑，耸了下肩："对不起，我要赶这趟航班。"罗曼把玛丽娜拉到身前，拥抱了她，吻了吻她那没有作答、惊慌虚弱的双唇。接着他猛地一转身，头发蓬乱，内心好像沸腾一样，走出了房门，又回头看了她一眼，"我应当赶得上。我们莫斯科见。"

"好的，再会。"玛丽娜机械地答道。

门在他身后关上了。玛丽娜独自一人留了下来。脑子里一片混乱，闪现着支离破碎的词句：复苏科，多莫杰多沃，鞋……

片刻之间罗曼又折了回来，她还站在那里，面对着门，仔细观看着他塞在她口袋里的暗淡的绿票子。可是一看到罗曼，她突然情感爆发，脸激动得变了样，眼里闪耀着泪花。他奔向她，她扑过去抱住他的脖子。玛丽娜相信，他返回来是为了她！为什么还要这样？！当然，是为了她！他折回来，是为了偷走她，带她永远离开这里。他们的命运要生生世世联结在一起。玛丽娜的这种感觉如此激昂、甜蜜和令人神往，她似乎感受到未来生活的转折：想象着如何与谢尔盖离婚，如何从尼科利斯克把莲卡带走，如何与姐姐瓦莉亚道别……就让行星从轨道飞离！就让一切人仰马翻！他现在召唤她同行，她会坚定地回答"好！"回答三次"好！"

她不停地亲吻着罗曼，双唇碰着他的双唇、脸颊、眉毛和鬓角。

"我们分离得太快了。对不起……我会非常想念你的，"他低语着，"我会等你的。两天之后我们会面，我在机场接你……我爱你。"

走廊里又回荡起脚步声，在拉毛地毯上脚步声依稀可闻，渐行渐远。玛丽娜觉得喉咙发痒，泪眼模糊，胸中郁积的也许是哀怨，也许是幸福的呼喊。

***

为什么她会在这里？什么力量吸引她来到了这些废墟？玛丽娜自己也弄不清楚。

她来到了海边，来到了浴场，沿着洒满阳光的林荫道闲庭信步，到处布满了绿色，花朵的色泽吸引着人们。脚下伸展出熟悉的蜿蜒曲折的小路。玛丽娜受到了诱惑，两腿走到了另一条路上。

在园艺小亭旁她无意中遇到阿赫迈德老人，张皇失措的恐惧她没有感觉到，甚至已经摆脱了从前的恐惧。在老人的房客鲁斯兰和法齐尔面前，只有厌恶和复仇，像无法从心里抹去的污点。

"高兴吧，畜生们，你们占了我的好处！"

现在她把车臣人完全丢到脑后，由于暴发户的贪婪而破坏的、被轰炸机炸毁的疗养院，吸引了她，召唤着她。

小心谨慎，好像要打破别人的宁静，玛丽娜走进了大楼。空荡荡的房间没有窗框，没有门，没有地板，七扭八歪的生锈的管子，一大堆碎砖块，几块亚麻油毡，玻璃碎片，碎成两半的又黄又脏的盥洗盆，丢弃的医学书，翻开的一页上是脊柱图。她在空旷而死气沉沉的疗养院里来回走着，绕过垃圾和破烂，仔细地看着这堆废墟。这些房间，这些墙壁，还可以继续为人们服务，无论是病人，还是健康人。人们可以在这里休息，享受生活。可是骗子们不想这样。如今疗养院命悬一线……还有不多的地方，已经无法修复了。应当重建。玛丽娜对此坚信不疑，她本人的职业就是建筑师。

可是，也许，在废墟和荒凉中新的改建工程是有过错的，也许，房子本身由于人类而受了内伤，筋疲力尽，"这些墙壁，这些梯子，这些天花板已经不想再见到人类：他们的到来、他们的声音、他们的举动，并且把他们从这里赶了出去。它们被卖给了肮脏的富人，落入了他们的魔爪。富人买来是给自己歇口气的。因为耀眼的阳光之后总想沉浸在阴凉里，喧哗和骚动之后，总想安静与孤独。"

她走出大楼，转身回去。没什么，一切都将安排就绪。一切都会得到解决，恢复元气。只需要熬过这段时间，这个转折。

玛丽娜没在日光浴场脱衣服，而是在下面，在海岸旁。她穿着泳衣，赤着脚，来到了丁字坝上，瑜伽信徒经常跳入海中的地方。"噢，不需要想得太久！跳啊！跳啊！如果要溺水了，有人会把你拖上来的。这儿不太深……"玛丽娜轻喊了一声，深吸了一口气，两手垂直，双脚并拢，"冰棍式"跳入了深蓝的大海。她会游泳：在尼科利斯克游泳馆举办的竞赛中，这位中等技术学校的女学生获得了本年级的第一名。

稍晚些时候，到了岸上，几分钟过后，她心中的恐惧感消失了。在水中她甚至感到神志不清。大海捉住了她，用咸水烫伤了她，在她的胸上束紧一条无形的寒颤的腰带，既不能吸气，也不能呼气。她本能地在水里乱扑腾起来，摆动着两条腿，往前扔出胳膊，拖着自己冻得软弱无力的身子游向岸边。刚一靠岸，两手可以触到卵石，她克制住抽搐和痉挛，站起来，伸直了身体，咬紧牙关，开始走向自己的躺椅取浴巾。

"您为什么冒险？水还很冷呢！"

"您是一位勇敢的女性。表面上真看不出来，又漂亮，又娇柔。"

"在这样的冰窟窿里很快就会得肺炎的。本地人瑜伽信徒不是第一年进行冬泳锻炼……"

"喝点白兰地吧。军用水壶里的。很快就会热身。"

这些话是疗养院里一些同情她的人讲的。可是这些人她几乎区分不出来。浑身透着寒热,她裹上浴巾,遮盖住颤抖的嘴唇,答道:

"我一切正常。今晚我要走了。我应该洗个澡。"

昨天罗曼·卡列特尼科夫从这儿走了,按照计划,她应该随后飞往莫斯科,明天。可是,一切突然发生了变化,出乎意料,没有明显的原因和动机。她今天回家。一定要今天。不坐什么飞机,就坐普通火车。不经莫斯科,经叶卡捷琳堡,经乌拉尔,回故乡尼科利斯克。

(温哲仙 译)

第二部

爱情守恒定律

瓦西里·巴雷奇·卡列特尼科夫埋在瓦汉科夫公墓。他的葬礼排场很大，铺张扬厉，很花了一番心思：樱桃红的德国漆棺配的是银质手柄，虽说死者和军队没什么关系，请来的却是军队众声乐团。花圈极尽奢华，挽幛上的金线铭文刺眼夺目；厚实的黑色大理石墓碑上，凿刻着浅浮雕。浮雕中死者的模样已经被美化，并不十分像他生前的容貌。碑上的墓志铭写道："你将永远活在我们心中"。一切安排得如此风光体面、阔绰气派，死者的亲朋故旧和葬礼的组织者都不会觉得良心上有什么过意不去：反正别人不会说那种葬礼办得没个葬礼的样子、对死者不恭不敬之类的话。而一向挥金如土的死者，对葬礼也该心满意足，他生前喜欢说一句话："对我来说，卢布是从十卢布起算的！"

然娜看了一眼新挖的墓穴旁、棺材周围密密麻麻围成半圆形站立的人群。那里齐聚了各色人等……五花八门的亲戚、议员、警察、小偷、一群芝麻粒大的小官。他们肩并着肩，在同一个碗里吃过饭。"老爷"并不吝啬，用美食招待过他们所有人。他经常笑着说："给别人东西给不穷！要别人东西要不够……"

乐队大声演奏着哀乐。铜乐器的悲鸣声勾扯着、刮挠着、竭力刺痛着人们的灵魂，挤榨着他们的眼泪，逼迫他们发出无来由的悲恸。围棺而立的人墙，挤得很紧，犹如系在棺木上的一条束腰。然而然娜犀利的眼睛，还是将人群分出了三六九等。离棺材最近的——是"老爷"的两个儿子——瓦吉姆和罗曼，还有他们的妻子。罗曼的妻子索尼娅是个黑发美人，嘴唇丰满、性感，黑色的大眼睛灵动闪亮，即使没有勾画眼线，没有刻意妆扮，依然楚楚动人。然娜在心里刻薄地说："你个小母鸡，怎么没把你的伊留沙从德国抓回来？看起来，你是不想那小子伤心……可那小兔崽子，本该来送送他爷爷的。去年爷爷给了他十万美元，够他十年花的。就算为了那些钱，他也该来哭哭灵的。"

索尼娅和罗曼身后，那个戴着一副精巧的厚眼镜的黑发男人——是马克，卡列特尼科夫家族出版企业的财务总监。他不仅是罗曼的左膀右臂，还是索尼娅的亲兄弟，这自然决定了他的特权地位。不过，世事变幻无常，马克眼看要被人抢了饭碗。这些家伙连自己人也不放过……然娜眯着眼审视着瓦吉姆·卡列特尼科夫和他身边的亲信。瓦吉姆圈子里的人，不是当权官僚，就是商界精英。她放肆地时而盯着这个，时而瞧着那个，像要看穿他们似的：她戴着墨镜，没人能真正猜出她目光中的偏爱和好感。瓦吉姆身边这些人，还算年轻，体面、讲究，略有谢顶，显得聪明，霜鬓初染，凸显尊贵。他们胡子打理得很齐整，肩膀宽阔，体态端正——个个着西装，打领带。"没种的野鹰！——'老爷'就这么骂他们。——老官僚们也没像他们这样，把钱都抓到国外去"。

挤在棺材边的几个警局官员中，有肩章上绣着一颗镀金星的米哈伊洛维奇将军。身份不那么显赫的人，站在另一个半圆圈内：都是部委和工业公司的办事员，有的在职，有的退休。人群中还有一类人——个个身强体壮、人高马大，那是卡列特尼科夫控股公司安保部和其他部门的小伙子。他们散布在拥挤的人群中。好一些可爱的丑八怪！然娜能从聚集的人群中准确无误地猜出谁是保安——保安瞅人的时候都是往人头顶上看，鼻子来回动个不停。其实，保安和强盗，没什么区别——都穿"皮衣"，留短发，戴墨镜，目光永远环顾着四周。他们中有个外号叫"王牌"的人，然娜对他恨之入骨，她身体的每个细胞、每根神经，都充满对"王牌"的厌恨。虽然厌恨——但然娜又怕撞见他。

离然娜不远的地方，站着她的闺蜜伊琳娜。伊琳娜是罗曼·卡列特尼科夫的女秘书。挨着伊琳娜的普罗科普·伊万诺维奇·卢欣不时地摸着自己光溜溜的秃脑袋，嘴里一刻也不停歇，这可是位"万事通"。"挺聪明的人。不过——还是像小丑。因为囊中空空呀"——瓦西里·帕夫洛维奇喜欢给这样的人挂上标签。

众人目光聚焦的两个女人——瓦西里·帕夫洛维奇的两位遗孀——却仿佛置身事外。"死了丈夫，眼里居然没一滴泪"，然娜看着棺材旁比肩而立的两个寡妇，心里默想着。这两个女人消瘦、柔弱，虽说不算老，但总有点未老先衰的样子——几缕灰黄的发丝从她们的黑头巾里垂落下来。她们何必号啕大哭呢？她们早就不是他的遗孀了。如果真有什么值得哭的——也早就哭够了。"老爷"对她们也没有手软。他从来不会向女人献殷勤。

突然，一阵辛酸涌上然娜的喉咙，她的鼻子开始发痒，一时间泪如泉涌。如同喉咙可以被一团苦涩的泪水堵住一样，灵魂何尝不会被一团委屈和怨恨压得痛苦呻吟。毕竟，她，然娜，在周围人的眼里，也几乎是个寡妇……她把那么多岁月时光都给了"老爷"！她被周围人视为他的助手、顾问、跑腿的，而实际上她还是他的情妇、女仆、他的私人侦探。还是个娼妇！是可以随手甩给亡命徒"王牌"的婊子！回忆让然娜气恨得发抖。她抬起头，想转移一下思绪，压制住突然泛起的痛苦和无意间流出的泪水。

正值四月末的天气。碧蓝的天空明朗、深远。几片稀稀落落的云彩在空中缭绕，呈现出浓烈的白色，阳光穿透了墓地。初春时节的新绿，已然从被晒暖的坟茔中钻出，瓦汉科夫公墓的枫树树身上流满了汁液，粘结在一起的幼芽，散发出难以察觉的暗香；幼小的白杨树刚刚披上黏湿的嫩叶。这种时节在户外晒太阳，颇为惬意，所有人似乎都不急于离开墓地，所有人似乎都是摆脱了城市的羁绊，来到了这大自然中。

追悼仪式开始了。致悼词。人们开始用庄严的语气追思亡者的善举，讲述他为所有人做的一切，讲述博大的俄罗斯心灵……

首先发言的是米哈伊洛维奇将军。"老爷"总说他是"利益上的朋友"。米哈伊洛维奇自己既不受贿也不收礼，他的几个孩子胃口却很大。他女儿凭空得到了列宁大街上的一套三居室公寓。儿子还是乳臭未干的大学生，却已经开上了"陆地巡洋舰"。哪来的这么肥的油水？难怪"老爷"总是开玩笑说："米哈伊洛维奇可是位高尚的父亲。自己穿破旧大衣，孩子们——却穿金戴银！"

米哈伊洛维奇之后，站在棺尾发言的马斯洛夫，是个声音低沉、体态结实的男人。他的西装上衣下凸显的，除了他的腹部，还有十足的官气。马斯洛夫是瓦西里·帕夫洛维奇的造纸厂的总经理。然娜记得，几年前"老爷"向马斯洛夫传授过管理机宜，那时候马斯洛夫还不成器，只是个刚提拔上来的管理人员。"记住，马斯洛夫，别人如果因为个人问题求着见你的时候，你才能当上经理。只有那个时候，你才会明白，其实很多人的命运都由你掌控……别被自己的恣意妄为、刚愎自用吓住！你可以向任何一个车间主任发脾气，可以用你的挑剔和责骂折磨技术专家，可以逼着你的副手生事闹事，甚至可以解雇能干的员工。记住，马斯洛夫，生产行业就是这样，谁手里有鞭子，谁就能把事情往前赶。每年发两次蜜糖饼干，我们的工人就心满意足了。还会把你当亲爹供着。"

你方唱罢我登场，演说家们轮流致悼词。现在上场的是位职业演讲人——"议员彼得鲁哈"。"老爷"向他灌输的思想是："人民——就是驴子和绵羊！他们什么主都做不了。搞政治的人、军人和商人，这百分之一的人，决定了我们的生活。可这哪是百分之一的人，这是百分之一的狼！如果你想当议员，或者当头儿……你就去跟人说，我想当议员，就这么着。""这么说，我可以到市政府，直接找'他本人'？""是！如果他批准了，我们出钱帮你参选。好钱要用在刀刃上，钱就是给头儿们花的。"

卡列特尼科夫控股公司的新闻发言人——"小机灵鬼"沃瓦奇卡，宣布另一位发言人上场。沃瓦奇卡万事皆通，善于钻营，可以流利使用三种语言，随身总是携带两部手机和一台微型计算机。

漫长而空洞的临葬追悼还在拖延着。人们已经没有耐心继续聆听悼词，开始交头接耳。通常在葬礼上，死者最后几小时的情况，是人们八卦的重点，但这回——别说一个字，连半个字都没人提，似乎这是话题禁区。瓦西里·帕夫洛维奇死在了医院的复苏科，之前的几天几夜，他一直被护理着。医院试图将他最后的生命气息，连同药物，一起通过注射器注入，好打破他的昏迷。可他最终还是没有恢复意识。他的实际死亡，在他洗澡时不期而至：蒸汽浴后，他突然发病——中了风，然后一头栽倒。这没什么好大惊小怪的；死者喜欢浴室，常常说："宁肯捂出五身汗，胜过一次挨霜寒"。洗浴治愈过他的感冒，解过他的酒，排解过他的不良情绪。在浴室，他解决过许多业务和人事问题。厄运造访他的时候，他和自己公司的一个年轻女招待混在一起。这女人一向不反对扮演高级妓女的角色，赚取外快。对于"老爷"，这也是司空见惯，但是这次他被人用担架从浴室抬出来，却不是司空见惯。

"瓦西里·帕夫洛维奇，自重啊——曾有人关切地向'老爷'提出建议——喝了酒，还和女人一起洗澡……你已经不年轻了。""像我现在这身体，也就是苟延残喘，反正到头来也是个死！到了地狱我可没澡洗。最好还是趁着在这边待着的时候，把日子过得跟在天堂里一样。"

类似的话，然娜听"老爷"讲过很多次。他的一生真的像在浴室度过的。他会在热气腾腾的蒸汽中，检验他身边的新人，了解他们的秉性脾气，探知他们的聪明才智，观察他们吃饭的样子，酒喝得多不多，对不劳而获的小娘儿们有多馋……

然娜和他也是在那儿认识的。在桑拿房。

她来找他的时候，还是个黄毛小丫头，样子很可笑，像个小鸡雏，短短的头发染成了偏白的黄色，打了摩丝，造型就像房檐下垂挂的冰锥子，似乎还挺适合她；那时候她刚满十八岁，才到莫斯科。她进了桑拿室，第一次看见他。他坐在小厅沙发上，一张摆有吃食的矮桌前，手里端着啤酒，满面通红，大汗淋漓，浑身湿乎乎的，看起来，刚蒸完桑拿，没穿衣服，只半裹着被单。不知道为什么，然娜首先关注到的，是他裸露的双腿、毛茸茸的短小腿肚、短小的脚板和奇厚无比、高高隆起的脚趾甲。随后她又仔细打量他的手。她不敢看他的脸，只是垂着眼睛，一种屈辱的预感，使她的心收紧了。她哀求自己不要逃离这里。"总共几秒钟的事。黑色的几秒钟！"——她不断对自己重复着，就像念一个咒语。

"站着干么？快把衣服脱了！这儿是浴室——暖和着呢。"

然娜看了他一眼，看到了他的手，握着蒙有水汽的啤酒高杯的手。这双手或许应该属于一个农夫，抑或伐木工，但对于一个整日与文件打交道的部委领导来说，显得有些古怪，格格不入。指头短小，指甲很厚。所有的手指彼此相似，一样的长度，一样的厚度。

"干嘛扭扭捏捏？难不成你还是处女？"

"不是。"然娜低声说着，一边环顾四周，想找个地方脱衣服。

不远处立着一个角状挂衣架，但在这儿就把自己脱得一丝不挂，显得太过淫荡。再往远处，然娜看到，一间敞开门的房间里摆着张台球桌，明绿色的长方形桌布上，黄色球摆成了三角形，另一个房间里，可以看到跑步机，稍远一点，就是浅色的花砖墙，墙面上闪动着泳池的水光。

"就在这儿脱光了！这是被单。"

叠得四四方方的新被单，就放在沙发上，躺在他身边，像是一个诱饵：意思是，脱完衣服，再来拿。

这个人身前的那张桌子，然娜不想看，但又抗拒不了诱惑。桌上不仅有瓶装啤酒、大肚瓶白兰地、一俄升装伏特加，还有整盘的——多孔奶酪、熏肠、干鱼，放在花形小碟里的烤鱼子酱。鱼子酱然娜之前在镇上见过，但从没尝过。她不是非常热衷于鱼子酱：香肠和奶酪更吸引她，不过最主要的，是她想喝点东西。桌上摆着"芬达"。美味、诱人。然娜觉得，她能一下子喝光这整整一升的橙味饮料。

她开始脱衣服。先把上衣从肩上拽下来，然后拉裙子的侧拉链。她慢吞吞地脱着衣服，仍然抱着一丝希望，希望他会可怜自己，给她机会到单独的房间里脱，或者至少把床单扔给她。瓦西里·帕夫洛维奇并不急于做这些：他狞笑着，死死盯着她，不时地从杯里呷一口啤酒，并随手抹去嘴唇上的泡沫。然娜斜睨着他，发现：他肥厚、多肉的耳朵，紧紧地贴在头的两侧，双下巴沉甸甸地坠在下面。她原先一直觉得，双下巴的人——心肠好，优柔寡断，但他粗糙的大耳朵，粉碎了她这样的猜想。

身上现在只剩下内裤可脱了。她还怀着一线希望，希望他会扭回头，但瓦西里·帕夫洛维奇看起来像是在等着这个时刻，就像在等待某个妙不可言的时刻。当然娜脱得一丝不挂的时候，他站起身，扔掉自己身上的被单，一步步逼近她。她惊恐地看着他矮小臃肿的身体，鼓腾腾、毛茸茸的腹部。瓦西里·帕夫洛维奇发现然娜惊慌的目光停留在自己的肚子上，笑道："大肚子，胜过小驼背。"他想逗逗然娜，也想试试她，就抓起然娜涂了红指甲的纤瘦小手放到自己的肚子上，大笑起来。

"只要几秒钟！黑色的几秒钟！"然娜在心里哀求着自己。

很快，然娜和他在按摩沙发上亲热起来，然娜失去了理智，甚至没有了意识：由于疼痛，或者出于某种动物的快感，然娜紧抱着瓦西里·帕夫洛维奇，抓他的后背，尖叫着、异常紧张地呻吟，然后又是长时间地喘粗气，时不时地，也会变得清醒。看起来，他也被她惊住了，他疯狂地摇着脑袋，倒凤颠鸾，一番交欢之后，仍意犹未尽。突然他看着她的眼睛，专横地对她说：

"你非常不错。现在你就是我的妞儿了。你可以结婚嫁人，可以养小白脸，但要记住一点：现在你是我的妞儿了……！钱，你不用担心。唯一的条件就是：永远不要和我儿子鬼混。"

看起来，浴室相识的这一天，决定了他们今后若干年关系中的一切。

当然娜坐在沙发上，面对眼前的一桌美食时，已经不再隐藏她的饥饿，她吃香肠、奶酪，狂饮期待已久的"芬达"。瓦西里·帕夫洛维奇面带温厚的笑容看着她。她也从侧面，而非正面，审视他的主人。在某个瞬间，他捕捉到了这审视的目光，他体内有种东西开始动摇、起伏，就像体内的某个钟摆失去了自己的节奏。他们没有说话，但是然娜仿佛在恫吓他：怎么着，既然这样，那就瞧好吧——你把我当成你的妞儿……我就把你的都要来。他的目光中闪过一丝不安：的确，我这把年纪了，是不是太贪心了——这种感觉，就像你去什么地方做客，热情的主人摆了盛宴，你要了一块松软的奶油蛋糕，但蛋糕切得太大——你自然而然地会在心里打鼓：我能干掉这块蛋糕么？

然而，两个人都不想就此罢手。两个人都很固执，又都打着自己的算盘：她——想着自己还年轻，他——想的是自己的原则。一根宽腰带扎紧了两个人。

然娜再次抬起头。

枫树高处的黑色树枝在风中摇曳。或许，不是因为风？是因为震耳欲聋的管乐声？管弦乐队再次奏响悲伤的乐曲，挤压着每个人的灵魂。然娜没摘眼镜，用手帕擦去了脸上滑落的泪水——这是自怜的泪水，她揪心地可怜自己。她又一次仰望瓦汉科夫公墓的老枫树上，见惯了各种显贵葬礼的光秃秃的乱枝杈。她没有走近墓穴，没有依例向已经放入墓穴的棺材盖上抛撒一小撮土，相反，她钻进了人群的深处，远离了那个死去的人。

很快，掘墓工，一群深谙此道、谨慎行事的小伙子，熟巧地将墓穴填平，立起大理石墓碑。色彩鲜艳、华丽的花圈从各个方向贴紧大理石板和墓床，形成一个花里胡哨、喜庆得不太自然的小丘包。

人群缓缓地向四面漫流，流向了出口。然娜看到了被几个死党簇拥着的"王牌"，最终决定不去参加葬后宴。

"我不去餐厅了，别怪我。"她走近罗曼·卡列特尼科夫，悄声说道。

"好可惜。你是我父亲的……原谅他吧……"

"我头痛得厉害。"然娜打断了他。离开墓地时，她向着瓦汉科夫升天教堂的圆顶画了十字，然后扯下黑头巾，穿过广场，大步向自己的车走去。

"你真不打算参加葬后宴了？"伊琳娜喊住她。

"再见！"然娜迅速作出回应。"明天打电话给我——告诉我情况。"

豪华车停成了一列横队，瓦吉姆·卡列特尼科夫的"悍马"格外扎眼，然娜绕过车队，走到装着深色车窗的白色"奔驰"车前，这是她的座驾。

"好了，伙计，我们可以走了，"她习惯这么称呼自己的爱车，然后坐到方向盘后面。"他已经给埋起来了！"

车子开动前，然娜从车里的储物箱里拿出瓶马丁尼，直接对着瓶嘴灌了几口。

"我们也祈祷'老爷'安息吧。愿他长眠，睡得安稳。"她又喝了几口，仿佛她渴得要死，手头却没有别的东西可喝。"开路，伙计！"

"奔驰"善解人意地抖动了一下，当然娜的脚触到油门踏板时，它以平稳的移动作为回应。

2

"黑色的几秒钟",还是小女生的时候,然娜就想出了这个说法。为了得到某个东西,必须忍受"黑色的几秒钟"。就像你被人在肩胛骨下注射流感疫苗,——疼得要死,怕得要命,浑身起鸡皮疙瘩。可是注射后,你得到了保护,不再被感染。只要忍受要命的几秒钟的疼痛——你就得救了……一秒钟真的微不足道!只肖说声"二十二"——一秒钟就过去了。还是少先队员的时候,然娜就做出了这样的论断。中学毕业时,她已经将自己的观察转化为一整套关于"黑色几秒钟"的理论。任何目标都可以实现。要实现目标,不一定非要费力地爬山,把指甲抠断、把膝盖磨破,或者头撞南墙,——有时候只需要忍受黑色的几秒钟。为了越过重重阻碍,开辟通往朝思暮想的目标的道路——可以暂时先毁灭自己,压制自己的尊严、骄傲,甚至自甘屈辱、堕落——不过几秒钟的事!无论大事,还是小情,这套理论从没害过她。

"叔叔,给我十个戈比吧。公交车的售票员阿姨凶极了。没有票她不让上车……我就回不了家。坐车的钱我花了。我以为我留有坐车的钱,结果没有留。帮帮我吧,求您了。我真觉得挺丢人的。"她站在一个穿军装的陌生男人面前,满脸通红,随时准备痛哭一场的样子。当时她上七年级,脖子上还系着红领巾。当兵的想都没想,立马给了她十戈比的车钱,并且开始准备提供其他帮助:你饿不饿?要不要送你去哪儿?总之,一切搞定。她既赶上了公交车,又用剩下的最后一点车票钱买了自己喜欢的发夹。但是如果她不摧毁自己,不向公交站上陌生的路人讨要十戈比,她就得徒步回到镇上——从区中心巴巴地走六俄里。她挺过了黑色的几秒钟,虽然羞愧难当,然而,她是坐车回镇的,手掌上还摆弄着亮晶晶的新发夹。

对自己的英语老师,然娜也干过类似的事儿。奥克萨娜·伊戈列夫娜,看起来就是个万恶的"英国女人"。不管怎么样,然娜一直在侯机接近讨好她:主动要求重写小测验,重新考试,重做翻译。但这位女教师就是头驴:"你的英语要语音没语音,要语调没语调。毕业证上只能写'三分'。""三分?""'三分'我可不要"——然娜铁定了心,她知道,拿着填写着这种英语成绩的毕业证,别说申请首都的大学,连申请中等技术学校,一点儿戏都没有。"没有语音语调——那就用别的办法搞定!"她找到奥克萨娜的家,来得恰是时候——没有外人在场。老师在学校,是一回事——在同事和学生面前她得端着架子,可是回到家,老师就是另一回事了:她没必要在任何人面前端着。"奥克萨娜·伊戈列夫娜,我的毕业证上至少得写'四分',"然娜说。"我真的很需要它。求您帮帮我。"然娜使了个花招:突然跪倒在老师面前。可怜的奥克萨娜差点没突发心脏病。学生的举动把她吓坏了,吓得花容失色。她和然娜抱头痛哭,她责怪自己:花在然娜身上的时间太少太少,没有好好辅导她。来莫斯科时,然娜毕业证上的英语成绩就是当之无愧的"四分"了。理论发挥了作用,"黑色几秒钟"功不可没:自己的双膝发软——却折服了顽固的女教育工作者。

"……你喜欢什么莫斯科呀?发什么疯?一个子儿我们都不会给你!她妈,听见没有,她想什么呢!跑去莫斯科上学……"父亲高声嚷嚷着,骂骂咧咧。然而然娜没有动摇:就算父亲不帮忙,她还是要从这座百无聊赖的森林小镇逃到城里去。而且,不是到一般的城市——而是直接到莫斯科。钱?不是问题,她会找到钱!她一卢布、三卢布、五卢布地跟朋友、闺蜜要,从亲戚、熟人那儿借,以后等她站稳了脚跟,再悉数清还。

当地的林业局长听说然娜要奔莫斯科去,好心好意地给她引荐了瓦西里·帕夫洛维奇。不过,他先给然娜打过预防针:"这人可是很有影响力的。如果帮得上忙，他肯定帮。不过，小然娜，你走投无路的时候再去求他。他是个独断专行的主儿。背地里，人家都叫他'老爷'。只有走投无路的时候才去求他，明白不？"

然娜到莫斯科后，参加了一个学院的考试，第一次就考砸了，她马上去找"老爷"。打电话敲定了见面的事。"挺过黑色的几秒钟。然后，就见分晓"。

……几秒钟却一直在拖延着！年复一年，她围着"老爷"在转，并且试图说服自己：好吧，既然靠爱情从生活中无所收获，至少还可以用金钱索取。

"我们会不会马上就到家？该死的堵车！"然娜的"奔驰"陷在花园环路的车流里；她要去新阿尔巴特，回自己家，阿尔巴特街上一座灰色的塔楼。

车流时不时地向前蜗行着。白色"奔驰"突然从右车道蛮横地把车头插进人行道边的两棵树中间，从这个缝隙爬上了人行道。"奔驰"闪着大灯吓唬对面行驶的车辆，绕过同向的车辆，在两边车辆的咒骂和恫吓声中，沿人行道迂回前行，在密密麻麻停满车的岔口抄了个近道。

尖利的短哨响起。人行道上不知从哪儿冒出个交警，他迅速举起条纹指挥棒，命令"奔驰"停车。

"噢噗！警察！"然娜刹了车。"走霉运了？我连口香糖都没嚼。"

这位交警，倒是不紧不慢的，长得很帅气，样子还算年轻，但是，一看就知道在这个位置上待了不少年头。然娜打开侧窗露出头，他看着车顶和她头顶的方向，无精打采地敬了个礼，含混不清地自我介绍后，嘟囔道：

"请出示您的证件，并跟我来。"

"您说什么？"然娜没有听清。"您叫什么名字？"

"准尉舒斯托夫，"他不情愿地说。"请跟我来。"

"嘿，嘿，嘿！舒斯托夫准尉，我有一些问题。您明白么……您能不能坐我车里？就一分钟。求您了。"

这个建议令警察不悦，他皱着眉头，从大檐帽下看了看，但还是坐进了"奔驰"。

"您需要接受检查，然娜·弗拉基米罗芙娜？还是说，一切都清楚了？"交警看着驾照，马上意识到，女司机是醉驾。

"都清楚了，"然娜随声附和道。"所以我才求您……舒斯托夫准尉，我刚参加完葬礼。您也知道……这样，舒斯托夫准尉，我给您交罚款。双倍罚款。这事就算了结了。喏，您拿着！"她没有刻意向交警摆明钱数，但为了让他看清钞票面额，她把一百美元塞到他的膝间。

舒斯托夫准尉神情淡漠，没有表现出任何勒索的兴趣。虽然这种事儿实在平庸无奇：一个微醉的美女开着外国车，惹出一点麻烦事，她想把事情摆平，办法很安全，她甚至可以甩出两百美钞。但是——有点小障碍，有些犹豫不决，好像左也不是，右也不对……

"拿着，快拿着，舒斯托夫准尉，"然娜温和而亲切地鼓励着。"拿着吧。拿钱——不过是分分钟的事。哪怕这是黑色的一秒钟。但时间真的很短。您罚我——对您也没好处。您收了钱——站在岗楼上的时候更高兴。没有钱，您站在十字路口天天吸灰尘，多委屈……拿着吧，舒斯托夫准尉。晚上给孩子们买点糖果，给老婆买买花。就分分钟的事。"

舒斯托夫准尉咧嘴笑了，又看了看手里的驾照。

"您说的也是那么回事，然娜·弗拉基米罗芙娜。"他用同样善意的语气回应道，一边将钞票收起藏进口袋。"就一秒钟的事。我们所有的人都在追逐这样或那样的几秒钟，但我们忘了，发生事故——甚至不是一秒钟的事。不过就是黑色的一瞬间！"

当舒斯托夫准尉从然娜的视线中消失，她轻轻拍打着方向盘，和自己的爱车分享着感受：

"瞧见没，多管用！哈哈！再明白事理的准尉，也得上钩，黑色的几秒钟。"

白色"奔驰"的大灯纵向上略长，看起来就像猎犬忧伤的大眼。它进了院子，驶入车位。之后快速向墙边顶去，几乎贴到了墙，然娜没有碰刹车，车子已经一动不动地钉在那儿了。每次在这个停车场，她只需要检查车载电脑就行。感到障碍物靠近的时候，电脑会锁死车轮，从未失手。

"谢谢，伙计！"然娜下车，轻轻关上门。警报器自动触发，"嘀嘀嘀"地叫了起来。

这台"奔驰"是"老爷"送给然娜的。还有那套位于著名的高层玻璃楼十八层的公寓，也是瓦西里·巴雷奇·卡列特尼科夫给的。现在他人虽然死了，入土为安了，但他的钱还在四处效力，让人不得不承认金钱的威力。

最近这段时间，然娜一直在抗拒着这种力量，她不相信"老爷"的礼物和慷慨。去他妈的礼物！虽然得到了礼物，可她一点都不欠他的。她赔上了自己的青春！为"老爷"堕了几次胎……一度她想生下他的孩子，但又害怕：万一孩子有缺陷呢。"老爷"上了岁数，而且经常喝高。她也陪他一起喝——不是香槟就是马丁尼。他喜欢说："喝！反正人到最后都是被蠕虫吃掉的！"

然娜端着一杯马丁尼，坐在梳妆台前的粉红凳子上。她喜欢这种香甜的葡萄酒——最开始她喜欢的不是这酒的味道，而是——酒名，——洋气、贵气，后来才慢慢品出味道，开始欣赏葡萄酒的酒香。而且，她还希望自己多少有那么点名媛贵妇的气质，哪怕只有一点点的高贵气质。有时候，她觉得，自己似乎已经挣脱外省贫穷、困苦的泥沼，体验了新的生活品质，品尝到金钱和马丁尼酒的味道，收获了自足、自由，还有她个人的威望。

但这只是她的感觉。即使无所不能的"老爷"也不是万能的,他给然娜指出了她真正的位置。

那天,"王牌"从科米共和国的劳改营回来了。一下火车,他穿着件磨得脱层的红色麂皮外套,从雅罗斯拉夫火车站直奔"老爷"家,索要拖延未付的账款。然娜吃惊地看着,"老爷"在这个长臂上纹满图案、身形微驼、体态笨拙、目光有点野性敌意的惯犯面前,为自己据理力争,甚至有几分屈尊讨好的意思。然娜早就知道,"王牌"坐牢前,只要公司需要,"最脏的触犯刑律的活儿"都是他干的。有时候,这种活儿是很受欢迎的。"如果一个人只坐过一次牢,"有一回,"老爷"发起感慨,"他还有机会改邪归正。要是在劳改营待过几次——改过自新的可能性几乎没有。人虽然放出来了,神经跟正常人都不一样了。等再过一两年,人再被放出来,那就什么都敢干了……""老爷"善于利用刑事犯的这种能力。

饭桌上,话题转到了汽车上。

"我的吉普车给你——'奔驰'的。几乎全新的。""老爷"说道,期待地看着"王牌"。

"不,我不要'奔驰'。像个棺材架。"

"你自己长得才像棺材架!"然娜讥讽地插话道。"开'奔驰'多有个性!名牌!好好想想吧!"

"你个贱货,闭嘴!又没问你!"

然娜一下子火了,从椅子上跳了起来。她等待着"老爷"的庇护。但是,"老爷"保持了沉默,对着一桌子的吃喝,一言不发。只是他颧骨上的肌肉都凸了起来。

"你个烂人,睡过我么?居然叫我贱货!"

"想尝尝滋味吗?""王牌"两眼放射出野兽的凶光。然娜感到自己的膝盖被他粗暴地紧紧抓住,吓得尖叫起来。

她又疼又气,喘息着说:

"放手，老骚羊！"

"什么？" "王牌"恼怒起来。"叫唤什么，你个婊子？我让你……"

这时，"老爷"用拳头重重地擂着桌子，打断了这场争吵：

"都闭嘴！闹闹哄哄演戏呢，我这儿可不够演好莱坞大剧的！"

事后没多久，瓦西里·帕夫洛维奇接待了一个芬兰代表团，就是三个木材商人。然娜向他们微笑，他们也非常热情地报以微笑，似乎想要讨取她的好感。后来，就在办公室的接待间，"老爷"为他们举办了冷餐会。芬兰人狂饮招待他们的酒水，为俄芬人民之间的友谊频频干杯，大谈合作的好处，自然都是些老生常谈，还有些其他乱七八糟的无聊话题。酒酣耳热之时，"老爷"走到然娜身边，递过来几乎满杯的"轩尼诗"。

"喝了它！"

"你干嘛，疯了吗？为什么喝这么多？我一下子就会喝懵的。"

"这样更好，" "老爷"阴沉着脸，"喝了它！这是命令！"

她喝了半杯。很快，酒劲儿就上来了，她开始对着一个淡黄头发、长着清澈蓝眼睛的瘦高芬兰人胡说八道起来。"老爷"似乎等的就是这个时刻，他抓住她的胳膊肘，扶她穿过过道，向休息室门口走去。

"去吧！我答应你。别乱叫，忍着点，去吧！你不会吃亏的，欠的债，我们会还得更快。我答应你！" "老爷"推开门，把然娜推进休息间。

在那里，等待她的是"王牌"。大喊大叫没有意义：没有人会来帮她，因为是主人亲自把她送给了这个刑事犯。

"肥猪！老流氓！叛徒！"她大声叫骂出的不仅是屈辱，她向"老爷"脸上啐了口唾沫，她想要踢他的肚子，冲上去抓挠

149

他。然而，接下来，她只能在沙发上一边咒骂着她的"老爷"，一边吼叫着，哀号着，呻吟着，歇斯底里地扭曲着身子。

很长一段时间，她都无法相信，怎么可能发生这样的事，而且这样的事居然已经发生了！虽然她知道，在女人这件事上，"老爷"不信奉任何原则，除了一句："女人——只算半个人"，他更不会为女人争风吃醋，但她想不明白的是，他对她拥有独一无二的权力，她是他"专属"的私有财产，他怎么会把自己让给一个刑事犯，一个狗杂种。

"你就是个蠢货！你不知道，这辈子我都得对'王牌'感恩戴德。他替我在劳改营蹲了五年！现在大家都躲着这些地痞。是呀，现在有什么事，可以跟警察、联邦安全局、海关的人好好商量。可以前呢，干什么都离不了这帮地痞。我答应过他，他出来以后，什么事我都替他干。可你，自不量力，非往枪口上撞，叫他老骚羊。他不想要赔偿。这次是我对不住你！像'王牌'这样的人，放出来以后，根本闲不住。他就是个掏粪工。干完自己臭烘烘的活儿，就又回去坐牢了！你要体谅我！""老爷"发了疯似的，气喘吁吁地挥舞着双手。他原本想讨好然娜，但这番话却点燃了她的怒火，她就像一锅烧开的滚水。

"老骚羊不是他！你才是老骚羊！永远都是老骚羊！是你自己说的：'当一次老骚羊，一辈子都是老骚羊'。"

"闭嘴！别忘了，当初你来找我的时候，就是个婊子。如果不是我，你现在指不定在列宁格勒公路的哪个地方，和婊子们一块儿拉客呢。"

然娜真的没再回嘴，她又一次铭记了"老爷"的教导："和我打交道，我先得把他按到马桶里，好让他长点记性，拎得清自己的斤两"。现在他的所作所为更恶毒，让人更痛苦。他不只是毁了然娜对真正的自由和上流社会生活方式的梦想，他又一次把她按进了马桶，却不肯承认自己的功劳。

打那时起，她对"老爷"就死了心：没有狂欢，没有纵饮，没有桑拿,没有出国旅行;但依然挂靠在他办公室名下,拿着令人羡慕的薪水。为了报复,她违背了"老爷"的禁令——勾引了罗曼。"老爷"什么都知道,对她的报复行径暂时隐忍未发,但事情终要有个了结,这一天,似乎指日可待。只不过,谁也没想到,结局——居然是这样。人算不如天算,命运总在人想不到的时间和地点,快刀斩断乱麻。

……然娜饮尽了葡萄酒。这杯马丁尼——就算是祭悼亡灵吧,真是躲也躲不过。她醉了,但醉意朦胧之际,"老爷"的葬礼,与"王牌"偶遇后身心被撕扯的感觉,还没有消失。恰恰相反,然娜越发烦躁起来。这是那种熟悉的、标志性的烦躁不安,它可能没有什么明确的来源,突然而至,毫无道理。有时候,然娜因为自己某些说不清道不明的任性,或者事事处处的不满,感到内心混乱时,其中其实也夹杂着几丝愉悦,因为她知道,这一切会以什么方式结束,哪里将是甜蜜的解脱。

她从梳妆台抽屉里取出一个木盒。盒子的一侧放着——没加大麻的烟卷,算是半成品,另一侧——是精心切碎的大麻,灰绿色,微微发黄。然后,然娜开始往烟卷里填大麻,她仔细地把大麻灌进香烟纸筒,手指稍加整理,用小指的长指甲压实,小心翼翼地做着一切,生怕戳破软薄的香烟纸。

她的紧张还没有消失,但是一种渐近的甜蜜的预感,煽动了她整个人的喜悦情绪——那种感觉,就如同酒鬼酒后极度不适,还没来得及再补点酒以解宿醉,但是虔诚的小酒瓶已经装在口袋里,再爬两三层楼梯,就要到家了……

然娜"咔嚓"一声打着了孔雀石底座的台式打火机,深吸了一口烟。带着淡淡干草味的烟雾,在卧室里浮动起来。

她坐在矮凳上,不紧不慢地吞咽着烟雾,眯起眼睛看着壁灯的灯泡。透过微合的睫毛,灯丝发出的黄白相间的电光出现了分层,呈现出彩虹的颜色,光芒四射。缤纷色彩的游戏让她觉得开心,她享受着这片灯光。各种各样的想法渐渐淡去,化成斑斓的

爱情守恒定律

彩纸屑，在明亮的幻影中，在麻醉剂中，在大麻的烟雾中盘旋。

眼睛终于厌倦了和灯光的逗弄，烟卷儿里不寻常的烟丝已经枯尽。她从矮凳上立起身，在烟灰缸里戳灭烟头。然娜看着镜子里的自己，晃了晃染成黄色的短发上的小卷儿，大笑起来。她感到既轻松又自在。她展开双臂，在卧室里转着圈，仿佛在跳舞，然后瘫倒在铺着绿色真丝床罩的床榻上。然娜酷爱丝绸，不管什么颜色。丝绸——成功和富裕的象征！在床上，她心满意足地用脸颊摩挲着清凉、光滑的丝绸面料，闭上了眼睛。

她还醒着。一股喜悦的潜流在她周身流淌。内心的暖意轻抚着她，她的身体融化了。在毒品和酒精的作用下，她有点头晕。此刻所有的想法——都是轻飘飘的。在她幸福、放松的脸颊上，嘴角藏着一丝微笑，神秘的，惊异的，孩子般无助的微笑，——面带这样的微笑，然娜观看过魔术师在马戏团帐篷里的表演，当时魔术师从他帽子里掏出几千米长的两端相系的彩色丝巾带，可是魔法师当着观众的面放进帽子里的只有一块丝巾！

无始无终的长丝带：金色的、深红的、蓝色的、米色的、紫红的——就像空中垂下的摇曳的窗帘，从四面八方滑动着触碰着然娜。一幅幅丝质的画布如瀑布般从天上倾泻而下。宛若干燥、清凉、滑润的雨水汇成的水流——丝绸的激流涌动着，嬉戏着，环绕着然娜，如同漏斗中旋动的水流，不断流入下面的旋流；这激流欢快地裹挟着然娜，她像是坐在旋转木马上，在激流上旋动，时而她也会湮没无闻，神秘地消失在忘川；在这神奇的时刻，她吓得大声地喘着粗气。她试图睁开眼睛，但眼皮发沉。又一波丝绸之流涌起，那么柔和，那么令人愉快，又是那么容易让人忘怀。

***

第二天，然娜有点"难受"。她责骂自己为什么又抽烟又喝酒，比平时醉酒后加倍地难受。她只好花了好长的时间给自己醒酒：服用安乃近，冷热水交替着淋浴，又喝了一大杯咖啡。

昨天的印象已经模糊，像蒙了层雾水，轻易就会永远地忘记。但伊琳娜唤醒了她对过去一天发生事件的记忆。伊琳娜上气不接下气地说着，情绪激动，她应该在街上打的电话，手机里听得到汽车的轰鸣声：

"葬后宴上就开始了。瓦西里·帕夫洛维奇没入土的时候，他们都还忍着。葬礼之后，所有人都不遮遮掩掩了，都疯了。瓦吉姆和他的人，从葬后宴上扬长而去，示威呗。和他一块儿撤走的还有米哈伊洛维奇将军和议员。马斯洛夫也跟着走了。罗曼拒绝在继承权文件上签字。不想转让什么股份。瓦吉姆脸儿都气白了……那个刑事犯'王牌'，带着他的乌合之众，也脚下抹油，溜了。罗曼的事就由马克处理。他和罗曼说了半天，在一张纸上指指戳戳的……今天，你根本想象不出来，我们到了出版社——所有办公室都贴了封条，周围全是瓦吉姆的保镖。罗曼人不在出版社。他送索尼娅去机场，她要回德国照看伊留沙……大伙都说，瓦吉姆把马克解雇了。一切都由瓦吉姆自己掌管。虽然不合法，但所有的部门，所有的律师，都在他手上。哦，然娜，就像你原先猜测的，形势急转之下。非得干一架不可。只是千万别闹出什么人命。"

第二天，伊琳娜又焦急地打电话给然娜：

"听说了吗？罗曼被抓了！还是为那件事——为了那套豪宅。他被带往'水兵寂静'看守所了。警方要求马克——不许离开莫斯科。这些都是有预谋的。瓦吉姆和米哈伊洛维奇早串通好了。你想得出来么？"

"怎么可以这样！这是不允许的！"

"为了那么大一笔钱，什么都干得出来。这可是你自己说的。"

　　杜鹃盛开、柏树林立的温暖滨海边疆区，被远远抛在了后面，留在了几千公里之外。一马平川的俄罗斯北部，只在一些地形起伏的地方，还有残雪。太阳从高远的地方照下来，然而大地还没染上新绿。

　　白桦树上垂挂下来的光秃秃的树枝随风摇摆，透过稀稀疏疏的杨树冠，看得到星星点点的寒鸦巢。寒鸦们却蹲在一排排黑黢黢的电线上，看着农庄的拖拉机手在林边儿空地上修理脏兮兮的拖拉机。它们在等修好的拖拉机去翻地，好跟在后面吃翻出来的虫子。拖拉机手穿了件绒线衣，一双大长靴，还戴着帽子。毕竟春寒料峭。

　　尼科利斯克城一副烦闷、瑟缩的样子，灰头土脸的。乌鲁扎河的水开始上涨，浑浊的水面上漂浮着最后一点暗淡的残冰。在到处都是平房的城郊，歪歪斜斜的如狗牙咬过一般的围栏，沿铁路线延伸。冰雪消融后，光裸的地上露出了各种垃圾——这是冬天人们乱扔的垃圾，还没来得及清理……新城区千篇一律的砖板结构楼，像灰色的火柴盒一样，堆在一起，让人觉得，人们想出这种建筑方式，不是图喜庆，倒像以示惩戒。

　　下火车的时候，玛丽娜一手拿着袋子，一手端着珍贵的、用透明玻璃纸包装的盆栽兰花。她无奈地哀叹一声：得从那种生活回到这种生活了。

　　这是玛丽娜家住的五层楼：门洞的墙板上满是脏污的涂鸦，信箱残破不堪，她家的单元门包的是耐脏的棕色人造革。

　　家里幸好没人。正好有时间适应一会儿，习惯一下。火车到站时间，玛丽娜没跟家里说：如果问起来，就说，反正得转车，先碰上哪趟，就坐哪趟；没必要到车站接：又不是娇小姐，自己能折腾回来。

她在家里走了一圈。家里就两个房间——她和谢尔盖的卧室以及女儿的房间，还有六米见方的厨房。一时间，玛丽娜觉得自己从没有在这里生活过很多年，甚至不觉得自己是这里的女主人。她带着访客般的小心，轻轻触摸着几样东西；她摆正了桌上花瓶下带图案的绣花餐巾，关上一扇衣橱门，把窗台上那盆秋海棠从危险的边缘往里推了推。花浇过水了。房里一尘不染。厨房和房间井然有序，让人赏心悦目。这就是说，家人期待着她的归来。当然，期待着！她也好想自己的家！

莲卡放学回家，就扑过来吊住她脖子。

"妈妈！"

玛丽娜搂着女儿，不停地亲吻、抚摸。她紧紧盯着女儿看，寻找孩子成长的痕迹，仿佛她离家已长达数月之久。顺带着，她注意到女儿的样貌中有谢尔盖的特征。棕色的头发、灰色的眼睛、微笑的嘴唇的运动——都像极了她父亲……她的思绪从女儿身上快速转到丈夫那里，也不是无缘无故：她既期待，又害怕见谢尔盖，仿佛她的外表、面貌上有什么东西，会出卖她，告诉丈夫她的不忠行为。她一次又一次走到镜前，挑剔地审视自己。什么可疑的地方都没有，她狡黠地笑了，心里渐渐安定下来："我还是原来的我。一切都能应付过去……对吧，亲爱的罗曼？"她在心里默默地柔声道出这个名字——对这个家而言，这个名字是个异类，但在精神上支撑着这个家。

离开南方时，她打电话给罗曼，告诉他，自己不飞莫斯科了。他立刻明白了一切。她内心的波动，她的呼吸，她语无伦次地说着那套准备好、斟酌过的说辞，却比那套说辞本身，更能说明问题。

"我父亲去世了。料理完手头的事，我就去尼科利斯克找你。我肯定会去……别忘了我。我爱你。"

他又道出了这令人陶醉的三字密码——幸福的密码。玛丽娜茫然失措，开始说些钱的事：何苦留下这么多钱，没必要的……然后又打断自己：

"我非常非常期待你来。每天都等着你。每小时都等着……"

罗曼给她留下一千美元。她不仅从未有过这么多的钱，就连印着胖脸美国总统的美钞，也是头回见。起初，钱的事让她心里不自在，但和罗曼通话后，也就接纳了它们。

罗曼打算送给她的鞋子，她决定等等再买。她用罗曼的钱给自己买了室内栽种的兰花作为礼物。花非常昂贵，但是漂亮，高大。就让兰花陪着她保守这段南方故事。

……家门被推开的时候，过道里传来女儿的声音："爸爸！妈妈回来了！"玛丽娜一时间，竟然懵了。慌乱之下，她感觉自己的脸开始发红。她迅速从杯子里抿了口水，脱下围裙，走出厨房，迎接丈夫。谢尔盖站在那儿，显得很吃惊，但是眯起的眼睛里闪烁着喜悦的火花。

"你从哪儿回来的？我们都以为你明天回来。从莫斯科坐火车回来。"

玛丽娜走近他，双手机械地摸到他脖子上——拥抱他，亲吻他的脸颊，紧偎着他。

"为什么提前了？"谢尔盖还是没想明白，用动人的沙哑声音问道。

"想你们了——就回来了。"她笑了起来。

他们在前厅里说话，莲卡在他们身边转来转去。"幸好孩子在这儿"——玛丽娜脑海里闪过这个念头。她没有马上用力吻谢尔盖的嘴唇：当着莲卡的面这么接吻多别扭，也不能这么做。她觉得，自己的嘴唇只有面对罗曼的亲吻时才是乖顺的。

谢尔盖身上散发着烟味，脸颊上的胡子茬都有点刮手。依偎着丈夫的时候，玛丽娜不自觉地体会着他和罗曼的不同。罗曼的身形中，保留了一些稚嫩而脆弱的东西，但这青年人的挺秀体态中，恰恰隐藏着激情的力量。谢尔盖不像罗曼那么单薄，显得更壮实，行动更迟缓，更像个男人。比较罗曼和谢尔盖，毫无意义，对他们两个人都有点侮辱的意味，但玛丽娜还是不由自主地找出了两个人的差异。

"我在那儿彻底变懒了。不洗碗，不做饭。活得像个女王……现在我来伺候你们。"她笑着对谢尔盖说，然后去了厨房。

现在，她很想把谢尔盖爱吃的家常油炸土豆和煎鳕鱼，做得特别一些，更美味，色相更漂亮些，好哄他高兴，让他称心。她在炉灶前忙活着，谢尔盖和莲卡待在旁边，听她讲大海、疗养院、奇异的树木。突然广播里播报天气情况："莫斯科明天……"玛丽娜心里发慌，她又想到了罗曼。他就在那里，在莫斯科，在另一个世界的某个地方；现在，他在忙着一件悲痛的事情：他父亲过世了。"罗曼，我亲爱的"，她在心里爱抚着他。但与此同时，她千方百计想把晚饭的鱼煎得更透些，让大家吃起来更有胃口。她从南方正好带了瓶甜点酒——今天吃饭就可以喝。这一点，让她觉得开心。

晚上，临睡前，玛丽娜在莲卡的床上坐了好久，和女儿聊天。她不急于回卧室和丈夫亲近。从女儿房间出来后，她也没有去谢尔盖那儿，而是把自己关在浴室。一会儿，她就会在丈夫的怀里。不是说她不想被丈夫拥入怀中，她有些怕，她在回想，和丈夫在一起时她会如何表现：万一她吻起来不是那样，万一有什么不对劲的，和她与罗曼一起时习惯的方式不一样的。她坐在浴缸边儿上，看着水龙头里流出的水，在灯光下反射着点点水光。水就这么单调地哗哗流淌着，撞到浴缸底部的白瓷片上，散碎开来，又在排水口附近聚成小水坑，旋转成漏斗状，汇入排水管。"我这是干什么？也许，他在那儿也不会白白浪费时间。你得留住一个男人！"她猛然站起身，振作了一下精神，发狠般拧死了水龙头。但是她从浴室出来时，手脚很轻，踮着脚尖回到房间，期望着一件几乎没有可能性的事：万一谢尔盖睡着了。他当然还没睡。他正躺在床上，双手枕在脑后。

玛丽娜微笑着看着他——笑得坦然、真诚——脱下浴袍前，她把灯关了。房里一片昏暗，窗对面街边的灯光，透过窗帘渗了进来，凝滞在抛光家具上，锻压出来的叶赛宁铁板肖像画上，枝形吊灯的玻璃吊坠上，反射着刺目的光。在玛丽娜眼里，这微薄的光线也显得太亮。她不想谢尔盖仔细看她赤裸的身体，这是不久前罗曼拥吻过的身体。她拉上窗幔，脱下浴袍，躺到丈夫身边。她依偎着，把头靠在他肩上。

"你晒黑了。黑咕隆咚的都看得出来。看来，那边挺暖和。咱们这儿连春天的影儿都没见呢。河里还有冰，这眼看"五一"就快到了……那边，海边，还有什么有意思的事？"

"也没什么特别的。一切都有板有眼的，跟少先队夏令营差不多。"

"真没什么特别的吗？"谢尔盖迁就地笑着反问道，笑容背后藏着一丝醋意。

"泡温泉，晒日光浴，和隔壁屋女孩儿在海边散步，晚上，有时候看看电影。"

"难道没有舞会？"谢尔盖追问道。

"有倒是有。可我没去过。"

"你这是怎么了？不喜欢你的舞伴？"

"哪儿有什么舞伴？清一色的老头儿。"

"老头儿是吧？"谢尔盖狡猾地问，用胳膊肘撑起身子，凝视着玛丽娜的脸。（幸好，房间里只有依稀透过窗帘的路灯光——他没看出玛丽娜因为欺瞒他，双颊上泛起的红晕。）"我看你根本没想我。"谢尔盖的声音中，醋意转为不满。

玛丽娜，仿佛听到了指令，和丈夫依偎得更紧，更用力地抱着他，把嘴唇埋到他的肩上。

"我想你。想死你了！"

和谢尔盖在一起的时候,她必须是热情的,深情的,小别胜新婚的感觉。她也想好好待他。她一点儿没有勉强自己。只是偶尔,在无意间陷入对最近这段过往的回忆时,她的热情会消退,她曾经不切实际地幻想永远忠于罗曼·卡列特尼科夫,并欣喜于此,但这个梦想渐渐变得麻木。

早晨起来,玛丽娜莫名其妙地怨恨起自己:她就这么不痛不痒地回到了丈夫身边,和他和解了,还把自己给了他。离开疗养院,返程的路上,她还觉得,自己难以忍受和谢尔盖在一起,尤其是两人耳鬓厮磨的时候。但是,事情的结果恰恰相反。"也许,我可以做到同时爱两个人?"玛丽娜扪心自问。

***

第二天晚上,第三天晚上,此后的又一个晚上,玛丽娜在丈夫的怀里,欲火中烧。她感到幸福。在她看来——她幸福得有几分罪过,夹杂着邪恶。也许,唯有如此,才能体会到纯正的、至高无上的甜蜜?也许,罪恶的幸福才是最刻骨铭心的幸福?

钱也有了。对于一个家庭的预算来说——这些钱略显微薄,但是按照外省简朴的生活标准计算,也够一家人半年的吃喝用度。

谢尔盖感到玛丽娜总是激情四射,不知是晒多了太阳,还是别的什么惹得。

"你从那儿回来以后,像是变了个人似的。"

"怎么会变了个人?就是休息疗养去了。换了个地方,换了个环境。"她吓得有些颤抖,事情可能败露的危险,刺挠着她的神经。

"你像是年轻了十岁。多少年都没见你这样子了。"

"不好么?"

"正相反,"谢尔盖不好意思地眯起眼睛。"我是看不够你。"说着,他把她拉到自己身前,亲吻她。

一天晚上,卧室里暮色沉沉,只有街灯苍白的黄光在闪烁,令人心动不已。谢尔盖向玛丽娜坦言:

"那时候,我整天都在想你,总是骂自己:为什么就放你去了呢?可是,另一方面,我也挺高兴的:这么多年过去了,咱们俩中间总像隔着什么东西,看不透。连好好休个假都做不到。哪怕让你看一眼大海也好……"

玛丽娜依偎着他,一言未发。唯恐把丈夫动情的坦白吓回去。他吝于表白,关于感情的话都锁得死死的。只是偶尔会略略打开心扉。这种时刻,总是很难得。

"我真是爱你爱不够。我像以前一样喜欢你。"

"谢廖沙,"玛丽娜呢喃道。"我是你的,亲爱的!"

对他们来说,时间仿佛开始倒流——带他们回到快乐的蜜月期。罗曼·卡列特尼科夫并没有碍到他们的事,反而刺激了玛丽娜的情感,让它们变得更加敏锐。有时,在与谢尔盖亲密的时刻,玛丽娜微闭双眼,享受着如癫似狂的云雨之欢,想象着和她亲密的不是谢尔盖,而是罗曼。她感到羞愧,怕面对心中堂而皇之冒出来的阴暗欲望,她觉得这种偷梁换柱的想法,是淫荡,是堕落,但又舍不得,也放不下这种念头,继续体验着欲火中烧的快感。

"谢廖沙,"一番云雨之后,她柔情蜜意地说,"你用手动刮胡刀怎么样?电剃须刀刮完那么刺人。快把我的脸皮蹭破了。"她用手指摸着他的下巴:"让我送你一个吧,就是广告里说的那个'吉列'。"

"那可贵着呢,再说,配套的刀片你也买不来。"

"没关系。只要能把你的脸刮光溜了。钱我能找到。"说罢她亲吻着他刺人的脸颊。

警察局又给谢尔盖·康德拉托夫发来一份通知文件。这次是送信员送来的,还要签收。玛丽娜离门口更近些,她接过了这份通知单。谢尔盖没来得及拦住,否则他绝不会告诉玛丽娜罚款的事。他原本想等自己工资挣多了,悄没声地还了债。他还没找到固定的营生:他在科斯佳·舒宾上尉的搬运队干些装卸的黑活儿,贴补家用。

"我给你说过的,"他在玛丽娜面前替自己辩护。"我们想保住厂子,就是有点气不过。这份通知——就是扯淡。不交罚款也没事——反正不会送我们进局子。你别难过。暂时我可以卸火车皮。廖瓦·乔尔内赫,'仓库管理员',厂里还有几个人都在那儿……"

通常,玛丽娜对"这种事儿"的反应比较强烈。她想好好过正常人的日子,可过日子需要钱。最近这段时间,很少有哪个月,她不是靠腆着脸向邻居或者亲戚借钱,熬到发工资的时候。有时候,玛丽娜因为花钱买东西的鸡毛蒜皮的小事,就能把自己搞得神经兮兮。有一次,谢尔盖回家,见她哭得泪人似的:"怎么了?"她站在镜子前,哭诉道:"我在市场上买了件紧身衣。刚穿上,就被指甲刮了。脱了线……现在穿也穿不成,退也退不掉"。"那你嚎什么?""我是心疼钱。本来家里就没什么钱……"

现在,谢尔盖已经准备好听到玛丽娜的指责或者咒骂——可是没有指责,也没有责骂——只有一声沉重的叹息,这声叹息中,似乎没有责怪的意思,但是那么的无望,那么的压抑——让人听了,心里像猫抓似的难受。他甚至不敢看玛丽娜的眼睛,她似乎还在研究警察局那份不合时宜的文件。他坐在厨房的凳子上，手里转动着一根没有点燃的香烟。突然，谢尔盖感到有东西温柔地触碰到他的肩。他抬起头。玛丽娜轻轻搂住他脖子，坐在他膝上。

"没关系，咱们能挺过去！谢廖沙，别垂头丧气的！"她的乐观态度太出乎意料。"你先交了这倒霉的罚款，省得以后扯不清。钱我给你。"

"你哪儿来的钱？"他从下往上盯着玛丽娜，狐疑地问道。

"你给莲卡带了礼物。在那儿还买了无花果……你不会是中彩票了吧？"

他们在一起生活了很多年，家里的任何异样，事先总会有些风吹草动。就仿佛房子里偶然出现了原本不属于这里的东西，你少不得被磕绊几次，才会时常提醒自己它的存在。

"……你不会是中彩票了吧？"玛丽娜心中生出一股寒意：玛丽娜意识到，自己嘴上没把门，话说多了。"咬紧你的舌头！"但是总得说点什么作为回应：说个笑话搪塞过去，或者随口扯个谎都行，只是别避而不答。

"我走之前问瓦莲京娜借的。那边——什么都是现成的。所以我省下了一点点。再说，单位重新算了钱。补发了我带薪休假的工资。"她的声音听起来和平时一样，和缓的，没有任何值得怀疑的，只是声调略高一点。她心想："说谎的时候，嗓音听起来往往更尖细……"

谢尔盖不知为何莫名其妙地耸耸肩，什么也没再问。不过环抱她腰间的手，微微松开一些。她搂着他脖子的手，也不由自主地耷拉下来。两个人踌躇了片刻，像是各自想着自己最隐秘的心事。"不管什么理由，决不能向任何人提起罗曼。任何人！"坐在丈夫膝上的玛丽娜在这心猿意马的时刻，不停地敲打、提醒自己。"钱可一定得藏好，就算狗也闻不出来。神不知鬼不觉地花掉。再不提什么礼物的事！"她不想让他发现自己的心思，在这貌合神离的沉默中生出什么疑心。玛丽娜在谢尔盖的膝上晃了几下身子，把他的头揽到自己肩上，提出一个微不足道的要求，终于打破了无言以对的沉默：

"夏天你带我一块儿钓鱼去。瓦莲京娜也求桑·桑内奇带她去。到时候把莲卡送到少先队夏令营。他们俩把孩子送到乡下。咱们结伴儿一块儿去。"

"怎么会不带上你呢？一块儿去。"谢尔盖平淡地说。

***

到目前为止，罗曼·卡列特尼科夫没有往尼科利斯克打过一个电话。他在哪儿？是不是一切顺利？也许，他把她的号码弄丢了？玛丽娜鼓足勇气，去电报局打电话到莫斯科（她不敢用家里电话，将来对账单送过来，谢尔盖看到上面有首都的区号495，又得解释半天）。她真的很想念罗曼，迫不及待地想听到他的声音，让自己相信，罗曼——确有其人，他不是幻影，不是错觉。还得提醒他，千万别往她家里打电话。决不能让她丈夫捕到任何风影！

玛丽娜把名片放在身前的小桌板上，透过电话间的玻璃观察着电报局里来往的人流，心突突地跳着，然后拨出一长串莫斯科电话号码。接通了。马上就能听到他的声音。除了他，不可能有别人应答这个电话！但是一个仿佛来自别的星球的声音，通过移动电话线路，传进她的耳朵。这个声音用英语说："对不起……"玛丽娜屏住了呼吸。接下来才是俄语的播报："用户没有接听电话。用户已关机，或者用户暂时无法接通。请您稍候再拨"。

玛丽娜冒险拨通了罗曼家里的电话。如果接听电话的不是他，她一句话都不说，立刻挂断。她听到的又是答录机发出的女声，先是机械的英语，随后是机械的俄语："听到提示音后，请您留言。"

名片上还印有一个电话，办公室电话。不是直拨，需要秘书转接。豁出去了！电话线的那头，真的传来一个真实的女声，愉快而友好：

"出版社。您好！请讲……罗曼·瓦西里耶维奇现在不在出版社。对不起，您是从尼科利斯克打来的电话么？您是玛丽娜么？……我是罗曼·瓦西里耶维奇的秘书。他让我务必转告您，这段时间他无法打电话给您。他人不在莫斯科，也不在俄罗斯。"女秘书的声音变得有些犹疑，似乎她也不知道，她的老板在哪儿。"他现在的情况比较特殊。回来以后，他会向您解释一切的。"

"他病了吗？"玛丽娜怯生生地问。

"没有，他遇到别的问题了。随后他会给您解释清楚的。请别担心。祝您一切都好！"

在电报局的小电话间里，玛丽娜原本做好了听到任何一种答案的准备：罗曼向她求爱，抑或一句表示分手的"对不起"。只是不会想到，答复她的是女秘书礼貌得让人有些厌腻的解释，而且女秘书事先已经被告知，她会打电话来，看来，对她和罗曼之间的关系已经知情。

几天后，玛丽娜又跑了趟电报局，但是电话打到莫斯科，哪儿哪儿都碰了钉子。

"罗曼·瓦西里耶维奇还没回来吗？"她询问女秘书。

"很遗憾，还没有。我们都在等他……"

她急冲冲地离开电报局。她再不会打电话了！他自己都说清楚了。他想打就打，如果不想打，随他便！"呸！"玛丽娜气急了，虽然她心里也隐隐觉得：把气撒在罗曼身上，既草率，也不公平。

瓦西里·帕夫洛维奇并没有做好死的打算,他认为自己会寿终正寝,但是我们的主,却做了另一番安排,提前带他去了那个世界。他虽然不在壮年,但生命力还算旺盛,远非油尽灯枯之时。因此,老卡列特尼科夫没有为他的继承人准备遗嘱。几乎每一份有分量的遗产,如果上面没有压着一份事先准备好的书面分割指示,在财产主人去世后,总会引出许多纠葛:从继承人无声的不满,到手足相残。

本案的直接继承人有两个——同父异母的兄弟瓦吉姆和罗曼,——但是对这笔财产抱有浓厚兴趣的,还有老卡列特尼科夫众多的合作伙伴,控股公司的股东,暗中支持他那些可疑生意的官僚同伙,最后——还有瓦吉姆和罗曼的家庭,两家人一夜之间就不由自主地成为交战部落。

总之,老卡列特尼科夫突然离世,一下子打乱了整个利益链条,因为这其中的每一桩事,每一个人,都浸透着他的心血和秘密的共谋,他利用行贿、送礼,钩织了一张网,如今,觊觎这份遗产的人,数量非常庞大。况且,这些人并非平头百姓,让他们公平分配这笔巨额财产,更是不易。即便走财产分割的司法程序,也不可能让所有人觉得公道:海外公司的账户、西方银行的存款、冒名顶替搞到的地产、可变现的大公司股票、分散在各地的不同领域公司的原始股——所有这些,不可能事无巨细地统统划归法律部分。

面对罗曼保守和缺乏经验的经营,面对他忠实的同谋马克灌输给他的不妥协,面对罗曼天真地认为出版社的利润——只是出版社的利润,而不是洗钱(所有印刷品的纸张都来路不明,账面上没有登记;所有的大订单——都是贿赂传送带的运作),瓦吉姆·卡列特尼科夫不打算纠正自己兄弟的立场，也无意对他进行启蒙。瓦吉姆只是和米哈伊洛维奇合谋，依仗将军的权势，从警察局库房里，扒拉出来一份证明购置出版社地产时存在欺诈的尘封文件，进一步加以运作，在父亲去世后公司豢养的众多人等火并、闹腾得翻天覆地的这段时间，把他的兄弟暂时隔离起来。

"罗曼，这里不仅涉及我个人的利益，还有各个公司几百号人的利益！父亲留下了几十个债主。还有对公司合伙人未尽的义务。债务！"在父亲的葬后宴上瓦吉姆突然火冒三丈。"对这帮人来说，干掉你，远比给你解释清楚一切，跟你讨价还价容易！"离席而去的时候，他甚至没和罗曼握手道别。

只过了一天，一辆警车驶进著名的"水兵寂静"的大门，车上的罗曼·瓦西里耶维奇·卡列特尼科夫，在保镖的监视下，被送上警车。拘押罪名："特大欺诈"。

"五月了，窗外春意萌动！应该是百花盛开，生机盎然。"狱友德米特里·伊里奇望着高窗外辽远的蔚蓝天际，情绪激昂地说。

"不是窗外，是铁窗外。"罗曼更准确地补充道。

"您说得对，朋友。不过，有点破坏画面感。"德米特里·伊里奇表示同意。他正坐在桌边，在硬纸板上画出的方格里摆放小棋子。

米哈伊洛维奇将军动作很快，给罗曼·卡列特尼科夫搞到了这间上好的两人牢房。狱友德米特里·伊里奇——人已经上了岁数，下巴现出了深邃的竖折纹，头发花白，但精力充沛，目光狡黠、锐利，语速飞快但是断续——前不久他刚当上国家制药康采恩的总裁。他在自己的工厂，建起了地下生产车间网络，但没和上头部委的官员理顺关系：他们暗地里纵容他的"试生产"，想拿到更多快钱。"先生们，你们太蛮横无礼了！"德米特里·伊里奇给他们头上浇冷水。"你们那份，我一分不少地给你们，但你们拿钱也得按规矩来。别狮子大开口！"他们无法原谅这么刻薄、粗暴的攻击——德米特里·伊里奇失宠了。他们决定甩开他，把他弄进了"水兵寂静"的炼狱里。他们小心翼翼地向相关"机构"告发他——那里也真的很高兴，终于允许抓捕这么一条大鱼……

有时，德米特里·伊里奇虽然没有详细讲述自己这桩刑事案的始末，但会向罗曼间接揭示自己入狱的原因。

"现在的官员，"他聊发感慨，"比美国中情局的人还阴险。就连伊斯兰分离主义分子……对不起：您不会是穆斯林吧？……您不太像……这些极端分子算上——也不过是些疖子。他们——只是表面现象。俄罗斯真正的痨病——就是这些官僚！这些'肥猪脸'会毁掉国家的各个行业。"

在侦查隔离看守所里，做任何事都没必要着急忙慌。德米特里·伊里奇可能会中断一两个小时，甚至间隔一天，突然对同样的话题再次产生兴趣，仿佛这个话题他之前从未涉猎，也没有中断过。

"小官吏的脑袋里经常会冒出这么个念头：不管干什么，总得捞点好处，捞一分钱也算捞。而且今天就得伸爪子，保不齐明天就下不了手。一群豺狼！……高级官员用铲子划拉钱财。不顾一切！他从生意里捞油水。因为他——就是隐藏的股东，权益持有人，创始人。企业生意做得越大，他到嘴的肉就越肥。这是变相的深度腐败。国家任何的发展战略都会因此而毁掉。因为没有共同利益！就算上层有超凡绝俗的人物，提出了明智的倡议，但是经过官僚体制的层层阉割，到了下面，就灰飞烟灭，化为乌有了。"

现在，德米特里·伊里奇在国际象棋棋盘上摆好了棋子，开始继续之前的对话：

"麻烦就在于，俄罗斯没有统一的政策，也没有统一的国家思想。我们的思想从来都是混乱的。沙皇刚一放开缰绳，就会出现错综复杂的烂摊子……而且，莫斯科和俄罗斯其他地区的国家思想也不一致。莫斯科总是鼓吹：伟大的帝国！贫困的外省对此都不满意。俄罗斯的庄稼汉，无论维亚特卡的，阿尔汉格尔斯克的，还是萨拉托夫的，都不需要土耳其斯坦沙漠和高加索山脉。

"俄罗斯的庄稼汉没有力量获取自己的东西。结果呢，他们就在自己的土地上呻吟，死去，或者客死可恨的异域他乡。莫斯科需要的是胜利，在国际上摆出自命不凡的姿态！您还记得围绕古巴干的那些勾当吗？嗯，当然不，您不会记得……有这么一首歌：'古巴——我的爱……'老百姓唱的歌词可和这不一样：'古巴，还给我们面包！古巴，拿走你的糖！什么菲德尔大叔，我们才不要……'等等……越南呢？柬埔寨？索马里和安哥拉呢？我还没说阿富汗呢……这么看来，俄罗斯庄稼汉说的没错：古巴也好，非洲卫星也罢，什么好处都没有——这些国家欠我们的数十亿美元的债务，根本要不回来……

"再说，从我们高加索兄弟那儿，从友好的中亚那儿，俄罗斯——也没得到什么好处，他们只会把我们的裤腰带越勒越紧。当权的人不知道俄罗斯庄稼汉真正关心的问题，他们只会毁掉俄罗斯的外省，最终毁掉整个国家！对不起，您是哪儿人？……地道的莫斯科人。我是土生土长的坦波夫人，我们那个州很穷。"德米特里·伊里奇停顿了一下，把棋盘反转过来，让黑方对着自己一侧，重又摆齐了棋子。然后，继续兴致勃勃地说："首都和外省，生活在两个并行的世界。九一年！九三年！俄罗斯实际上已经厌恶地摆脱了莫斯科。首都奉行的所有思想，对外省来说——就是一个被宠坏孩子的胡闹。带来的就是损失，不安！"

看着除了拥有高官显位，还拥有经济学博士学位的苦命的对话者，罗曼感到震惊：在俄罗斯，不管被扔到哪儿，甚至在监狱里，都能遇到头脑清晰的饱学之士、洞悉俄罗斯的人！他们本是卓跞英才，本可以积极报效国家——而这些人却令人难以置信地轻易摇身变成了窃贼和骗子。毕竟，现在罗曼面对的——就是个骗子，即使在这里，在牢房里，他也穿着"耐克"运动装，天鹅绒的家用拖鞋，浑身上下散发着名贵香水的味道，光鲜亮丽，锦衣玉食（牢房里配有冰箱）。可他还关心着俄罗斯普通庄稼汉的痛苦。

毕竟，他本人，罗曼·卡列特尼科夫，是因为"伪造文件、贿赂官员"而获罪的。他很清楚，他在假证书上签字，为自己的出版社在莫斯科郊外购置独幢住宅，花的钱都是有附加条件的。多数钱是为了行贿，落入了和父亲交好的"市政府的人"的腰包。东窗事发后，罗曼吃了刑事官司，但在刑侦阶段，父亲就把事情摆平了，该花的钱也花了，该谈的事也谈了。现在，父亲不在了。但罪案还在！他陷入了多么可耻、屈辱的无赖的境地，而置他于此的，正是自己的兄弟！

罗曼用双手拍打拍打了膝盖，爬下床，在这间墙体被漆成忧郁的蓝色、高窗上插着低矮窗栅的狭仄的"豪宅"中，背着手往来踱步。

"棋盘摆好了，朋友，"德米特里·伊里奇邀他杀一盘。"这次您是——白棋，开走吧。"

罗曼坐到桌前，心不在焉地瞥了一眼棋盘，照旧把国王向前推了两格。两个对局者棋艺都不精湛，开局全是老套路，小孩子都会走的"三步将死"，直逼对方，然后环生的险象与黑象的推进交织在一起，接下来就是一连串让人提不起精神的失误，和交错吃子。但就在两位棋友的对弈中，其实暗藏一番妙趣：牢狱中总有大把耗不完的时光，一场棋局下来，时间在不知不觉中溜走。更何况，德米特里·伊里奇和罗曼的棋战，总是伴随言语的交流，那些语句，就像是从一场无休无止的对话语境中截取出来的；事实上，并不存在这场面对面的对话，可以把它理解为，对话双方都缺席的对话——这是俄罗斯几代受教育群体的集体对话。这种对话在空间或时间上没有明确的存在，它可以从任何历史事件开始,沿着任何的脉络发展。

"糟糕,走错了!"德米特里·伊里奇忽然醒过神,叫道。

"那您悔步棋吧,咱们又不是参加夺冠赛。"

"经您允许,我悔步棋。"德米特里·伊里奇拿起棋子,隔着桌子收了回来。

"我觉得,"罗曼朝棋盘的方向点了下头,"您又选错阵地了。我用马做个双吃。您要么王后不保,要么丢掉堡垒。"

"您双吃,我也可以回敬您个双吃。这样有意义么?"德米特里·伊里奇问。

"您说的没错,"罗曼机械地表示同意,却又突然扯出毫不相干的、永无休止的俄罗斯式论辩的话题:"我永远理解不了那些毕其一生之力去揭露、寻找俄罗斯敌人,揭穿异族人卑鄙阴谋的人。对于俄罗斯人的生活来说,异族人的存在——是莫大的幸事。否则,俄罗斯人至今还是亚洲人。异族人磨出了俄罗斯人生活的棱角,提高了它的品质,使它有机会去比较、丰富……"

"俄罗斯人主要的特点不是聪明、会算计,而是有才华和无秩序。外国人很务实,他们可以在这里创造奇迹,也可以在这里造成伤害。我们容易轻信别人,轻易就做出承诺。随便什么混蛋都能对我们指手划脚。对不起,您不是自由民主党的吧?虽说这个问题有点多余。"

他们默默走了几步棋,之后又热烈交谈起来,随便什么,都可以引出他们的话题……

"在我看来,戈尔巴乔夫对民众是抱有善意的,"罗曼说。"戒酒!打倒审查!要想丰衣足食——那就好好赚钱、享受生活!禁止核试验!宗教自由!现在,这个人在俄罗斯实际上是受排斥的,而在德国,他几乎算是民族英雄。"

"形形色色的乌托邦分子带给俄罗斯的是死亡和饥饿。一步跨进乌托邦,造成的破坏是双重的。首先,乌托邦——'嘭'!

然后，反乌托邦——再次'嘭'！共产党人干掉了沙皇。新自由主义者粉碎了共产主义。过不了多久，自由主义者就该被炮轰了……朋友，这个棋子，我不会放过！"

"我们，好像，只能兑掉皇后了。"

"棋盘上更开阔了。将您的——军！"

有时候，罗曼回过神来想：他身边的这个人，曾经搜刮数百万美元的民脂民膏。可他也是鼓噪呐喊的进步人士，就像曾几何时，贵族号召民众推翻自己，自己也做好被推翻的准备。难道这就是俄罗斯的独特性——只承认自己的劣根性，然后践踏自己，践踏自己的历史？

"将死！您把象看丢了！我赢了！"两鬓斑白的老人，孩子一般喜形于色。

罗曼握了握德米特里·伊里奇的手，祝贺他赢了这盘棋。

对于罗曼·卡列特尼科夫来说，外面的世界，已经压缩成铁窗、沉重的铁门、石墙构成的立体空间，变得让人害怕。但内在的世界却是从未有过的纯净、光亮。他们可以抢走罗曼的股份，让他的出版社破产，使他一贫如洗，甚至给他定罪。但是，谁也无法侵害他对玛丽娜的爱。

每天晚上，当牢房浸润着沉重的思绪、异样的静寂时，当狱友德米特里·伊里奇在对面的床铺上安静下来后，罗曼便在心里与玛丽娜开始了长谈。这是孤寂中最快乐的时光！这样的事情在他身上未曾发生过：他不能自由行走，不能给朝思暮想的女人打电话；他没有权力邀请她来探监，甚至不能向她坦承，自己身处囹圄的原因，但他的整个身心都和她在一起。

他默念着她的名字，在心里给她书写长信，他在惊涛拍岸声中聆听她的声音。他绽放着纯净、幸福的微笑，超然物外地看着印在牢房天花板上的弯曲的窗栅格影：外面探照灯的光亮不知从下面什么地方射了进来。

她唇间的味道、身体的气息、触摸她的感觉，在这里，在囚禁之中，变得异样地生动、鲜活、精细，敏于感知。任何人都无法将其模糊。索尼娅专程赶来参加父亲的葬礼，罗曼尽量避免和她亲近。从南方回来时，是然娜接的他。但他们之间也没有发生私密的情事。只有玛丽娜——唯有她——碰触了他性感的想象，他只忠实于她。

冗长乏味的调查，牢房里无所事事地躺卧，使得罗曼兑现五月赴尼科利斯克的诺言，变得遥遥无期。

***

每天早晚，德米特里·伊里奇都跪在圣像——一张画有苦难圣徒潘捷列伊蒙面容的小压合纸板——前祈祷，喃喃地说着不知所云的话。罗曼尽量不打扰到他，这样的时刻，他通常会一动不动地坐在自己的铺上，只是偶尔溜一眼祈祷仪式，不免心生困惑：是什么驱使这个人心向上帝？——德米特里·伊里奇自己都承认，在地区党委会经济部门任职的时候，他的博士论文——写的就是：在与马克思列宁主义的斗争中，资产阶级经济理论是站不住脚的……

罗曼的父亲，也是从富有战斗无神论精神的原党委权贵阶层蜕变而来的新基督徒。最近这段时间，瓦西里·帕夫洛维奇总是贴身挂着金质十字架，在办公室的文化角，摆放圣母像。他还捐资修缮莫斯科的一些教堂，拜望谢尔吉耶夫圣三一修道院长老，和里面的一名神职人员交道颇深——那个人常去探访瓦西里·帕夫洛维奇，其所扮演的角色，就像是听取瓦西里·帕夫洛维奇忏悔的神甫。有一次，罗曼也在场，一向直来直去的瓦西里·帕夫洛维奇对神甫说："神甫，你们开个会商量一下，给有钱的教友建个教堂。到时候，我们一到你们的神幡下站定，你们就给我们提供服务。有时候，有钱人来教堂，不想混在走不动道的老太婆、要饭的女人、穷叫花子、流鼻涕的白痴中间祈祷。有钱人也不会把自己的孩子带到那种地方。得专门建个教堂——让有身家的教徒去……哦，拜托，神甫，别扯什么众生平等！富人的产房——是单设的！公墓里的墓地——是单辟的！教堂的事，也得好好想想，祈祷礼，也得不一样。至于捐款，和一般的地儿肯定不是一个数……"

信仰的事，父亲谈论起来总是直截了当，一语中的："对于信教的人来说，教堂——是灵魂的干洗店。苏共那些笨头笨脑的思想家不可能想透这一点。"

"您爸爸把这些都庸俗化了，"从罗曼口中听到了瓦西里·帕夫洛维奇关于宗教信仰的观点后，德米特里·伊里奇开始发表意见。"东正教和共产主义——是二熊不同窝。它们的规矩会不可避免地雷同。没有一个宗教，会公然写道：'要杀人！'，'要偷盗！'同样，没有任何国家的宪法，会教唆杀人和盗窃。说什么，社会主义和东正教——是双胞胎，彼此不能相容，这不过是对付傻瓜的伎俩。实际上，绝不是米什卡·戈尔巴乔夫放纵了信教者！他背叛了社会主义，因此——也背叛了无神论。资本主义呼唤宗教回归，以为自己所用。只要能让穷人乖乖听命，富人们就上天入地请来各路神仙——耶稣、穆罕默德、佛陀。"

罗曼对德米特里·伊里奇的议论，未置可否。他认为，宗教——是极为精细、高雅的领域；宗教以其非凡的召唤力，将人们聚拢在身边，拷问着人们隐秘的、难以解释的情感，这些情感对他罗曼来说，玄妙无解，但似乎又被先前的共产党员大规模地挖掘过。

"没主见的平头百姓！"德米特里·伊里奇对党内出现新入教者，做出自己的解释。"那些满脸长皱眉的老青年团员，成群结队地奔向神甫，是因为这些人从来就不是独立的。他们总是需要有统治者在自己头上发号施令。斯大林让人们丧失了理智的头脑，惯性使然，斯大林的暴政多少也殃及赫鲁晓夫和勃列日涅夫。就在俄罗斯政权陷入绝境的时候:戈尔巴乔夫——优柔寡断,叶利钦——是个浪荡酒鬼,那个时候,习惯于被人统治的人,就需要新的房屋管理员。耶稣基督——是俄罗斯的最佳守护神。所有爱国的共产党员立刻会想起一九一七年之前的事儿,转而膜拜圣像画。之前的共产党员是什么方便,就信仰什么。只要他们觉得舒适,有利可图,在这样的范围内就行。可是共产主义者到底还是没学会吃斋!"德米特里·伊里奇大笑起来。"您哪儿毕业的?莫斯科国立大学?我也这么认为。历史系?那就更好了。您也知道,宗教——是被赋予绝对性的神话。很显然,苏共的任何一个工作人员,过去挽救不了俄罗斯,将来也是。此外,今天的社会,对笃信宗教强力追捧,日后可能会导致新一轮的无神论浪潮。因此,新入教者当前的颐指气使——相当令人反感……只有意志坚定的受教育阶层不断追求进步,才能将俄罗斯拉出泥潭!受过教育的人,不大可能真的相信地狱魔鬼、天堂里的苹果、长翅膀的天使,或者庆祝什么'主受割礼日'……"

"可是您呢?您不是也站在圣像画前,念念有词!"罗曼尖锐地问道。"您又何苦这么虚伪呢?""要知道,朋友,"德米特里·伊里奇微笑着说,"我祖母和母亲都信上帝。那时候,我所有的长辈都去村里的教堂,给我洗礼……我膜拜的不仅仅是圣像。圣像对于我来说——就是根线绳,维系着我,还有所有和我同宗同祖共血脉的人,不管他们是死去,还是活着。可以说,我膜拜的是信教者的信仰。我不过是基督教普世共融中的一颗小沙粒。对我而言,共融的仪式,重于信仰。宗教狂们肆意描画地狱的恶魔、天堂的绿荫,随他们去吧。信仰于我——是我知近者的思想宇宙,他们都是东正教徒,于是我就站到东正教的圣物之前。假如瑞神在俄罗斯升天,我将在他面前垂下我的头颅……"

有时,与德米特里·伊里奇长谈宗教圣礼的话题后,罗曼也会有所触动,一时沉醉于幸福的愿景,彻夜不能成眠。他幻想着和玛丽娜在教堂结婚。"正在举行婚礼的,是上帝的奴仆罗曼和上帝的奴仆玛丽娜……"幻设的宗教仪式用语,激荡着罗曼的心,将他和他心爱的女人不断向上托浮,在无法识别的维度内,在全新的位格中,将他们融为一体。幻境令罗曼如此醉心,他甚至可以细致地描绘出玛丽娜婚纱的样子:头纱上的小绢花、及肘的白色细网手套……他还可以准确刻画出神甫的模样,眼睛虽大却很慵懒,胡须里稀疏地长着花白的粗重毛发,谄媚又刺耳的声音正是从这堆胡须里钻出来了。"主啊!"罗曼在心里对着他并不信奉的存在说道。"难道我的梦想终有一天可以成真?玛丽娜,玛丽娜,我亲爱的玛丽娜!什么时候我们才能相见?"这个问题慢慢凝结在牢房令人窒息的黑暗中。

五月结束了。开始了夏天的暑热。和侦查员见面,和像鹦鹉一样翻来覆去只强调一句话"什么都别承认"的律师见面,都没有让罗曼的命运变得清晰。

"朋友,昨天输棋,是不是很沮丧?想不想今天再战几个回合?"正准备在棋盘上摆子的德米特里·伊里奇问。

白棋又从国王走起。

然娜和伊琳娜坐在一家新开张的大商场的咖啡馆里。她们来这儿,是为了满足对时尚的追求,也是因为疯狂广告商的热情召唤。她们逛了几家专卖店,看到有个性的物件,就品鉴、把玩一番,问问价钱,再拿到身上试试。最后,两人走进一家咖啡馆——喝杯"卡布奇诺"。

"等罗曼从监狱里放出来,出版社恐怕只剩一把破椅子了。就连这把椅子,将来也得做抵押,"伊琳娜一脸苦笑。"瓦吉姆的人,这次像叭喇狗一样死咬住不放。马克根本没在出版社露面。普罗科普·伊万诺维奇已经被解雇了。很快我也得卷铺盖卷儿走人。我，大概，会离开这儿，然娜……那个比利时人又来烦我。他向我求婚了。"

"结婚——多有诱惑力的事，"然娜回答。"直到现在，还没人向我求过婚……"

"我的外语太水了。就会说：very much（英语：非常）和Merci（法语：谢谢）。不过，他挺有钱的，自己有公司。说实话，对我来说，年龄有点偏大……"伊琳娜皱眉道："我对他没有感觉。如果一点爱都没有，也不会有什么好结果。"

"姐儿们，胡说什么呢？爱情？"然娜来了兴致。"你鄙视的男人，叫他们什么？"

"老骚羊，丑八怪。问这干嘛？"

"还有呢！"

"畜生，蠢蛋，乡巴佬……鸡奸货，"伊琳娜笑了起来。

"会用粗话骂人吗？"

"有时候会，你知道的。"

"所以，"然娜像在做最后的诊断，"真爱已经伤不到你了。去比利时找你的大款去，好好享受生活。"

"为什么不会伤害我？"

"如果你平时都那么称呼男人，可见对他们没什么敬意。你看穿他们了。没有敬意，没有神秘感，也就没有爱。污言秽语，已经毁掉了女人的爱情荷尔蒙。"然娜像老师一样，强调说。

"你从哪儿知道的？

"这种书我读得多了，自己也亲身体验过，"她答道。"姐们儿，你就嫁给那个比利时人，到国外去吧。作为女人，你已经挺有出息的。第一次婚姻给了你两个孩子。他们可以在欧洲接受教育，你呢——生活富足。女人还能再求什么！"

两个人沉默不语。或许，此时此刻，每个人都在心里和自己争执着。

"那年轻女人又从尼科利斯克打电话来了，我接的。"伊琳娜说。

"在南方和罗曼滚床单的那位？"

"嗯，是她。他嘱咐过我，让我对她要'非常有礼貌'。坐牢的事——我一个字儿没说。看起来，他们俩是认真谈上恋爱了，罗曼爱上她了。"

"他有资格爱女人。他对女人不暴粗口。哪个女的不想黏糊他。"

然娜一脸凝重，若有所思。咖啡馆的玻璃窗外，大小品牌的广告牌闪闪烁烁，橱窗里的男女模特摆出各异的造型。成串吹饱的气球，像花花绿绿的巨蟒，盘绕在购物商场的拱形门上。

"罗曼我不会这么轻易放弃的。我不会让给任何人！无论索尼娅，还是这个外省的柴火妞，"然娜坚定地说。"他是我生命中的——亮点。我把他吸引到我身边，多不容易。如果将来他流放西伯利亚，我就跟着他一块去，就像十二月党人的妻子，我也去……我现在应该废了瓦吉姆，把他的嘴堵起来。"

"哦，然娜，你最好别惹事！"

"你说的倒容易。你孩子有了，还有老外求着你嫁他。我呢，我也想幸福，真实的，有人间烟火的幸福。人生所有的欢乐和全部的意义，并不在于这些衣服片儿！"她冲着商铺林立，展示着琳琅满目商品的商场扬了下头。

***

然娜了解部分情况，还有部分情况是连蒙带猜的。她父亲，一个端着"友谊牌"伐木锯在伐木场"突突突"锯木头的普通工人——夏天挨蚊虫和牛虻咬，冬天被原始森林的酷寒冻得通红，——他只是处于卡列特尼科夫家族暴富链条的最开端。争抢苏联财产的那个时期，债券交易、抵押拍卖之类的骗人把戏，加速了争抢的升温。时任总局局长的瓦西里·帕夫洛维奇，把自己粗短但抓握力奇强的手,伸向了造纸厂。之前他就从这些厂里拿过好处费。经常是,所有的正式文件上都写着,这些工厂在大修——实际上,它一分钟也没停止生产去向不明的纸张,这些纸被搬到批发仓库,等待印刷厂领导的光顾;印刷厂利用这些没有记录在册的纸张,起劲儿地印刷,完成客户订单,客户呢,反过来也是想尽办法挣黑钱,进行支付。

暴富、欺诈、贿赂、收买官员的方式,在苏联的时候已经足够多了,但在改革的混沌时期和叶利钦时期,以非法手段捞取钱财、贪赃受贿的事业才开始进入真正的高潮期,卡列特尼科夫控股公司机构中的人们,取得了斐然的成绩。但无论如何,在他们致富道路的起点,依旧站立着伐木区勤快的工人,而这些工人的所得,勉强够填饱自己和全家老小的肚子,当然还包括打酒的钱,然娜的父亲一天没酒就过不下去。

然娜不喜欢父亲,但她也隐隐憎恨首都的大佬。银行家的死亡、高级官员的心肌梗死,商人被杀手击中脑后——莫斯科新闻里的这些消息,她处之泰然,心里只会略有短暂的不自在。就算"老爷",这个对她影响深远,曾几何时甚至裁定她生活的人的亡故,也只是拂起然娜一丝悲伤和恶毒的感觉。很快她就归于平静。现在她要收拾瓦吉姆。就是他,瓦吉姆,"老爷"的长子,卡列特尼科夫部落里最难以接近、最阴暗的人物,把他兄弟送进了牢笼。

"物以类聚,人以群分,"一天,瓦西里·帕夫洛维奇跟朋友喝酒时大发感慨,"地球上人数最多的,就是梦想家。我的罗曼就是这样的人。梦想家总是在幻想,进行着不切实际的规划。幻想是不会有结果的——于是他们开始寻找过错方。政府、法律、气候、人民、占星术、老婆。这种做法——本身也是一种幻想。还有一类人——就是老油子。比如我。世界上,我们这类人,比梦想家少得多。如果运气好,老油子前程远大。如果不走运,平地都会摔破脑袋。最厉害的一类人——是瓦吉姆。他是强盗。"说到这里,瓦西里·帕夫洛维奇对自己的思绪略有感伤。他不再解读这类人群,但也没有抛下一头雾水的听者,而是打了个比方应付了过去。"假如啊,角落里坐了个乞丐,他身前摆着帽子,等待别人施舍。梦想家经过:如果发现了乞丐,他会往帽子里丢硬币。老油子经过:他不会往帽子里丢硬币,而是扔纸币。还会想:我可千万别混到沿街乞讨的地步。但是,强盗经过的时候——他不会往乞丐的帽子里扔进任何东西,而是朝那儿看上一眼,心里打起算盘:钱给乞丐也是白给,用这些钱还可以生财,反正乞丐最后也会咽气,什么好处都没有。"说罢,瓦西里·帕夫洛维奇邪恶地笑了。

瓦吉姆并不想见然娜。她好几次打电话给他的助理,要求他"接通,转告瓦吉姆,或者回电",但一切都是徒劳。父亲死后,瓦吉姆似乎从自己的意识中删除了然娜。

"没关系,反正我会抓到你,"她在车里看着独栋别墅的玻璃门,瞄准了复仇对象,瓦吉姆应该在那里出现。"反正我要钻到你肚子里。就算你是强盗里的强盗!我自己也是那样的货色!"

她把"奔驰"停在铸铁护栏旁的人行道上,离瓦吉姆的坐驾,那辆在阳光下熠熠闪光的黑色"悍马"很近。用意很简单。在办公室,瓦吉姆的跟班不让然娜接近他们的"老板"。好吧!她就在出口,抓他个正着。他走近他吉普车的时候,无意中会经过她的车。然娜会及时发现他,从车里跳出来叫道:"瓦吉姆·瓦西里耶维奇!我这儿有您父亲的信!"不离瓦吉姆左右的保镖,未必会加以阻拦。然娜真的找到一张瓦西里·帕夫洛维奇很久以前写的便笺。内容无足轻重,上面有关于罗曼和瓦吉姆的只言片语。但毕竟是个借口!如果他说:"放到我助理那儿",——以前也有这样的事,怎么办?不行,绝不允许这样。最主要的——要让他的注意力一直停留在自己身上,然后逼他就范,绝不能让他开溜。

一个多小时了,她像密探一样守株待兔。她心里明白,自己的算计有点笨:经商的人一般不会在匆忙中讨论重大事项。但有时候,越笨的方法,——反而越可靠。

　　太阳已经从正午的高度开始西斜。椴树的树影,渐渐爬上然娜车前的柏油路。这是附近唯一的一棵树,长在人行道边缘,占据了半平米见方的位置。米亚斯尼茨基街所在的这个地区,寸土寸金——然娜暗想。可是现在在莫斯科,哪块地不是价值千金?真是懒得想这种事。然娜的双手和下巴靠在方向盘上,脑子空空地看着,椴树的树影仿佛冲到浅水晒太阳的密集鱼群,在柏油路上凝然不动。突然——起风了。树影骤然摇移了原地,如同受惊的鱼群倏忽消失。风息了。图景恢复如故:鱼群又趴在六月的阳光下晒太阳。柏油路上光与影的游戏,让人昏昏欲睡。

　　"听着,小姐,别跟踪我,也别打电话纠缠我!"瓦吉姆·卡列特尼科夫站在然娜"奔驰"车敞开的车门后。

　　她几乎快睡着了。瓦吉姆路过的时候,认出了她的车,顺便拉开了车门。

　　瓦吉姆背后的保镖,身材高大,膀阔腰圆,脖颈粗壮,面色阴沉,神情难以捉摸。然娜的意识一下子被惊醒,——她先是惊愕:瓦吉姆从哪儿找来这样的大力士为他自己保驾护航?但无关的念头瞬间即逝,只听瓦吉姆一字一顿地说:

　　"就算你有我父亲的书面保证,我也不会给你一分钱。你想在我这儿找口饭吃,也不大现实。我这儿没有合适你的空缺。"

　　"我自己什么都不要。我这儿有封瓦西里·帕夫洛维奇的亲笔信。我要谈的是罗曼。他毕竟是你弟弟!"然娜越说越起劲。她侧着身子挤出车门,心想:"抓住他!抓住他胸口!不然,再不会有别的机会了。"

　　"我现在要去机场。"瓦吉姆说。

　　他不需要再多说什么。

　　"去机场的路上给我点时间吧。回来的时候我打车。"然娜突然说。

很快,她就置身于大吉普舒适、柔软、洁净的车厢里。她和瓦吉姆并排坐在宽敞的后座上。前面——是司机和宽肩保镖坚实的后脑勺。在这辆健壮如牛的汽车里,听不到车窗外的喧嚣,感受不到熙攘的车流,甚至感觉不出车速和车轮下的道路。仿佛所有的车辆都是小马力的,个头也小,看到呲牙咧嘴的美国庞然大物,纷纷四散避让。

汽车刚开动的时候,然娜喋喋不休地说个没完。她东拉一句,西扯一句,翻来覆去说一件事,环顾左右而言他。说什么,瓦西里·帕夫洛维奇并非无端地认可每个人的生活哲学,什么罗曼从未受到暴利的驱使,无论哪种情况,罗曼都不该遭到这场无妄的牢狱之灾。然娜还说了无数个会挑动瓦吉姆与之争执的观点。

"够了。别把罗曼说成受难者,把我说得——十恶不赦,"瓦吉姆终于作出了回应。"是啊,亡父的确喜欢说,每个人都有'自己的生活哲学'。只不过,有些人的'哲学'是别人替他选的,而有些人——却是自己的选择。"

然娜安静了下来。她不无担心地斜睨着瓦吉姆。他没有系领带,脖颈上挂着一条黑色的细带,下面坠着一个银环。他的夹克也与众不同——样式像领口敞开的制服:可能是范思哲或者俄罗斯扎伊采夫之类的款式。他右手小指戴了枚闪闪发光的铂金戒。虽然是已婚人士——他却没戴订婚戒指。出嫁前,他妻子是一家糖果店的普通售货员,现在当了全职太太,抚养两个女儿。她们都在英格兰。据说,瓦吉姆迄今仍酷爱甜点,只喝威士忌,喜欢从事极限运动。上学的时候,他成绩都是"三分",但当时已经鄙视坐地铁……"老爷"遗传给他的基因很复杂。"老爷"自己就是个绝品,混账玩意儿,净搞些乌七八糟的事情,生养出了两个儿子。

"我七岁那年,父亲就扔下我们母子不管。他留给我们一捆钱。母亲歇斯底里地把钱撕了，然后大哭一场，我只好安慰她，让她平静下来。我当时就做出一个决定，等我长大了，一定要比父亲更能挣钱。上八年级的时候，我挣来人生第一个一千卢布。当时家里摆满了鱼缸，我在家养鱼，星期天的时候就拿去卖。有时候一天能挣二十五卢布……等到了十年级，我就挣了我的第一个一千美金。我从一个日本人手里买了设备，跟几个朋友说好了，昼夜赶工，做录音带。为了节省时间，我上学、办事，都有固定的出租车……录音带的收入不错。但当时我就意识到：光靠双手，赚不到更多的钱。我转售房子的时候，挣了第一个百万美元。"

然娜听得入迷，甚至忘了她来见瓦吉姆的初衷。

"九十年代初，莫斯科开了家奥地利银行。规模很大，用来吸引西方资本。可是，俄罗斯的银行业并不景气。经理人资质太差，搞砸业务不说，还进行欺诈。奥地利人决定从银行撤资，卖掉手头的不动产，就是帕韦列茨火车站旁边那片独立房产，面积还不小呢。

"我给他们找了买家。可是，他们不太信任我们俄罗斯人，觉得，我们做不动产评估的时候，会做手脚。他们坚持，咨询公司必须是欧洲公司：德国人的，英国人的，丹麦人的——任谁谁，只要不是俄罗斯人的公司就行。至于是有利可图还是无利可图——他们不感兴趣。只要估价诚信公道，他们准备以任何价格出售不动产。正规的欧洲评估公司，会收取房产总价百分之十的评估费用。我们的咨询公司只收一或两个百分点的评估费。可是我们还是没有说通奥地利人请俄罗斯的公司作评估。后来，我聘请了俄罗斯最好的咨询公司，给了他们两个点，对这片房产做了评估。我又请一个知名的德国咨询公司，对俄罗斯公司的评估做评估。这可比请他们对房产本身做评估，便宜很多。奥地利人同意了。因为一切都很透明，没有任何的压价。最后，我替这片房产的买家节省了两百万美元，踏踏实实地从这笔钱里拿走了属于自己的一半。这就是"哲学"的所在！我挣来第一个一千卢布的时候，小罗曼呢，还穿着黄色小短裤，戴着白色小巴拿马帽，背着小提琴到格涅辛音乐学校上私教课。我不休不眠，苦苦努力，挣到第一笔美金的时候，小罗曼正坐在大剧院和小剧院里呢。我真正挣到大把美钞的时候，小罗曼正在德国钻研什么黑格尔，撰写科学论文。"

"就算罗曼做生意是外行，但不管怎么说，他也不该坐班房。"然娜抵制着瓦吉姆的藐视态度。

"他活该这样！"瓦吉姆随即表示反对。"这几年，父亲在生意上没有帮手。只能靠原来的关系勉强维持。可是苏共这帮只会发号施令的大领导，刚愎自用、懒惰成性，早就腐化堕落。公司所有的大项目，所有的大项收入，都是我带来的。罗曼和他那些书，就是当摆设的展示橱窗……蹲蹲监狱，对他身体有好处。什么巧妙的雇凶杀人、高尚的杀手、感人的场景——那都是电影里瞎编的。"

"生活里，一切都来得简单粗暴。父亲生意上的朋友找过我，'王牌'和他那帮兄弟也来过（然娜一听到黑道上的那个浑号，顿时感觉如冰冻、火炙一般难受，一股寒意在她的血管中流动），他们说：你们家老头子已经归天了，你得把钱还了，我得把自己那份拿走。我这儿哪儿会有他们的那份钱。他们的钱都攥在罗曼手里呢。不过，罗曼和他的妻兄马克，就是想不明白。后来'王牌'提议：先礼后兵，开始的时候，他们只会把罗曼的头按到马桶里，他要是还不明白，那就——"噗，噗"，解决问题！干这种事，不用花什么钱。有的是人想把罗曼干掉。所以，最好还是给他找个地方待一待，让他看看书，下下棋。罗曼待的那地儿，挺舒适的。控股公司的所有股份，我们会重组。等他放出来的时候，他绝对绝对不会是穷光蛋。有价证券，我当然，不会给他，但是房产——该怎么着就怎么着。父亲在巴尔维哈城郊的房子、佛罗里达的房子，还有黑海边的别墅，都给他。出版社——也归他。但是，就是个没油水的干巴巴的出版社。他不是优等生嘛，不要政府采购，不用来路不明的纸张，那让他自己折腾去吧。"

瓦吉姆沉默了。然娜从他这番话里，不仅听出了恨铁不成钢的意味：瓦吉姆似乎想对罗曼说，别急嘛，没有父亲和兄弟我支持，你，自己挣点钱试试，——还有就是，发自内心的幸灾乐祸，长期暗藏的对罗曼的嫉恨。

"他从小就记恨罗曼，"她想。"他在报复罗曼。他甚至乐于利用罗曼的情妇给罗曼戴上绿帽子。走着瞧吧……"瓦吉姆没有觉察到，她悄悄从座椅上往下滑了一点点，也就几厘米，这样一来，她膝盖上的裙底边自然就提高了些。紧裹她双腿的闪烁着丝绸般光泽的肉色裤袜，变得更加暴露。

"这样还不够，我们的关系得再进一步。瓦吉姆不会出卖我。反正就一次。黑色的几秒钟……"她的脑海中闪过了这个念头。每当"黑色的几秒钟"临近时，她就觉得自己像害了疟疾，忽冷忽热，她就像有了偷窃目标的窃贼，心中窃喜却又心有余悸。然娜像只猫一样，把手轻柔地搭在瓦吉姆的膝盖上。

"你是你，他是他。千人千面嘛。求你啦，瓦吉姆——"柔声软语间，然娜已经对瓦吉姆以"你"相称，她按自己的方式继续道，她说，"何必相互装腔作势呢，你就放了罗曼吧。我会劝他在该签的文件上签字，不再出头露面。把罗曼放出来吧……现在他正遇到难处，身边连个亲近的人都没有，我想和他在一起。你一向心知肚明，欠你的，我会还给你的。"

这种时刻，然娜所有的情感仿佛交织成了一个死结。瓦吉姆可能会不屑地轻易将她推开，为他自己再赢得几分胜算。至少现在，他似乎没有感觉到然娜的手正放在他膝上。

眼前是宽阔道路的尽头。吉普车拐上了双车道公路，穿过小树林，闯入一片开阔地。四处——都是田野，只在天地交际处，一片郁郁葱葱的树林，枝叶扶疏。几架轻型运动飞机，高昂着螺旋桨机头，在吉普车的窗外倏忽而逝；接着可以看到机库，安装有导航天线的小型建筑……

"我们这是在哪儿？这是什么地方？"然娜诧异地问。

"这儿是航空俱乐部。我一直在练习跳伞。"瓦吉姆说。

"这太危险了！"

"在澡堂子里和妓女鬼混，也不见得安全。"瓦吉姆笑了，把然娜的手从自己膝盖上移开。

对瓦吉姆的憎恨，几乎让然娜窒息。在她的意识中，咒骂如泉水般喷涌而出："笨蛋！乡巴佬！阳痿！"

"尝试一下吗，小姐？"瓦吉姆打断了她脑子那些侮辱性的思绪。

"尝试什么？"

"跳伞啊。你和教练员搭伴儿，更不会出什么问题。自由飞行的时间就几秒钟。"

"黑色的几秒钟！"然娜心想。她说出来的却是：

"你明天就放罗曼出来——我从月球上跳都行！"

"再过一两个月。"

"一星期以后！"然娜断然提出自己的条件。

"二十天以后！别再讨价还价！"瓦吉姆斩钉截铁地说。

吉普车在运动跳伞中心大楼前停住。

"强盗！"然娜冲着已经下车的瓦吉姆的背影嘟囔着。对于自己刚才答应的事，她并不疑心会是什么鬼把戏。

***

别号"玉米机"的"安"式老飞机，像脱粒机一样抖动着，爬升着高度，马达吃力地嗡嗡叫着。

"这是'波音'飞机吗？"经历了颠簸气流和空气陷坑的然

娜，冲着教练大声喊着。

"比'波音'要好！"——教练回答道。这是个干瘦的男人，面孔因为风吹日晒变得粗糙黝黑。

"降落伞能打开吗？肯定能打开吗？"然娜看着教练的负荷：降落伞——主伞和备用伞，从下面钩住的捆带——已经第十次发出了疑问。

教练以庇佑者的姿态笑着点了点头，然娜也强装着冲他笑了笑，但仍然警惕地听着马达的嗡嗡声。看起来，马达的工作断断续续，时而憋得喘不上气，时而连打几个喷嚏。万一哪个喷嚏之后——一切变得安静，可怎么办？

瓦吉姆没在这架飞机上。他要跳别的高度，参加的是专业队伍。最常坐这种嘎嘎直响的"安"飞机升空的，就是"菜鸟"队。

飞机爬升到规定的一千米高度了。舱门打开。外面的风呼啸着一下子撞进舱内。跳伞爱好者们在机舱的开缝处，排成一列短队等候。

"走人！"教练喊着。"走！"

一个接一个，面如死灰的跳伞新人们，纷纷迈向深渊。然娜用力抽了抽鼻子，正了正对她来说略显宽大的头盔，放下盔顶的眼镜，挡在自己眼前。这一切都是为了加强即将到来的这一跳的安全性。

终于，教练走到她身边，把她身子拧过去，背对着自己，揽过她的身子，从后面钩住紧固带。

"喂，怎么样？"然娜大声地问，声音压过了马达的轰鸣和敞开门的机舱外咆哮的风声。"你是不是紧跟着我？我不会掉下去吧？"

"紧跟着！"他做了一个肯定的手势。

两个人紧紧贴在一起，保持着一致的步调，艰难地向敞开的舱门挪去。突然，一阵疾风从虚空的舱外扑面吹来，一切都完了。然娜完全崩溃了，所有的感情和思想都让位于恐惧的本能。

"不－不－不！"她大声尖叫着。"不－不！见鬼！我不要跳！"

她拼命从门边往回躲，差点把教练撞翻。她回想起小的时候，自己怎样从高荡的秋千上"嘭"的摔下来……

教练毕竟见多识广，这种场景早就见怪不怪。他冲着她耳朵大喊：

"好吧！你先平静一下！别折腾了！下次再跳！"

然娜心里长舒了口气。整个肌肉也都放松了。心头激荡着绝处逢生的喜悦。

就在这一刻，教练钳子一般有力的手，和他那坚实的、肌肉强健的身体，把他们的捆绑带抛向了深渊。

"啊－啊－啊！！！"绝望的哭喊声迅疾地向下坠落。

很快，声嘶力竭的叫喊声在某个歇斯底里的音调上，消于无声，是因为风，也是因为自由飞翔的激情。与迎面袭来的疾风相比，与广袤的大地和无涯的天际相比，任何的叫喊都太过平静，显得无足轻重。

头顶上不知什么东西突然炸响——降落伞的伞衣砰然绽开。然娜觉得身子猛然一震，被向上提起。很快，在白色的伞衣下，她翩然飞翔，感受着狡黠而智慧的教练的呵护。她不再吵嚷，而是好奇地俯瞰向下延伸的大地。绿色的森林，椭圆形的碧蓝湖泊，暗得几乎发黑的蜿蜒小河，开满花的田野微微泛黄，后面——是浅灰色的起落跑道，还有停在两侧的小型飞机。

着陆后，然娜上气不接下气地打电话给伊琳娜：

"他不是强盗。他是地地道道的魔鬼！为了罗曼的事，我和他当面锣对鼓扯了半天。他压根没正眼瞧我，我可是个女人。我被逼得只好跳伞……对啊，跳伞！不过，这可比生殖机能亢进炫酷得多。是，我嗓子哑了。喉咙喊破了，好享受啊，我一直尖叫。去你的，就知道'哈－哈－哈'傻笑！"

在《爱情守恒定律》手稿中，普罗科普·伊万诺维奇遇到了一些相互抵触的法则。每当被这类法则绊住脚，他就会和不知名的作者争论起来，争着争着就突然说出声来。

作者提议：

"请您观察观察动物。游戏是它们的天性——游戏是创造的过程。小猫忘我地追逐毛绒绒的东西。毛绒是没有生命的，无法食用，但小猫肯花几个小时的时间跟它玩，在小猫的创造活动中，很可能是把毛绒转化成了小鸟。

"就连非人类也有创造形象和无形世界的禀性。艺术——是生机勃勃的自然界不可分割的要素。

"基督教出现以前，在久远的多神教时期，创造宗教的人，也创造了宗教仪式，但他或许没有想过，偶像的创建，会开出什么样的花，结出什么样的果。也许，宗教被臆想出来，原本就是为了控制穷人，为了死后，'今后'的幸福未来，在精神上给予他们支持。然而，创造力和人类对艺术的渴望，却成为宗教孕育的果实。

"宗教满足人类的形象思维需求，使人的创造才华得到发挥。阴间、天国、造物主和救世主、天使和堕落的天使……——没有创造性的态度，根本无法想象。

"宗教让才华纵意横溢，任想象天马行空。绘画、建筑、音乐、文学——宗教为各种艺术门类提供给养。这是高尚的给养，因为宗教的最高表现形式，就是追求和谐。宗教伴随芸芸众生的一生，从出生（洗礼）到成年（婚礼），再到安葬（安魂祈祷）。在各个阶段，宗教帮助人们与自己的灵魂，与上帝，与周围人保持和谐。

"宗教产生之前已经出现并有所表现的艺术、创作活动，——也追求和谐。但宗教超越了艺术。艺术看起来是多面的，丰富的，多样的。但宗教——是最高的艺术！因为它更适于人类寻求和获得与自己灵魂的和谐，与创世主的和谐，与社会的和谐。"

"艺术家如果有了信仰，他往往背离世俗艺术，心甘情愿献身于至高无上的主。因为宗教会将他提升到更高的境界……"

普罗科普·伊万诺维奇从大鼻子上摘下眼镜，摸了摸光光的脑袋，捋捋胡须，狡黠地眯起眼睛，以师长的口吻说：

"不，不，我的朋友，艺术能够超越信仰。科学也能够超越信仰。您想想伽利略的话：'地球仍然在转动！'艺术就是世俗的事情。如果剧院的舞台，是布道传教之所，那里就不再是剧院。如果书页上只记录上帝所喜悦的行为，那就是圣徒传。艺术家总会不断超越宗教赞美诗！这就是为什么叛教者和被逐出教会者，大多出自艺术同道的原因。"

既不知其名、又不见其形的作者，可以拿来反驳普罗科普·伊万诺维奇的，只有发黄故纸堆里的东西。但普罗科普·伊万诺维奇再次戴上眼镜继续阅读之前，他又跟自己争论了一会儿，反驳了自己刚才同缺席的论辩者说的那番话：

"当然，如果只承认艺术就是谋求人类的和谐，那么真理是在他这一边。"他用手指戳着摊开的手稿。"宗教，毋庸置疑，是最和谐、最连贯的艺术。某些渎神者，现代主义者，或许对信仰嗤之以鼻，或许乖谬地颠覆观念，但他们无法给予这个社会和谐与秩序。"普罗科普·伊万诺维奇挠了挠后脑勺。

手稿的作者并不急于断然得出结论，但仍然可以听出其中的潜台词：我只想表达，并不想妄断和强迫别人接受。

"……当人的生命中出现了秘密——出生的秘密、死亡的秘密、时间的秘密、浩瀚宇宙的秘密——就会存在造物的起源。

"只要地球上还有生命，就不可避免地表现出创造的欲望。

艺术是生机勃勃的大自然的需求，并因此而存在。

"……爱也可以给人创造的空间。信仰可以让人在自己的幻觉中感到幸福。同样，爱——可以让人成为世上最幸福的人。有时，也是最不幸的……爱可以满足人类自身的幻想、梦想和情感体验。爱——也是独特的艺术，爱需要天分。

"艺术——有其自身的规律。饥饿和生病的小猫不愿意，也无法玩毛绒的东西。爱——也有它的规律。为了女人甘愿上吊的男人，完全屈从于他的想象，他的幻觉。别人对他说：'怎么，你缺女人？喏——想要多少就有多少！'但创造的元素，使他只听命于一个背叛的女人……！"

普罗科普·伊万诺维奇又读了几段，再次停下，摘掉眼镜。原来，作者将任何具有大脑和神经细胞的生物的创造性需求，置于首位，即所谓的"为游戏所吸引，为创造所吸引，为称为艺术的东西所吸引"。第二位的，是最高形式的艺术——宗教。最后，是爱。事实证明，宗教有其自身的规律。那些一只手在自己身上画十字，另一只手从邻居口袋里掏光最后一分钱的信徒，永远也到不了上帝的国度。艺术——也有其自身的规律。如果只会用暗紫色的颜料，艺术家将无法表达喜悦……如果违背了规律，爱永远不会持久……

普罗科普·伊万诺维奇扫了一眼手稿的结尾，无意中再次发现言而未尽之处。文字戛然而止。作者的话并非只说到一半——或者说，作者并非仅停留在议论中。可是，最重要的结果，即爱情守恒定律的阐述或者公式——都没有出现。

一阵电话铃声，将普罗科普·伊万诺维奇的思绪从手稿上拉开了。

"伊琳娜？罗曼·瓦西里耶维奇今天就获释？我也准备接他！现在就去穿鞋。我在街角等您的车。"

普罗科普·伊万诺维奇把手稿放在厨房窗台上。没有读完的作品，他一般都留在那里。然后他挤过拥挤的过道。过道之所以拥塞，是因为长书架上的藏书，已经直顶天花板。

晚上，下起了雨。绵绵的细雨。

在莫斯科炎炎的七月天，雨声听起来非常悦耳。然娜从十八层公寓敞开的窗口，兴奋地俯视着阿尔巴特主干道。发暗的沥青路面反着光，潮湿又清新。车辆的前灯都打着"近光"；低头折颈的街灯从道边的灯杆上流泻下灯光；赌场、餐馆、永不歇业的商店和咖啡馆的招牌流光溢彩。整条阿尔巴特街上灯火通明，黄昏来了。

然娜并非毫无缘由地趴在窗口赏街景：她在等罗曼。虽然从这样的高度，分辨不出他的车，但是随着约会时间的临近，她还是不由地趴到窗口张望。

今天接罗曼从"水兵寂静"出狱的时候，然娜和他见过面了。罗曼重获自由后，她是第一个拥抱他的，并且逼他答应来家里吃晚饭。"罗曼，今晚——属于我！我可不能白跳一次伞！"他不明白，他的获释、晚餐，和降落伞有什么关系，但还是作出承诺："我一定去！"。

然娜看了看窗外，伸出了手。

"让小雨来得更猛烈些吧！"她孩子一般呼唤着。

在莫斯科，雨水——不仅意味着天降之水，还意味着全城大清洗！莫斯科的雨水，不仅冲刷掉滚烫的街道和屋顶上的尘土，不仅消散了污浊的暑热和难闻的烹饪、垃圾气味，也净化了因百万人众而变得困顿不堪的思想氛围以及整座城市的精神气息，吸附着人们丑恶的念头、恐惧和怨气的雨滴，跌落到地上，把它们永远埋藏在土壤中，或者带入莫斯科河的流水中。从莫斯科河——带到更远的地方，带入大海，带入汪洋，永不复返地溶解掉。"真有趣！"然娜惊讶于自己对莫斯科雨水的独到见解。

毕竟，她第一次走在莫斯科街头的时候，也是个雨天。当时，她想要征服首都！其实，那些一心想当演员、歌手、电视主持人、舞蹈家的傻里傻气的外省女孩子，跑到莫斯科来的一些做法，并非那么天真。她们徘徊在名人聚会场所附近，或者踯躅于电影制片厂周边，希冀被某位导演一眼相中，被包装成明星；她们削尖脑袋参加各种比赛和选美活动，或者在地铁里盯着迎面而来的潮水般的客流，期冀电视台的某个好心人慧眼识人，马上让她从灰姑娘变成公主，呵呵！然娜没有经历这种乌托邦式的一夜成名；她想上大学；即使大学上不了——也要上个技术中专；即使技术中专上不了——也要去上职业学校；如果连职业学校都上不了——那就去上班：刚起步的时候，干什么都行，洗碗洗盘子也行。

现身莫斯科的第一天，第一次遭遇莫斯科的雨水，她被淋得像只落汤鸡，一只披着淡黄色锦纶夹克衫的黄毛小鸡雏。她的衣服被雨水打湿，贴在了身上，牛仔裤基本磨破，她撑着一把有点花哨的廉价雨伞，沿着沃兹德维任卡街，从红场一侧，向新阿尔巴特走去——她闲看着那些在电视上经常看到的高楼大厦。她走过著名的"军人用品贸易企业管理局"，走过具有东方建筑风格、装饰了马赛克镶板的"友谊之家"，走过一座玩具一般小巧的、有几个绿色小圆顶的白石教堂。这座纪念塔柱僧西蒙的教堂之所以显得矮小，是因为它的后面，就耸立着阿尔巴特街的高层塔楼。雨一直在下，她一直在走，不时从伞檐下打量这些用混凝土和玻璃构筑的庞然大物，它们与莫斯科其他部分有些不搭调，但彰显着财富和卓越。这些楼房，看起来那么高不可攀！

她走在新阿尔巴特街上。面对迎面而来的路人，她为自己浅黄的夹克衫、湿透的鞋子和手中这把断了一对伞骨、像受伤的小鸟耷拉下翅膀一样垂下几片伞翼的雨伞，感到难为情。在一幢高层建筑旁、在风靡全国的"旋律"商店旁，一个长头发的年轻倒爷走到她身边。她慌忙躲闪开，因为她压根不明白，他想让她买什么。

现在，她就住在"旋律"商店所在的那座高楼里。

"罗曼！"然娜高兴得尖叫起来。她应着门铃声跑到房门口。

晚餐像真正的节日欢宴，还有一点家庭聚餐的味道……然娜用瓦罐炖了热菜。桌上摆放着奶酪、水果、西班牙红酒；精美的餐具；威风凛凛的黄铜烛台上高插着蜡烛。为了应景——应今天的景！然娜特意穿上自己最喜欢的蓝色细丝连衣裙，这条裙子用的是上好材质，价格不菲。然娜和罗曼还跳了几支舞——让这个晚上显得别有一番情致。

但她不是没有发现：不知道为什么，罗曼特别心不在焉，他不时陷于喜悦的沉思，像在痴念着什么。她搁下他进厨房忙活的时候，他不知往什么地方打了好几个电话，有几次他像是着急去什么地方，但后来醒过神来，又满怀歉意地笑了笑，开始称赞然娜的烹调手艺。

"不在我这儿过夜吗？"从他的举止中，她猜到了罗曼意欲告辞的暗藏的理由。

"明天一早我就动身，要回去收拾行李。"罗曼的目光躲闪着，做出了回答。

"飞德国，看你老婆儿子？"然娜问。

接受调查期间，罗曼禁止索尼娅来莫斯科，见一面都不行。他怕德国有人怀疑自己遇到了麻烦，绝不能让那些麻烦事影响到儿子伊留沙的声誉。

"不，我去尼科利斯克。一个小城市。得坐一天一夜火车。那儿飞机不通航。"

"你确定，有人在那儿等你吗？"然娜问。

"我敢肯定的是，明天无论如何我都会去那儿。即使那儿没有人等我。火车票我已经买了,连当地酒店的房间也预订了。"罗曼微笑着。

"那我就敬你杯酒,祝你旅途顺利!"然娜也回应了一个微笑,但在心里挖苦自己:"笨女人,咱们真是傻!"今天早上,她好不容易从马克,从罗曼母亲,从各种不同的事务中,把罗曼抢了出来。坐牢这段时间,他那儿积压了一堆事。但实际上,所有的紧急会面,所有等待他处理的错综繁杂的事务,还有然娜她自己——跟尼科利斯克的那个玛丽娜比起来,都显得无足轻重。你还跳什么伞!但她并没有显露出怨恨的神情,也不会把自己的灵魂翻出来给别人看。她不会去挖罗曼的隐私,也没有心生嫉妒。等到合适的时机——他自己会完完全全破裂,他不会说谎。到时候,咱们会想出办法的……

"所以,罗曼,我对你不会轻易放手,"然娜一边对自己说,一边端着咖啡壶倒了两杯热气腾腾的浓香咖啡。"我和你在尼科利斯克的小女人一样,也是活生生的人。也是——女人!"

当小咖啡杯底只剩下咖啡渣的时候,然娜想再跳会儿舞。

跳舞的时候,她的身子紧贴着罗曼,亲热而又大胆。她双手钩住他的脖颈,让他感受到自己的欲望。他起初似乎想反抗,但反抗中又有让步。然娜知道如何撩拨他。更何况,被隔离了几个星期,他一直没有碰过女人,这一点也帮了然娜的忙。她越来越大胆地贴紧他。他的手现在能明显感觉到,她的真丝连衣裙里没穿内衣。幽暗的房间里,伴随着音乐声,四壁和天花板上浮动着,摇曳着两人紧紧拥吻、融合为一的巨大影子。

罗曼从然娜身上脱下蓝色薄丝裙的时候,烛火猛地跳了一下。

细雨还在飘着。窗外潮湿暗夜中的灯火,显得刺激而令人兴奋。被洗刷一新、反射着光亮的新阿尔巴特街上,无尽的车流裹挟着被外廊灯勾勒成甲虫状的红色、白色汽车前行,有时,其中也会有个别车辆的转弯灯闪动着令人心悸的黄光;"暴风雪"招牌上的七色小灯闪闪烁烁，如彩虹般绚烂，这里是高消费场所，也是首都精英群的赌窝；几家餐馆使出浑身解数，用灯光招徕顾客，个个想盖过别家的风头；时尚精品店的灯光，刺目地照在橱窗的模特——几个穿着几片华丽布头、高傲的木头人——身上；阿尔巴特桥上的灯光流，跨过消失在迷蒙夜色中的莫斯科河，继续延伸着，然后——又见广告灯箱闪烁，映照着五花八门的公司、商品、化妆品稀奇古怪的名字。灯光，又是灯光，塔尖高耸的斯大林时期的摩天大楼——"乌克兰"饭店的灯光……啊，莫斯科！有多少辉煌的灯火辉映！又有多少赤贫和在偏远闭塞的外省找都找不到的不堪！莫斯科永远都是多面的。清晨——莫斯科城一片沉寂，仿佛它昨夜闯下什么祸事，搞了恶作剧，现在心生悔意，决定洗心革面，重新开始，踏实、理智地生活，但到了下午，承诺早已置之脑后，手心又开始发痒，忍不住去窃取百万巨款，晚上，则是声色犬马、恣意妄为，醉醺醺地坐到方向盘后，在库图佐夫大街上蔑视地超越所有老老实实行驶的车辆……莫斯科有时安稳无声，温文尔雅，灵性十足，殷勤周到，感人至深，——让人不由爱上它，就像爱上自己的第一个好老师；有时它却邪恶、残忍、阴险恶毒、步步设障，像要因为什么缘由而实施报复。

莫斯科城里又有多少孤单寂寞！绝望的、凄冷的、孤老的寂寞，它就躲在这些楼房里或亮着昏黄孤灯或已经熄灭灯火的黯淡的窗扇后面。毕竟，她，然娜，说到底——也是这普世寂寞的一部分。因为寂寞而逃离，又停靠在寂寞的岸边。

罗曼走了。然娜独立窗前。

很小的时候，有一次，她被父亲痛打，用的是小孩子玩的跳绳，扎人的细导线绳。父亲揍他，不是因为他昏了头，也不是因为喝醉了酒——而是因为她惹了事：她胡淘瞎闹，在房间里跳绳，结果绳子无意中挂倒灯罩——灯泡"嘭"的一声碎了，碎玻璃碴散落一地。可是不久前，父亲还警告过她说："不许在家里跳绳！"

　　然娜饱尝了父亲抽打的疼痛，她跑出房间，躲在家里的小贮藏室，哭了个痛快。她痛哭，不仅因为可恶的跳绳留下的灼痛，还因为她对亲人的怨恨，她第一次有了孤独无助的意识。因为，虽然她那么痛苦，但无论妈妈，还是哥哥或姐姐，看到她被毒打，都没有站出来替她说话。也就是说，她是孤单的，完全孤单的，孤单无依的。她死也不想走出那间小贮藏室，不想出现在父亲面前，出现在母亲、哥哥姐姐的面前；尤其是——出现在妈妈面前：妈妈为什么放弃了她，背叛了她？！怨恨痛苦的感觉，一直把她推向心惊的阴暗猜测：难道这一对父母——根本不是她的父母。她真正的父母因为某些神秘的原因（或许他们到国外去了，或许他们是俄罗斯特工），被迫把她送到这座森林小镇，交给这些人抚养。她必须在这儿生活，藏匿于偏远之地、陌生的家庭，以免暴露自己的亲生父母。而他们，自己真正的母亲和父亲，善良的、举世无双的父母，一定会回来找她，把她从这个邪恶的房子里带走。需要等待。他们执行完秘密任务，一定会从国外的某个地方回来，带她离开这里去莫斯科。在这儿，在镇子里，她对所有人都很陌生。镇上没人起过她这样的名字。女孩们都叫伊尔卡、奥利卡、斯韦特卡，唯有她——叫然娜。好特别。

　　随着时间的推移，怀疑自己是继女儿的奇思怪想，在然娜的意识中渐渐模糊，淡忘了。

　　她对自己这个奇怪名字的种种困惑，有一天终于解开。又一次被父亲（他喝醉的时候，经常动粗）掴了耳光的母亲擦着眼泪承认："我给你起这个名字，是想让你幸福。人家都说，名字好的人——命也好。所以，我就给你取了个在这儿没人叫的名字"。但是，也许，就是从那间小储藏室开始，她第一次感到对亲人的疏离，然娜开始尝试离开小镇，远走高飞，而且不是到其他什么地方——就是去莫斯科，去那个人人安居乐业的地方。飞往莫斯科的飞机，高高越过镇子上空的时候，在碧空之中留下了诱人的明亮条带。

窗外的莫斯科被一夜细雨荡涤一新。房间里半明半暗,喜庆的晚餐桌上,点燃的长蜡烛正在熔化。然娜坐在粉红小矮凳上,吸着掺杂着大麻的香烟。她深吸一口,久久没有吐出,只是细听着自己的声音。第一次深吸下去的时候,她还没有感觉到毒品的麻醉作用,但已然听到体内的骚动:在胸口、在太阳穴、在心脏加剧。

一段时间之后,然娜笑着去吹灭蜡烛。她冲着烛火吹气,却没有吹到。烛火扑腾着,摇动着,然娜觉得很有趣。

最终,她还是制伏了蜡烛,然后倒头睡下。一个人,睡在自己宽大的床上,喃喃地说着什么,折腾好久都没睡着,像个婴儿一样,兴奋得哼儿哈儿,不断地发出噢噢声。

乌鲁扎河岸边的一堆篝火,在沉寂的幽暗的森林的遮蔽之下,渐渐熄灭了。烧得只剩余烬的松树枝,覆盖着一层松散的火灰。火灰下面,某些地方仍然有刺眼的绯红色火炭在苟延残喘。几乎看不到明火,只有木材主体没有烧透的地方,有时会有火舌突然窜出:火头——是鲜红的,根部——是蓝紫色,透明的。这忽明忽暗的火焰,试图穿透夏夜。大河和临河森林篝火的一边,坐着披着防雨布的桑·桑内奇和瓦莲京娜,另一边——桦树圆木上,坐着玛丽娜和谢尔盖。两对夫妇中间,廖瓦·乔尔内赫盘腿而坐。几个人刚刚吃过晚饭,品尝了鲜美的鱼汤,既然有鱼汤,自然要配上一小杯"桑·桑内奇"牌家酿白酒:酒是桑·桑内奇自己酿的——现在正是饭后歇息时间,几个人聊起了家常。

"我们这儿的蚊子——瘦得很,个头儿小。西伯利亚的蚊子,这么大个儿……"廖瓦握紧拳头,伸手比划了一下。"你要是抓住了握在手里:一头露着蚊子头,一头——露着蚊子腿。有一年,来了好多牛虻……晚上要是把狗放在外面——准给牛虻吃了。狗身上嘛,倒是不咬,但是狗脸上,血给吸个精光,直到把狗活活咬死。"

"牛虻晚上难道也飞出来?它们——白天才出来。"瓦莲京娜讥笑道。

"一到了夏天,那儿就没黑天了!"廖瓦赶忙反唇相讥。"极夜到了。有那么些日子,太阳几乎不落山。白天晚上都亮堂堂的……有的时候,牛虻连麋鹿也吃。这可怜的家伙被围得严严实实,都不知道,该往哪儿逃。它叫着到处乱窜,最后就钻到水里,湖里,站个几天几夜。有时候,这家伙连脸都藏在水里。换口气,接着赶紧藏起来。就这么在水里站个把星期,饿得皮包骨头,最后,爬上岸就死了。苍蝇就成群地扑过来。"

"人怎么样呢?"玛丽娜问。"他们在那儿怎么活呀?"

"本地人——都习惯了。他们的血液甚至能解这种吸血小飞虫的毒。其他人——都是打猎、打鱼的,久经考验。为了挣钱,他们什么苦没吃过。那地方,也没别的什么人去。"廖瓦不再说话。

篝火周围似乎到处都变得更加沉静。夜也更深。附近的森林默然肃立。鸟儿不再啭喉,蟋蟀不再鸣叫。夜风在丛林中失了方向,你看,它迷失在黑暗中,停息了下来——直到天光发亮。平镜般的河面波光粼粼,斜映出天边最后一抹粉红色的余晖。河水倦怠地流淌着,水的流动几乎难以察觉。

"有那么一次,"廖瓦突然又来了精神,"我跟一帮看猎场的人坐着直升机,在图鲁汉斯克附近转悠,看看情况。斯大林那会儿,那儿可建了不老少的集中营!比咱们尼科利斯克旁边的要多。当时用驳船一船一船地往那儿运人。"廖瓦兴奋地挑逗着桑·桑内奇:"你想象一下,桑内奇,从莫斯科暖和的公寓,从当官的暖和的办公室——来到地球的边边儿，叶尼塞河上游，是什么滋味。冬天——冷到四十度，夏天……到了秋老虎的时候，连出来上个厕所——都是受罪，"廖瓦短促地笑了笑："就因为这，知识分子永远不会原谅斯大林！连他打赢了战争，他们都不想承认。"

"大清洗针对的不仅是知识分子。军人、农民、不可靠的公职人员……"桑·桑内奇对自己最喜欢探究的历史问题作出了回应，"斯大林天生就是篡权者，本质上就是暴君。对于这种人来说，信仰、民族属性并不重要。如果他在中国或者印度当政，也会不分种族，把人都赶到集中营。"

"社会主义倒台，是因为所有人都忘记了马克思。一个幽灵在欧洲游荡，"廖瓦笑了。"至于列宁——再过短短几十年，也会被忘得一干二净。'全世界无产者，联合起来！'——简直是痴人说梦：现在，咱们言归正传……斯大林——是个天才人物，也是实干家。他——创造了一个世界强国！他——赢得了战争！"廖瓦感慨万分，语调凝重、顿挫。

"他善于巧妙地打压敌人。这一点不可否认。"桑·桑内奇点头表示赞同。

谢尔盖一向不愿加入他们的夸夸其谈，此时也参与了进来：

"伙计们，你们怎么回事？一个劲儿地谈什么斯大林，斯大林……我，说实话，一看到我们不断抬高这个格鲁吉亚人的身价，我就真替我们，替俄罗斯人感到羞耻！就好像我们都有点脑残。"谢尔盖凑着炭火块，点燃一支香烟。所有人都盯着他，看着半明半暗之中，烟头上的红色火星，燃亮，膨胀。大家都默不作声：很显然，谢尔盖言而未尽，"今天，克里姆林宫里那些钻营之徒，取消了护照里'民族'那一栏。可是，实际生活里，民族性是取消不掉的！那个格鲁吉亚人踩着成堆的尸体窃取了俄罗斯的政权，狂妄地认为自己就是各民族人民的父亲。他想胡乱捏造出什么新制度。可俄罗斯人招他惹他了？流淌吧，鲜血！白海运河，集体化，全国各地教堂被毁……战争开始的时候呢？德国人的几十个师都越过我们国境线了，斯大林他在干嘛，指挥部队了吗，整顿国防了吗？他在睡大觉！就像部队里说的：他睡觉的时候，把自己那张丑八怪的脸都压扁了……"

"他是相信了跟德国签的条约，"廖瓦替领袖辩护着。

"相信？"谢尔盖抓住了这个字眼。"什么人他都可以出卖，他可以冲着任何人的后脑勺开枪，难道他会相信希特勒这样的骗子？这个黑毛，让整个国家陷于被动挨打的局面……我记得，我继父格里戈里·斯捷潘诺维奇说过，刚开战那会儿，他在乌克兰，还是个半大小子。他父亲是飞行员。他们的部队、机场、几十架飞机、仓库——战争第一天就被德国人炸成了炮灰。德国人进攻的头几个星期，就有几百万人丢了性命，还有几百万当了俘虏。工厂、城市——一片废墟！可是战争一拖就是四年。"

"我们的最高统帅往哪儿看呢？他所有的天才，都用在没心没肺、毫不手软的统治上了。他结束了战争？他牺牲了成千上万人的性命，只是为了快点结束战争——胜利者总是无可指摘的！他想出卖多少俄罗斯人就出卖多少。可我们呢，还给他歌功颂德。哎，我们怎么那么缺心眼！我们对异教徒，对高加索来的暴君，卑躬屈膝。我们把自己当成了牲口。似乎我们只会等着某个希律王往我们脖子上套枷锁……当然，这些禽兽从历史上是划不掉的。但是立这些人为榜样——就是自取其辱。斯大林——是个傻子。对于俄罗斯的命运来说，傻子——就是灾难！比任何一个斯拉夫的白痴都坏。"

"——你至于吗，发这么大脾气。"桑·桑内奇惊骇地说。

"谢尔盖，你骂斯大林，比骂犹太人更厉害！"廖瓦笑了。不进行任何反驳，廖瓦可受不了，于是他把自己鲜艳的红鼻头凑近了篝火："斯大林不仅维护了俄罗斯人的秩序。在他老家高加索，他也是很快把所有人都控制在自己手里。当时车臣闹得鸡飞狗跳，很快也被他搞定了。可是现在，车臣这一滩浑水，我们都蹚了好几年了。"

男人们"关于政治"无休止的争论，几乎没有触动谢尔盖身旁的玛丽娜。但是关于车臣人的话题，却刺激到了她。

多少次，她强迫自己忘记鲁斯兰，忘记他可恶的声音，"哎，美人……"，忘记他无耻的哥哥法齐尔，忘记阿赫迈德老人可怕的皱纹。但鲁斯兰请她喝的白兰地的恶心味道，法齐尔手中打火机的火光，自己醉酒后在疗养院林荫道上跌跌撞撞的身影，无法从记忆中根除干净，就连邂逅罗曼的喜悦，也无法冲淡这种记忆。她现在要是在尼科利斯克的街上偶遇大胡子的高加索人，回忆就会再度炙烤她。她会觉得恶心，会厌恶地转过头，无视路遇的高加索人，好像他们，所有这些肤色黝黑的家伙，都在得意洋洋、幸灾乐祸地看着她，都知道，她是被谁，又是怎样被玷污的。

她现在感觉，自己的脸颊被气恼和愤怒烧得通红；但在掺杂着篝火反光的一片晦暗之中，没有人分辨得清楚。

"够了！"玛丽娜突然发起脾气。"车臣，车臣，耳朵都听得嗡嗡响了！电视、广播、报纸——上面说的都是这件事。干脆让车臣分离出去，或者投颗原子弹！"

她从圆木上站起身，向泊靠着廖瓦小船的水边走去。廖瓦的平底小船很简陋，船头扎在了岸边的沙滩嘴。谢尔盖循着玛丽娜的方向，也走开了。

篝火夜话就此结束。

"咱们睡吧。明儿你们还要赶早呢，"瓦莲京娜叨唠起来。"真是的，亏你们想得出来用网捞鱼。捕鱼监督员会把人抓起来的。现在，人呐，都变坏了。大的偷猎者，永远不会关进监狱，这种小事，他们倒知道凑过来。"

"一切自有天注定。"廖瓦郑重其事地说，语气中并没有灰心丧气的意味。

"上天呐，上天似乎也不能决定一切。"桑·桑内奇讥讽道。"前些天，亚历山大神甫跟我说：'有一天，我很早就到了教堂，——他说，——离做礼拜和会众来教堂，还有好长一段时间。教堂看门的还睡着，鼾声大作。兄弟，怎么着，我说，还睡呢？万一来了小偷，怎么办？''神甫，一切自有天注定，'他回答说。'要是教堂注定要被抢或者被烧，只能听天由命。我才不去救呢。大不了把我打晕，或者更糟——把我杀了。万一……''是啊，兄弟，一切自有天注定'，亚历山大神甫表示同意。就在那一天，看门的被解雇了。"

篝火渐熄，旁边的声音也沉寂下来。黑色的人影消失了。廖瓦钻进了手工缝制的小窝棚。桑·桑内奇和瓦莲京娜则钻进了年久发白的低矮帐篷。另一座帐篷，在等着玛丽娜和谢尔盖。他们正坐在小船上。一片寂然。

霞光终于暗淡下去，夜空中繁星愈发稠密，星光愈发灿烂。倾泻而下的月光，泛着浓浓的青色，乌鲁扎河上，银光点点。近岸的白柳向平静的河面投下繁密的暗影。河的对岸，透过一片氤氲烟雾，干草垛看起来像是游牧民族的帐篷。更远处，空荡荡的草地后面，高处有零星的灯光冲破黑暗。那里，小山岗上的村子里，还有人没有入睡。

万籁俱寂。乌鲁扎河温顺地缓缓滑动，像是围裹在完美平展的钢膜里，只是这膜层在月光下显得不那么有光泽。有时，河面也泛起涟漪——那时，才看得到水的流动。一条睡醒的大鱼，在水面下扑棱棱地甩着尾巴，时而伸出头呼吸氧气，——圆形的波纹顺着河面渐渐铺展开来。很快就平复了，河水又如镜面一般平静。

玛丽娜抬起头，仰望天空的正中央，那里的星星最密集。星星可真多呀！那么大，那么亮！那里——在那里，大海之上——也有明亮、硕大的星斗，灿烂炳焕。上帝啊！与罗曼分别的最初日子，她是那么焦急地等待罗曼·卡列特尼科夫的电话！那是幸福甜蜜又度日如年的日子。家中的等待，总是提心吊胆，是一种不寻常的等待：罗曼千万别在谢尔盖在家的时候打电话来。她，当然，不会说漏嘴，但是万一激动的声音，绯红的脸颊，出卖她呢。上班的时候——就简单得多。休假回来，在建筑公司办公室里，刚开始的时候，一听到电话铃响，玛丽娜就会发抖。如果铃声响得时间比较长，声音比较闷——往往是长途电话——她的五脏六腑都会被拽起来。她会冲向邻桌的电话机，移动脚步的时候，还一边向同事们解释，让她们相信："大概，是找我的！我自己接吧！""等待"——这甜蜜的煎熬——不是无期限的。"等待"渐渐成为负担，激情慢慢消退，剩下的，只是经受折磨的心，变得疲惫不堪。

　　玛丽娜独自保守着自己的秘密。她舌根发痒，真的很痒——真的很想和女友或者瓦莲京娜分享与莫斯科大款的萍水相逢，告诉她们，自己爱上他了，为了他，自己情愿疯掉，愿意跟他到天涯海角。但她没有声张。现在就画上句号，为时尚早。所有这一切应该有某种延续。这个结应该以某种方式解开。在地球的某个地方，有个叫罗曼·卡列特尼科夫的人，一个正常的、理智的人，他一点不像坏人、混蛋，不像精神分裂者！就算他去了非洲，甚至南极洲。早晚他会解释清楚，哪怕说的最后一句话就是"永别了"。

　　"怎么了？想什么想得出神？"她满脑子都是罗曼的时候，谢尔盖突然这一问，让她措手不及。

　　"没想什么。就是想起莲卡了。第一次送她去夏令营。我们不在身边，怕是想家了，"玛丽娜答道。她沉默片刻。"明天你们不要捕鱼了。我心里总是不踏实。用网捕鱼……瓦莲京娜说的也对：万一撞上禁捕护卫队怎么办。廖瓦也不知道为什么，还带把枪。我听人说，还没到狩猎季。为什么呢？"

　　"别担心，我们到牛轭湖去。我们的网马马虎虎，我们就拖着网走一走。那种地方根本没鱼……廖瓦带枪就是装装样子。

他有持枪许可证。他有个老乡是当地护林员，是他妈娘家那个村的……咱们睡觉去吧。"

他们下船上岸，沿着篝火旁的路，去了自己的帐篷。谢尔盖抱着玛丽娜。她顺服地把头靠在他肩上。他的衣服上闻得到篝火的烟味，真好闻。或许，如果不曾和罗曼邂逅，如果不知道，也不必怀疑世界上是否真的有罗曼这么一个人存在，会更好？或许，她会活得更轻松更简单？

篝火的火力已经很微弱了。黑黢黢的炭块上，只有个别地方还看得到红色的火星蠕动。但是，它们既产生不了热量，也发不出光亮了。

太阳出来前，玛丽娜醒了睡了好几次。最开初，是廖瓦到帐篷来叫谢尔盖起床捕鱼，无意中吵到了她。

"别去了，谢廖沙。"丈夫从双人睡袋里爬出来的时候，她喃喃地恳求道。

"别担心，我们会抓几条鱼回来。我给你带些白色的睡莲。"他小声答道，说罢吻了吻她的额头。

"别去嘛！"她死乞白赖地央求着，因为睡得迷迷糊糊，她的手绵软无力，但她还是试图挽留谢尔盖。

后来，小船马达的轰鸣声又把玛丽娜从梦中惊醒，不过只有几秒钟的时间。他们为什么非要去那儿呢？毕竟危险！不过，小马达闹腾了没一会儿，声音渐稳渐弱；汽船起航了。把玛丽娜彻底吵醒的是讨厌的蚊子。那个时候，太阳已经爬得很高，阳光刺穿了已经褪色的、只略略泛黄的油布帐篷；帐篷里亮晃晃的，很闷气。纠缠不休的蚊子在耳边嗡嗡叫个不停。玛丽娜一把抓住了，小心地在手里捻死："个头儿这么小，却是个大坏蛋！"

她撩开帐篷的叉口，阳光刺眼，她眯起眼睛向外望去。

"粥已经好了，"瓦莲京娜在烧得正旺的篝火旁，亲切地向她点头示意。"你下河先洗个澡。水是温的。"

河床上点点金光闪烁。太阳已经晒暖了岸边的沙子，赤脚踩在上面，是一种享受。玛丽娜穿着泳装走进齐膝深的水中，水流柔和，带着一丝清凉，她弯下腰，掬起水，向肩膀和后背撩去。这时，传来低沉的隆隆声：远方，急流处，闪现出一个小点。是艘船。

"没准，是咱们的人回来了？"玛丽娜冲着姐姐大喊，瓦莲京娜站在水的下游，用沙子刷洗着搪瓷杯碗。

瓦莲京娜放下手中的活儿，手搭凉棚张望。

"不对。不是他们。"她肯定地说。

"他们该回来了。"

"早就该回来了。"瓦莲京娜表示赞同，说罢又埋头洗起餐具。

玛丽娜一下子回想起昨天因为捕鱼生出的奇怪的、无来由的焦虑，想起大清早她本想拦住谢尔盖。"我们怎么就放他们去了呢？真是傻娘们！"玛丽娜自嘲地想着，心里也骂着廖瓦："这个坐不住的不务正业的家伙，总是带大家干些不着调的冒险事。他没家没口的，无所谓。想晃悠到哪儿都行。"她已经没有兴致洗澡了：乌鲁扎河似乎并不友善，暗藏危机。

一个小时过去了。

然后，在毫无结果的等待中，又过了两个小时。接着，又是两个小时。日过晌午，太阳开始西坠。

"要是马达坏了，他们可以找拖船的。就算用桨划，也该划回来了。"瓦莲京娜左想也不是，右想也不对。

"万一他们拿着枪瞎闯到林子里。迷路了？"玛丽娜说出了自己的猜测。

205

"瞧你想的，这儿的林子迷不了路。牛轭湖附近没有原始森林。肯定出什么事了。难不成，成堆的鱼会往他们网里钻。难道是路上又去哪儿胡吃海喝了？"

"你家桑·桑内奇是个稳重人，正经人，不会让他们滥喝的。"

"他一个人的时候是挺正经的。可是一群男人混在一起——那就变成幼儿园了，就是他们的裤子长点儿……"

玛丽娜"哼"地冷笑了一声，她心情不好，根本笑不起来。

"……去年秋天我们乳品厂的钳工马克西姆死了。确切说，是自杀了——真实的悲惨故事，和现在的场景十分贴合。"短暂的沉默后，瓦莲京娜说："那个人脾气挺温和的，也不要无赖。那次他去打猎，打鸭子的时候，撞上了一头野猪。他就'咚'的一声把它撂倒了。他没有许可证，心想，悄悄地把野猪剁开，分好几次从林子里偷偷运出去，瞒过去算了。谁成想，偏偏撞上了林务员。马克西姆本来认个错就没事了。可他真是活见鬼了，野猪也活见鬼了，本来交个罚款就没事了，可他偏偏跑了。林务员就在后面追，朝天上放枪，让他停下来。马克西姆——也不知道是吓的，还是鬼附身，转头对着林务员就是一枪。"瓦莲京娜缓了一口气。"回到家，整个人抖得不成样子。跟他老婆说：我杀人了。她老婆急得团团转，哭得泪人似的，后来害怕了，就跑去马克西姆她妈那儿。他进了小板棚，把自己反锁起来，在那儿坐了一会儿，就开枪自杀了。"

瓦莲京娜猛地住了嘴。在随后的静默中，不时听到蠡斯在草底连叫几声，她内心的焦虑越积越重。太阳几乎已经歪到地平线上了，水面的反光变得微红。有时，太阳躲到厚厚的云层中，乌鲁扎河黯然失色，凝然不动，不知是预感到雷雨还是风暴即将来临。

玛丽娜趴在草地上，下巴垫在交叉放置的手臂上。她超然地看着河的方向，却没有眺望远方。看起来，他们是惹上麻烦了，无可挽回地惹上了,只不过,坏消息不知道在什么地方被卡住了,暂时还没有传到这里。如果这时候有人告诉玛丽娜,说谢尔盖毫发未伤,她都不会相信。她就是觉得大祸临头,她对此的想象甚至带有几分病态,完全脱离了现实——她的想象太离谱,她甚至可怕地暗自庆幸自己成了寡妇……她被这种狂野的念头诱惑着,她的思绪走得太远,她想象着自己裹着黑围巾,穿着丧服,立在丈夫的棺材边,身旁是用小拳头擦着泪眼的莲卡——她由衷地忏悔,为了她在谢尔盖面前犯下的罪,她想痛痛快快地谴责自己,煎熬自己,尽情痛哭一场。随后,她内心饱受折磨,经历了心灵净化的苦难历程,终于摆脱了丈夫死亡的阴影;按照老套路,规规矩矩守了一年的寡,不用背叛任何人,最终和罗曼走到一起……

"我们就这么坐了一整天了,连午饭都没吃,你不吃点东西?"瓦莲京娜问她。

"没胃口。"玛丽娜声音有点沙哑,腔调里透着寡妇的哀伤。

"我们喝口茶也好。干嘛为他们饿肚子!"瓦莲京娜把行军饭盒挂在篝火上方的三脚架上,往炭火里添了些枯枝。"他们要是还活着——哪儿也跑不掉,还会回来。要是没活着——那就是说,就该这样,天意如此!"她自信地大声说。然后,又突然停了下来:"再过一个小时,要是还不见他们人影——咱们就到附近的村子,找几个男人一块儿坐船去牛轭湖。"

玛丽娜没有回应,照旧趴着,下巴垫着手臂,眼望着浅流环拥的白色沙岬。瓦莲京娜对着阴燃的火炭吹了几口气,干松树枝"噗"的一声燃着了。带着松香的炊烟升起,棕红的长针叶很快就被飞动的火焰包围,噼啪作响。透过这噼噼啪啪的炸响声,从河上传来了轰隆隆的响声——是细碎而密集的发动机转动的噪声!

"他们回来了!"瓦莲京娜低声惊呼。

玛丽娜腾地一下，从地上爬起来，但随即又呆立不动，她不相信，河上真的传来期待已久、越响越大的轰鸣声。

"他们回来了！"瓦莲京娜确信无疑地重复道，大步向河岸奔去。

玛丽娜像是被冻住了，呆立在原地，心里既没有欢喜，也不感到轻松。她不相信，她想象中的所有苦难，就这样徒劳无益地结束了。难道，一切都是枉然？一切都安好？难道，没有任何必要为自己预设痛苦和折磨？对于未来所有痛苦的和甜蜜的算计，就这样完结了？

摩托艇渐渐驶近，三个男人的身影清晰可见。最后，小船急剧地拐到岸边，随着马达声渐渐停息，驶进了沙滩嘴。船头靠惯性上了岸，船底在沙地上磨得生响。玛丽娜还没有认清谢尔盖，但是突然间惊恐地意识到：他喝醉了！虽然没有分辨清他的脸，但她清清楚楚地看到了酩酊大醉的丈夫脸上特有的红斑、没精打采的眼睛、半张的嘴巴，还有变得不灵便的手——活脱脱像个草耙子……

廖瓦很可能出于自我保护的心理，留在了船上，他的卷毛脑袋快耷拉到马达上了，晃个不停。桑·桑内奇和谢尔盖笨拙地爬上岸。瓦莲京娜拿出女人骂街的高腔，大声数落自己的丈夫：

"你们是怎么答应的？打算什么时候回来？天都擦黑了！太阳马上就下山了。你们把我们，两个女人，扔在这儿……万一有人来了，怎么办？纠缠我们，怎么办？不要脸的骗子……看你喝得像头猪！看你的眼睛，真不害臊！"

"瓦利娅，干嘛犯急？我们就晚了一会会儿。遇到了廖瓦的亲人。"桑·桑内奇说得很慢，声音里都透着醉意，他嘟嘟囔囔地为自己辩护。

"亲人？我不算你的亲人？是外人吗？好你个混蛋！还是当老师的！"瓦莲京娜破口大骂。

"我现在不是老师！"桑·桑内奇犯起了倔。

玛丽娜，待着没动地方，只是盯着篝火看。但她看不明白篝火。谢尔盖向她走近的时候，她视而不见，他醉眼蒙眬的脸庞胡子拉碴，带着殷勤而歉疚的微笑，沼泽地里穿的高筒靴的靴筒儿发出啪嗒啪嗒的响动，她觉得自己身上的每一个细胞都因为厌恶而颤抖。"我……担心过……为谁担心？上帝，为谁！他本来会给我带回白色睡莲。可他背弃了我。换作了一杯烧酒！"苦涩的感觉让她一会儿发冷一会儿发热。

"你别生气，玛丽娜。事情已经这样了，"谢尔盖双手一摊，慢吞吞地说。"我们在那儿，你明白吗……"

"我全都明白！"她蛮横而轻蔑地看着他的脸，内心越来越惊恐："为了谁？"她的太阳穴嘣嘣地跳着。他让她觉得很厌恶：面部松弛，胡子零乱不齐，眼皮红肿，因为抽烟太多，嗓音也嘶哑。

"怎么啦，你别生气。"谢尔盖又慢吞吞地、含糊不清地说起来，他走近玛丽娜，伸出双手。

"走开！"她浑身颤抖，嘴唇抽搐。她看着自己的丈夫，醉醺醺的丈夫，双手污浊、眼神呆滞的丈夫，她的目光更加犀利，更加深邃……"是的！是的！是的！"在心里，她向他脸上甩出了一连串的话。"我爱罗曼！真正地爱过罗曼！现在仍然爱他！会永远爱他！而不是你……"她闻到了杂醇酒的酒气，呛人的烟草味道，她身体里不知有什么东西，仿佛完全甩离了线圈，脱离了轨道，坠入地狱。"我恨你！我恨你！"她甩开胳膊，狠狠地抽了他一个耳光。"走开！走开！走–走开–啊！"这话玛丽娜不是说出来的，而是歇斯底里地恶狠狠地从嗓子眼里憋出来的。尽管是自己让他"走开！"的，但跑开的却是她自己。篝火、帐篷、船只、人们，都离她越来越远。她沿着河岸在跑，不知道跑到了什么地方，颤抖着双唇喃喃地说着什么。

***

几个男人出去捕鱼，喝醉酒耽误回程的原因，其实简单极了。他们在牛轭湖的几个回流处布了几张小网，在河床变浅、水面较窄的地方横着拦住，来回拖网赶鱼。最后抓了两条小欧鳊鱼和一条鲈鱼。他们不愿继续白白泡在水里，就收网准备返程。这时候，碰到两个男的，正拿着鱼竿走呢，他们也已经收杆不钓了：收获是——三条梅花鲈。其中一个男的，廖瓦认出是自己的亲戚，跟他一个姓，他妈妈的表弟。他住在附近的村子。跟他一起的是他儿子，当兵的，中校，回来探亲。这两个人，廖瓦都是"多年"未见……一开始，几个人喝了一瓶桑·桑内奇带的家酿酒。后来，他们到最近的村子里又买了一升伏特加。之后又决定在岸上把他们捕钓的鱼混在一起熬鱼汤，于是几个人又赶快去了村里的商店：休假军人身上的钱暂时还够用。他们酒也喝了，用可怜的捕获物熬成的汤也喝了，是时候回家了。真不走运。摩托艇的马达转得不正常。几个人又去找工具，清洗化油器，醉醺醺地争论，问题出在哪儿，——时间就这么过去了。最后，他们想再买瓶酒：喝个上马酒。时间又过去了。感谢上帝，他们幸亏没有卸下廖瓦带来的枪的枪套子，用枪打空酒瓶玩儿；至于女人们会怎么唠叨、责骂……再说，她们什么时候满意过？她们总想着剥夺男人的意志！

男人们不合时宜的豪饮，和玛丽娜对此的反应，破坏了所有的计划。大伙儿原先还打算在乌鲁扎河边再过一夜，但现在已经不需再讨论什么，所有人默默不语，决定打道回府。离开宿营地的时候，谁都没有说话，就连话痨和大活宝廖瓦也没有张过嘴，只带着那瓶成为醉酒事件罪魁祸首的烧酒。

回城还要走一段水路——大家都坐廖瓦那艘船。玛丽娜脸色苍白，盯视着船尾一股一股的细流，日近黄昏，河水暗淡起来。扇了丈夫一记耳光后，她逃进森林，痛哭了一场。现在，横流的泪水，已经带走她的苦痛，她平静了下来反而忧心忡忡地看着谢尔盖。谢尔盖脸色阴沉，闷闷不乐的样子——他的酒劲已经过了,酒后难受的感觉还没有上来,他坐在那儿,目光呆滞,像被严酷的法庭判罪的犯人。玛丽娜觉得,他起了疑心,在她说了"我恨你!"和猛抡胳膊打了他一巴掌后,意识到了什么。她可是第一次捆他的脸。

从乌鲁扎河岸边直到进家门,玛丽娜和谢尔盖之间已经有了无法逾越的痛苦的疏离感,两人视同陌路。他们刚迈进家门——过厅里的电话响了。铃声很不寻常,声音拉得比较长——是长途。谢尔盖离电话比较近,拿起了听筒。

"您没打错……晚上好……稍等一下。"他耸耸肩,默默地把话筒递给玛丽娜。

她的脸一下子烧得通红,喉咙里因为某种奇怪的感觉而有点发痒:这里有委屈,有不平,有自怜。所有的一切,都横七竖八地释放了出来,不是按惯常的人类的方式……这是罗曼。罗曼,当然是他!她马上意识到这一点。玛丽娜把电话听筒翻转了两次,好理顺电话线,也拖延一下时间,最后才轻轻把听筒放到耳边。谢尔盖在场的时候,她什么话都不想说。幸好,他已经离开过厅——可能觉得自己在这场谈话中显得多余。玛丽娜有些犹豫地怯生生地说:

"是我。"

稍后,她很快想出一个借口:谁会打长途电话给她呢。同班同学米莎·斯托利亚罗夫。他在州府。前不久刚见过她。米莎·斯托利亚罗夫想打听他们同学奥克萨娜的地址——这个理由说得通!但其实不需要想什么借口。她和谢尔盖还是不说话。分开睡,在不同的房间。玛丽娜顺理成章地进到女儿房间,坐在孩子的空床上,今晚她就睡这儿了。在这黑暗的一天,一切都显得不寻常,具有断裂性的特征,其中也包括罗曼的电话。临睡前玛丽娜感到惶恐不安,仿佛有人会窃听到她和罗曼电话的内容。她回想着与他简短的交谈。"玛丽娜,我刚刚有机会给你打电话……后天我到尼科利斯克。'中央'酒店。我在那儿等你,十二点,大堂见。你方便吗?"

再过一天,他就会到这儿来。主啊!是他自己说的。不期而至。

11

走在自己城市的街头,前往宾馆的路,她似乎不是在走,而是在潜行;她绕行了三个街区,兜了个大圈子,以免引起别人注意……尼科利斯克——不是无拘无束的黑海海滨城市,——只是一个边缘的县城,随便什么地方,都可能出现不该出现的熟人。因为害怕有明眼人看穿自己的行踪,玛丽娜感到很郁闷,而与谢尔盖不睦造成的毒害,更胜过任何的恐惧,彻底败了今天的兴致。她原本会扑扇着翅膀,飞奔过去与罗曼约会——不管怎么样,尽管她打心眼里恼恨他,可心里也着实想他想得要命——唉,如果没有该死的钓鱼和胡闹该多好!玛丽娜甚至对自己的穿着都没有十分在意,就是日常的着装,上班时候的装扮,只有鞋子刻意穿了双新的(那是用罗曼的钱买的——算是给自己的礼物)。

玛丽娜在酒店对面,街道另一侧的十字路口收住脚步,警惕地环顾四周。酒店就位于街角的四层大楼,正面呈放射状,纪念建筑风格,宏伟却不失雅致:饰以条绺状精雕的狭窄窗口,结实强固的窗框,方形的壁柱——这一切看起来厚重而庞大,令人印象深刻。这样的建筑在尼科利斯克——屈指可数。酒店——则更少。这是最最好的一个。顶楼的窗户是宽大的半圆形;尖尖的楼顶上高耸着旗杆,一面久远得已经发污的铜质小旗,在假模假样地飘扬。

在远处云朵的衬托下,小旗愈发显得乌黑,玛丽娜的目光从纹丝不动的小旗上滑落，扫过酒店狭窄的假窗。然后她向下走近宽大的双扇门入口，接下来——踏上了辐射状台阶。无意间，她的目光被一根广告柱绊住了……她看到了罗曼！欢呼的尖叫声几乎脱口而出。她胸口有东西在震颤——就像狂风突袭时，树冠被吹得垂头弯腰，每片树叶都会摇动、颤抖，此时，玛丽娜激动得浑身战栗，仿佛她的身体里——正刮过一阵滚烫的热风。

罗曼正在仔细辨认着被涂鸦的字句弄得乌七八糟的海报，因此侧对着她。虽然他们之间还有段距离，玛丽娜可以清楚地看到，他的头发长得都碰到了灰条纹衬衫的衣领。"头发怎么留这么长？"他站在那儿，双手插在裤兜里，弓着背，像是被海报死死拽住了似的。玛丽娜惊异地盯着他。广告柱旁就站着那个颠覆了她的生活，让她朝思暮想、须臾不能释怀的人，为了这个人，她不假思索就愿意离开自己的丈夫。罗曼突然向后退了几步，离开了广告柱，消失在柱子的后面。玛丽娜情不自禁地喊了一声，仿佛他没等到她，就这么走了。

"罗曼！"玛丽娜猛地跨到马路上，想追上他。

走到路中间的时候，玛丽娜的目光在某个时刻滑过酒店的门。在半开的门扇里，她吃惊地看到了第二个罗曼。她打了个哆嗦，倒吸了一口凉气，停在了马路中间。在下一刻，她意识到，自己先前认错了人。广告柱边的那个不是罗曼，只是一个不期而遇、和罗曼长得有几分相像的人。真正的罗曼正走出酒店大门，穿着鲜亮的格子西装、红色的羊绒衫，干净清爽，发型齐整，腰杆挺直。因为意识有些恍惚，玛丽娜一时间竟不知所措，她再次顾看刚才站在广告柱旁的那个人。他——驼背，很可能已经不再年轻，乱蓬蓬的头发遮住了灰色的衬衫领。

就在玛丽娜因为辨析不清头一个和第二个罗曼而迟疑不决的时候，路口的交通信号灯变了颜色，她要么赶紧往前走，要么留在路中间等车辆都过去；她只一味地心慌意乱，却没有意识到外界的威胁，仍是心不在焉地往前走。她走了一步，两步，却又猛地跟跄后退。与此同时，几乎紧贴着她的脸，一辆轰轰作响的老旧公交车，艰难地喘着气，驶了过去，之后，金属、汽油、橡胶轮胎和灰尘的气味，像一股热浪，一齐袭来。

"糊涂蛋！往哪儿钻呢！马大哈，心思跑哪儿了！"惊险躲闪开的司机，刹住车，从驾驶室窗口里破口大骂。

玛丽娜吓呆了。狂热的大脑里有个神志不清的念头在怦怦跳动："要是我刚才被车撞了，整个县城的人都会知道，我是来找情人了"。几秒钟后，她已经被罗曼揽入怀中。他把她的手紧贴在自己脸上，亲吻着，轻声说道：

"终于见面了！我们又见面了！"

玛丽娜很难为情，试图把他拉开，远离别人的视线。她僵硬地微笑着，余惊未消。她差点被撞到车轮底下！也许，这是个征兆？警告？……罗曼会毁掉她。不会的……但愿没被人看到。

***

酒店的房间被精心收拾过，桌上摆满食物：香槟酒、糖果、果皮发亮的橘子、成串的黑葡萄。花瓶里插放着大朵的白玫瑰，三扇镜的床头柜上，一只云母盒子吸引了她的目光。盒子外面绑着鲜红丝带，里面装着高细颈罐子形状的精致小瓶。"法国香水！"玛丽娜惶恐地猜测："这盒子看起来太像礼盒了。我不能收。太贵重了！我怎么可能有这样的东西？"

按当地标准，酒店的这个房间可以视为豪华间：客房宽敞，两侧通透，一台大屏幕电视，家具结实、厚重——像这个茶几，在上面跳舞都没事，床头厚厚的靠背上钉着金属卡钉——永远散发着房客们留下的烟草味的安乐椅和沙发。房间里有些老旧的物品，让人感觉很舒服：配以东方装饰图案的褪色挂毯，彩色雕花粗板条镶边的艾瓦佐夫斯基的画，带图案的毛织无绒头双面地毯，颜色也已经褪去。关窗闭户的时候，这里很雅静。

他们在这里已经独处了一会儿，但还是不知道哪里不对劲。玛丽娜不信任地看着四周，熟悉着环境，倾听着旁边的声音，防备着什么。罗曼开了一瓶香槟，提议为"重逢"干杯！但这无济于事，既没有让她感到放松，也没有让她集中起精神。他谈到自己在火车上度过不眠之夜，他觉得莫斯科和尼科利斯克的空气不同——这里的大气更浓重，更干净。她只是听着，没有打断他，也没有问起任何事。他请她吃糖，喝酒，她对此只是简单地回答"谢谢"，看着他忙活，说些无关紧要的话。通常，只有过生日的"寿星老"，因为不了解客人口味，但真心希望所有来客感到满意时，才会如此热心。

罗曼，可能也觉出他们眼下的陌生感，想尽快拉近彼此的距离。他跪在她坐着的沙发旁，一把抱住她——不是程式化的，而是紧紧地拥抱，他急促地喘息着，低语道：

"我太幸福了，玛丽娜。我们终于可以好好地接吻了。这么多天我好想你！"

玛丽娜既没有与他亲热的需求，也没有这样的愿望——她只是刚刚重新熟悉了罗曼：闻出他头发的味道，认出他刮得无可挑剔的平滑的脸颊，柔软的嘴唇。"装模作样是愚蠢的。他多么温柔"，她说服了自己，紧紧地抱住罗曼的脖子。她把自己给了他，没有欺骗，没有激情，有一些牺牲。她仍然是尼科利斯克的玛丽娜——而非身处南方的玛丽娜。罗曼似乎没有觉察。他沉浸在自己的喜悦中。甚至那些情话，他更像说给自己——而不是玛丽娜听的。

"罗曼，亲爱的，"几分钟后，玛丽娜叫着他的名字。（他们躺在床上，她的头——倚着他的肩。）"如果我离婚。你会娶我吗？"

房间里的一切似乎都僵住了：窗前厚厚的窗帘，让静寂变得更加沉闷，花瓶里的花凝神屏息，弹簧床一动也不动。罗曼断续地深吸了两口气，把玛丽娜更紧地抱在自己身前：

"您……你的意思是……你和你丈夫已经无可挽回了？"

"是的。"玛丽娜耳语道。

"那你女儿呢？"

"女儿跟我。还能跟谁？我是母亲。"

"你丈夫全都知道了？"他的重点放在了"全都"一词。

"是的。"

"他知道我吗？"

她停顿了一下，然后低声道：

"知道你。"

有一次，玛丽娜在餐厅考验过罗曼，她当时挑逗他说："如果我现在请求您喝伏特加，您会怎么办？"他当之无愧地经受住了这次相当令人气恼的考验。他没有回避，也没有用玩笑话敷衍了事，而是认认真真地想满足玛丽娜的要求，借此强调她的要求的重要性。现在呢？现在他会怎么做？柳芭莎曾经给她出过主意，教她如何区分真假情感——真爱，就是想和你结婚……这一刻，玛丽娜完全不觉得，自己是在矫情。

她坚信自己提出的这个想法，她一门心思只想知道罗曼的爱的真相。罗曼的爱现在是否存在？是否曾经有过？他的爱是否只是心血来潮，一时兴起？还是说，一切都是真实的，崇高的，坚定的……在某个瞬间，玛丽娜又一次被兴奋和热情冲昏了头脑，她再度濒于那诱人的边缘：如果他对她说，"你是我的！我真幸福！我爱你！"这个世界就会地覆天翻；而她，会不顾一切冲进幸福的漩涡，"罗曼，亲爱的！我们快点离开这里！我不能没有你！然后，一切都会得到解决，一切最后归于平静。最重要的是——迈出第一步！"但罗曼不急于说什么！他可能想在心里和自己，或者别的什么人，解释清楚。玛丽娜也沉默着，倾听着沉思中罗曼的缄默。

"最近几天，"他认真地、谨慎地开了口，"我就得走……"

"不用回答了！拜托，不要再说了，"玛丽娜打断了他。"我是在逗乐，够了。"

他突然抬起头，看着玛丽娜的脸，迅速、果断地说：

"跟我一起走！跟我一起去莫斯科！我给你买个公寓，我会安置你和你女儿。我丝毫没有后悔。我来找你了。我是插着翅膀飞到你这儿来的！"

但是，面对事情的急剧转变，玛丽娜不为所动，没有被这如旋风一般不着边际的空谈裹挟而去。

"等等，罗曼，等等。告诉我说实话，"她再次打断了他。"你的女秘书伊琳娜，是你情妇吗？"

"不是！她不是我的什么情妇！你从何谈起？我让她转告你，我当时来不了。"

"那她呢？那个然娜？一个劲儿打电话让你去南方的然娜？她是你情妇吗？"

"这关然娜什么事？"罗曼突然激动起来。

"她是你情妇吗？"玛丽娜明明白白重问了一遍，一副打破沙锅问到底的架势。

"这里不关然娜的事！和她有什么关系！"罗曼眉头紧锁，有些愤愤然，却没有直接作出回答。

"你说的，我们一起走，"玛丽娜叹了口气。"在你的莫斯科，我算你什么人？'二奶'？还是'三奶'？还是被大款包养的女人？"他们坐在床上，面面相对。"你到这儿来。你善良，慷慨。可这两个月你去哪儿了？我一直在等你，受尽煎熬，起初我总是哭，差点没发疯。你呢——突然蒸发了，消失了……我不需要任何辩解，我只是罪有应得.。甜点和橘子是填不饱肚子的。游戏已经结束了，在南方就已经结束了。那里是合适的地方，有合适的条件。在这儿，生活已经不一样了。也许，本来就不应该……"她话没有说完，却也不敢说出来，他们其实不应该见面，彼此不再相见，他们幸福甜蜜的南方记忆会牢牢印在心里。

"我不希望跟你说这些，"罗曼垂下眼睛。"我的心不是不想来，而我的人确实来不了。这段时间我一直被羁押，接受调查。父亲死后，有人翻出一桩刑事旧案，想把我关起来。都是因为钱。父亲的债务，兄弟纷争……"

"你进监狱了？"玛丽娜盯住他的眼睛，颇感惊异。"这阵子你真的一直在监狱里？"

"没办法，只能待在那儿。"他把目光移向别处。

又是沉默。玛丽娜安静下来，像是对前不久罗曼的不幸遭遇深表同情。他似乎也希望得到宽宥、同情。但玛丽娜的温顺只有片刻之功。很快，她的声音里又夹枪带棒：

"瞧见没……我能去哪儿？万一明天你又被抓回监狱？尽管这不公平，有人诽谤，但是——你又进了监狱？我能去哪儿？谁会要我？"

"我们可以出国！"罗曼脱口而出。"在那儿没人会碰我们！"

"上帝！你说什么呢！出什么国？你出国是家常便饭，可我呢？你想想我！还有我的莲卡？她算你什么人呢？况且，你还有……"她迟疑了一下。"国外你已经有个家了……罗曼，请你把身子转过去。我要穿衣服了。我得走了。"

酒店客房里的这间大房，现在看起来，显得有些荒唐和俗气。玛丽娜简直不敢相信，这一切就发生在尼科利斯克，自己的家门口。她急着想离开酒店，冲到大街上，阳光下。厚重的窗帘还拉着，阳光从狭窄的缝隙流进窗口。她再次背叛了丈夫，和自己的情人躺在酒店的床上。就是这样，她用有些下贱的方式，报复了丈夫钓鱼喝酒的过错。放在笨重的三扇镜床头柜上的香水，她没有要。她抢在罗曼前面说：

"这太贵重了。我不想被人怀疑。"

"既然你丈夫已经知道了一切……"

"不，他什么都不知道。对不起，刚才只是和你开了个玩笑。我骗了你，原谅我。我的生活没有任何改变。"

他们在酒店大堂分的手。到了这里，他们之间还保留着拘谨和生涩，一如他们此次重逢之初。

"我们还会再见吗？"罗曼问。

"不知道。听天由命吧……现在，你也走吧，罗曼。你来的不是时候。别送了。我们的县城很小……"她转身走向出口。

刚走出几步，在酒店的楼梯上，她在心里开始大骂自己，为什么没有和他拥抱吻别。就这么冷若冰霜、糊里糊涂地分了手。她毕竟爱他！可是爱情让人变得愚蠢！不过，玛丽娜还是在自己身上找到了勇气：不知是出于自尊，还是因为无情——她没有回身，也没有回头。也许，罗曼自己，会打破了她的禁令，从后面追上来，一把抓住她的肩膀，搂紧她，永远不会把她交到任何人手里。她离开了，既希望又害怕他追过来。她走了，腰有点前倾，因为她想细听自己身后行人的脚步声。罗曼没有追上来。

走过几个街区，在街的拐角里，玛丽娜转过身。酒店宏大的建筑，像是在十字路口内划出的内切半圆，楼顶上三叉小旗已经消失在远处——那里，在尼科利斯克这幢著名的高楼内，落寞的罗曼独自留了下来。那个罗曼·卡列特尼科夫！就是他。他就在这里，在这座城市里，近在咫尺，几分钟内，就可以走过去，跑过去。但她离开了！她心乱如麻，迷惑茫然：罗曼，那个极像他的人，险些轧到她的公交车，出国的建议，再次背叛谢尔盖的耻辱，所有人都可能知道这位莫斯科来客的担心，所有的一切混杂在一起。玛丽娜觉得疲惫得要命。

回家的路，她不是走过去的——而是拖着脚步挨过去的。她什么都不愿意去想，也不愿意回想。她只想忘却，她想时光倒流，自己还是一个心灵纯净的小女孩，她想时光快进，自己已然成为心如止水的老妇。现在，她只能把脸埋进女儿床上的枕头里。

一年只有一次，莫斯科被打扮得如此漂亮，显得如此友善——即使在新年，它也不曾像这一天，这样敞开胸怀，这样熙来攘往，雄壮的乐曲响彻全城，到处插着彩旗，拉着横幅，商店的橱窗和楼房的玻璃擦得锃亮，春天复苏的椴树、枫树、杨树披上了新绿，草坪和花坛里的郁金香开得红火，香气袭人。就像在梦中：每个人无一例外地绽放着笑容，和善热诚；他们的眼中闪动着梦想，仿佛这梦想眼看就要实现。他们讲话的声音热情洋溢，音调里透着喜庆，音高也超过平日。年幼的罗曼当时尚不谙世事，但他的理解是这样的：万一他没跟上父亲的脚步，迷了路，走失在游行队伍中，也没什么大不了的——四周到处都是如此灿烂的脸！他甚至连哭的欲望都没有。

十月革命节的时候，红场上也有游行，但那个节日让人觉得严肃、冰冷——无论是人的心情还是天气。人们似乎都端着一点点架子，不苟言笑。小罗曼不喜欢那个节日，更准确地说，他还没有能力将之和五一节进行比较。五一节的时候，他心里充斥着幸福感。他不知道，这种幸福感缘自何处，因为，总的来说，没有什么不寻常的事情发生：没有稀奇古怪的礼物或者令人开心的好吃东西，——但就是觉得幸福。生命中真正的、第一个幸福感！

节日前夕，小罗曼的心里就萌动着欢乐。他围着妈妈转来转去，妈妈在为他熨烫黑裤子、白衬衫、白袜子，妈妈一定还要用熨斗在他擦鼻子的手帕上熨几趟，熨完随即塞进他的裤袋。有时候，如果天气允许，妈妈还会为他准备蓝色短裤和黄色的齐膝紧口长袜。小罗曼的整个行头，妈妈分别挂在他床前椅子的椅背上。黑色鞋子他擦得干干净净，自己身上却被鞋油蹭得脏兮兮，他拿着鞋刷拉来扯去,直到鞋子上出现亮光。他真想现在就穿上熨好的衣服、刷好的鞋子,但还是忍住了。他毫无睡意,不安分地在屋里转来转去——本来应该早点上床睡觉,因为第二天要起个大早,天一亮就得起。尽管不情愿,小罗曼还是说服自己,爬上了床。但是躺了半天都没睡着,一直凝视着窗口。窗外的莫斯科和他一起,为了明天种种难忘的感想做着准备。

小罗曼总是跟着父亲参加游行。母亲留在家里,准备去郊外的东西,因为游行后,全家人会一起去巴尔维哈,卡列特尼科夫家的别墅就建在那儿。节日的早晨,父亲也显得不寻常,虽然平时他几乎总是穿着浅色的衬衫,打着领带,为了参加这项活动,他一定会穿件崭新的衬衫,系条崭新的领带,有时候——还戴顶新帽子,他也是非常郑重其事地迎接五一节和即将到来的红场游行;父亲是部委工作人员,享有从克里姆林宫墙一侧的贵宾观礼台观看节日游行方队的特权。这一天,他会一直显得很善意,不会埋怨妈妈,不会冲他的司机发火,也不会用脏话骂人。

在出门走向欢乐的街道前,要吃一顿有橙汁和巧克力的节日早餐。家里的巧克力糖没有断过,但是一大早,吃早餐时,小罗曼的面前突然冒出一高脚盘的松露巧克力糖——这样的事可不常有。父亲在端起可可茶,吃炸面包块、火腿、奶酪前,会举起一大杯白兰地说句"节日快乐!",然后津津有味地嚼着厚厚的柠檬圈佐酒。耳听得这酸倒牙的东西在父亲嘴里不时地嘎吱作响,小罗曼惊讶地看着父亲的嘴:他哪里来的好胃口,居然就这么生嚼了下去。此时,母亲看着父亲,眼中似乎也充满了赞赏。

拿起准备好的吹得鼓腾腾的彩色气球和丝绸小旗,小罗曼和父亲走上街头——他们住在大布朗纳亚街——穿过一条小巷,就可以走到艺术剧院对面的特维尔林荫环道。莫斯科高尔基模范艺术剧院——是座四四方方的建筑,没有窗户,枯燥乏味——总给小罗曼一种不信任感。他觉得,似乎在那里,盲墙背后,真的有一些戴着假发、穿着长礼服的大胡子男人和女人在做着见不得光的恶行，干些大人们不会教给孩子们的勾当，这一切不是舞台上的假戏，而是生活里的真事。

他们沿着特维尔林荫环道和高尔基大街（当时没有人想到，这条大街日后会被还以旧称——特维尔大街），曲里拐弯地走到了克里姆林宫。选择这条路线不无原因：高尔基大街是首都最光鲜亮丽的街道，被打扫得纤尘不染。

父子俩沿着特维尔林荫环道前行。时间尚早，旭日金色的光华，从椴树树顶滑过。这里已是人山人海，人们打扮得很漂亮，兴高采烈地牵着气球，捧着大朵的纸花，举着旗帜。旗帜上画的鸽子显得格外纯白，就连当地的野生鸽子、瓦灰鸽子，仿佛也在过节，一改往日里在人眼前乱晃的做派，这个早晨，它们摇摇晃晃但彬彬有礼地踱来踱去，不时骄傲地发出几声哨音，也不惧怕往来的行人。

小罗曼和父亲从林荫环拐到了高尔基大街。街的对面，站立着普希金；普希金一如往昔的忧郁而若有所思。小罗曼不喜欢这个纪念像；普希金也不满地看着五一节的盛况，根本搞不懂这是什么节日！但是，小罗曼激动地期待着见到尤里·多尔戈鲁基的纪念像。健硕的大公顶盔贯甲，伸出强有力的手，指明正确的道路：就是在这里，我们将打败敌人！对面，隔着一条街，一幢重要的建筑（莫斯科市苏维埃大楼——父亲说的）上旗帜飘扬，楼体上雕刻有列宁纪念像。小罗曼总觉得，即使列宁真的从雕刻像中脱身而出，尽管列宁的头像占据了各处的宣传画，就但相较于五一节，他还是更喜欢横枪立马的俄罗斯勇士。

四面八方的乐曲声不绝于耳：时而听闻铜管乐队的现场演奏；时而从便携式录音机里传来欢快的歌曲，时而有用彩色胶合板伪装成小装甲车的模样、样子很搞笑的卡车，载着扩音音箱，一路播放着雄壮的进行曲而去。这些歌曲的歌词，小罗曼熟稔于心，他伴着大喇叭里激昂的乐曲无声地唱了起来。

黎明曙光照遍四方，
照着克拉姆林宫城墙，
无边无际苏维埃大地，
起来迎接太阳！

一路上他大张着嘴巴，左右顾盼，兴奋的目光往来跳跃，一会儿看看气球，一会儿瞧瞧穿着白色围裙的女少先队员手里白杨树枝上的绿叶。他向着在巷子里列好队伍的游行方队飞奔，闯入了如林的旗阵，屏住呼吸，紧张地看体操运动员在蹦床上翻腾、跳跃、折斤斗，蹦床就架设在卡车上，他们可能在热身，主要的动作会在列宁墓前表演，那里的观礼台上将站立着胸前挂满星形奖章的宽肩老伯伯们。脚步一步步接近红场的时候，小罗曼变得越来越欣喜，因为他预感到将有盛大的游行队伍通过，预感到举国同庆的时刻即将到来，人们高喊着"万岁！"，如雷的欢声从克里姆林宫钟楼的墙下奔涌而出。对于宏大事件的预感产生的快乐，相较于事件本身带来的喜悦，会更长久地留在他的记忆里。正如观看五一游行的路途上，一路相伴的不由自主的喜悦、轻灵的快乐，胜过观看游行本身带来的欣喜。

他和父亲从红场回来的时候，都累坏了。小罗曼的耳边仍回响着播音员真切的声音、乐队震天的进行曲、如潮般的"万岁！"，眼前如万花筒一般，变换着举着旗帜和横幅、衣着亮丽的人们的样子。去别墅的路上，小罗曼躺在父亲公车的后座上，枕着母亲的双膝，沉沉睡去了。

……罗曼勉强睁开眼睛，童年留下的有关过去游行活动的梦境，消失了。他刚才靠着酒店房间的椅子打了个瞌睡。昨晚，在来尼科利斯克的火车上，罗曼几乎没睡。这趟车没有软卧，他只好睡在普通包厢的上铺，闷得要死。再加上，同包厢的几个建筑工人，在莫斯科挣了点外快，喝了大半夜的伏特加酒，打牌，争论"要命的关紧事"，哈哈哈地暴笑，讲笑话，还友好地招呼罗曼和他们一起。但是，无论闷热，还是不安分的同路人，都没有妨碍到罗曼，——他全然没有睡意。即使当时没有任何声息，即使当时他正在五星级宾馆安享舒适，也未必能熟睡得很久，他，和小时候一样，总能敏锐而甜蜜地预感着即将发生的事件，预感着即将到来的幸福。

"我们还会再见面吗？""不知道。听天由命吧"。玛丽娜的这些话显得令人难以置信，和她的这次重逢，从头到尾都像是虚幻的，和他刚才打盹时梦见五一节游行一样，只是一场幻梦而已。在漫长枯燥的监禁中，他日日夜夜都梦想着这次重逢。但是，相逢的时刻到了，却仿佛未曾相逢。摆放着未饮完的香槟酒杯的桌子、皱巴巴的床铺、拉严的窗帘———一切都像在他的幻境中。或许，梦影一如既往地在捉弄他，开了一个残酷的玩笑。要他接受和相信，从此什么也不会发生，再没有什么可以期待的，他做不到。罗曼的太阳穴开始发疼，脑子里嗡嗡作响。他想即刻就扑到电话机上，把玛丽娜叫回来，向她解释清楚，央求她……或者干脆大喊出来，让自己彻底醒来。

罗曼感到胸口一阵刺痛，他觉得憋气，于是撑着扶手，从椅子上站起来。被抑郁和睡眠不足折磨得不堪重负的他，走到窗前，拉开了窗帘。

房间里有扇门，可以通到狭窄的、基本上就是个装饰的阳台上。罗曼吃力地拉开门上的插销，走进这片被水泥栏杆围起的狭小空间。栏杆上斑斑驳驳，脱落了许多灰泥，栏杆柱被严重损毁，隐约露出了里面的钢筋。阳台面朝一条小巷，而非主街。阳台下面，酒店的院子里，有几个垃圾桶，飘散着苦涩、呛人的烟雾——可能是有人故意放火焚烧垃圾，但垃圾并没有烧起来，只是在阴燃，冒着滚滚浓烟。阳台不远处，有锈迹斑斑的防火逃生楼梯，从楼顶直通地面。楼梯扭曲的影子映在外墙上，俨然如与逃生梯并排而立的第二个楼梯。日头尚高。因此，从阳台上，可以看到部分城区：灰色的砖楼，挺拔的白杨树，杂草丛生的长栅栏，厂房上的烟囱。在这一切的上方，弥漫着一层犹如蒸汽的浅灰色薄雾——不知是因为暑热，还是被风和汽车从一条轧坏的道路上扬起的淡淡轻尘。

罗曼回到房间，打电话给酒店前台。他调整好情绪问：可以替我订张去莫斯科的火车票吗？最近一趟车的。弦外有音的前台女接待员的声音里，带着一丝阴险："还想要什么！"她告诉罗曼，酒店不提供这种服务，只有火车站出售火车票，而且需要出示护照。

"您需要预订去车站的出租车吗？"

"谢谢，不劳费心。"

罗曼挂了电话，心不在焉地约摸了一下路程，决定徒步前往车站，正好顺道看看市容。早晨，他是打车来的酒店——车程并不长。司机是个爱聊天的年轻小伙子，一路上既打听莫斯科的情况，也介绍了一下尼科利斯克，说这里分新城和老城，两部分的分界线正好横跨乌鲁扎河。乌鲁扎河的水量现在少了许多。

"前不久，这条河还可以通航。可以用驳船运碎石。"

罗曼穿行在并不宽阔、空空荡荡、死气沉沉的街道上。街两侧有些两层木楼，边镶板条、上覆薄板，板条和薄板的颜色有些发乌。穿过这条街，罗曼来到河边。乌鲁扎河像一条灰色的带子，两侧的沙滩像是带子的镶边，河水仿佛就夹在这两道镶边之间，一动不动，直至最后干涸。河的那岸就是老城。带烟囱的低矮房屋、菜园里的温室、宅院后面的马铃薯地——他的目光没有被任何东西吸引，只是一味地朝向远方，直望到那树木繁茂的地平线。新城的面貌也没有让人眼前一亮的感觉，罗曼的视线主要聚焦于蓝色穹顶的红砖教堂上高耸的十字架。河边的道路正好通往这幢教堂建筑，罗曼信步前往。

"好心人，怎么不进教堂？神甫刚来，正巧要做晚祷。你不会是异教徒吧。欢迎！"一个矮小的男人从教堂门口的一群乞丐中走出来，凑向罗曼，他的声音像锥子一样尖利，带着挖苦和讥讽。

起初，罗曼并没有在意自己面前冒出来的这个低矮男人，甚至还回头看了看：附近有没有其他人，似乎这话是对旁人说的。但随后他开始打量这个矮个子。他脸上长满灰白的胡子，像刺猬一样，灰白的眉毛——向上撅着。眼眶周围布满皱纹，黑眼睛里——闪动着善打好斗者的凶光。他穿着件不起眼的深色毛衣，裤子肥大，显然不合尺寸，一双白色运动鞋破破烂烂。小个子并没有伸手乞讨，虽然没有语言，没有行乞的动作，但俨然是想得到施舍的架势——在教堂围栏边，在喜悦基督的人众中闲逛，总不会没有原因——罗曼掏出钱递给他。小个子恭敬地接过来，鞠了躬，在自己身上画了个十字。再开口时，他的语气已经显得友好，但并没有掩饰对自己略略急躁的脾气的得意：

"好心人，你不是本地的吧。打哪儿来啊？"

"您怎么知道，我不是本地人？"

"看鸟儿怎么飞，就知道是什么鸟儿。我以前在鞋厂干过，那时候工厂还没把人都赶跑。你脚上这双鞋名贵得很。我们这儿只有当官的才穿得起这么漂亮的鞋。不过他们才不会走路来。上好的皮子，很贵吧？"

罗曼瞥了一眼自己的鞋子——精细的棕色亮皮制成，侧面装饰着闪亮的金扣，他说：

"不管贵不贵，鞋子总是要买的。"

小个子嘲弄地哈哈大笑起来。

"我从莫斯科来。"罗曼补充道。

"从莫斯科市里来的？"

"从莫斯科市里。"

小个子摇摇头，提出一个很晦涩的问题：

"好心人，你不信我们的主耶稣基督吧？"

罗曼耸耸肩，不置可否地沉默着。

"你不说，也是明摆的事，好心人！"小个子突然活跃起来。"对于穷人来说，摆在我们主耶稣基督圣像前的微弱蜡烛光——就是莫大的欣慰。就是喜悦，是如释重负！有钱人呢，一根蜡烛难道能慰藉他们的心灵？他们的喜悦——是躺在黄金堆里，用铲子划拉钱财……当官的都不来教堂，甭管他当的是什么官。他们的乐趣是——权力，对别人发号施令，挖苦东正教教徒。如果没有主耶稣基督，穷人简直寸步难行。只有可怜的穷苦人才真的为上帝喜悦！"

小个子再次迅速地画了个十字，转身走向教堂门口，走向那群叫花子模样的人。这些人里：有个老头儿，头发白得已经发黄，似乎是喝醉了，摇头晃脑；还有两个女人，其中一个年龄偏大，但行动敏捷，胖乎乎的手没有闲的时候，另一个——还很年轻，看起来十分羸弱，眼睛和嘴巴都是半张的——当罗曼的身子和他们并排的时候，他们像是得到了命令，一起嘟嘟囔囔地恳求着什么。他又去掏自己的钱包，然后把钱塞到一只伸过来的丰满的手中，那是那老女人的手：

"你们大家分了吧。"说罢迅速转身离去。

"上帝保佑！上帝保佑！"他听到身后有人忙不迭地说着。

在一个立着几幢赫鲁晓夫时代楼房的院子里，罗曼有点分不清方向了。他遇到一群流浪狗，它们毛色不同，个头小的——没达克斯狗高，个头大的——像牧羊犬。它们睁着杂种狗的大眼睛，讨好地看着他，嗅了一会儿，然后像是咧嘴笑了一下，纷纷跑开了。也许是天热的缘故，几幢楼的单元门都大敞着，门扇几乎全被摔坏，歪斜在一边；楼门口没有装对讲机；黑洞洞的单元口里，隐隐显露出满是划痕、被画得乌七八糟的墙壁，砸坏的邮箱和蒙了一层灰尘的暖气片。

走近一个单元门的时候，一个男人喊住了罗曼·卡列特尼科夫：

"嘿，伙计，借个火！"

"我没火柴。"

"不抽烟吗?"

"不抽。"

"爱护身体?别他妈的爱护了!开抽吧!你们这个岁数,正是吸毒的好时光,可你连尼古丁还没享受过。"

这个男子,眉飞色舞,醉意朦胧,赤脚穿着拖鞋,身上的紧身运动裤的"膝盖"部分,歪扭在一边,光溜溜的身上——只披了件夹克。

"喏,您给自己买个打火机吧。"罗曼给了他十卢布。

"你什么意思,疯了?我问你要钱了吗?我问你要的是火柴!"男人火了,气急败坏,一副要闹事的架势,罗曼急忙走开。"给我塞钱。我他妈的稀罕他的钱!"背后传来那男人的声音。

罗曼好不容易才找到尼科利斯克的中心广场。广场上有一幢带圆柱的房子,看样子,是"城市管理堡垒"的所在。广场上矗立着马克思纪念像。留着浓密大胡子的无产阶级学说创始人,像个大脑门怪物,把半截沉甸甸的铸铁身子,压在基座上。因为底座镶面的石板有几处残缺,纪念像看起来像是被废弃的,虽说它依然立在广场的中央,被种植着黄色、紫色的蝴蝶花的花坛簇拥着。"他们还不如把纪念像从这儿清理掉!"罗曼愤懑地想。"既没有意义,也不美观!"

电线杆上到处张挂着被扯得半半截截、印有某候选人照片和口号的宣传单,提醒着人们,这里前不久刚刚进行了州政府选举。广场附近的长胶合板上,红晃晃的一片,不知写的算是口号、标语还是警示:"俄罗斯的命运——就是我们的命运!""当然啦,不可能是洪都拉斯的命运",罗曼的心绪依旧烦闷躁乱。

罗曼听了别人的建议,抄了近道——穿过满是"乡下"房子的狭窄街道——去的车站。车站的景象,有一些梦幻的感觉。几乎见不到什么人。房子的窗户被门前花圃里的花楸果和槐树遮挡住。空气中弥漫着路边草丛特有的尘沙味道。不知什么地方传来咯咯的母鸡叫声。有时，在黯然失色的栅栏板条间隙中，会现出一张狗脸，狂吠不已——这种叫声没有侵略性，只是虚张声势而已，威吓一下路人。

一座房子旁栅栏后传出孩子绝望的叫声、哭喊声，和一个女人歇斯底里的声音：

"看你还敢不敢！看你还敢不敢！"

栅栏不高——罗曼瞥见一个穿着睡袍、披头散发、牙齿外翻的年轻红脸女人，还有一个赤条条的淡黄头发的半大小子，那女人死死拽着孩子的胳膊，用抹布抽打他屁股、后背和男孩用来遮挡的另一只手臂。男孩子大声叫喊，扯着嗓子嚎叫，而女人，显然是他的母亲，反而变本加厉，更加大声尖叫着："看你还敢不敢！看你还敢不敢！"边说边用抹布狠狠地抽打。

罗曼转过身；他的喉咙突然被泪水哽咽了。他心疼那被痛打的眼泪汪汪的男孩，也心疼这个穿着洗破的睡袍、异常激动、情绪失控的女人，心疼得要命；不知道为什么，他突然可怜起自己，锥心泣血地可怜沦落在此——一个陌生的遥远城市——的自己。但是，任何的怜悯都无法和令人丧失一切能力的无能为力相提并论："玛丽娜……为什么会这样？我为什么把你留在这里？为什么呢？……真的永远地留在这儿吗？"

***

下一班去莫斯科的火车，深夜出发。包厢票已经售罄，普通硬卧——也只剩下紧挨厕所的上铺。在售票处窗口这儿，罗曼还闹出点小尴尬，他身上的钱——卢布——不够。信用卡无处可用：尼科利斯克没有自动取款机，火车站也找不到外币兑换处。开"莫斯科人"的黑车司机答应给他换一百美元，汇率低得简直像抢劫。罗曼并不介意。换外汇的人举着美钞对着光看了好半天，指头上蘸着唾液，在美国总统肖像上摩挲了一会儿，问了三次："不会是假的吧？你没扯谎？"后来，还是这位外汇倒爷把罗曼从车站送回了酒店。

酒店走廊里站着一名警察。楼层服务员一面指着罗曼的房间——不知道为什么房门是大开的，一面向警官大声解释着什么。一股寒气掠过罗曼的背部。"怎么了，他们怎么来了，想在这儿提审我？"一些错乱的念头钻进他的脑子。他现在多少有些怕看见警服。在监狱里待了几个星期，毕竟没有白待：铁窗，门闩，铁丝网，"手背后！"……

"这是您的房间吗？"大尉警察队长问道。

"是他！就是他，警察同志。他住进来的时候，我在场。"服务员抢在罗曼前面，机关枪一样嗒嗒嗒地说开了。她是个头发浓密蓬松、满脸皱纹的小个子；她似乎急不可耐地要从自己身上推卸某些罪责。

"他早上到的！嗯，是的！还有个女人找过他。"

"出什么事了？"罗曼问。

"您的房间被盗了，卡列特尼科夫公民，"大尉冷漠地说。"有人沿着防火逃生楼梯爬上来，然后——从阳台进入房间。小偷离开的时候，被保洁员发现。但没有跟踪抓住小偷。"

"必须关阳台的！为什么不关阳台门就走了？是你自己的责任。我们可盯不住所有人！"服务员又嗒嗒嗒地说开了。

罗曼故意转过身，打断了她和警察的谈话，以示抗议。

"走吧，卡列特尼科夫公民，到房间里去。我们录份口供：看看什么东西遗失了。"大尉疲惫地说，脱下他的警帽，露出长长的头发。

"他为什么不理发呢？留这样的发型带着大檐帽多热呀。难道工资太低，没钱理发？"罗曼胡思乱想着，一边观察着大尉。他伏在桌上，把香槟瓶、花瓶推到一边，摊开了纸。

片刻之后，他不紧不慢地在纸上列出了遗失财物清单，当然，预先会询问一下罗曼：

"包是什么颜色？……播放器……'索尼'的？……您刚才说叫什么来着：记事簿？……证件包里有多少钱？七百？七百卢布？美元？"大尉吃惊地摇摇头，接着问：

"来看你的那个女人，是谁？"

罗曼僵住了。无论如何也不能说！关于她只字不能提！

"她是谁？"警察放慢了语速。"您可以不回答……"他继续冷漠地问下去："记不记得从车站送您到酒店的司机的名字？他和您聊些什么？您告诉他是从莫斯科来的吗？……贼有可能是您自己招来的。莫斯科人有钱，我们这儿的人对莫斯科人没好感。"

"为什么没好感？"

"为什么要对你们有好感呢？"大尉的声音里流露出一丝丝盎然的兴味。他理了理滑落到眼前的长刘海，向后靠在椅背上，用一种强硬的声调毫不妥协地反复道："为什么要对你们有好感呢？"

罗曼再次沉默。大尉又一次不要求他做出回答，何况这个回答越发远离了眼前的笔录。

"猪，没有属性，没有种性，莫斯科和它一样，"警察的声音像灌了铅一般沉重。"猪的食盆里永远装满东西。食盆稍微有一点点空，它就会和鸡抢食吃，见谁抢谁……现在整个俄罗斯都被莫斯科抢穷了！莫斯科来的什么狗屁小混混几乎没花钱，就把我们的工厂买走了。以前那是个七千人的大厂，现在就养活了二百来人。我是抓小偷的。可是莫斯科专产小偷，祸害整个俄罗斯……监狱里，人满为患，隔离侦讯室里挤得喘不过气，三个人挤一张铺。最好用炉子把没用的人统统烧掉，这是莫斯科想出来的办法，就和奥斯威辛集中营一样。"警察神情的变化愈发明显；刚才他看起来脸色苍白，疲惫不堪——现在却像是一下子活了过来，神采飞扬，目光中充满自信。"九一年那会儿，莫斯科所有的人渣，和那个酒鬼叶利钦一起蹦跶起来。然后，数以百万计的人，成了没有祖国的人。"

"不需要录任何口供！"罗曼打断了他。"我不会书面报案的。您就当我什么都没丢好啦。"他又用恳求的语气补充说："出发前我想休息一会儿。对不起，我想静一静。"

夕阳西下。罗曼从房间的窗口已经无法直接看到落日——只看得到酒店对面的九层砖楼最高层的窗玻璃上，有红色的余晖反照。

罗曼觉得，这位警察，大尉，应该曾经被深深地伤害，饱受侮辱，因此，才这么痛恨我们。随即，他又想起一场无意中听到的谈话，那是昨天夜里和他从莫斯科同车的建设工之间的谈话。起初，他并没有把他们的话当回事，但是现在，这些话在他耳边清晰地响起："……有个傻瓜在那儿演讲，"一个喝得微醺的同路人说。他说："你们这帮外乡人，你们这些按限额招收的工人，哗啦一下子都跑到莫斯科来，把我们所有的工作都抢走了。我就跟这个傻瓜说：您就是狗杂种，您不光抢走了我们的工作，还从我们身边抢走了整个国家！"

对面楼上玻璃中反射的红色霞光，被暮色挤得一点点向上蠕动。很快，污秽不堪的九层灰砖楼，变得黯淡无光。看起来同样黯淡无光的，还有那个穿着灰色外套、戴着报纸折成的船形帽、蹙眉沉脸的男人，他正在尼科利斯克火车站附近售卖一捆捆的绿葱。葱叶长得很长，叶梢有些发黄，软塌塌的。似乎没有人眼热这种富含维生素的食物。这个男人坐在箱子上，面前的柏油路上摊了张报纸，摆放着成捆的绿葱，愁眉苦脸地看着路上的行人，红红的额头紧皱着。在尼科利斯克、萨拉普尔、阿尔扎马斯这种地方，住着俄罗斯一半的人口。可怜的玛丽娜！她甚至从来没出过国。什么都没有真正见识过，什么都不知道……

罗曼躺在床上，闭着眼，一动不动地躺了会儿。他轻声呼吸着，仿佛害怕惊走了什么，一边倾听着——不是倾听外面的世界，而是倾听自己；他试图捕捉到，并且找回不久前伊人在侧的感觉；他试图抓住某些物质中残留的玛丽娜的气息，枕套抑或床单中锁住的她的头发、她的妆容、她的身体的气息；他想重新获得、再度挽回纯洁无瑕的爱和希望的感觉，有好多个星期，他都经历着这种美妙的感觉。过去的这几个星期，他就是为了这种感觉而活着，他在这样的感觉中，把自己从哥哥的背弃、监狱的隔离，从所有世俗的黑暗中，拯救了出来。而在玛丽娜出现之前，他一直活在这种不透光的黑暗中。一下子失去这种感觉，使自己陷于虚空和日复一日的辛劳，是不可想象的。不！无论如何，他会依然爱着玛丽娜！就算为了一己之私！不管她在哪儿，她和谁在一起，他都会依然陪伴在她左右，永远陪伴着她！

　　罗曼被自己的各种思绪折磨着，终于睡着了。在杂乱无章的各色梦境中，他梦见一大群人聚集在尼科利斯克中心广场的马克思纪念像旁。人群不时地发出狂笑。人们用绳索绑住了马克思的头，试图用粗绳索把铸铁的领袖从基座上拉下来。一个行乞者用他很不中听的声音指挥着人们掀翻纪念像。"怎么了，东正教徒们！我们来毁灭敌人！毁灭敌人！"他叫嚷道。人群扑向绳索，拼命想拽倒这庞然的雕塑。但是，马克思岿然不动。"炸了它！"人群中又爆发出一阵欢呼，从里面钻出个醉汉，穿着军用棉质薄秋裤，秋裤的"膝盖"位置被强拧到一边儿，光着上身披了件夹克。"我有打火机！可以点燃导火线！"他"咔嚓"一声打着了廉价的绿色透明打火机，向所有人展示了一下打火机喷吐而出的火焰。这时，一个留长发的警察，大尉，走向人群，他身后跟着穿着洗坏的睡袍的女人，女人怀里抱着赤身裸体的浅黄头发的男孩。小男孩笑了起来，亲吻他母亲的脸颊。"你替他站到这儿来！"大尉古怪地指了指那女人，又指向人们无法掀翻在地的马克思纪念像。"用锤子！砸碎他的底座！"不久前和罗曼同行的建筑工在人群中叫喊。"喂，那男的，走开，小心砸死你！"一个肩扛大锤的建筑工人冲着戴着用报纸叠的船形帽的小贩，发出了警告。小贩就在纪念像附近，在基座下方席地而坐，出售着成捆的大葱。他碍到了想破坏纪念像基座的建筑工人的事。但他不愿离开，向所有人解释，他想先卖掉葱。人群没有耐心等下去，愤怒地向戴着船形帽的男人喊道："滚开！滚开！"建筑工人操起大锤，一锥子直接砸在马克思的头上。整个广场欢声雷动。

雷声也惊醒了罗曼。在他醒来的最初几秒，他感到非常害怕。他无法立即记起，自己究竟身在何方。周围是浓重的暮色，陌生的环境。在侦讯隔离室的时候，曾有这样的瞬间，不可遏止的恐惧感碾压得他喘不过气。他经常突然在夜里醒来，眼睛在黑暗中茫然地乱看，难以置信自己身处的现实世界。只有片刻之后，他才心神不安地记起，自己到底在哪儿，才会认出竖立着繁密格栅的铁窗、涂成蓝绿色的牢房四壁、床板上方的亮斑——那是牢房的房客们用脊背磨出来的；他闻出了独特的、难以名状的班房气味，那是长期关在拥挤的牢房里的男人气味，还伴有牢饭、牢房厕所的气味——除了物理的异味，那里到处弥散着绝望和悔恨、反叛和邪恶的气息。刚才罗曼出现了幻觉，以为自己又身处囹圄。但是没有。幸运的是，没有！他——在酒店。但他这会儿待在监狱，也许更好。在监狱的时候，玛丽娜一直不离不弃地伴随他左右。在这儿呢，却没有了她。难道就这样了？难道一切已经结束？半梦半醒时，在他懵懂的意识中，出现了一些难解的东西，一个无法解决的难题，他已经完全陷入其中，但这个难题至今无解，也不可能有解。

雷声再次响起。罗曼打了个哆嗦。看来，萦绕于耳的雷声，不是来自荒唐的梦境。有人在敲房间的门。

罗曼迷迷糊糊醒来，因为房间里的灯没有关，他眯着眼睛，摇摇晃晃地走到门口。

"谁呀？"

"卡列特尼科夫公民，"他听到淡白色头发的楼层服务员急促的声音。"您说，今天要走。我来看看情况……"

罗曼打开门，却没有责问：

"为什么不能打电话，非要砸门？"

"电话打不通。电话局不知道什么东西烧坏了。"

"为什么这么黑？"罗曼注意到走廊里一片漆黑。只有值班台的台灯有限地照出了走廊的墙壁。

"省电。您瞧！这一层总共就两位客人。一位还没从餐厅回来。"

"我现在就收拾东西。"罗曼说。

"您收拾吧。我还会再来。我得查房。"

"查什么？"

"怎么叫查什么？要检查床上用品。瞧！还有餐具、收音机、电视。我们经常丢电视遥控器。"

从酒店出来时，罗曼·卡列特尼科夫两手空空。他走下台阶，竖起夹克领子，拱起了背。天上正稀稀拉拉地下着小雨，他的伞被小偷拿去了。街道上一片漆黑，不知道什么原因，市中心的路灯居然也不亮。只有商店橱窗和一楼窗户里的灯光投射到马路上。夜雨让城市看起来更加幽暗，黑暗似乎变得黏腻，铺天盖地粘住了城市。罗曼站在路边，摆手拦顺风车。他终于拦下辆老"嘎斯"车——一种越野性能比较好的小汽车。一个上年纪的男人戴着黑色棉绸质地的报童帽，没有讨价还价，就同意送他去车站。

"街上为什么没有路灯？"罗曼感兴趣地问。

"市里的财政都是亏空。要是不关闸停电，预算连半年都撑不过。"司机答道。说完冷笑一下，他又补充说："你当这是苏维埃当权的时候！"

道路坑洼不平，车大灯的灯光忽上忽下，忽左忽右。整座尼科利斯克城都暗藏着某种粗鄙的、格格不入的东西。"我不知道。听天由命吧……我不知道。听天由命吧……"罗曼默念着玛丽娜对于他们是否再次重逢所说的话。他困惑地看着这座因为黑暗而警觉地乍起毛发的城市。他想尽快离开这里，尽快摆脱这里，就像孤独的夜行人，想尽快从黑黢黢的、盗匪出没的小巷跑到灯火通明的宽街大路。

上尉警官舒宾组建的搬运队，今晚没揽到活儿。方便仓库平板车装卸的货车车厢，车门紧闭，打着铅封。仓库主任卓雅大婶，平时眼睛尖，好骂人，像个狱吏，此刻无所事事地嗑着瓜子，乖巧安静极了。为了不碍到这帮被召集来干活儿、却又不打算开工的男人的眼，她去了调度室，和女同事喝茶，顺便八卦一下最新的坏消息。

现在的坏消息真是多得不得了。有个扒手从退休老人身上摸走了钱包，这是《尼科利斯克真理报》新闻栏目登出的消息，当时大家义愤填膺。今天，对于附近街道的杀人案，大家的反应却很节制，一听了之。还是《尼科利斯克真理报》报出来的消息，"某男公民和某女公民某某日离婚"，这种事儿已经成为一种公开的道德说教式的鞭笞。如今，关于常年生活在本地垃圾场地洞里那些无家可归的孩子的文章，对于任何人，都起不到醍醐灌顶式的训诫作用。刑事案件的新闻，大小事故的悲惨消息，即使在这里——一个并非县行政中心的城市，也是成堆成堆地往人脑子里灌，让人的心智，乃至庸俗的好奇心，都难以承受。

但是，尼科利斯克这件被人们翻得底掉、露出丑陋内幕的事情，似乎太过离奇，抓挠得人心痒难耐。充耳不闻、一听而过是不可能的。

舒宾搬运队的五个男人在仓库附近围坐一圈，他们坐在几个破旧的、磨得光秃秃的汽车轮胎上。几个人中间，摆了个纸板箱，上面放着一升伏特加酒、陶瓷杯子，羊皮纸上摊放着鲱鱼、黑麦面包、切成四瓣的西红柿、一小撮盐——都是男人们日常饮酒时简单的食物和饮料。但是，搬运工都阴着脸坐在那儿，只有寥寥几句简短的交谈，烟却抽得很凶，也不怎么贪杯，甚至有些不好意思喝酒：要不是因为有那件事，他们早就喝得不成样子了。

"伙计们，我们坐着干什么？为什么停工？"谢尔盖·康德拉托夫大声说着，沿着平板车阔步走向搬运队的几个同伴。规定的集合时间已经过了，他迟到了。

大伙儿看见他，并没有热闹起来。对他的问题也没有人直截了当地回答，只是伸出手，和平时一样，打了个招呼。

"到底怎么回事？"谢尔盖压低声音问。因为大伙儿的脸上分明写着，出事了。就连坐着的这群人里和他关系最亲近的廖瓦·乔尔内赫，也低垂着他的卷毛头。

"舒宾自杀了。完了，谢廖沙，我们再没有队长了！科斯佳跟伙计们的活儿算是干到头了……这不，大伙儿一块悼念一下。喏，喝酒。"廖瓦倒了一杯伏特加，递给谢尔盖。

"怎么就自杀了？开枪自杀吗？你们好好给我说说！"

"先把酒喝了，"坐在廖瓦旁边的"仓库管理员"，冲着杯子扬了下头。"记住这个好人。"说罢，自己画了好几个十字。

谢尔盖也把大拇指、食指、中指捏在一起，大大地画了个十字，机械地咽下伏特加。他用袖子蹭了蹭嘴，然后掰下一点面包皮——咀嚼着嘴里的苦味。

"他当时情绪激动，用警察局配发的枪打的自己。夜里，在河边自杀的。他本来值班来着，后来决定回家看看，但是又没有勇气回到家……"廖瓦把食指顶到太阳穴上——就像顶着一把枪，低低地发出"噗"的一声响。

"不是对着太阳穴开的枪，你搞错了！""仓库管理员"认真地纠正他。"是朝心脏开的枪。朝着最疼的部位开的枪。不是打太阳穴！兄弟们，只有心思太重，或者心虚的人，才朝脑袋开枪。科斯佳打的是心脏，他想终止最主要的痛苦。"

"为了娘们儿自杀的。"

"他家的大美人，无影无踪了！"

"他没命地苦干，干呀干呀：给她一会儿买皮大衣，一会儿买戒指。她呢，婊子——居然这么祸害人！"

"问题就出在这儿！科斯佳还是没经过什么事，嫩了点，认不准人。娘们儿有时候干的下流事儿，老爷们儿想都不会想。"

"我真想照着跟她鬼混的那个混蛋警察脑门上开一枪！"

"她要只是想着玩玩，一个年轻的小娘们被人勾搭着离开自己男人——那就见她的鬼去！可她是有私心的。嗯？简直是个荡妇……"

"你嘴上没个把门的，想说什么就胡说什么。人为了钱财，什么绝望的事都干得出来。"

"有什么可绝望的！她是快饿死还是怎么着？他们家，人多得养活不过来？"

男人们七嘴八舌说了半天，谢尔盖还是不知道舒宾自杀的确切动机。他仍然不敢相信这个事实，只是阴沉着脸，看着这桌追悼亡灵的"酒菜"。那个乐观阳光、称呼身边的每个人为"伙计"的上尉的样子，历历在目。

"从小我就一直奇怪，"廖瓦说。"不管拿起什么书——里面写的全是金钱。不管读多少书——就一个字：乱！果戈理、陀思妥耶夫斯基、萨尔蒂科夫–谢德林……奥斯特洛夫斯基的剧本里也是！金钱、遗产、嫁妆，每个人只要动手指，肯定是在算计什么。年轻的时候，我挺反感这些，我就想，人可真傻。现在，共产主义社会的平均主义算是玩完了，以前那些烂玩意儿全又死灰复燃。过去，人的命运，是靠金钱铺成的——将来也是这样！金钱给科斯佳也铺好了一条道。"

"只不过，这条路不是通往天堂的，求上帝宽恕，""仓库管理员"悲伤地补充道。众所周知，东正教的教堂不接纳自杀者，禁止给他们举行安魂祈祷，但是解开蓝色外套的仓库管理员，看到胸前贴身挂着的银质十字架，不顾教规画起了十字。

"哥几个，科斯佳在遗书里写了句话：'这么活着，我做不到'。他心里得多苦！是不是？"

"这就是最可气的，"男人们又开始用低沉的声音轻声说起话来。"科斯佳，你应该熬得住的。你应该熬住了，故意气气所有的人！"

"没错。科斯佳，别人，哪怕是我们最亲近的人，他干的龌龊事，不会让我们的荣誉受损。"

"最深的痛苦都是最亲近的人造成的。"

"他一直带着武器。要是，没有枪——也许事情就挺过去了。"

"最好当时就解决了她。"

"不会的，他可下不去手。他一直把她当成自己引以为荣的奖牌，""仓库管理员"说。之后，"仓库管理员"用低沉厚重的声音，向谢尔盖转述了舒宾之死的来龙去脉。"……他们科腾出了缺儿，少校的位置。竞争这个位置的有两个人：他，还有一个小中尉。科斯佳的老婆就开始鼓捣科斯佳去争：她说，你得努把子力争一争，光跟着那帮人扛麻包，没出息。你得挣个好前程。去找找领导，主动要求干那个职位，你就低低头哈哈腰吧。科斯佳这小伙儿好说话，可他不想讨好上司。你要是弯过一次腰，求过一次人，那以后就得一直被人当哈巴狗用，甩都甩不掉。一辈子都是这样。是不是？所以他没去求人。""仓库管理员"叹了口气，皱起了灰白的浓眉，嘟囔道："她就去找他的头儿……她也在他们局里干，没有军职那种，专门翻找文件的。本来一切都天衣无缝。但是，要想人不知，除非己莫为。那个位置最后给了科斯佳。昨天局长签的命令。可他的对手到处打听，到底怎么回事。最后嗅出点什么。这龟儿子，灌了点酒，趁着酒劲给科斯佳打电话，对他的任命表示祝贺。愣头愣脑地对他说：有这样的老婆，你很快能升将军了……屎人！是不是？一点东西，都恨不得从别人嘴里抢过来！……天快亮的时候，在河边长椅上找到的科斯佳！……夜里自杀的。看得出来，他受不了了。"

男人们又默默地坐了一会儿。"仓库管理员"的一席话，让他们感到很难受。舒宾的选择，他们都持反对意见，放了一些马后炮，谴责了他的妻子。这位年轻警官的亡故中，有些东西他们无法理解：这里没有报复、报应、对生命的爱。从逻辑上有所欠缺，可欠缺的永远无法弥补。这种东西，不能按常理出牌，也无法仔细考量。所有钻牛角尖的"为什么？"，永远都是无解。

仓库主任卓娅大婶，依然在嗑着永不离口的瓜子，又出现在装运工身边。她一边用手掌擦拭着嘴角，一边说：

"还干不干活儿了，拿定主意没有？还来得及。停工时间不长的话，不会挨罚。你们干不干活儿，我无所谓，新账本上我可以什么都不划拉。明儿见吧！"

男人们把瓶子里的残酒倒干了，酒杯传了一圈，每人一口，然后收拾好东西各自回家。他们散去的时候静悄悄的，没有人说话，心里仍旧过不去队长惨死这件事的坎儿。

***

谢尔盖·康德拉托夫的家，和舒宾家在一条街上。经过舒宾家那幢楼的时候，谢尔盖突然拐了进去。他不知道舒宾家的门牌号，不知道这幢五层楼里哪扇窗户属于他的家，但是一种无形的力量把他召唤到这里。他想留在这儿，留在科斯佳生活过的这个角落里，追思他。每次说完"爷们儿"这个流行语，舒宾总是面带微笑，他干净整齐的小黑胡，越发让这笑容显得灿烂——仿佛他的笑容也随着嘴角微微上弯。谢尔盖试图更清晰地回想舒宾妻子的模样，他曾经在街上出神地盯着她看过。但现在他无法真实、自然地想出她的模样。她的样子现在扭曲而模糊，就像某个烂片里扮演"骚货"的女演员。她正在去跟别的男人下流地交配，浓妆艳抹，摇晃着她的臀部——她是把自己卖了，然后从领导那儿给自己的笨丈夫买了个位置……

院子里，树后，谢尔盖看到一辆驼色的旧"日古利"。这个"日古利1型轿车"是科斯佳几个月前挣钱买到的。他爱车：首先，这是拼了命挣钱买来的，其二，它也算劳苦功高。现在，汽车停在那儿，像个孤儿——车身落满灰尘，车窗也花了，轮胎瘪掉了一半——无人照看地被扔在那里。也许，事实并非如此，但看起来似乎就是这样。

尼科利斯克的街道上空空荡荡。天色昏暗，只在西边还有晚霞映照。树下，暮色在不断延伸，寂静变得越来越浓。窗口灯光闪烁。稀稀拉拉的几处商店灯箱广告牌，微微抖动着，如同一幅流动的幻景。

走出院子，回到街上，谢尔盖没有回家，而是去了河边，他要去乌鲁扎河，寻找舒宾·科斯佳命定的归宿地。

街对面有家花店，招牌上的"紫罗兰"三个字闪烁着极丑的蓝色，看起来像枯瘦的荚果。谢尔盖停下脚步。橱窗里摆满花盆，展示着各异的植物和根茎，还有充满异国情调的仙人掌花。这家店里，尼科利斯克最大的花店里，卖的既有普通的老鹳草，也有稀罕的国外品种。在这里，就有一盆盆栽玉兰花，和玛丽娜从南方带来的那盆，几乎一模一样。

谢尔盖走上河堤。残阳如血，偌大的落日沉没在地平线上迷蒙的阴霾里，给周围一圈云彩染上一片红光。这种光已经照不亮任何东西，只是自己亮着，也仿佛只为自己亮着。

很快，谢尔盖几乎眼见着，天色黑了下来。谢尔盖不知道，子弹射进了科斯佳心脏的哪个部位。他仔细地查看长椅，寻找上面的血迹，又瞧了瞧脚下，试图在那里找到蛛丝马迹。他像是失了忆，往老城走去，离自己的家越来越远。他看着浅浅的乌鲁扎河，犹如一条流淌着钢水的河流，看着越来越小的落日，看着远处朦胧的对岸。今天，他不想回家。

早上，玛丽娜到瓦莲京娜家去取浆果。今年浆果大丰收，姐姐出于亲情，与妹妹分享收成。小桶已装满浆果，上面盖上了一层白纱布。姐俩儿喝着茶。

"以前活着，总幻想着前面有让人高兴的类似童话里的什么东西在等着我。现在发现，童话里的事已经过去了，好像这类东西什么都不会有了。"玛丽娜忧伤地深有感触地坦诚道，并自然而然地想着最好和瓦莲京娜谈谈罗曼，把心事都倾诉出来，让心里轻松一点。但她暂时还在拖延自己的自白。"现在我总觉的，好像有个影子跟在我身边，像个什么预言者似的。我躲着她，跑开，而她在后面追赶……我变得疑神疑鬼了。我在想象中看到黑猫——我害怕了。前几天我碰到女邻居拎着个空桶——我真想撒腿就往家跑，再也不出门了。在单位也是什么都不想做。为莲卡我痛苦到了极点。我骂自己，干吗把她送到夏令营那么长时间。尽管有人照看，给她吃喝，但我还是心烦意乱。"

"你该生个二胎了，玛丽娜。差不多是时候了。那样的话，一切就都不一样了。你瞧，我有三个孩子。没时间多愁善感，去看街上的猫和拎着桶的女人。"瓦莲京娜压低声音，悄悄地问道："你和他和解了吗？"

"糟就糟在这里——没有！我和他几乎不说话了，在不同的房间睡觉。我给他做饭，然后就离开厨房。以前经常是生几天气——最多三天，然后就和好了。可这次都快三个星期了。之前从来没有过这样的事。"

"原来是这样!"瓦莲京娜大为震惊。"那次捕鱼把他激怒了!"

玛丽娜点了点头,表示同意,但在心里反驳说:"不是捕鱼!根本不是捕鱼的事。是罗曼站在我们中间!所以我不能到岸边去……"

罗曼·卡列特尼科夫一直萦绕在玛丽娜的脑际,至今挥之不去。在宾馆大厅里道别后,他就杳无音信,但他身边的人与他的热线联系始终没有中断。假如他"永远地"离开了,抛弃了玛丽娜,那么在她心中的什么东西可能就会改变,就会熄灭。但他离开了,不过是没有音讯传来,并且他并没有抛弃什么,所以在他们最后一次见面后出路并没有堵死,时间没有急着进入忘川……

"别再折磨自己的灵魂了!"玛丽娜在心中把罗曼从自己身边推开,推到过去。但他顽强地又返了回来,追上她。他返了回来,带着被揭穿和张扬出去的恐惧。可与此同时——还有与他一起远走高飞的令人神往的机会,幸福得神魂颠倒,重圆没能实现的童话梦。

"也许我应该到医生,到心理学家那儿去看看?"玛丽娜问姐姐。

"你只要别往自己脑子里塞些无聊的东西就行了,"姐姐告诫她。"先喝点汤药。缬草酊、薄荷、益母草。我现在去看看,我有各种各样晒干的草。"

瓦莲京娜到橱柜里去拿罐头瓶和盒子。玛丽娜自己不知不觉地又陷入一直萦绕心头、乱糟糟的思绪当中。什么事情早晚总要发生!在什么地方,什么时候,罗曼还会出现!

后来,她听姐姐告诉她:怎样煎煮草药,每次喝多少,最好怎样吃完茶藨子,以避免果酱在冬天析出糖粒结晶并防止变酸。她漫不经心地听着,用呆滞的目光看着姐姐。

她带着满脑子古怪的幻想从老城往回返——愚蠢的、荒诞的但诱人的幻想。假如她回到家,正碰上谢尔盖和他的情妇……他还没来得及把她送走!在这引人入胜的乖张幻想中玛丽娜甚至想象出丈夫的勾引者的样子——褐色眼睛的金发女郎,一小绺一小绺的鬈发,厚嘴唇,粗野的笑声,粗俗的带网眼的黑色长筒袜。

"荒唐!多么荒唐的事钻进脑子里去了!"她粗暴地打断了自己的思绪,但还是无法完全地摆脱荒谬的奇思幻想。谢尔盖要真的找到一个女人就好了。他可以玩一玩。她就和他扯平了。或许,她心头上的一块石头就可以搬掉了。她会原谅他,也不再折磨自己了。

在自己家住的那条街上的一座房子拐角,玛丽娜看到几辆民警局的小汽车、一辆披着黑纱条的大车和一群办丧事的人。他们是来为一位自杀的民警送葬。关于这个自杀事件在尼科利斯克已是满城风雨。现在玛丽娜走进人群,还能听到站在旁边的女人们的议论。

"科斯佳挑未婚妻挑了很长时间。人们对他说——你会挑花眼的。这不,领回一个魔鬼骑到他的脖子上。"

"从外地娶媳妇总是很危险。领回来的是什么样的家伙——一时猜不透。咱们当地的人谁都看得见。"

"听人说,连她的内衣都是他洗。"

"她做出了卑鄙可耻的事,可那个把这些事告诉科斯佳的民警,也是个少有的坏蛋。"

"听说,那家伙已经从民警局里被赶出去了。人们不想和这样的人一起共事。"

"现在就抬出来了。瞧,他们拿着花出来了。"

穿着黑色衣服的人群晃动了一下,朝房子拥过去。在一个打开的单元门门口出现抬着花圈的人。随后,四个没戴帽子的民警从门里抬出一个用深红色的布包裹着的棺材,把这个安放着死者遗体的棺材放到院子中间的凳子上。玛丽娜克制着自己内心的恐惧和对所有死者的厌恶心理,也向棺材跟前挤去。人们站在死者周围，低声交谈，长吁短叹。一个身穿黑衣服的老太婆在自己身上划了三次十字。一些人啜泣起来。可以听到一个女孩子不大的声音：

"奶奶，这是科斯佳叔叔吗？"

随后，从单元门里又走出几个人。其中一个女人穿着长长的黑灰色衣服，戴着黑色的卡普纶围巾，低垂着头。她摇摇晃晃地走着，离其他人稍有一点距离。走近死者，她突然跪到了地上，抓住棺材边，嚎啕大哭。她晃动着脑袋，歇斯底里的哀号不时地被哭声、喊叫声所打断。她伸出苍白的手去抓死者已无生命的蜡黄的手臂。她的脸很难看，满是泪水，两眼浮肿，变窄了，嘴唇没了形状，鼻子也有点红肿。她边哭边诉说着什么，她的哭声尖利、吓人，使站在附近的院子里的一群孩子感到害怕。她歇斯底里的与众不同的哭声触动了所有在场的人的神经。

玛丽娜觉得，周围的人都警觉起来。一种报复性的低语在人群中蔓延开来。似乎随着这个身穿灰衣的绝望的女人之后，人群也要失去平静，也要发狂了，也要因为不公平和懊丧而大声喊叫起来。

谁都没有去安慰那个穿灰衣服的女人，没有对她说上几句同情的话。一个身穿浅蓝色警服衬衫，没佩戴肩章的小伙子走到她跟前，毫不客气地硬把她从地上扶起来，从棺材旁拖走。她一边任性地笨拙地在他手上挣扎，想再回到棺材旁，一边喊叫着："放开我！"并又一次次跪到地上。她灰色的衣服的下摆沾满了灰尘。

"这是谁？"玛丽娜不由自主地问站在前面的一个矮个子女人，同时她已猜到这一切是怎么回事。

"她就是，"那个长着扁平脸、狭长眼睛的矮个女人立刻回答道，"他的太太。瞧，比谁嚎叫得都厉害。瞧，她可怜丈夫。可正是她本人把他送进了棺材，这条母狗！"

最后一个词刺痛了听觉，刺在某个病态的神经上，使她恼火。玛丽娜离开了这个矮个子的溜肩女人。她最后看了一眼死者满面泪痕的妻子,她灰色衣服沾满尘土,黑色围巾滑到了一边,她用手捂住嘴(穿警服衬衫的小伙子不放她再到棺材旁)。玛丽娜悄悄地从人群中挤出来,低着头离开那里。

对于死者,她心中只有自然而然产生的"难过""可怜""他这么年轻……",除此以外没有任何其他感情。但对于死者的妻子,此时在看到她之后,她对她怀有一种奇怪的、宽容的怜悯之情。一个柔弱的不幸的女人。她肯定不只希望自己幸福,也希望他们幸福。她爱他,现在也爱他。她追求幸福,只不过不知道怎样正确地……

"唉,我刚才最好不在那里站下来!我干吗要站下来呢?不应该。没看到。没听到……什么都不知道!"玛丽娜低着头责骂着自己,离开哀伤的场面。

她向前看了一眼——顿时慌了。只有几米远的距离,迎面走来谢尔盖。一句话不说,擦身而过——这是真正的折磨。而吵架的事还没过去,还没完事!他们还是面对面地站住了。

"我去取浆果。到瓦莲京娜家取浆果去了。"玛丽娜说,尴尬地把小桶从一只手上换到另一只手上。

"我来参加葬礼。今天给科斯佳·舒宾出殡。"

"是的,我刚才看到了。棺材抬到院子里了。"

"有个人给你打了个电话。我把他的电话号记下来了。"

玛丽娜心中咯噔一下,甚至眼前一片迷茫。难道这又是罗曼?谢尔盖似乎感觉到什么,但没往下追问,立刻就走了。天哪,这真是一种惩罚!嗨,他干吗要打电话呀?而且又打到了家里,休息日。他还需要什么呀?

她回到家,慌乱地抓起电话机旁边的一小块纸,仔细地辨认记下来的号码。由五位数字组成!也就是说,本地号码!可能是工程主任从第三区段打来的。她心里感到轻松些了。只不过这种愉悦也是伴着泪水,带着某种苦涩的味道。

***

玛丽娜有点害怕谢尔盖晚上从追悼民警亡灵的酒席上回家时喝得醉醺醺的。没有,他清醒地回到了家,看来追悼亡灵的酒杯他根本就没有动。他没吃晚饭,就回到了卧室,没开电视,什么声音都没从卧室传出来。玛丽娜孤单一个人在厨房喝了点茶,然后就按照最近已形成的习惯,去儿童室,躺到莲卡的床上。可一天后莲卡就从夏令营回来了,那时到哪儿睡觉呢?在折叠床上?痛苦的思绪又循着惯常的方式袭上心头。她要想入睡,需要用这些思绪折磨自己。但即使是在梦中,没有减弱的惴惴不安仍从清楚意识到的恐惧中浮现出来。

现在她梦见黑海沿岸的一个火车站,好像列车已经笼罩在一片蒸汽之下,就要开动了。但在站台上有个缠着头巾、穿着花条长衫、细长眼睛的人笑嘻嘻地用自己的商品诱惑玛丽娜。他向她推销一个绘有彩色图案的木制大酒杯。按东方人习俗打扮的商贩貌似恭敬,点头哈腰地推荐自己的商品,极力吹捧酒杯,但主要的——不是酒杯本身,而是酒杯中装的饮料。"喝吧,可爱的姑娘,喝吧。嗬–嗬–嗬,多么好喝的饮料啊!有益健康的。"玛丽娜很想尝尝那神秘的药水,但她有点害怕:这里有点不对劲儿,他为什么让她白喝这么贵的饮料呢?这时火车不知不觉地开了。不单是开了,还把玛丽娜的东西带走了,把她一个人扔在了空旷的站台上。商贩已经不见了,酒杯也不见了。像蒸汽一样消失了……玛丽娜抬腿去追火车。她沿着铁道线跑,磕磕绊绊的——跑得不得劲儿,太累:一只脚踩在枕木上,另一只脚没踩上枕木,落到大砾石上——一不小心就会崴脚。突然玛丽娜看到,还不止她一个人在沿着枕木跑,——还有她的女儿莲卡。女儿不是在追火车,而是在追远处勉强能看得到的谢尔盖。随后玛丽娜看清了:莲卡不是沿着枕木跑,而是在桥上跑。这个桥甚至称不上是桥:那是由三块板皮搭成的多空隙的、摇摇晃晃的长跳板，它好像是挂在空中似的。莲卡在上面拼命地跑，小桥在她脚下忽上忽下地剧烈波动……玛丽娜惊恐地预感到女儿就要掉下去了，她想叫住她，让她停下来。她拼命地喊叫，喊叫，但她听不到自己的声音。眼看着女儿就要遭遇不幸，她吓得魂飞魄散。她撒腿去追女儿。

玛丽娜浑身一颤，醒了过来，睁开眼睛。心在胸腔里剧烈跳动，能听得见咚咚的声音。梦中绝望的喊声好像卡在了嗓子眼里的什么地方。周围没有任何噩梦中的东西。莲卡的房间里：写字台、放书的搁架、床头柜上的花瓶里有几支枯萎的像小刺猬似的翠菊。路灯从远处发射出的光线透过网眼纱窗帘从窗户上洒进屋里。突然这光线熄灭了。可能又是尼科利斯克全城路灯停电。房间里更黑了，更静了，非常非常孤独。玛丽娜哭了起来。

或者是门关得不严，或者是谢尔盖这时正在附近——不管怎样，他听到了玛丽娜的哭声，于是他走进儿童室，小心地坐到床边上。

"你怎么哭了？怎么啦？"他轻声地问。

玛丽娜一瞬间蜷缩起身体，压抑住自己的哭泣。

"没什么，"她迅速地含混不清地低声说，更紧地蜷起膝盖，缩成一团。"不过是个可怕的噩梦。我没事。一会儿就好了。"

"或者给你拿点镇静滴剂喝？"

"我喝。我一定喝。"

玛丽娜想让他快点走开——不想让他看到自己的眼泪，听到她的啜泣，不想让他对自己产生任何怀疑。与此同时她又不想放过机会：谢尔盖自己走过来的，是他先走过来的——应该和解，早晚都得和解，因为莲卡马上就回来了。而且，屋里漆黑一片，只从过道里向打开一点的门里洒进一点微弱的光。在黑暗中和解要容易些。这种情况在他们之间已发生过不止一次：家庭纠纷、争吵，家里乱成一团——但一切都有尽头。通常玛丽娜总是首先寻求和解。她和解地轻轻碰碰谢尔盖的肩膀，一眨眼的工夫他就会敏感地向她伸出手来——宽宏大量地把她紧紧地拥抱在怀里，于是，心里敞亮亮的，甚至高兴的眼泪夺眶而出。但是现在玛丽娜没有力气，好像也没有权利和解地把手伸向丈夫。

"在那儿，在河边，事情很糟糕。这都是我不对。请你原谅。"谢尔盖用低沉的嗓音说道。他的语调很沉重，很压抑，好像他并没有纠正自己的过错，卸掉它，而只不过是把它转移到玛丽娜身上了。

"是的，是的，是我的过错！是我！是我！是我！"玛丽娜挺起身来，跪到床上，歇斯底里地大叫道。但她马上就倒在枕头上，蜷成一团，哭得更伤心了。

谢尔盖慌了，他喃喃地说："安静，安静一下！"一分钟后他从厨房端来一杯水。

"喝吧。你怎么啦？我已经说过：是我的过错。"

而玛丽娜仍然很长时间都没能止住眼泪，克制不住对自己的怜悯、绝望和懊丧。

"你怎么这么伤心？出什么事啦？"谢尔盖轻声问。

她没有回答这些问题，沉默不语。但他们克服了彼此之间的对立状态。他们跨过为时已久的隔阂，在自己的床上，在完全的和解中睡着了。

病魔突然抓住了莲卡，在短短的几个小时之内就把孩子的生气和活力烧掉了。吃午饭时莲卡还在桌旁嘻嘻哈哈的，一刻也不闲着地胡闹，把碗里的牛奶洒了出来，受到玛丽娜的训斥。晚上她从街上回来就蔫了，无精打采，面无血色。在前室她有气无力

地坐到软垫矮椅上,用哀求的目光看了一眼母亲,嗓音嘶哑地说:

"我嗓子疼,不能咽东西。"

玛丽娜把嘴唇贴到孩子的额头上——她总是这样测量女儿的体温——困惑地急忙闪开了:

"你烧到快四十度了!"

她把莲卡抱起来,放到床上,给她换了衣服,裹上被子,就奔到电话机旁叫医生。地段医生只能第二天来,而且按登记员所说的,是一天之内说不准什么时候。

"我就知道会出什么事,知道,"沉溺于迷信的玛丽娜在药箱里乱翻,寻找阿司匹林。"这是对我的惩罚。转到莲卡头上了。我的——转到……"尽管在女儿的疾病上没有任何异乎寻常的、厄运所导致的东西。当地的孩子经常跑得浑身是汗,就直奔乌鲁扎河岸边斜坡上的泉水,在那儿,冰凉的水把嗓子刺激得热辣辣的,消除了干渴。很多孩子都得病了,但都没把它归为患病原因,也都没接受教训。

危险的高温没能消退,夜里莲卡病得不堪忍受:身上起了一层粉红色的疱疹,好像被荨麻扎伤似的全身浮肿。体温计中的水银爬到了40的红色刻度线上。嘴唇干裂,瞳孔扩大的眼睛缓慢地莫名其妙地转动着。她什么话都不说,也不要什么,好像什么都没听到。拖到天亮不会有什么好结果——玛丽娜呼叫了救护车。

救护车的医生是个显得很年轻、好冲动的女人。她长着一个纤细的小鹰钩鼻子,说话很快,嗓音清脆。她在莲卡的床旁边站了没有一分钟,就做出了诊断。

"猩红热。应该送到传染病医院。给孩子穿上衣服,抱到车上去。"

玛丽娜还没来得及张口发问,女医生已经转身,伴着咣咣的高跟鞋声,向门口走去。玛丽娜手忙脚乱,不知所措。她开始给女儿收拾东西，但总不得要领，心神不宁。最后还是谢尔盖给莲卡收拾好东西，把她抱在手上，朝院里的救护车走去。

玛丽娜在儿童室耽搁了半天，还不知道最终该拿什么东西配齐女儿的包裹。她看了一眼空床，心里颤抖了一下。枕头可能还是热的，中间凹了下去，另一边是堆成一团的被子、皱褶的床单。她突然觉得，莲卡是从这张床上永远地被送走了。玛丽娜慌忙一边冲向门口，冲向楼梯，去追谢尔盖和莲卡，一边喊着：

"等一等！停下！"她上气不接下气地跑到黑魆魆的街上，跑到带有红十字标示的汽车旁。"不用把她送到医院！我求求你们了！给她打一针，就留下来吧！我们的地段医生挺好。我请护士来，继续给她打针，我有熟悉的……我不放她去医院！"玛丽娜的声音斩钉截铁。几乎马上她又请求道："把她留下来吧，我求求你们了。医院里……那里现在没人护理，没有吃的，没有药。甚至没有床单……"

谢尔盖双手抱着用被子包裹着的莲卡，默默地看了一眼女医生。她抖掉点燃的烟卷上的烟灰，迅速地吸了一口，噗的一声吐出烟来。打开的汽车驾驶室门里的光线吝啬地照在她一动不动的脸上。

"我无所谓，你们是父母。孩子的体温很高。你们写个字据：拒绝住院。"

女医生的冷漠和爱理不理只是使玛丽娜更加惊恐不安。她已准备退缩了，准备说她同意，把女儿送医院去吧。但谢尔盖没有犹豫，抱着莲卡回屋去了。当他消失在单元门里之后，玛丽娜的泪水夺眶而出。"这是对你，对你的——惩罚！"她怀着报复的心理默默地想着，尽管她感觉到，似乎因为她的原因别的什么人也在这样想，用女儿的不幸来惩罚她。

连续两天两夜玛丽娜没有离开病人。莲卡高烧不退，她的嘴唇起了一层白色的小脓包，身上的小斑点更多了，更亮了。在不连贯的时断时续的睡梦中她前言不搭后语地说了些什么，发谵语，不断地搓腿，掀被子。

玛丽娜在房间里放书的搁架上摆放了一个小的圣母圣像，还找出一个贴身十字架，给女儿洗礼时她曾把它挂在了她的脖子上。这样就显得平静些了，好像儿童室里每时每刻都有了一个医生。

在病情最严重的时刻过去之前，玛丽娜在女儿床前想到了最坏的情况，她决定去一趟教堂。应该为女儿的健康点上一支蜡烛，自己做个忏悔祈祷。不错，她从来没有背熟过任何一个祈祷文，也从没有参加过忏悔仪式和圣餐仪式。"不知怎么我总感觉不舒服，"她绞着双手，想着："可能是什么人用毒眼看了我，或者我中邪了。或者有人说了坏话，或者动了坏念头。应该摆脱掉。把一切都摆脱掉……"她不知道怎样祈求宽恕，但希望通过什么方式使自己的罪过得到宽恕。

***

她准备去教堂的那一天，尼科利斯克上空雷雨的隆隆声刚刚停息。从被闪电击穿的聚集起来的低垂的乌云上，突然下起一场短暂丰沛的倾盆大雨。现在呼吸轻松了。清新凉爽的空气甚至使玛丽娜感到有些头晕，她已经几乎好几天没出门了。太阳还陷在乌云里，但雨终于停了，只是大滴大滴的水珠还在从树叶上往下落，形成一个个小水洼。一只野鸽子从房盖下面什么地方钻出来，飞到水洼旁，把小嘴伸进水里，喝起来。就像很快地飞来时那样它又很快地振翅飞起，落到树上。玛丽娜注视着这只小鸟，看到远处教堂高高的蓝色圆顶上方的十字架。她想对着十字架划个十字，但面对行人她不知为什么不好意思。

她离教堂越近，她走得就越小心越胆怯。这个教堂她早就知道，它是这座新城市里唯一开放的教堂，此时她是用另外的眼光看待它了：此前她从未想过要到那里去寻求救赎。

日祷已经结束。看得出来，是刚刚结束，因为身材高大、蓄着稀疏的浅色胡须的神甫正站在读经台旁，一群本堂教民中间。一些个头矮小、戴着头巾、已不年轻的女人，一个身穿没有背带的棕绿色制服上衣、驼背的干瘦老头儿，和一个戴着圆框眼镜、患白化病的男人，围住了神甫，恭敬地、怀有兴致地看着他，倾听着他非礼拜仪式上讲的普通话。

　　四层的圣像壁上面已修复好的圣像上的清漆和分列的柱廊上的金饰不时地闪现出光亮。在圆顶正下方，变暗的天棚装饰画的中心，显现出圣父的形象和呈半圆形的按古俄罗斯字母拼写法写的题词："凡劳苦担重担的人，可以到我这里来，我就使你们得安息。"在这个题词里，隐含着许多动人的含义和慰藉。在窗间墙和方柱上也可以看到圣像上使徒们、修士们、圣母、耶稣基督的圣容。在圣像下面，带垫圈的烛台上蜡制的半透明的蜡烛在灯光旁燃烧，在玻璃和衣饰金属片上反射着光亮。这种光线缓和了教堂里过分浓烈的庄重气氛。

　　玛丽娜走近读经台，想更好地看清楚教士。她是第一次见到他。以前首席神甫是另外一个年迈的老人，正是他为莲卡施洗的。现在这个神甫没有那么老，相反，相对于他的名分来说，他甚至还有点过分年轻。定睛细看，玛丽娜为他的年龄感到惊讶：他最多是她的同龄人，如果不比她年轻的话！他的身材相当高大，脸型却较小：离鼻梁很近、不大的明亮眼睛，微闭的青灰色的眼睑，笔直的瘦削的鼻子，不宽的、瘦削的颧骨，刚长出来的浅色的稍微鬈曲的胡须从那里向下延伸开来。他举止庄重，正一只手轻轻按在胸前银制的大十字架上，一字一顿地回答身穿制服上衣的老头儿的问题。

　　"我能向他做忏悔吗？把全部真相毫不隐瞒地都讲述出来？"玛丽娜问自己。"绝不！"她提心吊胆地匆匆回答了自己的问题，就好像有人强迫她去做忏悔似的。"向这个年轻的小伙子坦诚一切——张不开口，尽管他也穿着教袍。"她转过身，背对着教区神甫，向卖蜡烛和各种教堂用品的门廊走去。

　　在这里，售货台后面站着一个衣着干净的老太婆，她长着一张讨人喜欢的圆脸,裹着一个深色的围巾。在售货台旁她看见两个小伙子和一个姑娘。这三个人她在教堂小门旁就见过。他们乘坐一辆又宽又长,可能是进口的银灰色小汽车来的。汽车溅上很多泥水;车后面的挡泥板皱巴巴的,既有新溅上的也有先前就有的泥巴;右车灯严严实实地贴着一块胶带,可能灯被打碎了。两个小伙子中的一个宽宽的肩膀,身体很壮,他明显地为自己透过贴身足球衫显露出来的强壮身躯而自豪。他剃了个光头,像个摔跤运动员似的。另一个小伙子像个少年,瘦骨嶙峋的;他披着凌乱的长头发,衬衣敞着,没系扣,展示着一条粗大的金链上很大的一个带有耶稣受难像的金制十字架。这个小伙子像个院子里的捣蛋鬼……和他俩在一起的姑娘很漂亮,很爱笑。她戴着一顶帽舌扣在后脑勺上的男式帽子,给他们充当向导。最初玛丽娜是无意中听到他们的谈话,后来她就是出于好奇了。

"你怎么?买了些便宜的蜡烛?""摔跤运动员"责怪姑娘。

"你这个臭小子!"姑娘带着讪笑,粗鲁地回答。"把粗蜡烛往烛台里插费劲着哩。"

"反正都一样。应该买个大号的。为所有男孩子买,""捣蛋鬼"说。

"那个人,人们为他点蜡烛的那个人在哪儿?""摔跤运动员"问姑娘。

"是显灵者尼古拉吗?"

"谁知道那是个什么鸟人!"

"你在这里别乱说什么鸟呀鸟的,"姑娘笑嘻嘻地低声说。"你不是坐在酒吧里。嘴巴要干净点!"

"奶奶告诉我,应该给拿长矛的人点支蜡烛,好让警察离远点。""捣蛋鬼"买了一支又粗又长的蜡烛,说道。

"这是指圣乔治。"姑娘猜到了。

"对!""捣蛋鬼"高兴了。"应该给他点一支。他用长矛把警察都镇住了。"

"那我们从谁开始呢？""摔跤运动员"问。

"我们到万圣圣像那儿吧，不会漏过什么人。"姑娘指着一个有很多不好看的小人形象的略带忧郁色彩的圣像说。

"这不给力，让我们挑一个漂亮些的。在石头上的这个人是谁？"

"我说过，应该给持长矛的那个！"

"你们别争吵。蜡烛足够给所有的人都点一支。"

"应该给这个人，耶稣。他被吊在了十字架上。"

"扔到箱子里100卢布，用于修缮教堂。"

"瞧，那边站着一个神甫。最好立刻给他手里塞点，这样可靠些。"

"不要给神甫，臭小子！扔箱里。"

"我们问问老太婆吧。她们都会告诉我们的。"

"好，走吧。我们现在自己就会弄清楚，"姑娘命令道。

玛丽娜瞥了一眼，看着这三个人朝圣像走去。他们一边走，一边用胳膊肘互相捅来捅去，用头朝这儿指指，又朝那儿指指。

"我也是和他们一样，什么都不知道呀！"玛丽娜突然想到。"我不清楚该给哪个圣徒点上一支蜡烛，该怎样祈祷好让女儿快点好起来。或者我真的到万圣圣像那儿去，'不会漏过什么人'。不，最好到'抱婴孩的圣母'圣像跟前去。"

神甫在圣堂的侧门消失了。教民们也都散去了。只有几个人分散地站在一个宽敞的地方——挂在墙上的圣像附近。玛丽娜站在挂着圣母圣像的圆柱旁，手里拿着一支点燃的蜡烛。"上帝啊，给莲卡健康吧。让她快点康复吧，别落下后遗症……"她像念祈祷文似的拖长声音默默地念叨着，但念出的词空洞无物，死气沉沉的。真正的宗教呈文她不知道，自己来编——她又不会。她把蜡烛插到擦得铮亮的铜烛台里，划了个十字，就离开了圣像。"现在还应该为自己多少祷告祷告。"玛丽娜心不在焉地往两边看了看，两手握紧另外一支暂时还没点燃的蜡烛。

雨后的阳光透过高高的栅栏窗户向教堂斜射进来。可以看到蜡烛和香炉燃烧放出的一团团移动的瓦灰色的烟气，还有在明亮的光线下总是突然显现出来的、难以消除的灰尘。教堂的金箔饰物闪闪发亮，令人振奋。在一些闪耀的圣像上遵守教规者的黑眼睛清晰可见。一个身穿灰色长衫的女人跪在一个圣像前虔诚地祈祷着。她大幅度地划着十字，不停地磕头。这不是那个女人，但她非常像那个自杀民警的妻子！

玛丽娜觉得不舒适。她走到一边，圆柱后面，不想看别人的祈祷。但在这里她也没找到她需要的地方，没找到她想找的、可以请求帮助的人。那么她到底希望做什么呢？她为什么来这里，来到这个神圣的地方？总不来，不来，现在突然来了。时机成熟了？请求上帝保护女儿——这是神圣的事。可是为她，为她自己，请求什么？请求赎罪？那以前你在哪儿了？想什么来？要知道，那时候，当她同意并从瓦莲京娜手上接过去南方的疗养证时，还在那个时候——即使是不很清晰，即使是半戏谑半幻想似的——那时她就想过幸福的轻松的恋爱……现在干吗到这儿来了？在这儿解释什么？为自己祈求什么？先作孽，然后往教堂跑？想得真好！

人们开始去教堂了，好像去浴池一样，在那里把脏东西从自己身上洗掉。这竟成为人们的习惯了。小偷、妓女、共产党员——都戴上十字架——上教堂去了！这都是胡扯。是骗人！到上帝那儿去，应该一清二白，没有作孽，诚心诚意。那才是真正的信仰。如果不是这样——那就都是为了好处，为了利益。哪儿还有什么信仰？电视上显示，重要的官员在向牧首紧紧靠拢。全俄罗斯的人都穷得喘不过气来，而这些骗子们竟然像没有什么过失似的。他们在教堂里待一会儿，听听都主教的讲话——就继续为自己搂钱……如果任何罪过都可以谅解，可以洗刷掉，那么这都是绕过了上帝。他们拒绝为不幸的民警举行安魂祈祷。难道他身上的罪孽比其他人的罪孽多吗？

玛丽娜发现，两个小伙子——剃光头的敦实的"摔跤运动员"和披长发的"捣蛋鬼"——与反戴帽子的机灵的姑娘,朝出口走去。惹人注目的粗大的蜡烛在一个骑马持矛的大圣像前闪着光焰。

"我的一切也都乱套了,"玛丽娜发愁了。"我在这里不需要做任何忏悔!"她走到万圣圣像前,点燃了蜡烛。蜡烛慢慢地燃旺了:一开始浅蓝色的小火球在烛芯上微燃,然后逐渐变大,燃旺,向上伸展,在灯芯下面出现融化的闪亮的蜡。玛丽娜用手掌遮住越来越大胆的火苗,把蜡烛插到有很多圣人形象的圣像下两个蜡烛之间的一个空的封闭插孔里,很快地划了个十字,就立刻朝出口走去,尽量压低鞋跟踩在教堂水泥地上发出的哐哐的声音。在走到教堂门前台阶时,她转过身,想最后一次划个十字。她已经抬起手来,但看了一眼她刚离开的万圣圣像前的蜡烛,不禁愣住了。她插的那根蜡烛在烛台上向一侧很厉害地倾斜了,七扭八歪的样子在其他蜡烛中十分显眼。一开始玛丽娜心中一震,马上就想返回去把蜡烛扶正。但她立刻就不满地改变了主意。对于这个教堂而言,她是个外人,并不为这里所接受。而她本人也不想服从某种共同的规矩。

她快速地把三个手指捏在一起划了个十字,走到街上。她深深地呼吸了一口气,在阳光下眯缝起眼睛。她没有往回看,迈着坚定的步子走开了。甚至在教堂栅栏旁一个劲儿地鞠躬的乞丐都没能从她手上得到一个戈比,而以前她总是准备好把零钱分给他们的。

过了一些天,莲卡恢复了健康,比以前还活泼。但一种好像只有懒汉和神经衰弱的人才得的奇怪的病却缠上了玛丽娜。过去

她从未尝过失眠之苦，而现在她夜里满脑子都是单调无聊的事和没完没了的思绪，这使她饱受筋疲力竭之痛。身上哪儿都感觉不到剧痛，而同时全身无力，肌肉失去弹性和力量，意识总把普通的概念扭曲了。而夜里需要从不眠转入睡眠中，这个分界，这道界线，成为最可怕的事——自我折磨的痛苦。有时似乎马上就要睡着了，几秒钟之后机体就会摆脱现实世界了。但突然——心里一激灵！冒出一些想法，意识清醒了。睡前的被抑制状态荡然无存！接着，一切又将一遍遍重复出现，但已是在精神失常的恐惧之下重复了。

一整夜都会是这样，直到窗外明亮的雾气提醒八月的早上已经到来。玛丽娜谨慎地服用了安眠药，她担心会形成对药物的依赖性和更严重的神志恍惚。而普通的镇静药水和草药浸剂已不起作用了。

她的怪病也影响到谢尔盖。他经常因为玛丽娜拍打自己的枕头、辗转反侧、蒙头盖被、蜷成一团、四仰八叉地躺在床上而醒来。他下床站起来，走到厨房去抽烟，喝水。

今天，失眠又一次折磨了玛丽娜。她责骂自己不该干完活之后眼皮睁不开的时候让自己打了个盹儿。因而，她一夜未眠，天亮前一直胡思乱想。

她闭着眼睛躺着。在她的意识中闪现出已熟悉的场景。又是——教堂里圣像前倾斜的蜡烛，在"中央"宾馆罗曼·卡列特尼科夫的同貌人和差点儿压死她的公共汽车的司机扭歪的嘴，民警的葬礼和穿着灰色长衫、哭天抹泪的女人，在河边挨了一记耳光的谢尔盖，莲卡的病……接下去——模模糊糊，失眠的折磨。心律紊乱。又是没完没了的出现……她站在卡列特尼科夫的别墅浴室里蒙了一层水汽的镜子前和罗曼亲吻，她跑着去追赶谢尔盖，他正抱着女儿走向急救车。玛丽娜猛然哆嗦了一下。最近在夜里失眠的幻象中，罗曼和谢尔盖奇妙、荒唐地融合为一个人，他们互相借用、交换外貌，她有时开始分不清谁是谁了，她感到害怕了。突然，她无意中用别人的名字喊了一声丈夫，暴露了。这种恐惧更加延缓了黎明前睡眠的到来。

"应该起来！"玛丽娜睁开眼睛，对自己说。"当您躺着却睡不着觉的时候，最好起来，走一走，呼吸一些新鲜空气。"她想起她去看神经病医生，想开点治失眠的药时，医生给出的令人生厌的老生常谈的建议。

玛丽娜在床上坐起来，把脚放到床下，用脚探索着找拖鞋。这时桌上的夜间小灯亮了。谢尔盖也没睡着，或者刚醒，是他按了一下夜灯的按钮。

"你到哪儿去？"谢尔盖从床上站起来时，玛丽娜胆怯地问。

他披上一件替代家常便服的法兰绒长衫，冷淡地、不动声色地回答：

"抽烟。"随后就走出了房间。

玛丽娜一个人坐在床上，几乎是带着哭腔喃喃地说：

"我真厌烦透了！"

已经夜里两点多钟了。

"应该再吃点安眠药，"玛丽娜拿定主意。"如果这还不起作用，明天我就再去找医生。"她已经准备站起来，伸手去拿椅子上的长衫。

突然，门开了。谢尔盖回到了房间。玛丽娜愣住了。一支烟他可能也没抽完。他是有什么重要的事回来的！她没有看到丈夫的眼睛，他们处在黑暗中，夜灯的灯光从侧面投射过来，但她能感觉到那两眼的目光，急切等待着的、紧紧盯着的目光。玛丽娜的嘴唇颤抖起来，泪水涌上喉头。

"他是谁？"谢尔盖坚定而又严厉地问，好像用一块巨石压住了她。"你和他是在那里，在南方，认识的吗？"

玛丽娜呆住了。她身上的一切都绷得紧紧的，达到了极限；一切都填得满满的，再盛不下去了。

"他从哪儿知道的？怎么知道的？谁对他说的？我做什么暴露了自己？"火辣辣的问题快速、径直地从脑海中一闪而过。但没有时间去猜测和推想。已经没有力量去反抗丈夫。

"谢廖扎……"玛丽娜用颤抖的哀求的声音含混不清地说道，"谢廖扎……我不会再那么做了。我不想再那么……"透过遮住视线的眼泪，她几乎分辨不出谢尔盖的脸——昏暗房间里一团模糊发亮的东西。她只感觉到：他推了她一把，使她掉入了无底深渊。她本人其实也准备带着如释重负的愉悦落入这个深渊，只要能得到某些改变，摆脱现在的自己。"我是个坏女人。我是个下贱的女人。我在你面前有过错。原谅我吧……我再也忍受不了啦。"

"这个花，你从那里带回来的兰花，是他送给你的吧？"

"是的。"玛丽娜环顾房间，试图找到她带回来的那盆兰花，机械地回答。

"我就知道是这样。我去了一趟花店。那里这种花非常贵。我没有那么多钱去买花。"他用一种不大的、不那么坚定的、沉思的语调说道，好像只是为自己弄明白什么。"罚款呢？你给我拿的罚款也是从他那儿来的吗？"谢尔盖一把抓住玛丽娜的头发，把她的头猛地向后一拽，好直接地看到她的脸，说道："说！是他的？"

"是的。"玛丽娜神志不清地低声说，彻底地从悬崖坠入可怕的深渊。

"烂货！唉，你这个烂货！"

最初一刻她还没意识到他动手打她了。她没感觉到任何疼痛——只觉得两眼冒金花。

"可恶的母狗！杀了你都不解恨！"

玛丽娜仍没有感觉到疼痛。又有什么东西在眼前爆出火花。接下来脸上遭到的一击，使她咚的一声摔在地板上。

（杨怀玉　译）

―――― 第三部 ――――

每年八月中旬,各种令人愉悦的操心事——包括为大女儿做开学准备,都把瓦莲京娜忙得不亦乐乎。桑·桑内奇负责购置课本、书、地理轮廓图;就其职业而言,这本来就该他去做。其他事情:校服、小蝴蝶结、小皮鞋、彩笔,瓦莲京娜来办。今年开学前的准备工作增加了不少:双胞胎儿子也准备第一次踏入校门了——上一年级。

今天瓦莲京娜把两套一模一样的小西服挂到小衣柜里,那是她在集市上担着风险,没经试穿,仅用眼打量了一下就从汽车上买下来的。令人高兴的是,两套小西服儿子们穿上去正合适,配上白色的小衬衫——活脱脱就像画上的小男孩,漂亮极了。整个晚上瓦莲京娜都喜滋滋的。她轻松愉快地开了个好头,干了一大堆家务活。那么多活儿,即使你和三个半大小子一起做,也不一定能做完。

屋子里一派安详宁静的气氛。电视机已经关上了,不再胡言乱语。孩子们已经躺下了——很晚了。瓦莲京娜马上就要织补完女儿连袜裤上的脚后跟了。她懒洋洋地坐着,哼着歌曲。她可是在学校合唱团唱过:"沿着河谷,沿着山岗,师团向前进……"妹妹玛丽娜参加绘画小组,去跳舞,而她喜欢上合唱。有时,四十条嗓子轰地一齐高唱起:"盖达尔走在前面!"顿时后脊梁上掠过一阵寒颤。

突然,瓦莲京娜平静的思绪有点慌乱起来。怎么没看到桑·桑内奇呢?该睡觉了。溜到院子里干吗去了?她侧耳细听:从门斗接出来的工作室里传来轻微拉锯的沙沙声。深更半夜的,搞什么名堂?白天的时间还不够吗?他明天并不值班呀。

在工作室里瓦莲京娜一眼就看到丈夫正在做一件破坏性工作。他正用一把弓形锯，把手工酿酒器具的主要部件——铜制的蛇形管一分为二，锯成两截。安着老虎钳的工作台旁放着一个凹凸不平、没有嘴的白铁皮桶，人们自家酿造烧酒时就把家酿啤酒灌注到这样的白铁皮桶里。

"你干什么呢？"在电灯光照射下瓦莲京娜眯缝起眼睛，不安地问道。"不管怎样，这还是个家什。"

"这不是家什，"桑·桑内奇含混不清地说。他把手里的活儿放下，坐到桦木墩上。"我今天，瓦丽，到区国民教育处去了一趟。"

"到区国民教育处？"瓦莲京娜以为自己耳朵听错了。她心头有什么东西夹了一下，挺舒服的，甚至她感到喉咙发痒，好像要开心地打个喷嚏似的。

"我要回学校了。仍当校长。学校里都是些女教师。完全没有男人，学校不应该也不能够正常存在。领导立刻就同意了：你出来工作吧。"桑·桑内奇不好意思地说，好像他背叛了以前说过的行为准则。所有的人都明白，那些"不再返回教育"的准则是古怪的、狂热的，放弃它们需要付出努力。"在俄罗斯，'魔鬼现象'可能长期存在。鞑靼王朝的桎梏延续了二百年……我这一辈子的时间是有限的。在一两年内你等不到各方面的民主。可怜孩子们！父辈们这样平庸地支配国家，孩子们没有什么罪过。现在需要齐心协力，从癫狂中清醒过来。"

他说话时用的是辩解的口吻，他讲的是普通的、显而易见的真理，而瓦莲京娜在心里欢欣雀跃。她靠在门框上，安静下来，不敢打断丈夫的话。她已经多少次默默地责备过丈夫，想让他返回学校！这算怎么回事——教师，校长，成了保安人员，给人家看汽车？该恢复正常状态了！不用再向骗子们卑躬屈膝了！再向前迈出一步，可以说，其他人也会跟上来的。不是所有的人都在全国倒腾破衣烂衫，在市场上倒买倒卖。总得有人教孩子明白事理，热爱劳动。周围的人都是普通人，满怀信任的人。他们看到，有教养的人都干这种勾当，也就是说，所有的人都可以这样做。既然校长都动手酿造烧酒，那我们向谁看齐呢？酒鬼邻居们已打听到，并养成习惯整夜蹿来蹿去，看能不能买点酒？

桑·桑内奇避开妻子的目光，讲述起在他离开的这一年里学校的房盖没了；讲到应该首先完成各个教室的装修工作，主要的是——房顶。要知道，那场令人难忘的狂风暴雨过后，教室里总是滴滴答答地漏雨……瓦莲京娜仍和先前那样凝神听着。

门斗里铃声突然响了一下。有人在台阶上按下了按钮，通报自己这么晚的造访。桑·桑内奇和瓦莲京娜彼此交换了一下眼色。"难道是我招来了灾难？"瓦莲京娜害怕了。"刚这么一想，就有个酒鬼来了。好吧，让我来骂他一通！"

"我来开门。你别动。做你的事。"瓦莲京娜一边说，一边带着与当地酒鬼对骂一场的想法向门斗走去。

"谁呀？"她严厉地冲着门大声叫道。

"是我，瓦丽姨妈。列娜·康德拉托娃。"

门闩拉向一边。门打开了。门斗一束黄色的光线洒在瘦瘦的外甥女身上。她浑身是汗，脸颊绯红——看得出来，走得太快了。她的大眼睛露出惊恐的神色。

"爸爸不在你们这儿吗？不在？……也没来过？……我在找他。他昨天就走了，把妈妈暴打了一顿，然后自己走了。妈妈今天嚎哭了一整天。而爸爸压根儿就没露面。他们吵得很凶……我，瓦丽姨妈，来找您。妈妈对我说过，让我任何事都不要对别人讲。但她刚才睡着了。我就到您这儿来了。不管怎样，都应该把爸爸找回来。您不知道他可能到哪儿去了吗？"

瓦莲京娜凝神看着莲卡。从她的话中她不知怎么立刻就感受到妹妹的家庭生活不和睦的痛苦。这时桑·桑内奇走到门斗，问道：

"出什么事了？"

瓦莲京娜若有所思地低声说：
"家家都有一本难唱的经呀。"

***

莲卡是在瓦莲京娜的陪伴下回家的。由于夜里外出，她挨了妈妈一顿臭骂。

"你前几天病了。差点儿死了！我几夜没睡觉！你还嫌不够吗？你一直嫌不够？"玛丽娜大声喊叫着。"你到哪儿逛去了？谁让你去的？谁？"

"我留下了一张字条，"莲卡辩解道，"放在最显眼的地方。'我很快就回来。'"

"字条？"玛丽娜带着尖利的嗓音扑过去，从长衫兜里拽出一张折叠起来的纸，把它撕成碎片。"这就是你的破字条！你看到了吧，她还留了一张字条……我快发疯了。深更半夜。而她闲逛去了！你们要把我折磨死呀！让你留字条！"玛丽娜用厨房的干抹布狠狠抽了莲卡屁股几下，但仅几下，没引起火辣辣的疼痛。

莲卡没再跟妈妈顶嘴，也没为自己辩护。她已达到自己的目的：把明白事理的姨妈引到自己家来。瓦丽娅姨妈会把一切都搞清楚，找到解决办法。她会让妈妈平静下来，出些主意，把爸爸找回来。为了不让妈妈再发火，别再听到她突如其来的责骂，别再挨打，哪怕是不疼的几巴掌，莲卡躲到了自己的房间。她三下两下脱掉衣服，一下子就钻进了被窝里：打骂睡觉的人——不是正大光明的事，人们不打服软的人。

房间里有时传来说话声，但整个房子似乎静下来了，让人感到了轻松。几天前患过病的莲卡有一种感觉：屋子里各处的温度都下降了，就好像病人服用一剂降温药之后体温降下来一样。

姐妹俩，玛丽娜和瓦莲京娜，坐在厨房里，把门关严，进行了一场非同一般的谈话。

情势把玛丽娜逼到了墙角，不得不向姐姐坦诚一切。当然，对她而言，瓦莲京娜不是检察官，而是亲姐姐，她替代母亲把自己培养大；好不拐弯抹角，把一切都告诉她，这总比讲述给自己的闺蜜听要好。

"是的，是的，是的！我是个普通的脆弱的女子！"当玛丽娜把全部情况都说出来之后，她流着眼泪，用歇斯底里般的自卫似的声调喊叫着。"我可能是个轻佻的女人。能爱，也能犯错误。是的！我多愁善感，我是个性欲强烈的女人！我不是机器，不是木头人……"

"嗨，你大声嚷什么！没必要号啕大哭，冲着我来了。拿出自尊心，别再嚷嚷了！"瓦莲京娜驳回了妹妹声音中可以听出的指责。"瞧！我们这儿出了个性欲强烈、多情的女人！而我带着三个孩子，忠于丈夫，是个傻女人？"

闹哄哄的谈话时而一下子亢奋起来，仿佛往篝火里投入了干枯的禾秸；时而陡然平静下来，如同往那堆篝火里浇上了一桶水。

玛丽娜用手帕擦干抽抽搭搭的鼻子。瓦莲京娜大声叹了一口气：

"我把那张可诅咒的疗养证塞给了你。我后悔了多少次！可从另一方面说，猪到处都能找到垃圾。"

玛丽娜沉默无语，没有回应姐姐说的谚语中隐含的侮辱。

"是的，"瓦莲京娜又叹了口气，"他把你打了个鼻青脸肿。一个星期也肯定消退不了。"

玛丽娜猝然一抖，似乎想冲着姐姐说的"鼻青脸肿"大发雷霆。但愤怒的火花只在目光中闪现了一下。她又擦了擦鼻子。瓦莲京娜忧伤地看着她：玛丽娜两只眼睛下面都是青紫色，半边脸有点肿，一侧上嘴唇肿了，所以一说话嘴就歪。

"你应该去请个事假。或者和熟悉的女大夫谈妥,让她开个病假条。你带着这样一副面孔到街上露露面!人们当面不说什么,可背后什么难听的话都会说。"

窗外已是午夜时分,一片漆黑。不知怎么,她们都明白了:最近一段时间,谢尔盖不会跨过这座房子的门槛了。

当地居民认为,老城郊区的那座房子的女主人,八十五六岁的老太婆,是在春天那场不幸的倾盆大雨中在自己的床上被淹死的。据说,大水淹没了房间,直淹到床头背上的镶头,把孤独的老人吞没在狂暴的雨水漩涡中。可实际上,老太婆不是淹死的,而是在大雨之前夜因衰老体弱而死。只不过,人们想起她并探望她家是在暴风雨过后。

老太婆的近亲早就没有了,远亲——下诺夫哥罗德的侄孙对继承来的财产不感兴趣:暴雨过后房子倾斜了,小花园里早就不开花结果了,菜园里长满滨藜——总之,这个亲戚答应下一个忌辰再来这里:"那时也许会想出点什么主意。哪怕是把房子当成柴禾卖掉。"所以现在看中这座房子的都是些因各种原因无家可归的人,他们露宿街头,一致认为并相信:任何人任何时候都不可能把天空私有化并以其贪婪遮住太阳。

不过,流浪汉和流浪汉还不一样。在这里,在这座被人占据的老太婆的房子里建起了一个小仓库。一个以前当过铣工的女人莉扎和她的儿子尤尔卡好像是根据合法的证件占据了一个带炉子的房间和小厨房,任何人都不可能否定这个流落街头的家庭的优势地位。在另一个房间里出现了像纸牌中的J和Q一样不断更换的房客。

爱情守恒定律

被释放的犯人——邻近教养院无处可去的农夫和农妇们，他们得到自由后第一次狂饮就来到这里；脏兮兮的流浪儿，从保育院和孤儿院跑出来的破衣烂衫的脱逃者，他们心甘情愿地去偷窃，去出卖一切，包括自己的身体；来自某个偏僻村庄的农妇和满是油污的上衣上挂着勋章绶带的老父亲，她们的村庄和原始森林一起被森林大火烧毁，她是来向长官乞求救济，好像是在严寒到来之前或得到长官的施舍之前暂时和父亲一起住在这个简陋的小农舍里；还有一个骑自行车来过夜和消磨时间的男人，他戴着一副厚厚的橡皮筋眼镜，肩上背着一个脏背囊，留着油亮的长长的黑头发和山羊胡，像个老嬉皮士；经常有个外号叫水手的中年人来找莉扎并黏黏糊糊地缠上了她，他总穿着一件海魂衫，系着一条宽皮带，皮带搭扣上——海上船锚；有时在门斗里还吃力地走来一个瘦弱的像个细麻秆似的小伙子，他两眼无神，萎靡不振，长着一双嗅毒品的人特有的发狂的大眼睛；他母亲总想抓住他，把他带回家，但他避开她，躲到了荒芜的菜园边上带刺的植物丛中。

"唉，俄罗斯是个巨大的国家啊！"听着出现在这个自由住所的人们稀奇古怪的朴实的生活故事时，水手经常这样感叹道。

通常，这些晚上时快活的人，到早上就被饥饿和解醒酒的干渴所驱使，开始散去了；浮肿的、衣衫褴褛的流浪汉和漂泊者们各自去干自己与众不同的工作了。有的人返回时带回简单的收获，有的人永远地离开了，就好像走向了幽界，他们从那里来这儿只是短暂地停留了一下……

"他……在工……厂里……工……作，当工……程师。在……我们……车间。好……小伙儿。"莉扎手里拿着针线活，坐在倾斜的台阶上，向蹲在跟前的水手说。

水手用一根木火钩在火堆里搅和，那里正在烤土豆。他刚搞到一些新鲜土豆——在农庄土地上挖出来的。篝火在小花园里台阶跟前燃烧。

"所有的工程师——都是明白事理的人。他们在大学里念过书。我以前也曾试图上个大学，"被烟呛得喘不过气来，水手回应道。"愿他长寿！"

"他……来这儿……已经是……第……四天了。看……来，他……喝多了。老婆……把他……从家里……赶……出来了。"

"聪明的醉汉睡一觉就清醒了，傻瓜永远也不会，"水手说。

"他抖得厉害，"尤尔卡插了一句，他也在火堆旁忙活，用小叉子叉着黑面包皮放到火上烤。

"他……有病……酒……醒后。他们……昨……天……喝了……特洛亚。满……嘴……泡沫。"

"不对，他们前天喝的是'特洛亚'。昨天是'菲托阿罗马特'。"尤尔卡更确切地说。

"'菲托阿罗马特'——劣质酒，比'特洛伊内'花露水还糟。'特洛亚'也是劣质酒，喝了它，总是浑身发抖。"水手用久经酒场的好酒量的人的口吻说道。"'山楂酒'比它要好喝100倍！"他吧嗒了一下嘴。"尤尔卡，把背囊递给我。"

水手在自己的帆布大口袋里翻寻了一阵，在塑料袋和瓶子中取出一个贴有粉红色商标的深色小瓶子。

"给他送去，让他喝了醒醒酒。从早上到现在没喝解醒酒不行。"水手一边说，一边把小瓶子递给尤尔卡。

"'山楂浸酒'，"尤尔卡读出了商标上的文字。"他喝了这种酒不会更糟吧？"

"不会的。你从年轻时起就记住：凡是药房里卖的，装在小瓶子里的东西，都可以喝。如果是日用杂品商店里的'化学制品'——最好别动它。"

"你……看看，如果他……还……在睡——别……叫醒他，"莉扎叮嘱儿子，并递给他一个红苹果。"拿……去，苗香……苹果。多……汁的,下……酒。"

这时谢尔盖·康德拉托夫并没有睡觉。他闭着眼睛,一动不动地躺在一张铁床上,躺在发霉的臭烘烘的褥子上,铁床放在向小花园敞开着的窗户旁。在他的床头是一个压扁的填满干草的枕头,他的身上盖着一件破旧的、连蛾子都望而却步的皮大衣。屋外火堆旁的谈话他都听到了。他还不仅仅清楚敏锐地听到人们的说话声,还听到周围的一切:墙边地板上一个人的鼾声、天棚下面苍蝇的嗡嗡声、窗外花椒树叶子的沙沙声,甚至还能听到莉扎织针低沉的咔啦声。此刻被无节制的狂饮折磨得疲惫不堪的谢尔盖像打摆子似的浑身颤抖着,他的所有感官都紧绷起来,就像裸露的神经竖立起来一样,尤其是——听觉。他敏锐地胆怯地领会周围的动静。在人们所有的声音中他等待着某种威胁,他细心地听着。但他在被酒精扭曲的、乱成一团的忧郁意识中突然痛心地回想起玛丽娜的时候,对声音病态的领会、酒后的战栗以及饥饿就都算不了什么了。这些回忆像刺一样扎透了他的心……真想像活人宰杀活人那样大叫起来。真想跑到什么地方,躲开所有的人,或者和所有的人打一仗,刺刀见红,豁出命来,直到咽下最后一口气,为的就是倒下死去,离开这个世界,永远地摆脱这一切:摆脱玛丽娜,摆脱自己,再也听不到这些声音,这些纠缠不休、没完没了的声音。

谢尔盖一听到尤尔卡从街上向他走过来,便立刻睁开了眼睛。他看到眼前一个俄罗斯式的大炉子肮脏的熏黑的一个侧面,以前它曾是刷得白白的;跟前墙边地板上摊开的纸盒上睡着搂抱在一起的一个男人和一个女人,他们盖着一条棉被,上面有些烧焦的黑洞。被子是小孩被,尺寸小,从被子下面,从边上,看得到两条女人的腿和腿上青灰色的鼓胀的静脉以及脏兮兮的小脚掌,还有两条毛烘烘的男人的腿和膝盖上刺的蓝色星星。谢尔盖感受到一阵更强烈的战栗,就好像五脏六腑都被一阵寒颤穿透了。但是,农舍里并不冷——寒颤是一段段令人厌恶的回忆引起的。昨天，那个膝盖上刺有星星的农夫拿来散发着一股橡胶味的酒精，他们用大塑料管里的绿色的龙蒿汁把酒精稀释开了。而下酒菜是在火堆上烤的"野禽"——鸽子。后来，那个女人，他的女朋友，弄来几瓶芳香的液体……

"叔叔！"尤尔卡低声叫着。

谢尔盖把目光转向走到跟前的孩子身上。

"你把它喝了吧。他们说，它管用。妈妈还让我送来下酒的水果。"尤尔卡把苹果塞到腋下，用自己的上衣擦了擦，继小酒瓶之后又把苹果递了过去。"来吧，叔叔，我打开它。你的手抖得厉害——会把酒洒出来的。把它喝了，手就不抖了。"尤尔卡一边说，一边拧药酒瓶的螺旋塞。"水手说：从药房买的东西可以喝。"

谢尔盖掀开身上盖的大衣，把脚放下来，穿进皮鞋里，坐到床上，屁股深陷在撑开的铁丝网上。他身上的上衣不是他的，衬衫和裤子——自己的，而上衣不知是谁的，有点小，从袖子里露出很长一段蹭亮的袖口。

"对着瓶嘴喝，叔叔，还是找个杯子？"

谢尔盖没有回答，两只颤抖的手伸向小酒瓶。他抓住它，立刻送到嘴边。他用抖动的嘴唇裹住酒瓶的小圆瓶口，把脑袋向后仰去。苦辣的酒精和微酸的草莓醋刺痛了舌头和嗓子。火辣辣的苦味还是挺好受的，使人预感到温暖和轻松。他贪婪地从狭小的瓶口吞咽下刺鼻的烈性酒。突然，他呛了一下，咳嗽起来，手中的小酒瓶差点儿掉地上。

尤尔卡及时接住了小酒瓶。

"这里还剩了一点点，叔叔，"他在亮光下看了看小酒瓶。"好东西干吗要丢掉呢！我自己……"于是他自己一口气把剩下的酒都喝下去了。接着，他咔嚓一声咬了一口苹果下酒。

谢尔盖没要苹果。他用沙哑的嗓音要支烟抽，替代水果。尤尔卡向四周看了看，细心听了听，像个小偷似的从上衣兜里掏出一盒"马尔波罗"。

"妈妈骂我,因为我抽烟。你别出卖我,叔叔。"尤尔卡打开烟盒,从里面抽出最大的一个烟头,又取出打火机。他用打火机点燃烟头,吸旺它,使劲嘬了嘬,显示他很会深深地吸烟,最后他把烟头递给了谢尔盖。"烟头,叔叔,你把它熄灭,或者把它扔到窗外。昨天这些人……差点儿没烧死。"他用手指了指那条烧破的棉被,地板上棉被下面躺着那一对:膝盖上纹着星星的男人和脚掌脏兮兮的婆娘。

"几点了?"谢尔盖问,"天亮很长时间了吗?"

"还不到晌午。你可以,叔叔,再睡会儿。妈妈说,你不用去工作了,工厂解散了……"

谢尔盖身体的寒颤渐渐消失了,酒精柔和的暖意渗透到各个肢体,烟草的毒性也甜丝丝地使他陶醉。

在窗户之间的墙上,谢尔盖斜对面,挂着几幅从彩色杂志上剪下来的浓妆艳抹的半裸女郎图片和一个东正教挂历,背景是某个教堂橙黄色球形圆顶。在这面窗间墙上还有两张共产主义领袖的照片:身穿传统制服上衣、手拿烟斗的斯大林和手拿文稿、身体在桌子上方前倾的列宁。列宁的照片上,就在他的额头上,一个简短的粗野骂娘的词十分刺眼,这可能是一个淘气的流浪儿写上去的。

瞧,这算怎么回事:乌里扬诺夫的肖像损坏了,而朱加什维利的肖像干干净净的。可能害怕……谢尔盖不无遗憾地看着弗拉基米尔·伊里奇的照片。不该糟蹋列宁爷爷。这个人怀着崇高的理想。土地——分给农民,工厂——交给工人!在这个构想里有什么不好的东西?现在人们背叛了列宁,把他的事业毁掉了。谁敢寄希望于土地上的平等,谁就一定会被出卖。基督也是被出卖的,他也主张平等……而列宁没有出卖基督,他只不过是不相信他的学说。基督学说已经存在两千年了,可人们之间的平等还没有建立起来,这是怎么回事?上天没有赐给他们平等……列宁自己决定要关心人,他把剥削者的头揪下来,教育人民怎样挣脱身上的枷锁。谢谢列宁爷爷的这一课……

酒精浸液的酒劲儿上来了——谢尔盖陷入恍惚的忧伤的思绪中,他醉了。而斯大林的肖像没有在他心中引起丝毫怜悯和宽容的、醉酒后的谅解。

列宁和阶级敌人斗争,消灭资本家。而这个留小胡子的暴君给劳作的农民——戴上镣铐,给无产者——带来恐惧,把战友们——投入监狱,把党的忠实走狗——这样的人也送到那里……他禽兽不如,统治一个国家。他把瘟疫一样的恐惧带给了所有的人。而任何稳固的东西都不可能建立在恐惧之上。没有愿望,没有灵魂——一切都会生锈,都将坍塌。结果正是这样。一切都崩塌了……集体化,监狱,三千万人——为胜利付出的代价。胜利后人民仍然在监狱里受煎熬。这就是那个格鲁吉亚暴君的政权。没有善,没有爱。他甚至放弃了自己亲生的儿子。他不信上帝,拆毁了教堂。而在俄罗斯,一个没有上帝、没有爱的人算个什么?

这颗被酒精麻醉的昏昏欲睡的心,它已平静下来,并准备即使不去原谅历史上的一切,也哪怕是接受一些,可突然间,它好像炸开了一样,碎片散落到胸腔各处,关于玛丽娜背叛的思绪像毒蛇一样在残存的意识中乱窜。

"叔叔!你吃烤土豆吗?有盐,有面包。妈妈叫你去吃早饭。"

在山楂树枝头上游逛的风儿把火堆上的袅袅清烟送进屋子里。谢尔盖终究没能走到街上的火堆旁。新一轮醉意——对于一个疲惫不堪的机体而言,浸酒的劲儿毕竟还是强大的——又使谢尔盖昏昏欲睡,把他带往令人快慰的无意识之中,夺进了梦乡。

***

有人捅了捅他的肋部。谢尔盖惊厥地浑身一抖,醒了过来。

"你是什么人?有证件吗?"问话声粗暴而又威严。

在他面前站着两个身穿警服的人。其中一人手里拿着冲锋枪,就是这个人用枪筒捅了一下谢尔盖的肋下。莉扎和水手挤在门口,尤尔卡把头从他们中间探了出来。

"他……有病,"莉扎急忙说。因着急,她发出的语音拖得更长了。

"证件,我问你话呢!"两个民警中的一个催促道。

"他确实是这里的人。躺着歇息呢,有点喝多了。"水手为他说了句话。

他的话得到了孩子的印证:

"他和妈妈一起在工厂工作,是工程师。大学毕业,他不会偷窃。"

"是吗?工程师不会偷窃?"手拿冲锋枪的民警用嘲讽的语气问道。不知为什么又用枪筒捅了一下谢尔盖的肋部。"他确实不像个强盗。你从哪儿来?还记得自己的住址吗?"

"放过这个虚弱的家伙吧。跟他纠缠只能浪费时间。"另一个民警说。"而这两个行迹可疑的人——才是我们要收拾的对象。瞧,刺的图形。"

在民警面前谢尔盖没有感到恐惧,只不过酒后的不适又开始使他战栗。真想避开所有的人,甚至避开好心肠的尤尔卡。保安人员刚一离开他去盘问躺在地板上睡觉的人,谢尔盖就用破旧的大衣把自己连头一起盖上了。

虽然如此,屋里的声音仍能钻进他的耳朵:地板块的咯吱声,地板上的忙乱声,说话声。

"……长官,你别给我戴这个帽子。我没撬售货亭。"

"伸出手来!看看你的静脉!"

"喏,看吧!我真不撬东西!"

"这个傻里傻气的女人你是从哪儿勾搭来的?"

"你们才是傻里傻气的女人呢，可恶的警察！"

"在火车站上，长官。她是妓女。"

"你自己才是妓女呢，糟老头子！"

"嗷，我想起来了，就是你挂着卖羊肉的招牌，卖狗肉。"

"哈–哈！整整4公斤！一只看院子的小肥狗！吃了个够！狗肉不算肉！"

"住嘴！你因为售货亭的事得去监狱蹲几天。"

"没出来多久。从证件上看，一个月前才从监禁营出来。"

"你别蒙我，长官。我，这么说吧，是路过这里。"

"你们所有的人出来后在这里都是路过……"

"你们俩都和我们一起走！不过，要把裤子穿上！"

当值班民警小组带着流浪汉及他的妓女朋友离开屋子，去那个双方都很熟悉的地方后，谢尔盖才从他那散发出强烈气味的铺上站起来。阳光透过山楂树枝叶落在肮脏的地板上，浑浊的悬浮的尘土在光柱中舞动着。一看到这些尘土，谢尔盖的呼吸都变得困难了。他觉得，再过不了多长时间，他可能就会在这里闷死。他快步走出门，走到台阶上。他的脑海里涌出一个模糊的摆脱不掉的想法：应该跑，从这儿跑开，再也不能待在这里了，在这里或者他被人杀死，或者他会由于绝望而把别人杀死。周围的一切都变得平静下来，有很多清新空气，柔和的阳光。谢尔盖惘然若失，丧失了逃跑的心绪，不知该如何是好。

"还有……土豆。吃……吧。"富有同情心的莉扎建议道。她还在忙着做针线活。

"不，不想吃。不用了。"谢尔盖向她转过身，含含糊糊地说。

看到尤尔卡，他朝他点了点头，用两个指头比划了一下：有没有烟可抽？

"没有，叔叔。都抽没了。"尤尔卡悄悄地低声对他说。

坐在草地上，用一根长针缝补自己的背囊的水手看到他们的手势，给谢尔盖出了个主意：

"你顺着道路走，就会碰到烟。去向农民要吧。或者在车站捡捡瓶子。现在还是夏天——正是收获毛皮的季节。"水手笑得很开心，用亲切的黑话"毛皮"温柔地说出"空瓶子"。"干吗？想喝水吗？到井边去吧，在那儿喝个够。"

房子后面有口井，井上的遮阳棚布满裂缝。井架上有一个有点扁圆的鸡蛋形的桶，上面有链子与卷筒连接着。桶里有半桶水。谢尔盖弯下腰，伸出手抓住它，想把它拿起来喝。突然，他愣住了。他在水中看到自己的形象——于是愣住了。一开始他没有相信自己的眼睛——他没认出自己！一撮撮乱蓬蓬的头发在头上支棱着；脸上的短髭已不成短髭了——它长成一堆戳着的满脸短胡须；脸颊浮肿，辨认不出来了；眼皮肿胀，眼睛缩小。谢尔盖晃了一下头，就好像竭力要把水中镜子里木偶般的形象赶走似的。头发上立刻散落下一些草屑、头皮屑。掉进水中的还有一个虱子。这个白色的小寄生虫一掉进水里，立刻就急速地颤动起小脚掌，扑腾起来，为自己寻找出路。谢尔盖一拳打在水桶上。链子发出哗啦啦的声响，桶倒在地上。

玛丽娜一星期没出门，在家装病。她用湿敷和润肤膏治疗自己的脸。她整天坐立不安。每一分钟她都期盼着谢尔盖回家——她怀着恐惧等待着。这恐惧有可能转变为快乐——如果他懊悔地有意和解地回来；也可能转变为冷酷无情——如果他……但这种情况下她想不下去。瓦莲京娜根据廖瓦·乔尔内赫所说的话，告诉她：谢尔盖喝酒喝得厉害，他最初在廖瓦家租房子住，后来住在"仓库管理员"家的板棚里，再后来，就不知去向了，人们已多日没再见到他了。现在，无论是门铃，还是打到家里的电话，都会使玛丽娜更加心惊肉跳；那与其说预示着丈夫的归来，还不如说是预示着一个带着坏消息的民警局工作人员的出现。现在电话筒首先由莲卡摘下来，就好像她能提供保障，预防灾难的发生。

幸亏没有听到悲哀的消息。相反，有一次，电话机里响起快活的难忘的声音：在前往叶卡捷琳堡参加专业进修班的路上，疗养院的朋友柳芭莎打算顺便到玛丽娜家里来做客。

"怎么？没想到吧？我没空手——我带着一个大蛋糕，还有一瓶酒！别担心，我不会待很长时间。住一晚上！"大吵大嚷的大块头的柳芭莎穿着鲜艳的黄色女上衣和勉强系上扣的黑色皮裙，搅动了康德拉托夫家充满警觉的寂静。

由于相逢时的快乐，玛丽娜甚至掉下了眼泪。莲卡也一下子喜欢上爽快的、爱哈哈大笑的客人。

和直爽的、好闹的朋友柳芭莎，玛丽娜可以倾诉一切，甚至说出对瓦莲京娜都不能说的最隐私的话。

"要知道，人们抽打吉普赛人不是因为他们偷窃！而是因为当场捉获！"当玛丽娜讲到那致命的坦白时，柳芭莎好像被人打伤似的大叫起来，甚至跳到了凳子上。"嗨，你呀，亲爱的，真是个傻瓜！"她啪地拍了一下自己紧裹着皮裙的肥胖的大腿，晃动了一下大胸脯，用胖嘟嘟的、指甲上染着红颜料的食指理了理鬓角："傻瓜！如果所有给自己男人戴绿帽子的女人都向他们承认这件事，那会怎么样？男性早就灭绝了！哎哟！"柳芭莎言辞激切地表达了自己的感情，话中夹杂了很多"啊呀""哎哟"。她用责备的口吻数落玛丽娜，狂热地把手挥来挥去，不时地抖动着沉甸甸的胸脯。"他觉得的事多了！他怎么，抓到你和那个富人的光腿了？就算抓到了，你也应该睁眼说瞎话。什么事都没有！没有！……他觉得，你明白吗，兰花很贵。不感兴趣，不值一提！某个老家伙可能把它送给你。他喜欢上疗养院的一个年轻女人——他就慷慨买下了。怎么，这种事没发生过？"

玛丽娜在厨房凳子的边上安静下来。她像个小学生一样坐着，面对正修理她脑筋的可怕女校长，不敢再做蠢事。

"……如果这事发生在我和我的维佳尼亚身上，"柳芭莎喷了点香水，"我会在任何一个圣像面前起誓：任何事都没有发生过！我会对着圣骨、圣经发誓。这不是罪孽。把刀子戳进一个人的心脏——这是罪孽！欺人太甚，逼得人家破人亡——这是罪孽！如果给亲人造成痛苦，那就什么都不承认。所以，这被称作神圣的谎言！而在你身上什么证据都没留下，仅有一盆小花而已。"

"可你怎么不明白呢，柳芭莎！"玛丽娜的声音中带着哀求。"我不能再这样生活了！我身上有什么东西被撕裂了。再也忍受不了啦。而他，看来，也不能平静地生活了……我和他在一起生活这么多年了，已经结为一体了，不用说话就能理解对方。我是因为爱而嫁给他的……这一切之所以发生，好像不是取决于我们。我自己对自己都解释不了。好像有个重物压在我身上，真想把它推掉。当他猜到是怎么回事的时候，我自己也愿意把心头上的这块石头推掉。我不能不承认。"

"你大概把那些坏蛋的事也说了吧？"柳芭莎呆住了。

"没有！"玛丽娜立刻回答道。"关于他们——没有！一个字也没说！他会因为这事把我吊死的……没有！你怎么啦？就让这件事成为我的秘密，带到棺材里去吧。即使拷打我也不会承认。"

"嗬，你还挺明白！"柳芭莎脸上露出了讪笑。"和那个富人的事也得弄明白。如果仅仅是亲吻你的脸蛋，应该别出声。或者把脸转向一边………"柳芭莎皱起眉头，沉默了一会儿，凝视着一个点——凝视着盛着凉茶的杯子；看来，在盘算着某种解决办法。"这么说吧，亲爱的，既然惹上了麻烦，那就老老实实地待着，别叽哇乱叫。对任何人都不要乱讲。对一个家庭来说，没有比朋友和邻居更狠毒的了。而丈夫……跟丈夫更亲热些。号啕大哭,别舍不得眼泪,拍他马屁,痛悔前非,卑躬屈膝。让他感觉到,你整个人都捏在他手心里。什么细节都不说。最好是什么都不承认。就像被人施行了催眠术一样。任何事情,你就说,都没发生过。你就说,一个喝醉了的男人纠缠上了,大献殷勤,也不知天高地厚,开始送礼物了。而任何重大的事情都没发生过。一切都是胡扯八道。嗯,你就说,往裙子底下钻了。阳痿患者,只是醉酒后手脚放肆。"

玛丽娜笑了笑。

"罗曼不喝酒。他不抽,也不喝,不说脏话,不像个阳痿患者。"

"这跟你的罗曼有什么关系!如果他是个像你一样糊涂的人,那就让他在自己老婆面前辩解吧!"柳芭莎怒不可遏。"我在说你……你要更多地大声哭叫。这会大大地触动男人。男人的心是脆弱的,对老婆的眼泪不会无动于衷,心就软了……"

柳芭莎带着幽默,对玛丽娜未来的夫妻生活做出非常严肃的指导。玛丽娜还真的考虑起即将到来的与谢尔盖的和解了,寻找着合适的办法……本来就没有失去什么嘛!一切都可以也应该理顺。他们的女儿正在成长!就算我没能成为一个忠实的妻子,但成为一个善良的妻子——这是可能做到的。谢尔盖本来就爱她嘛。他不可能一下子就不爱她了。谁爱,谁就会原谅。难道没有宽容和高尚气度,爱情还会存在吗!

玛丽娜回想起几年前在被称作木婚的结婚五周年纪念日,谢尔盖从医院跑回了家。他被禁止离开住院处:他患有肺炎住院,每隔4小时注射一次。但他跑了,换上医生的白大褂,从护士和值班人员的眼皮底下溜走了。他想在婚礼纪念日的晚上和玛丽娜在一起。他甚至让她打扮起来,披上婚纱。他还买了木制装饰品:珠串和耳环,作为礼品。它们,说实话,对她而言并不十分相配,但玛丽娜仍感到自己是最最幸福的人。"谢廖扎,你原谅我吧，"玛丽娜在心里默默地祈祷着。"我有罪过。我是个活人，不是铁人。我有犯错误的权利。原谅我吧，把一切都忘掉吧。没有你的宽恕我受不了。而没有这个宽恕你自己也无法和我一起生活。你愿意的话，我就给你跪下了？……没有你，不论是我，还是莲卡，在家里都得不到安宁。原谅我吧。"

没有谢尔盖，房子真的空旷起来。现在玛丽娜和莲卡在屋里走动几乎一点儿声音都没有。她们谨小慎微，很少说话，即使说话也是压低嗓门说；关门时听不到咣咣的声音，在厨房也听不到碗碟的声响，就好像房子里躺着一个重病患者。本该大扫除了：擦窗户，晾晒被褥，用吸尘器吸吸尘土，洗衣服——但玛丽娜心灰意懒。"原谅我吧，谢廖扎……"她在心里默念着。突然，她感到全身发凉，她猛地想起来：在他身上找不到一丝怜悯，他抡起胳膊使劲朝她脸上打，打得很疼，他的嘴唇由于憎恨而歪斜了，两眼燃着怒火，说话时咬牙切齿的。

"那时候，柳芭莎，他变得像个野兽。我还从来没有见过他那个样子，我脸上的青紫伤痕刚刚消退。左眼下的黄瘀斑我至今还在抹药膏呢。"

"如果他打你——就意味着他爱你！"柳芭莎发出短促而克制的笑声。"你正对着男人的心脏狠狠地打了一拳——你还期待着得到鲜花吗？应该用棍子抽打你一顿，让别人再不敢……现在已是晚上了——太晚了；明天，亲爱的，就像人们说的那样，趁凉快干吧。找遍他所有的酒友，把他拖回家。但愿他没陷进什么地方——被送进监狱。或者在寒冷的地方把身体搞垮了——那时你就后悔吧。"柳芭莎做了个威胁的手势，用最有力的话劝诫道："别扭扭捏捏的！"

玛丽娜和警官-客人坐着的厨房里该开灯了。街上的暮色已浓。傍晚昏暗的乌云正遮住地平线上最后一抹红色的晚霞。八月即将过去，白天一天天地短了。秋天黄色的什么东西发出沙沙的声音，在空中飘荡。最先掉下来的叶子落在草坪上。雨后留下的水洼很长时间也不干涸。"在棚子里睡觉很冷。他曾患过肺炎。不能着凉。"玛丽娜想着,束紧身上绗线外露的长罩衫,准备先去烧壶茶水。

突然——门铃声。玛丽娜好像被电击了一下。天还不算晚,可这铃声总归还是不同寻常,无法预料。一大堆让她担忧的事把她的头弄晕了:千万别是民警,千万别是医生,千万别有什么不好的消息!可突然是谢尔盖本人呢?

在门口站着的是瓦莲京娜。她开门见山地说道:

"你的丈夫找到了。他住在同班同学塔吉扬娜家。在老城,城边上。廖瓦到我们家去了——他说的……你,玛丽娜,给他找几件衣服。廖瓦说,谢尔盖在那儿穿着一件女式上衣。这不好。可以说,他还不算是衣衫褴褛。廖瓦明天还去我们家,他把衣服转交给谢尔盖。"

瓦莲京娜说话声相当大。柳芭莎在厨房里都听到了。她朝她们所在的前厅跑过来:

"别这样,姑娘们!"她带着几分嘲弄的喜悦喊道,晃动了一下蓬松浓密的染过的鬈发和黄上衣下的大胸脯,"你糊弄不了自己的本性。绝不能这样!如果老公自己没爬到老婆身边,老婆会自己凑过去!"

莲卡从自己的房间探出头来,高兴地问:

"怎么了,瓦丽姨妈,爸爸找到了吗?"

对于外甥女的问话,瓦莲京娜点了点头。玛丽娜没有把目光从地板上移开。

普罗科普·伊万诺维奇用宽大柔软的手掌抚摩了几下自己的

秃顶，又用双手捋了捋凌乱的灰白胡子。

"整个世界哲学，亲爱的罗曼·瓦西里耶维奇……"他用过分华丽的文体开口说道，但突然停住了，看着书柜出了神，书柜里摆放着布罗克豪斯和叶夫龙公司出版的书脊上印有烫金压纹的多卷词典。普罗科普·伊万诺维奇是第一次到罗曼·卡列特尼科夫位于斯托列什尼科夫胡同的莫斯科住宅的这个客厅，所以一下子看入了迷，正像任何一个爱读书的人仔细观察这里的图书馆一样。"嗯，今天整个世界哲学建立在这样的一个公式上：我们是富人——我们就是正确的。您成为富人——您也将是正确的！任何真知灼见都无法与金钱和成功相提并论。启蒙和精神探索的时代已完全被遗忘了……不要为您，老兄，没有出版的选题《民族历史》感到遗憾。"

"假如我能在西方什么地方落实这个想法，"罗曼回答道，"我就会找到伙伴和投资者，把事情做到底。百科全书也就会被预订！喏，为什么在我们俄罗斯这么多虚无主义者呢？甚至瓦吉姆也为出版社的倒闭推波助澜。俄罗斯人幸灾乐祸的情结真是根深蒂固呀！邻居的挫折比自己的成功还要令人振奋。这是怎么回事，俄罗斯人的灵魂之谜？"

罗曼·瓦西里耶维奇的出版社倒闭了。瓦吉姆和他管辖下的由他一人控股的公司集团对出版印刷活动不感兴趣：出版社的仓库和办公场所转归了其他商业部门，设备拍卖了……"让他从零开始吧，优等生！"瓦吉姆的这句话传到了罗曼的耳朵里。罗曼精力充沛的连襟马克不甘心，他正在拟定新的出版远景规划，开辟自己的国家订货渠道，收拢自己的官员机构，但要让标新立异的百科全书方案运转起来没有指望。

"俄罗斯人的灵魂之谜并不难猜，"普罗科普·伊万诺维奇应答道。"我们是最北面最大的宗法制国家。疆域辽阔，道路匮乏，漫长的冬天——这就是俄罗斯人郁闷的谜底，它也造就了俄罗斯人的灵魂。此外还有——贫困。从一方面来说，贫困使人变得冷酷，成为造反者。从另一方面来说，贫困培养出奴才，仆人……唉，贫困中的俄罗斯人不好啊！他会去干很多卑劣的勾当呀。"

"我从小就被灌输了这样的思想：俄罗斯是一个精神国家，"罗曼说，"人民的力量不是聚集在物质仓库里，而是聚集在精神宝库中。"

"但是，"普罗科普·伊万诺维奇迅速地对这个论据做出了反应，"承担起俄罗斯精神家园功能的俄罗斯教会总是追求物质价值。没有教堂，没有有经济价值的土地，没有金制的圣像衣饰和银制的香炉，它就不能吸引和留住人才。你就不断地再增加和政府的联系吧……而俄罗斯应该成为一个宗教国家。这也是由于贫困和经常打仗及自卫的需要。"普罗科普·伊万诺维奇停了下来，又用老练的目光扫视了一下书柜，那里摆放着大部头的书，其中一些书可以断定是从旧书书店买来的。"我冒昧地说，老兄，教堂的数量不能确定社会道德的水平。社会主义制度下，人们尽管没有听到教堂的钟声，但他们可能还没有像现在这么卑劣。自由打通了通往发财的道路，但没有保障思想和社会的团结。"

"丝毫不加掩饰的发财对俄罗斯来说不可能是发展动因，"罗曼深信不疑地说，"一个国家要想发展，它就不应该没有思想。"

普罗科普·伊万诺维奇张嘴就应答道：

"对于一个普通人而言，老兄，民族思想几百年都不变。它只可能与当权者的思想结合或者不结合。社会主义思想和俄罗斯人的民族思想结合起来，所以社会平等使人们感到满意，但富裕没能使人们感到满意。对于大多数俄罗斯人而言，资产阶级思想和民族思想永远都不会结合在一起，而当权的少数人中出现了富裕。这才令人惊讶！"普罗科普·伊万诺维奇感叹道。"寻找和培育俄罗斯民族思想的是那些在泰国和塞浦路斯沙滩上晒胖肚皮的人，那些身穿全套意大利服装、到处都乘坐日本汽车、吃德国食品的人，那些不记得什么时候乘坐过电车或者硬席卧车的人……"普罗科普·伊万诺维奇停住了嘴，意识到他在嘲弄和暗讽自己的雇主了。

"您怎么不说下去了？"罗曼笑了笑。"我恰好前不久刚乘坐了一趟硬席卧车。"

普罗科普·伊万诺维奇看了看罗曼的眼睛，友善地低声问道：

"喏，您和那位尼科利斯克的小姐怎么样了？和玛丽娜？"

"不怎么样，"罗曼冷冷地，随后又急躁地回答道，"我的狱友德米特里·伊里奇断言，说我不了解外省的生活。结果是，外省的女人我也根本不了解：她们想做什么？期待着什么？"

普罗科普·伊万诺维奇本来已经张开了嘴，颤动了一下胡须，想说点什么，可能是想表示一下对罗曼的同情，但他一个字也没说出来。再张口之前，他好像是说外行话似的：他捋了捋秃顶和胡须，亲切地微微眯起眼睛，嗓音里故意流露出温柔的语调：

"您是我的朋友，罗曼·瓦西里奇，我对您说件您可能会觉得委屈的事情。但真实情况更重要……在富人和穷人之间总是存在沟壑。穷人甚至下意识地提防富人，并且……有点鄙视。爱情不能消除富人与穷人之间的界限。相反，在爱情中，这种界限尤其明显。爱情要求不顾一切地投入，而金钱要求盘算……"

普罗科普·伊万诺维奇的话只是把罗曼搅得更加心烦意乱。从尼科利斯克回来后，他始终不相信玛丽娜会永远地待在那里。他不敢给她打电话，让她想起自己，但仍然充满幻想地向往着到她那里去，在心里与她交谈；无论什么道理都不能从他心中夺去玛丽娜，所以聪明的编辑尖锐的真理也就更显得奇怪了。

"我觉得，金钱在这里没有意义。"罗曼说。

"而我觉得，有意义，"普罗科普·伊万诺维奇固执地说。

"富人有时连想都没想到他会怎样刺痛穷人的自尊心。请您原谅您的玛丽娜,老兄。她和您在一起是肯定没有感觉到自己是平等和自由的。国王可以做的事,厨娘不可以做。"

***

普罗科普·伊万诺维奇关于富人和穷人之间的对立,关于按过去的规则进行教育工作的徒劳,关于俄罗斯思想,关于宗教的议论,让罗曼想起和德米特里·伊里奇在棋盘旁的长时间谈话。他们重温了多少俄罗斯的语言宝藏啊!当年被监禁时的某些感人的美好的东西在记忆中萌动了一下。

罗曼打电话叫汽车。几分钟后他坐到了自己银灰色的"雷克萨斯"的后座上。

"我们到哪儿去?"司机问。

"去监狱,"罗曼回答。

奥列格困惑地转过头来。

"去'水兵寂静'监狱。需要送给下象棋的对手一个包裹。"

在去隔离侦讯室的路上罗曼仍在回忆与德米特里·伊里奇的谈话:俄罗斯的世界使命,人民的意愿……但在转弯的一瞬间他的思绪一下子乱了,他认真地看了看奥列格。是的,这就是那个人民,因为他们的缘故,在俄罗斯至今仍在争论!人民给人的印象总是某种灰色的、半饥饿的、几乎赤贫的一大群人,他们总在群众集会上要求得到什么。实际上,人民——这不是一大群人。这是许许多多的个人……这个小伙子,奥列格,前不久来到莫斯科。他在新库兹涅茨克长大,在梅季希服过役,开车接送部队首长;他爱上一个女大学生,也是外省的,与她结了婚,在莫斯科郊区租了房子;现在他自己也在汽车研究所函授班学习,兼做私人司机。他是个相当有自制力、会办事的人……现代人的典型代表，罗曼看着奥列格的后脑勺想。十二月党人曾经为解放农奴而献出生命……民意党人利用炸弹暗杀沙皇。也是——为了老百姓的幸福。布尔什维克把国家淹没在血海里。为了什么？干吗回忆起所有这些爱人民的人！整个俄罗斯的历史——都是建立在人民幸福的大旗下……然而，德米特里·伊里奇在监狱里给他讲了一个非常有趣的寓言！

"在严寒的一天，在烧得暖暖和和的农舍里，窗旁站着一个老头。他留着浓密的络腮胡子，结实，肥壮，刚刚吃过煎饼。他旁边是他的小孙子。他们从窗户上看着街道，看着房前冬天的道路。在那条路上，有一个只穿着一件内衣的农夫。而且——没穿鞋袜。这个农夫连蹦带跳，用两只手使劲揉搓着自己的两肋，好让身上暖和些。在暖和和的农舍里看到这一场景的老人掉下了眼泪，顺着脸颊、胡须，泪如泉涌。小孙子拽着爷爷的衣袖，好像在说：爷爷，你干吗总看那个农夫挨冻，让我们把他放进我们的屋子里，给他煎饼吃吧。'唉，小孙子！'老人叹息道，'如果我们让他进来，那以后我去哭谁呢？'"

……罗曼苦笑了一下，决定详细询问司机几个问题。

"我没能列入学院预算内名额中，"奥列格回答了关于自己学习的问题。"那里都是窃贼和坏人。他们靠大把的贿赂钻营到那里。"

"在你的故乡新库兹涅茨克就没有学院吗？我觉得，那是西伯利亚的一个大城市。"罗曼开始有点怀疑自己的地理知识是否准确。

"那里有很多学院，"奥列格回答，"但没有我想进的汽车系。而且没处找工作。煤矿关闭了，工厂停产……怎么，难道禁止我在莫斯科工作和学习吗？"奥列格带着某种倔劲儿说。"这里到处都是亚美尼亚人、格鲁吉亚人、阿塞拜疆人。让他们在自己的埃里温、第比利斯、巴库学习去吧。这是我们俄罗斯的土地。我有比他们所有这些卑贱的人更多的权利到莫斯科来。他们没有给俄罗斯带来光荣,也没有带来金钱。"

"不是那样,"罗曼驳斥道,"不是那样,奥列格!我们在高加索收集材料时,了解到一些独一无二的成就,独一无二的人物!"

"我可不和您争辩,罗曼·瓦西里耶维奇。你们那个圈子里的人的'国家'这个概念可能完全是另外一个样。你们对它一点儿不感兴趣。对于民警来说,反正都一样:不管亚美尼亚人,还是土耳其人——只要服务工作符合要求就行。"奥列格应答道。

罗曼一时无言以对,不知该说什么,反驳什么。他没再询问司机其他新问题。

在"水兵寂静"监狱的囚室里没看到德米特里·伊里奇。罗曼和一个民警少校交谈起来。少校认出他就是前不久这里的住民。这位少校负责登记被侦讯者。

"啊,是那个特别隔间里一直向上帝祈祷的投机商?"少校针对一个罗曼感兴趣的人做了确切的介绍。"把他放了。他获得了大赦。属于受到'祖国最高奖赏'表彰的公民。他还曾被授予劳动红旗奖章……难道能把你们这样的人关上有限的几年吗?这么说吧,哪怕是吓唬吓唬。"

普罗科普·伊万诺维奇从矗立着制作各国菜肴的饭店和时髦沙龙的斯托列什尼科夫胡同出来,走到大德米特罗夫卡大街,那里到处都是汽车、售货亭,大街因工地围栏而显得很狭窄。他不慌不忙地迈步走向坡势平缓的山坡,想到紧挨着赌场的"俄罗斯"电影院附近的无轨电车站。普罗科普·伊万诺维奇不大喜欢地下通道，所以从市中心到自己的诺沃斯洛博茨卡亚他总是乘车，在与花园环路交叉口由于堵车而滞留很长时间。

……终于他到达了斯特拉斯内伊街心公园。然后他转向特鲁布纳亚广场，尽管他本应该朝另一个方向，即向左边转，去普希金广场。在去特鲁布纳亚广场的路上，普罗科普·伊万诺维奇拐向了涅格利纳亚街，然后走进桑杜诺夫斯基胡同，经过罗日杰斯特温卡，又回到了特鲁布纳亚广场。

没有任何合理的必要性去走这样的路线。他不想沿着弥漫着有害气体、挤满汽车的市中心慢走。此时他好像漫无目的，走哪儿算哪儿……几分钟前，在离大德米特罗夫卡大街不远的矗立着一长列工地围栏的地方，一个他亲眼看到的场景使他茫然若失，内心感到压抑。普罗科普·伊万诺维奇成了一次偶然碰上的抢劫的目击者。

"光天化日之下，在莫斯科，"他默默地低语着，弄乱行踪，摆脱想象中的追击者的监视和追赶。"我怎么没制止他们呢？没叫来警察？没喊人来帮忙？这些强盗有刀……我什么都做不了。我已经老了……多么可怜！可怜那个女孩子！"

为了尽快到达普希金广场，普罗科普·伊万诺维奇打算斜着走过去——先通过德米特罗夫卡大街一座老房子的院子，接着——走一条熟悉的小巷。但突然他走进一个死胡同：可以让人斜穿过去的一座房子的拱门被堵上了，并用一个挡板表示出"此处禁行"。可能所有的当地居民都知道这事情，没有徒劳无益地去往死胡同里钻，所以拱门附近什么人都没有。旁边一座房子的居民可能已搬出去了：房子或者要重新设计，或者面临着拆迁。各处的窗户都已多日没开了，窗玻璃发污，落满灰尘，有的地方玻璃已经掉了。普罗科普·伊万诺维奇的目光停在了一个装满垃圾的集装箱上，在断开的木板、撕碎的墙壁纸、破碎的瓷砖中间还有几本印有压纹的硬封面精装书。他认出封面上的作者名字：绥拉菲莫维奇、高尔基、法捷耶夫、尼古拉·奥斯特洛夫斯基……他真想把这些书拾起来。他从青少年时代就十分了解这些作者的作品。完全无动于衷地把这些书留在这里，留在一堆垃圾中，是不能容忍的，是亵渎，尽管把书搬到什么地方也没有意义。就在这时，他听到一声短促的尖利叫声！尖细的女人的叫声。某种喧嚣，某种压低的凶狠的声音——好像蛇发出的咝咝声。普罗科普·伊万诺维奇朝发出声响的地方走了几步，转过房角，来到一堵僻静的墙和工地围栏之间的通道上。他看到前面一小块空地：木板墙上的一块护板倒在里面。附近什么人都没有。只能听到板墙后面传来的嘈杂声、凶狠的嘶哑声和发自一个人的、被说话打断的喘息声。普罗科普·伊万诺维奇谨慎地向空地看了一眼，愣住了。一个健壮的、带着高加索人面相的黑头发年轻人正用其毛烘烘的大手抓着一个瘦弱的姑娘，从后面搂住她，像抓一只小猫似的把她搂向自己。他一只手紧紧按在她脸上，堵住她的嘴，另一只手搂着她的腰，悬空抱着这个不幸的人。他的一个同伙从外貌上看是个斯拉夫人，浅色头发的小伙子，带着一副窄边黑框眼镜，在姑娘面前握着一把刀；刀有点轻微颤抖，看来是由于手上紧张所致。他的另一只手在她脖子上摸索，撕扯上面的首饰。

"拽下来，母山羊！都拽下来！只是要快！"

姑娘的手颤抖着，她从自己的手上往下拽戒指，但金环，好像故意作对似的，卡住了，不从指骨上往下滑。拿刀的强盗恼怒了，吐沫星子和强盗的威胁声一起从他的嘴上飞溅出来：

"我切断你的手指了，母狗！快点！现在——耳环！"

一两分钟后，强盗把受害人的财物全抢光了——金首饰、戴细绳的蜂窝式手机、女士钱包里的钱。高加索人朝姑娘的腿猛击了一下，把她推倒在板墙上，带着口音恶狠狠地低声吼道：

"在这儿待着！五分钟后起来！"

他的同伙在姑娘面前晃了一下刀子，补充道：

"如果你报警——我们就杀了你！我们会探听出来，母狗，

爱情守恒定律

那就宰了你！"

由于事情来得太突然，普罗科普·伊万诺维奇几乎喘不上气来了，他赶紧从空地上闪开了。

强盗们没有发现他，他们太专注于自己的勾当了，而普罗科普·伊万诺维奇也下意识地十分小心、警觉，全神贯注。当他听到最后几句话时，他拔腿就往回奔，奔向房子转角后面，奔向盛放垃圾与书的集装箱和挂着"此处禁行"的挡板的死胡同。逃生的本能的恐惧驱使他往回跑，因为如果普罗科普·伊万诺维奇猛地往前跑，穿过院子，跑到斯特拉斯内伊街心公园，强盗就会发现他。肯定会发现他！

他在死胡同拱门旁站了好一会儿，面对着下面一堆垃圾中的熟悉的书，心脏咚咚地跳着。然后，他扫视了一下四周，转过房角，又出现在犯罪现场附近。这里已经什么人都没有了。既没看到姑娘，也没看到强盗。一切都静悄悄的。

此时，当他不知为什么沿着莫斯科的街道转来转去，好像在为自己寻找一个逃生小屋的时候，一切也都静悄悄的。他只是对周围一切如此寂静而感到惊讶，一切如常，如同什么也没发生。周围的一切都在行走，乘车，流动，吃饭，抽烟，吐痰，读报——周围一切都和此前一样，仍以那样的速度，那样无所谓……回到特鲁布纳亚广场，他开始沿着茨韦特内伊林荫路，沿着左侧向杂技场走去。在路上，他突然转向一个小酒馆，"建筑材料商店"后面一个不显眼的小咖啡馆。

"给我来100克白兰地，"他对女服务员说。

"什么样的？"

"你们这儿有什么样的？"

"乡巴佬，"普罗科普·伊万诺维奇听到背后传来近似耳语的声音，他愣住了。"别喝白兰地，那都是假货。到隔壁的小铺去，买一什卡利克[①] '黑头莺'或者'戈热尔卡'。你不会失望

[①] 什卡利克，旧俄酒的容量单位，约为0.06升。

的。"

普罗科普·伊万诺维奇甚至没回过身来看看说话的人。他害怕了，好像这就是那个手拿刀子的犯罪分子。

"喏，要什么样的白兰地？都摆在橱窗里呢。"女服务员指了指。

"谢谢。最好来一杯'马萨德拉'。"

晚上，普罗科普·伊万诺维奇认真地看了各电视频道中所有的刑事犯罪新闻。无论是那个可怜的姑娘，还是强盗的组合照片，报道中都没有播放。

"我能帮上什么忙？那个姑娘是谁呢？她怎么出现在工地上了呢？或许她是特韦尔来的妓女？不，这是胡扯。一切都是胡扯！书和那些——都得扔进垃圾场。把我也扔进废品中……"他喃喃自语着，一会儿抚摸几下秃顶，一会儿又摸摸胡须，并又从深色酒瓶往杯子里添了些产自马萨德罗夫葡萄园的波尔多葡萄酒。

积极进取的莫斯科改变着自己的面貌，大规模地扩建。它在保护区的地块上摧毁旧建筑，挤进具有某种风格的新建筑物，修缮带有壁柱和圆柱的古典贵族房屋，用镜子般的玻璃装饰石油与财政金融机构的高层建筑。用于外表的光亮和体面的正面墙的钱是足够的：俄罗斯的地下资源——诱人的取之不尽的源泉——给予京城优惠条件以换取富裕的令人起敬的外貌。"没有商店，带着空提包和苏联面孔，是不会让莫斯科进入高贵的欧洲行列的。"老卡列特尼科夫在评价首都建筑成就时说过这样的风凉话。

Закон сохранения любви

爱情守恒定律

在获得现代财富的同时，首都也丧失了些什么，它变得平民化了，抹去了自己的历史，有点愚蠢了。"瞧他们在这里干了些什么！"有时瓦西里·巴雷奇看着首都某些雕塑方面标新立异的新花样（比如，莫斯科河畔的彼得大帝雕像，或由一个非俄罗斯族的、认识自己价值的南方人在波克洛纳亚山上建造的建筑物尖顶），感到很惊讶。而俄罗斯士兵，特别是东正教士兵——真正的神圣卫国战争胜利者，始终感到莫名其妙：怎么在与希特勒占领军多年的浴血战斗中突然是这么一个古希腊女神尼卡庇护了他？"成长的代价，"瓦西里·巴雷奇苦笑着说。"砍伐树木——就有碎片飞溅。面包没有不剩面包屑的。任何一个人都应该承认：莫斯科在日益繁荣！也就是说，在她面前——脱帽！就像从前在贵族老爷面前那样。"瓦西里·巴雷奇自己的外号就叫"老爷"，就其天性而言，是个游手好闲之人和骗子，他惊喜地发挥了王公思想："而她变得漂亮了，这个娼妇！过去她扭扭捏捏的，触碰不得。这个不行，那个也不能动。在这里，党不发号施令，良心在驱使。现在一切都被允许。她的兴趣越来越浓厚。任何人都可以接近她，不论是傻瓜，还是聪明人，只要你慷慨地拿出钱来！"

然娜一直热爱莫斯科。任何突然的异常变化、极端冒进、改革和改造都不能损害一点她对首都的迷恋。还是个小女孩时她就醉心于这座城市。贫困的木材采运企业新村不可能给她自由奔放的梦想，而年轻的姑娘的心没有辽阔的空间是不会快乐的。莫斯科正在奔向梦想。那里有美丽的女演员，那里的剧院和音乐厅里乐声轰鸣，那里坐落着最昂贵的堆满商品的商店，那里的人们乘坐地铁和出租汽车出行。有时然娜连续几小时地想象着自己时而是个电视编导，时而是个展出猛犸骨骼的古文献博物馆导游，时而是首都最大的珠宝商店的经理。渐渐地，莫斯科不仅仅成为未来远方的一个不可分割的一部分，而且也成了现在的一部分。莫斯科还第一次给予了然娜内心自由的感觉！

在偏僻的林区新村上空不时地飞过一些飞机——在很高很高的天上，依稀可以看到银灰色的小十字架。飞机后面留下长长的白雪般的气流。飞机通常都是从南方飞往北方或从北方飞往南方。"这是往莫斯科飞。"然娜不止一次听到大人说。或者听到他们说："这是从莫斯科飞来的。"这些钢制的鸟儿越来越具有诱惑力。

有一次，然娜看着一架从南方飞往北方的飞机看出了神。飞机在阳光下闪闪发亮，它切开富有弹性的空气，在身后铺下一道明亮的胜利的印迹。然娜突然飞向天空，和飞机一起翱翔起来。她少女的灵魂为之一振，一股不可言喻的内心自由和完全独立于他人的感情涌上心头。无论是偏远的原始森林，还是新村简陋的农舍和工棚，也无论是即使夏天也要穿橡胶制靴子的压坏的道路，还是可以因学生手册中不好的分数就抽打她一顿的父亲——周围任何东西任何人都不能企图剥夺她的内心自由。她按自己的意志行事，她可以想飞就和飞机一起飞向自己遥远的梦想……

在实际生活中，莫斯科完全是另外一个样子。它把幸福岛的幻想砸得粉碎。但是，在地球上难道有那种生活与理想完完全全吻合的人吗！然娜没有抱怨命运，始终深爱着那个唤起她无法估量的内心自由的城市。

……然娜的白色"奔驰"牌汽车长时间地困在克里米亚沿岸街上的交通堵塞中。但今天然娜没有大动肝火，没有紧按方向盘，没有左顾右盼，也没有骂那些男司机是"公山羊"，因为他们总想蛮横地绕过她的汽车或者总想色迷迷地点头挑逗她。她放松地坐在汽车上，带着几乎察觉不出来的微笑沉思起来。

她从伊琳娜家做客回来。伊琳娜嫁给一个比利时人，但她没出国，勉强说服了这个外国人在俄罗斯生活一段时间，在莫斯科西南部一个高档住宅区买了一套顶层公寓。

"对于外国人来说，住在什么地方还不都是一样！只要银行账户上有利息收入就行，"伊琳娜谈论自己的新生活时说。"总的来说，外国人做事很刻板。钱，每周六喝巴伐利亚啤酒，麦当劳。客人们应该至少提前两个星期通告自己的到来……最主要的是——房前的草坪要修剪得漂亮。"

"爱情呢？"然娜问。

"爱情——一种特殊的玩具。狗，那也可以爱。而这是人，他娶了你，生了两个孩子，给你创造了一切条件。爱这样的人比爱一条狗要容易……到头来，就像你说的那样：如果不是用爱情，那就用金钱来达到目的。"

"我决定生孩子，"然娜突然坦白地说道。

"和罗曼？唉，然娜，你活得不轻松呀。他有个索尼娅。还有这个，什么尼科利斯克的玛丽娜。"

"好吧，就算这样。"然娜微微一笑，"我已经在菲特涅斯孕妇俱乐部登记了。不再抽烟了。不再说粗野的话了。好让孩子一生下来就长成一个善良的人。"

后来她们又聊了很多各种各样的事。回忆起不爱出国的、固执的"老爷"，他在巴黎或者阿姆斯特丹的什么地方刚待到第二天就开始抱怨起服务、饭菜、道路上的交通秩序，称欧洲当地人是"长着玻璃眼睛的傻瓜"，想尽快回家，回俄罗斯，去浴池；她们谴责了瓦吉姆的贪婪，他把罗曼搜刮得一干二净，自己获得了大亨的稳固地位：买下两个纸板厂的全部股票，控制好几个林场，买下一艘海上干货船；她们用激动的嗓音提起刑事犯图兹的命运，他因非法保存武器和毒品又被抓起来了，据说那些东西是侦察员们自己塞到他那里的；她们又为普罗科普·伊万诺维奇·卢欣难过了好一阵子，他"又喝上了……"但对于然娜来说，她们谈论的一切都是肤浅的，空洞的。她满脑子想的都是未来做母亲的事。她一刻不停地关注着自己的身体，漫不经心地，有时不合时宜地微笑着，耳朵里响着某个熟悉的孩子小铃铛似的轻声轻气的笑声。

****

……汽车在交通堵塞中靠一次次猛的短暂的移动向前挤去。道路怎么也通畅不了。这令人烦恼的移动然娜也心不在焉地接受了，她忘掉了道路，沉浸在自己与自己的对话中。

母亲给她起了个对于穷乡僻壤来说罕见的名字，希望带着这个名字她会成为一个幸福的人。她自己也非常想成为一个幸福的人。她想出过一整套通向幸福的理论。应该先过一段困难的日子。要知道，她已跨过了多少障碍和困难！够了……现在一切都将按另一种方式开始了。她将和罗曼生个孩子。如果和他生了，那她就不会把他让给任何人。他会忘记尼科利斯克的情妇。难受一段时间，也就忘掉了。男人应该受点罪：两个新手敌不过一个老手。遭过一点罪的男人——这是优点，他会变得更温顺，更文雅。不用提醒罗曼任何事，催促他……而索尼娅，这个可爱的、胖乎乎的小姑娘，应该用钱来摆平。谁乘坐过"奥迪"，谁就不能再乘坐"日古利"。应该直接用钱把索尼娅摆脱掉。

汽车的洪流吼叫起来。似乎现在可以畅通无阻了。唉，不是那么回事。然娜再次把脚从油门移到刹车闸上。在右前方，通往岔道口的红色信号灯突然亮了。

应该把佛罗里达的独栋房子转交给索尼娅。瓦吉姆，当然是个人面兽性的家伙，但在罗曼的合法不动产上不会骗人。把美国的牧场也留给索尼娅。附带地把那套奢华的房子也给她。有一次然娜和"老爷"去那儿看了一趟。房子是一位俄罗斯裔的朝鲜人建的，他是个投机商，决定把钱投在那里。但他破产了，向"老爷"借了一大笔债，最后用房子结清了债务。一年四季绿阴覆盖，阳光、沙滩、棕榈树。让索尼娅在那儿给自己找一个性感的黑人寻开心去吧……"上帝啊，宽恕我这个罪人吧！"然娜醒悟过来，为自己的粗俗谴责了自己。

前面河对岸，初秋的叶子已开始泛黄。树木后面，在碧蓝如洗的天空中，救世主基督教堂的金色圆顶闪闪发亮。重建的，准确地说，整个新建的金色的教堂圆顶闪烁着金色的光芒，饰有铜壁画和圣徒雕像的墙泛着白光。

"我也应当去一趟教堂了。现在就去！"然娜突然高兴地想。

在绿灯亮起之前，她开车穿过中间一排车，驶进右边的行列，接着转弯进入莫斯科河南岸市区密集的街道和胡同里了。

在这里，在莫斯科河南岸，然娜有一个自己的教堂，那是她喜爱的、在那里长时间做祷告的教堂，在那里她还有一个自己挑选的、听取忏悔的神甫。其实，她是出于偶然，是根据一个偶然遇到的过路人的吩咐把它挑选为自己喜爱的教堂。这发生在圣诞节那天，那还是然娜在莫斯科过的第一个冬天。

伟大的基督教节日在她的意识中是那么迷人地与新年联系在一起，看上去也是那么五颜六色，整个儿预示着未来！晚上，然娜留在女朋友位于皮亚特尼茨卡亚街的宿舍里过夜，为的是黎明前早早地去教堂做晨祷，那个教堂坐落在不远处穿过一个街区的小巷里。

窗外，天渐渐地黑了。雪纷纷扬扬地下着。女朋友连听都不想听："那么黑的天"就要往外"爬"，"教堂跑不了"，可以天亮以后再去。可然娜还是去了。在她心中已涌动着节日的感觉。睡梦中她预感到某个圣事，这把她早早就唤醒了——没有闹钟的帮助。在黑暗和风雪前退缩——这绝不可能。她穿好衣服，把自己裹得严严实实的，就出门了。

大片的雪花从天而降，但不浓密，没有风，没有暴风雪，甚至有时在一长串路灯以及一些房子里早早点上的灯光照射下还可以看到街道。确切地说，不是雪，也不是一月早晨雾蒙蒙的昏暗，而是欢快的帷幕般的遐想笼罩着然娜整个身心，把她引到远离她要寻找的教堂的方向。

然娜一边走，一边想象着自己与教堂神甫的对话。这个神甫她从没见过，但她为自己描绘出他的形象：和善的圆脸，大胡子，肥胖的肚子，一个庄重的金色十字架挂在链子上，垂在肚子下方。"你们，神甫，你们的条件不允许你们作孽。你们的职能就是这样——绝不许做孽。可我怎么办？孤单一个人？在这里一个亲戚都没有。可我既要吃，又要穿。父母帮不了我的忙。那里有我的兄弟姐妹。他们说，你自己非要去莫斯科，你也就自己想办法解脱去吧。所以，不作孽，我就没法过了。还有，大家是怎样看待年轻姑娘？啊，神甫，怎样看待？您怎样看待自己教堂里的漂亮的女教民呢？怎样看呢？啊，上帝，宽恕我这个罪人吧！……我走哪儿去了？教堂好像不在这儿。"

然娜走到街对面，然后拐到一个小巷里，又返回到原先的地方。她走进附近一座房子的院子里，想穿过院子走到与原先平行的街上。她在这些白雪覆盖的街上来回地转，有时遇到几个匆忙走过的路人。她有点害怕询问教堂在哪儿。而且，是哪个教堂呢？什么名称？在莫斯科南岸市区有很多教堂。

雪仍在下，毛茸茸的，不紧不慢的。灰蒙蒙的曙光仍悬在房顶上，把门槛和拱门淹没在昏暗中。什么地方响起了第一班电车在轨道上的声音，在通常不很高的旧商人的房子里更多地闪烁起黄色的灯光。在一座带有厢房和阁楼的房子的金属栅栏后面，竖立着一棵低矮的、一人高的新年枞树，上面不单挂着装饰玩具，还点缀着熠熠发亮的各色彩带；守护这棵枞树的是一个由三个球堆成的雪人，它头戴雪帽，手拿扫帚，长鼻子是一根胡萝卜。然娜停下脚步，想看看这个雪人守护下的枞树上新年灯光的迷人色彩。可能在这里，也可能在离这儿几步远的地方，或者在街对面，在灯光明亮的咖啡馆橱窗旁边，甚至可能在另一个小巷里，在钉死的雕刻着藤蔓的木制正门台阶旁边，然娜的心中涌上一股对这个城市的热爱之情。先前曾发现的内心的自由，现在这似乎得到了确认——在这个圣诞节的早上。她不是徒劳无益地向往着这个大城市。她真正爱上了它！在这里迷失了方向，她更多地为自己发现了它。她不认识这些街道，房子上的标牌对她而言没有表明任何事情，但城市本身在她面前敞开了胸怀。她在它的怀抱里感到很幸福！什么地方又响起了电车的咣当声，对面的房子里又有两个窗户亮了起来。在她旁边的一座房子不大透明的窗户上可以看到从里面贴上去的非常可爱的纸面大雪花。

很快然娜就在十字路口停了下来。前面绿色的招牌《药店》和绿色的十字架发出柔和的光线。交通信号灯黄色的圆盘闪烁起来。在刚下的雪地上清楚地印下了某个人大皮靴的橡皮底面。

"我这是走到哪儿来了？"然娜苦笑了一下。她抬起头，对着飞来的雪花眯缝起眼睛，向四周打量了一番。突然，透过蓝白色帷幕，一个教堂的十字架或者圆顶在什么地方闪了一下。

"迷路了？"一个身穿深色大衣、围着方格围巾的老头走到她旁边时问道。他头上戴着一顶落满一层白雪、像个大馅饼似的棕色圆顶宽边帽，这种帽子还被称作"莫斯科女人"。老头一手叉腰，一手扶着手杖，眼镜片上反射着黄色信号灯的光亮，眼镜后面是一双慈祥的眼睛。

"没有，没迷路，"然娜撒谎说。紧接着她又不好意思地说，"可能还是迷路了。"

"请问，您在找什么，女士，在这么早的时候？"

"教堂，叔叔。"

"教堂？"老头惊讶地挺直身子，但很快就赞许地点了点头。"啊，是的！今天是你们的节日……您去那里，这很好。"

"好在哪儿？"然娜对此产生了兴趣。

"好在你年纪轻轻的就去那里。我们年轻时没去那里。现在已经晚了。而您应当去。一定要去，女士，应当去那里。"

"为什么一定要去？"

"对于漂亮姑娘来说，现在非常需要去那里。对于漂亮姑娘来说，有更多的诱惑。所以，需要去！"这位年老的无神论者抬了抬小鼻子，上面架着一副镶着厚厚镜片的眼镜，用劝导性的口吻说道。然后他用手杖指了指："那就是您的教堂。"

然娜转过头，透过飘动的雪花看到一座不高的教堂浅红色的砖墙。那不是她准备去的教堂。但正是它成为了她终生喜欢的教堂。在这里，她面对自己，面对上帝，能坦承一切。

……然娜减缓了车速。不得不经常控制"奔驰"车强大的发动机，就像遏制一匹年轻的烈性小公马一样，它没有足够的地方和空间去尽情奔驰，展示自己的速度。再走几米后应该转向一个小巷，绕过一辆停车场上的垃圾车，然后离开那里，向右拐弯。

小巷的道路从两边被缩窄了。无所不在的首都建筑工业用混凝土预制块作为隔离墙，侵占了部分街道。这个小巷然娜很熟悉，她根本没有想到，一个星期前开始这里实行了交通管制，只允许单向行驶。结果她绕过垃圾车后才看到了禁止通行的标识。某种迟来的怀疑提示她：在这个小巷里不太对劲儿，道路太窄了，她后面没有任何车。但这个不安的感觉没有唤起预感到危险的反应。

道路上空空荡荡的。

"喂，朋友，前进！"然娜对汽车说。

听命于任何油门上的踩踏，觉察到女主人要趁对面没有任何人，尽快穿过小巷的愿望，白色的"奔驰"车温顺而坚决地开始加速。

一开始然娜还没有明白发生了什么事。她的反应是机械的。在她面前"卡马兹"的保险杠猛然一闪。她被抛到了一边，另一边。被闸刹住并沿柏油路滑动的橡胶轮胎发出刺耳的声音。

"啊，啊！"然娜大叫起来。

但这喊叫声突然中断了。在混凝土墩上的剧烈撞击，哗啦啦满地碎玻璃片，金属摩擦的尖利声和轰隆声……眼前一片金光，如同爆炸一般。呼吸时断时续。

脸色煞白的"卡马兹"司机透过破碎的前车窗玻璃向"奔驰"拱起来的驾驶舱里看了一眼：然娜艰难急促地喘息着。她的头倒在安全气囊上，气囊打开晚了，没起作用——主要的撞击正好落在汽车侧面。混凝土墩的一个角就像撞一个纸盒子一样撞破了车门。然娜的脸上布满飞溅起来的碎玻璃片造成的红色擦伤。她似乎喘不过气来，好像胸腔里有什么东西被打断了，无法呼吸。在她半睁的眼睛里有某种歉疚的神色：我，她说，并不想这样，对不起……

"在那儿挂着标识！你往哪儿开呢？"工地上的"卡马兹"车司机绝望地叫起来。"我也没有看到你呀！时速100公里就开过来了。"但他突然停住了嘴，向工地奔去，奔向取暖棚里的电话——叫急救车和汽车监管员。

几个爱看热闹的路人和附近工程项目的人围住了车祸现场，就是从那个工程项目驶来的装载混凝土的卡车迎面撞上了"奔驰"车。

"你们中间，同志们，有没有医生？"

"男人们，应该把她从车里抬出来。"

"车门卡住了，没有工具打不开。"

"别动，最好别动她。有可能她的脊柱撞伤了。没有医生我们会造成损害。"

"瞧这些富人！买了车，买了驾照，却不会开……"

"她往哪儿开呀？当然，穷人不吝惜自己的命。可这个呢？年轻，漂亮，有钱，却把自己弄残了……""

然娜没有听见这些话，她已听不到任何人从外面说的话。她只听到自己内心里说出的话。她想起了那个身材高大的年轻交警舒斯托夫上士，有一次她收买了他，并用他验证了自己的黑色瞬间理论。

"车祸——这甚至不是一秒钟的事。仅仅只有一瞬间！"当时舒斯托夫上士对她说。

后来她在自己身上听到孩子的笑声，熟悉而又遥远的笑声，也许是自己已逝去的淡忘的童年里的笑声，或是自己尚不知道的不远的将来第一个孩子的笑声,但这个笑声极短,总共只有区区几秒钟。

鲜血从嘴里流出来,顺着下巴,流到然娜浅色的丝绸上衣上。所有在场的人都成为见证人,他们眼睁睁地见证了一个一分钟前还鲜艳夺目、天不怕地不怕的年轻女子从活生生的状态跨过了一条界线,进入另一个无人知晓的、用理智无法解释的世界,从那儿谁都没有返回来过。

沿着乌鲁扎河堤岸的尼科利斯克公园里,树上的叶子掉落了。今年的秋天没经过晴和的初秋就来到了,几乎整个九月都没有见到太阳,只看到低垂的灰色乌云,冷风夹带着雨。有时上冻了,一清早大地上出现了一粒粒白色的雪糁。而槭树、杨树和橡树的叶子还是铺满了公园,暂时保住了秋天装饰的满眼的淡黄色。莲卡和她的女友安卡在这里收集外形奇巧的赭石黄色的叶子做标本。

"你爸爸永远离开你们了吗?"安卡好像无缘无故似的冷不丁问道。

莲卡不高兴地看了一眼朋友:要知道,她对任何人都没谈论过父亲出走的事,可你瞧,她不知从哪儿听说了。

"这关你什么事?"莲卡凶巴巴地回应道,特意转过了身子。"尽管你是我的朋友,你也别掺活我家的事。"

"别生气。我爸爸也在去年离开我们了,后来回来了。"

去年莲卡还没和安卡好,所以她们家的麻烦事她不知道。看得出来,安卡明白:当父亲被一个什么阿姨引诱走,家里只剩下自己和妈妈,那是怎么回事。

家里变得空旷而又寂静。有点乱,冷飕飕的。母亲总是挨冻。她像个病人似的围个头巾。屋里烧得也不好。虽说已经供暖,但暖气片只是稍微有点热。从前父亲总是把窗户缝堵上,使屋子里保暖。现在妈妈顾不上窗户了。

有一段时间,莲卡和安卡默默地在公园里徘徊,偶尔采摘几片鲜艳的叶子,但已不再高兴地喊叫:"瞧啊,看我采到什么样的!"看得出来,两个人都在想一件事:父母之间的不和睦。

莲卡看了看乌鲁扎河,它像秋天一样的沉闷、忧郁,反映着灰色的乌云的倒影。它变浅了,好像减缓了流速。再往前,在河那边,旧城的最边缘,呈棕红色的树木在低矮的房屋顶上晃动,父亲就住在从这里看不到的最后一座房子里,住在一个阿姨家里。这个阿姨莲卡从未见过,只听说她叫塔吉扬娜。光这个名字已让莲卡痛恨不已,甚至在学校里她都不想和塔尼卡来往了。

"我们回家吧,够了,"莲卡说。她把采到的一袋叶子倒回地上。"再采点其他叶子。最后一次。"她想尽快和朋友分手。尽管安卡说出了自己父母不光彩的实情,但在她面前,莲卡还是因为抛弃她们的父亲而感到有点羞愧。他不仅仅是抛弃了她们——一开始还打了妈妈,然后到别人家的阿姨那里去了。妈妈确实说过,父亲只是推了她一把,是她自己倒下了,把脸碰伤了。但她是在说谎,是爸爸把她打得鼻青脸肿。

"莲卡,你知道为了让爸爸妈妈和好,应该做什么吗?"安卡神秘兮兮地走到她跟前说,"应该让他们晚上在一起躺下睡觉……我多次发现:爸爸和妈妈吵架了——如果他们在不同房间睡觉——那么第二天他们还吵;如果一块儿躺下睡觉,那么第二天早上他们两个人就都挺和善的。"

"我知道大人们每到夜里和好,"莲卡表示同意。"不过,你在学校里对谁也别说爸爸离开我们走了。他会回来的。"

此后关于父母吵架的事她和安卡再也没提起过。她们的散步很快结束了。天气变坏了，可以在天边看到的一团团暗淡的阳光完全消失了。一切都被黑魆魆的乌云遮盖了——在连绵不断的大雨来临之前经常是这样。

　　回到家，莲卡三下两下就脱掉了上衣和胶皮靴子，钻进塞满盒子、空玻璃罐和装破烂的袋子的小仓库里。她找出刮蹭坏的旧提箱，里面放着父亲的工具。她看中一把锥头很长的改锥和一个把手套着红色绝缘层的鸭嘴钳。在自己的房间里她用瞄准的目光扫视了一下所有扑入眼帘的东西。插座！莲卡像抽出宝剑一样向前抽出改锥，直奔墙上的白色圆木台。停下！插座的插孔里有电。危险。能电死人。最好别动它。莲卡走近自己的床，把床头的木质靠背左右晃动了几下。多少松动了一点。莲卡不顾及床下的尘土，钻到床褥下面，研究起床背的紧固件来。她靠近把床背和金属床架固定在一起的螺栓，试着用鸭嘴钳拧了拧螺帽。她呼哧呼哧地喘着粗气，白白地花费了很多力气。但螺帽纹丝未动——锈死了。需要用扳手。她不得不重新在父亲的工具箱里翻找。但她从小仓库里出来时不是拿着拧螺丝的扳手，而是锤子。

　　在写字台上方挂着一个搁架。莲卡从上面把书取下来，稍微抬起搁架，从木螺丝上摘下紧固簧片。现在需要拔下木螺丝了。如果用改锥把它拧下来，那就很明显了：这是有意干的。她啪的一声用锤子砸了一下木螺丝。螺丝稍微弯了些，但没掉出来。结果更糟了。看得更明显了：这是"故意"干的。莲卡试图用鸭嘴钳转动已弯了的木螺丝。没有效果。于是她又拿起锤子，开始用力敲打起木螺丝和方销钉。

　　幸亏妈妈看到莲卡时，莲卡已经完活，正把工具装到小提箱里了。

　　"你在小仓库里翻什么呢？"

　　"我房间里的搁架掉下来了。我想修理一下……"她匆匆地回答了一句，就说起另一件事了。"我和安卡说好到文化宫去。看一看，可以报名参加哪些小组。"她在前厅蹿过妈妈身边，迅速地把脚塞到靴子里，从挂衣架上取下外衣。但在门口她站下了。

"妈妈！"她皱着眉头，严肃地看了妈妈一眼，"您和爸爸还没完全离婚吧？"

"暂时还没有离婚，"妈妈转过脸，不看她，轻声补充道："再不要问我这件事了，别烦我。"

甚至心灵也会因为炉子散发出的热气而变得热乎乎的，更不用说现在窗外正是乌云密布、潮湿寒冷的秋天。在箱子旁挨冻，接收空盘子——街上的工作结束后，对于塔吉扬娜来说，炉子——这是第一个乐趣。

现在她不是孤单一个人在烧得暖和和的农舍里开心了——她和谢尔盖在一起，已经过了好几个星期的家庭生活了。晚上吃完晚饭，不慌不忙地喝完茶，他们就各干各的事，消磨时间。她猜日本的纵横添字谜，那需要花费很多时间。他经常看书或者干些琐碎的修理活儿：换个熨斗电线啦，修理修理橱柜小门啦，木地板块咯吱咯吱地响——钉个新钉子。他们很少看电视。电视台的人不想在银屏上用善良来使观众开心，他们往屏幕上塞些低俗的、供舞台表演的、矫揉造作的人、政治把戏、淫荡和血腥的罪恶镜头。而且电视还是多年前买的黑白电视，谢尔盖把它也修理了一番，调了调。

"你还记得那个生物老师吗？"塔吉扬娜从画着细线方格的纵横填字谜上抬起眼睛。她即使是忙于计算时也总是不忘谢尔盖。她能中断自己的任何记忆活动，只要能和他说话就行。"你把她锁在了实验室里。我记得，后来她在学校的单列横队前训斥了你。"

"教导主任还把妈妈叫到学校去了，"谢尔盖笑了笑，坐在窗旁把正在读的书放到一边。"生物老师总在课堂上证明人是从猴子变来的。我跟她抬杠，说人是亚当和夏娃生的。"

"我们的教导主任前些天我看到了！她的头发全白了，几乎认不出来了。她也是来送餐具的。而从前她是什么样啊！像个伯爵夫人！高高的发髻，透花刺绣的白色衣领。"塔吉扬娜从椅子上站起来，拉出屉柜上面的抽屉，抽出一个用蓝色长毛绒包裹的大相簿。相簿本身就很厚，从里面还露出一些没放进固定薄膜下而塞在各页之间的照片的边角。

谢尔盖和塔吉扬娜并排坐在沙发床上。当年在学校里还是少年时一起照的某些照片他们都很熟悉，而这样宝贵的纪念品从没让他们感到厌烦。照片上男同学和女同学模糊的面容泛着黄色，出现时间留下的裂纹，没有实现的梦想一闪而过，它甜蜜地刺激着他们的心。真想再过一次那段生活！

"你记得他吗，谢尔盖？我们的邻居，维基卡·科拉耶夫。他家的鸽子窝里有一群白色的鸽子。他非常不喜欢猫，一看见猫，就去抓砖头……数学老师已经死了。遗憾。他从来没有给我们打过2分。他只在记分册上打一个点，如果你没准备好功课的话……米沙·乌索夫整个儿成了酒鬼。托利亚·菲利波夫至今还当司机。而这两兄弟……在监狱里……可你看人家科利亚·杜金是怎么混上去的！他在州杜马，议员……而这个人你能认出来吗？"

"班房！"谢尔盖一下变得活跃起来。"这个亡命之徒怎么能忘掉！由于他，塔妞莎，我丢掉了一颗牙。"

"不是因为他，而是因为我。我全都记得。你听到了吗，谢廖扎，我全都记着呢。就像昨天的事一样……"塔吉扬娜把脸颊贴在谢尔盖肩上，以此来表示她对摆脱掉"班房"的骚扰的感激，或者就这么说吧，为了与自己的救星更亲近些。

屋子里暖和和的。热气来自炉子，来自铺在整个房间的家织花条粗地毯，来自沏茶的气味。桌子上放着谢尔盖喜欢的一把中国古代陶瓷茶壶和一个盛放着薄荷蜜糖饼干的高脚盘，还有普通硬糖。屋子里很安静，可以听到阁楼顶棚上小老鼠跑过的声音。

"要能举办个见面晚会就好了。看看所有这些人。"她说。

"或许，最好什么也不办。趁生活还没有改变大家，就让所有的人都保持他们原来的年轻的样子吧。"他不赞成。

有时，塔吉扬娜坐在一旁，就像守护在病人旁边的护理员一样看着谢尔盖。她看着他忙着维修房屋设备，看着他切面包的动作，看着他若有所思地坐在房前一个长凳上，好像在等什么人。她小心翼翼地照看着他，如同照看一个患上心理疾病、必须照顾的人。塔吉扬娜还没有完全消除先前经受的恐惧。当他出现在她所在的接待点时，她勉强才认出他来——他浑身脏兮兮的，衣服上挂着牛蒡，头发蓬乱，满脸胡茬，眼睛红肿，目光僵直，发青的嘴唇颤抖着；他一手拿着一截钢筋，另一只手上是个空瓶子⋯⋯"怎么会这样！怎么会这样，谢廖扎！"她低声念叨着，把他领到自己家。他完全精神失常，什么都没说，只是口中发出含混不清的声音，并用手比划着，似乎想保护自己免受别人的伤害。

烧好水，她在门斗把他的衣服都脱光了，把他扶进澡盆，用高水罐往他身上浇水，嘴里仍低声念叨着："怎么会这样！怎么会这样，谢廖扎！"她由于接触到的肮脏衣物、由于气味、由于头上掉下来的虱卵而颤抖。她把他所有的衣服——破衣烂衫——都在市郊的火堆上烧掉了；她没在炉子里烧，为的是哪怕是一点点流浪汉的气味也不要滞留在烟道里。她尽其所能，给谢尔盖剪齐了头发，给他刮了脸和脖子，开始给他喝羊奶和蜂蜜。最初寒热病使他备受煎熬，他连碗都拿不稳，她用勺子喂他。到晚上，她开始觉得很不舒服：他把牙咬得嘎吱作响，在睡梦中大喊大叫。她往他的饮料里放入镇静药面，好让他缓慢地、无声地、不知不觉地从昏头昏脑的无节制的狂饮中挣脱出来。她到教堂去了一趟，为他做了祈祷，给医圣尼古拉点上一支蜡烛，从信教的女邻居那儿讨到一点圣水洒到谢尔盖身上，又往自家房子的角落洒了些水。

后来，廖瓦·乔尔内赫打听到谢尔盖所在的住处，给他送来一大袋东西：衬衣、外衣、电动剃须刀、居家小物件和证件。从朋友手中接过袋子，谢尔盖歉疚地向塔吉扬娜转过身来说：

"这里有我的一些零碎用品。既然我在你这里住，没有这些东西是不行的。"

他把这些东西单独放在床头柜里，自己的任何衣服都没挂到衣柜里。

塔吉扬娜无意中发现，谢尔盖因靠她生活而感到苦恼。他竭力为自己的寄居做些补偿：有时在附近的树林里采些蘑菇，有时在河里钓上半打鲈鱼做鱼汤，有时劈了很多柴火，并把它们码成整齐的劈柴垛。她尽力协助他恢复健康和在家里的习惯：放任他在居家方面的古怪念头，没等他张口就买回一些生活必需品：烟啦，剃须后用的润肤膏啦；从图书馆带回一摞关于侦察员题材的书。

廖瓦时常来探望市郊房子里的这位新房客。他和谢尔盖坐在窗下的长凳上，长时间地谈论着什么。客人总说些俏皮话，传播些闲话；有时他从长凳上跳起来，晃动着自己棕红色的头发，笑得喘不上气来。谢天谢地，他们从未喝酒，甚至看上去连想都没想过。

昨天塔吉扬娜更安心了。早上她出门走到后院，看到谢尔盖正在练单杠。这个简单的设施是以前的房主人留下来的：两根柱子，中间一根铁管。谢尔盖脱掉上衣，在单杠上把身体向上拉，他甚至练出了强健的球样隆起的肌肉。练完之后浑身是汗，他从大木桶里舀起一小桶雨水，为强健身体而浇到自己身上。塔吉扬娜跑回屋去给他取毛巾。

她还开始发现另一件事。白天谢尔盖总穿着擦得干干净净的皮鞋离开家,到什么地方去了。十有八九他是去找工作。"在职业介绍所工程师名单上,需要锅炉房班长。"有一次她想提示谢尔盖。塔吉扬娜本人也到职业介绍所去过多次,并打算在冬天到来之前换个工作,通过学习当个锅炉房操作员。她想提醒他一下,但没开口:这好像要求他去工作似的。不,不必要插手。如果需要,他自己会请求她或直接跟她说的。这样更稳妥些。

……房间里更暗了。乌云离地面越来越近。在乌云的遮盖下,连白色的窗台都失去了光亮。可以听到街上的沙沙声。最初掉下来的雨点抖动着小花园里樱桃树上还没掉落的红叶。

塔吉扬娜把看过的相簿放回柜子里,按了一下开关。浅绿色灯罩下的灯亮了。

"立刻就感到快活多了,"塔吉扬娜表扬了电灯。"来吧,谢廖扎,我们再喝点茶。我已经非常喜欢和你一起喝茶了,"她坦白地说。"我去地窖拿点果酱。"

谢尔盖又在窗旁的椅子上坐下来,低下头看书。突然——当当的敲窗声。敲窗户,敲玻璃。突然地,刺耳地,就像在耳边敲的一样……谢尔盖把手搭到脸上,好挡住灯光。他在昏暗潮湿的小花园里看到一个小女孩。

"莲卡!她从哪儿来的?"他冲向门斗。

和不认识的、可恨的阿姨塔吉扬娜见面,尤其是还要敲她家的门,向她询问父亲的事——莲卡不允许自己这样做。所以她在郊区最边上的那座房子周围绕来绕去,希望父亲能走出屋来,到

街上抽口烟。不知为什么她觉得他在这个用发黑的圆木盖起来、铺着一层发绿的石棉瓦的、别人的低矮小房子里不抽烟。

她几乎不怀疑父亲就住在这里。他能去哪儿呢？甚至如果他现在不在这里，那他也一定会回到这里过夜。不错，她不打算等到天黑，一切都应该早一点解决……"爸爸，好爸爸，请你出来吧！"她多少次走过最边上的房子，在心里央求道。很可惜，看不清谁在那里，有什么东西在那里，在房子里，在灌木丛树枝和窄窗框的玻璃后面。

雨下得真不是时候。虽然莲卡穿的是带风帽的上衣，脚上是胶靴，可你还是只能泡在雨水中！在树下也无处躲藏，树上的叶子已经掉落了。莲卡委屈得快要流眼泪了。在来这儿的路上她就已经遭了不少罪：她在公共汽车上没买票，一直左顾右盼的，千万别让售票员抓住。她没在应该下车的终点站下车，而是提前在倒数第二站下的车，为的是别意外地撞上售票员，他们喜欢在行车路线终点抓无票乘车的人。

"爸爸，好爸爸，快出来抽支烟吧。就到那儿，到台阶上。喏，请出来吧。"莲卡央求着。天气由潮湿变得凉飕飕的。莲卡蜷缩起来。千万别感冒。不然的话就生病了，不能上课去了，赖萨·米哈伊洛夫娜又要因为她成绩落后而训人了，还得叫家长来；爸爸不太怕她，可妈妈就像老鼠见猫一样。莲卡在风帽下斜视着越下越大的雨，甚至抽噎了一下。

房子的窗户里的灯突然亮了。莲卡立刻就认出了父亲和狡猾的阿姨。很快地，阿姨从房间里出去了。只剩下父亲一个人。莲卡扑向窗户，敲了敲玻璃。父亲看到了她，挥了一下手。

"你怎么钻到这儿来了？"莲卡听到身后的说话声，颤抖了一下，转过身来。

就是她，这个讨厌的阿姨！她穿着一件长衫，肩上披着一件毛衣，便鞋上套着胶皮套鞋；她本人头发乱蓬蓬的，一脸凶相。但莲卡没有害怕，父亲已经看到她了，他不会让这个阿姨欺负她的。

他几乎是立刻就从门里跳出来的,迎面扑过来:

"你怎么在这儿呢?下着雨!"他把她抱在手上,把面颊贴向她的脸。"这是我的女儿,"他对阿姨解释道。

"那你们到屋里去!到屋里去!喝点茶。"

莲卡斜着眼看了看她。瞧她说的这话!像个马屁精!还召唤去喝茶……她轻声对父亲说:

"我不去她家。让她走吧。"

他向阿姨转过脸,说:

"你去吧,塔妞莎。我和她说会儿话,在棚下面。去吧。"阿姨顺从地消失在房子里。

"爸爸,我把搁架……我的书架掉了。我爬上去,摔下来了。它也轰的一声掉下来了。你能给我修修吗?啊?"

父亲好像没听到她说的话,他惊讶地说:

"莲卡……你自己找来的。我本来打算明天到学校找你去呢。"

"爸爸,你给我修搁架吗?修吗?"

***

女儿现在的问题"你和爸爸还没完全离婚吧?"把玛丽娜置于一个惶惶不安的境地。用欺骗或闪烁其词的方式无法掩饰家庭裂痕。莲卡已经长大了——她全都明白。她问什么问题,就睁大从父亲那儿继承来的明亮的眼睛,等待着真相。而这个真相在哪里?什么样的?

今天在单位玛丽娜也被一个无言的问题弄得不知所措。干部处决定更新工作人员的个人档案,要求大家填写调查表。在"家庭状况"一栏中她选取了"已婚"。在下面划上线后,她陷入了沉思,有什么东西在心中刺了一下:"难道我的婚姻真的结束了吗?难道一切都结束了,没有家庭了?"

人想必总是生活在自我保全和不受伤害的希望中。某个地方发生了地震，整个城市都成了一片废墟——很远，没发生在我们这儿；某个地方，飞机失控，在空中打旋降落——也不在我们这儿，很远，不会在我们这儿发生；在莫斯科恐怖分子炸毁了两座居民楼，啊，真可怜无辜的百姓——但那是在莫斯科，还是离我们不近；某个地方，火车脱轨了，满载游客的渡轮沉没了，公共汽车在路上被压成了饼，无法治愈的肿瘤——所有这一切都好像在某个地方，或者多少公里之外，或者即便是在墙外，但不在我们这边，和我们无关。要知道，她，玛丽娜，从来都没能想象过自己会是个被抛弃的不幸的妻子，没有爱情也没有家园。她总觉得，这种痛苦会绕过她，就像惨祸、战争、毁灭性地震应该绕过她一样。但出现了失算：所有的人间灾难都是针对人们而言的，没有例外，也不可能预见到例外的人。所以，现在她，玛丽娜，体验到了她以前只能抽象地想到的事和发生在别人身上的事。

"没有谢尔盖，我将怎样生活呢？"她看着变得暗淡的半球形灯罩，问自己。在前厅的镜子上方，双灯座壁灯发出亮光。昨天在半球形灯罩下的一个灯突然炽烈地闪烁了一下，就熄灭了。"完了，现在一个人了？单亲妈妈？"耳朵里嗡嗡作响，脑袋感到很沉重，两眼昏暗无光，好像周围的灯都熄灭了一半，好像全世界的灯座上的两个灯泡中的一个都烧坏了。

听得到落在房檐上的雨点的声音。下雨了。

她走到厨房窗前。蒙蒙细雨遮住了整个城市。在雨中隐含着凄凉与平静。雨能以其平淡、沉静、漫长的单调起到减弱力度的作用；绝望、剧痛和狂怒——不具有平淡的、单调的特色……此时的雨很合玛丽娜的心绪。真想悄悄地哭一场。雨从天上放开了潮湿的线，带着平稳悲伤的喧嚣浇灌着窗外的空间。

她坐在窗旁，看着街上，看着远处、房盖上方、树后面；有时她裹了裹身上的长衫：暖气片不太热；有时她皱起眉头：为什么在这么个阴雨天莲卡溜出去了？她又平静下来，看着雨。

钥匙在锁眼里的摩擦声音使玛丽娜心头一震。家门口响起了女儿高声的喊叫：

"妈妈！这是我们……爸爸！喏，你怎么不动呢？进来呀！"

玛丽娜愣住了。她想从椅子上站起来，想走到前室。但她害怕了。起不来。

"爸爸！喏，你怎么不动呢！脱下衣服！"

前室里响起女儿忙乱、快活的声音。

***

莲卡的打算是这样的：把一大堆不是妈妈的活推给爸爸，尽量让他在家里多待些时间；等天色已晚的时候就对他说，让他留下来：深更半夜你到哪儿去呀？他在这儿也有家，主要的家！他会留下来，和妈妈一起躺下来睡觉，结果就是——他们和好了。安卡用这个药方在自己的父母身上验证过了：只要他们躺下来睡觉就行！

莲卡一分钟也没闲着：她从厨房里妈妈那儿跑到房间里爸爸那儿，又从爸爸那儿跑到厨房里妈妈那儿，发布各种命令和请求：

"晚饭，妈妈，煎鱼！爸爸喜欢……爸爸，前室里的灯泡烧坏了，你能换一个吗？"

与此同时她发现，父亲和母亲只打了个招呼，什么话也没说。好吧，就先这样吧。还会产生兴趣的。有时她和朋友安卡吵架了，整整一个星期都像陌生人似的从对方身边走过去也不说话。

掉下来的搁架让父亲十分惊讶：

"怎么会这样！连着木头一块儿下来了。我在工厂里把自己的台架从这样的木螺丝上卸下来——用了撬棍。你一个人钩住搁架了？也许，整个班的人？"

莲卡没说话，只做出一副无辜的表情。

父亲忙活了很长时间收拾搁架。他用钻头钻了孔，往墙上钉进了木栓，拧进了木螺丝，又配上了什么东西。这让莲卡很满意：时间一点点过去了……前室里的灯他几乎没费什么事。

"爸爸，你再看看我的皮鞋。鞋掌要掉下来了。"

"那是你夏天穿的鞋。现在穿你会受凉的。"

"反正都一样。我有时穿它。去小组时穿。"

莲卡那双夏天穿的旧皮鞋已经挤脚了，明年夏天肯定不能穿了。父亲也忙活了相当长的时间。这时街上已经黑下来了。

在厨房餐桌旁，不论父亲，还是母亲，都没有说一句话。莲卡像粘合剂一样主持了晚餐，她竭力让人感觉不到父亲处境的尴尬和特殊：他在家里像个客人。她也尽力使妈妈振作起来，她现在也手足无措，目光躲躲闪闪的。茶虽然是不慌不忙地喝的，但还是没有一致的话题。但莲卡暗自高兴地发现，窗外已经完全黑了，雨还在下——这样的话，说服爸爸留下来会容易些。

莲卡突然开始准备睡觉了。她根据自己的行动计划，把父亲拉到自己的房间，要求他给自己临睡觉前读个童话：

"你记得吗，爸爸，你以前总是给我读关于艾丽的故事。关于宝石城的魔法师的故事。"她往父亲手上塞了一本书。"喏，哪怕只读一章。我自己读没意思。"

父亲不知怎么忧郁地笑了笑，同意读一个童话。他可能自己也喜欢这个童话。

"现在，爸爸，我要睡觉了，你去和妈妈谈一谈吧。她也是一个人很寂寞。"当童话中的女孩子艾丽找到万能的魔法师时，莲卡说。

父亲没急着离开儿童室。

"你在学校里怎么样啊？"他问。没等到回答，他又叮嘱道："一开始学习就要像个样，要勤奋。做一切事情都应该从一开始就做好，要让任何人都不敢责骂你。要使自己站在任何人面前都不感到惭愧。愿上帝保佑你，女儿。"他俯下身，在她面颊上吻了一下。

当父亲关上房间的灯，准备走出屋子时，莲卡抓住时机，在黑暗中说出了在亮光下没有足够勇气说的话：

"爸爸，你留下来和我们在一起吧。别再到那个阿姨那儿去了。好吗？你干吗要走，只剩下我和妈妈两个人？好吗？"

"傍晚神志昏，留待翌日晨。睡吧，女儿。"

父亲走出了房间。

但莲卡不想睡觉。她警觉地竖起耳朵听着。她觉得，如果父亲在这几分钟内没有离开家，那就是说，留在家里过夜了，也就是说——永远不走了。刚才，当他关上她房间里的灯，临走时说："睡吧，女儿！"一种因完整的家庭而产生的安宁感在莲卡心中增强了。她知道，在这里，就在隔壁墙那边，是她的父亲和母亲。现在在她心中出现一种缺少家庭成员的奇怪的陌生的感觉：亲生的父亲——好爸爸——在这里做客，他甚至有点像客人似的迟疑不决地走向小仓库，去取自己的工具来修理放书的搁架。莲卡看了看搁架，它换了地方，在墙上向上挪高了一点。莲卡对自己的机智很满意。事情的结果是：她还是把父亲引回家来了！

街灯昏暗的光落在搁架的玻璃上。窗外的雨仍在让人厌烦地下着。路灯灯光透过雨帘在搁架玻璃上微微地晃动、摇曳。这种光有点像新年玩具上的亮点。

新年前夕，莲卡的房间里一定会出现一棵挂满玩具的漂亮的鲜活枞树。夜里，玩具捕捉到窗外射进来的任何光线。玩具上的亮点看上去也摇曳不定，晃晃悠悠的，就像枞树在不断地叹息。

当父亲去树林砍枞树时，莲卡多么替他担心啊！他们想节省点钱，不去买枞树。在树林输电线路下面枞树也不能生长，但砍伐它们——禁止，违法砍伐者被抓捕。莲卡忐忑不安地等待着父亲从树林里归来:千万别被警察抓住,别被罚款,别向他的工作单位告状。

睡梦折磨着她,但时间不长。有什么事还没做完的感觉战胜了睡梦。莲卡醒了,立刻回想起了一切:应该弄清楚主要的事情——关于爸爸,他是不是在这儿,和妈妈在一起?她迅速地从床上坐起来,但她没立刻动地方:周围一片黑暗,伸手不见五指。搁架玻璃上没有任何亮点,窗外的路灯熄灭了。她摸索着走到开关跟前,啪的一声按了一下,房间里的灯没亮。可以从窗户上看到对面的房子的黑色轮廓,那里也是一片黑漆漆的,只在某些地方浅红色的什么东西发出微弱的光亮。很可能是,整个城市都断电了。她小心翼翼地摸索着门框和墙角,向前室走去:应该检查一下,那里有没有父亲的衣服——皮鞋,上衣。莲卡没有看到皮鞋,也没有看到上衣。这时她还是怀着一线希望,悄悄地向父母的房间走去,去听一听。没有任何低沉的说话声,没有任何动静。她轻轻地把肩膀靠到门上。

"你怎么不睡觉呢?已经很晚了。"莲卡听到母亲在床上的说话声,黑暗中可以看到她微微有些发白的脸。

"断电了,"莲卡胆怯地说。

"我知道断电了,"

"爸爸走了吗?"

"走了。"

"他还来吗?"

"我不知道。"

"妈妈,你怎么,打算嫁给另一个叔叔吗?"屋里很暗。莲卡几乎看不到母亲的脸。只是从声音中她猜到妈妈在低声地哭泣。

桌上陶瓷碟里点着一小截蜡烛。由于石蜡流淌下来并凝固在底部,蜡烛变粗了。烛芯上的火苗不大。它只稍微驱散了一点房间里的黑暗,照亮白色的炉子、天棚和浅绿色的灯罩,摩挲着壁毯上褐色的鹿。烛光像微黄色的外罩覆盖在两个一动不动的人身上。塔吉扬娜盘起腿,裹着被子坐在折叠沙发上;她已经穿上睡衣,准备睡觉了……谢尔盖坐在旁边,坐在床边上。他前面的地上是一个当作烟缸的空罐头盒。他穿着湿漉漉的外衣和帽子刚回到塔吉扬娜的家,脚也淋湿了。街上还在下雨。几乎哪儿都没有一点儿亮光。从留在身后的家到正亲切等他的女友的家,徒步走过来的路可不算近。塔吉扬娜坚持让谢尔盖在这个房间里抽烟,不用到黑黢黢的台阶上,在雨中冻个透凉。

她的话语声很轻。微弱的烛光似乎也不允许她提高嗓音。

"我真没寄希望于你能回来。女儿把你领走了,我想,是永远地领走了。愿上帝保佑!我看出来,你因想家而苦恼。一切我都能看出来。如果你决定回到自己的家人身旁,你不要因为我而感到难为情。我不会对你提出要求。如果你想回家,我准备亲自送你回去!瞧,你的闺女长多大了。她打听到你的下落。她躲避我就像躲避女巫师一样。你想她。你的妻子你也仍然爱着。我能感觉到这一点。我是个女人呀。"谢尔盖把身子转向塔吉扬娜。"什么都别说了,谢廖扎。你听我说完……我本人也体验过爱情——无论快乐,还是忧伤,我都经历过不少。真正的爱情每个人一生可能只碰到一次。其他的一切——聚到一起,合得来就住下去了。所以,把爱情从心灵中割裂下来——就像用钝刀子挖心。而如果感情还陷在孩子身上,那就会更痛苦。"

塔吉扬娜深深地叹了口气，敏感的蜡烛火苗感受到她的叹息，晃了晃。他们在墙上长圆形的影子晃动了一下。谢尔盖用手指把烟卷揉松了些，暂缓了吸烟。

"女人的一生，谢廖扎，非常短暂。年轻，漂亮——就像汛期的水，涨得快，落得也快……我在远方的卫戍部队奔波，作为军官的妻子为家庭和爱情服务，把女儿养大成人，回到了故乡尼科利斯克。而这里谁需要我呢，职业也没有。在原始森林卫戍部队里你能做什么工作呢？如果最近走运，从职业介绍所那儿我会通过学习，当个锅炉房的操作员。如果不走运呢？那就等着吧，在空酒瓶之间挨冻吧……而晚上——空荡荡的屋子。你瞧，这就是女人的命运。我也观察过其他女人——心里不是个滋味。多少人比我年轻，比我漂亮，她们站在集贸市场上，叫卖着破旧衣服和香蕉！她们没有丈夫，给阿塞拜疆人干活，和他们在一起鬼混……在严寒中，在雨中，她们冻得发抖，而到了晚上——一杯伏特加。这样工作两年——女人已不像个女人，完全憔悴了。还有更糟的——成了酒鬼……我也说不定会冻个半死，买瓶四分之一升的酒，回到家，喝掉它，再吃点松乳菇和煎土豆。这就是全部幸福！"她用感叹的语调，带着苦涩的兴奋说完这些话。谢尔盖斜着眼睛忧郁地看着她。"突然，你来了。我感觉自己似乎成了地球上的另外一个人。我从来没有急着回家过，可现在哪怕把工作丢掉我也要赶紧回家。好像我又成为对别人有用的人了。人在孤独中会珍惜每一丁丁快乐。你把电视机修好了，把门槛弄平了——难道这是我能做的事吗！当你就那么坐在窗旁看书时，我的心里很舒坦。我现在已不需要任何爱情了。仁爱现在比任何爱情都更温暖我的心。在我走完自己人生最后的日子时我会向你鞠躬致谢，表达我的感激之情。但是你记住，谢廖扎，家庭和爱情无论怎样都高于舒适。如果你非常想返回去，那你不要考虑我会感到委屈。我一点点都不感到委屈。"

谢尔盖向塔吉扬娜转过身，把她抱在怀里，搂向自己的肩头。

"你真善良,塔妞莎。善良的人不会成为孤独的人……我和你在一起,心里也很平静。而关于未来,没必要猜测。"他沉默了一会儿,叹了口气说:"不管怎样,一切都会很快了结的。"

塔吉扬娜没有问:为什么"很快",什么是"了结"?

谢尔盖终于划了一下火柴。房间里开始散发出有点呛人的味道。

"……我们被迫迁到寒冷的北部城市尼科利斯克,但这里和乌克兰完全一样,有很多持反犹思想倾向的人。找到好工作不可能,所有的人都用怀疑的目光看我们……"

在另一页上写着:

"……当我提出入党申请书时,党组织负责人当着我的面撕毁了它,并直冲着我叫道:'我们在苏共还真缺少你这样的人!斯维尔德洛夫和托洛茨基的时代早已结束了!'"

翻过几页:

"更令人痛苦的是,不大的犹太社团无处可以聚会。甚至假如我们聚集在泽利克·菲什曼的住宅里读《摩西五经》,那我们也得秘密进行,因为邻居们非常令人生疑,他们当中的一些人向克格勃告密。要在尼科利斯克建立一个不大的犹太教会堂,这是根本谈不上的事。在赫鲁晓夫解冻时代对犹太教的迫害仍与斯大林时代一样。"

再翻过几页:

"……我从集中营被释放出来,但禁止我返回莫斯科。我开始在尼科利斯克找工作,但所有单位的干部处,一看到我的文件，他们的脸色就变了，随后就说没有适宜我的工作。只有一个诚实的俄罗斯族人，走到我跟前悄声说：'到化学制药厂去吧，那里的实验室负责人是别利斯基·约瑟夫·谢苗诺维奇，他会帮助你安排工作。'约瑟夫·谢苗诺维奇比我早两年释放出来。他是一个有高级职称的化学家，在工厂里大家都很尊重他。正是他帮助我在最初的日子里站稳了脚跟……"

鲍里斯·瓦伊斯曼翻了翻这个小本子，浏览了几行字。尼科利斯克犹太人的回忆录没有乐趣的段落中到处都描写到关于地方行政当局和周围的人的偏见，关于安排最普通工作、更不用说领导工作的复杂性，关于禁止宗教信仰，关于公开的黑帮追杀。

这些回忆录汇编刚刚由当地散居的犹太人捐款而出版。由于命运的安排，很多犹太人家庭来到这里，来到尼科利斯克这个穷乡僻壤……一些人是被红色的十月革命赶来的——建立委员政权；另一些人——因工业化和五年计划产生的欣快症；第三部分人——为摆脱乌克兰虐杀者，寻求自救；第四部分人——在第二次世界大战之初进攻波兰的法西斯铁蹄；第五部分人——是由斯大林去世后才撤销的古拉格给安排的居住地。

鲍里斯也是汇编的作者之一。这里刊载了他的一篇关于父母的随笔，它浸透儿子之爱。尼科利斯克反犹风俗在随笔中一个字都没提。鲍里斯不想加剧民族主义纠纷，不想在随笔中提及当地的反犹主义者和傻头傻脑的人，这些人一提到犹太人就会出现某种本能的唾液分泌。没有人向鲍里斯提出要求，让他举出关于这方面的老一辈同族人转述的实例——他从自己的履历中就可以挖掘出大量证据。从乌拉尔大学毕业后，他回到这里，在《尼科利斯克真理报》工作。该报曾刊登了几篇他最早的少年通讯员观感。主编彼得·科利亚斯金是个农学家和党组织负责人，他撰写关于区委会会议的报道，并主持"田头报告"专栏。他教鲍里斯·瓦伊斯曼这个新闻记者系的优等生如何报道工会会议。他还坚持让鲍里斯给自己起个笔名。"这是什么——瓦伊斯曼？普通的俄罗斯读者读完后会说：'这是犹太人写的。能相信他说的话吗？'可如果是伊万诺夫写的，那就是另外一码事了。"鲍里斯真想冲这个杂种的嘴脸狠狠打上一拳！但他忍住了。他还是为自己起了个笔名：布里特维恩——既尖锐，又是母亲娘家的姓。没做出多少妥协。

回忆录汇编中提到的许多同族人已经去了那个世界，很多人为了寻求另外的命运，踏上了富饶的乐土：去美国、加拿大、澳大利亚。这不，离鲍里斯·瓦伊斯曼一家迁往以色列的日子也只剩几个星期了。这里没什么可观察的了！到处都是胡扯！也许在莫斯科、彼得格勒、下诺夫哥罗德还能干出点什么事。哪怕是赋予类似欧洲平民化的形式。在外省，苏联制度的本性很长时间也根除不了。假如能全面地克服掉俄罗斯人的奴性、酗酒、懒惰和这个由来已久的关于人民的幸福的胡扯，那就好了！

以前，离开俄罗斯的愿望就吸引住了鲍里斯。当戈尔巴乔夫意志薄弱的无政府状态让人民和全世界都知道，俄罗斯很长一段时期都将没有安乐和秩序的时候，他就准备走了。但鲍里斯既不能去以色列，也不能去其他国家，尽管那里不是没有工作，可说俄语的犹太人早就到那里稳稳当当地住下了。真正的紧急制动阀是他的妻子。鲍里斯和第一个妻子陷入了尴尬的境地……

从外表上看，纳塔利娅是个招人喜欢的人；从本性上来说，她是个轻佻、狠毒的人。关于移民，她连听都不想听。"我怎么，还得学你们那些七扭八歪的字母？你们的语言？这是痔疮！我真想朝你的以色列吐口痰！从高高的钟楼上吐！"除此之外，她还极度挥霍浪费，奢侈，挥金如土，总之，一个愚钝的女当家人！鲍里斯就其性格而言是个节俭的勤奋的人。他不时地教育妻子："你干吗还买电视节目单呢？多少钱一份？5戈比！报纸也5戈比一份。但在报纸上也有节目单，而且7个版面上都有文章！可以读一读！""嘿，鲍里斯……你是一个真正的犹太人！"纳塔利娅瞪大无情的圆球似的大眼睛，惊讶、刻薄地说。

叶利钦集团在九十年代初确认了戈尔巴乔夫没有表达清楚的思想：俄罗斯在很长一段时期里都将没有安宁和秩序……在那些极其贫困的年代，鲍里斯的第一个家庭瓦解了。他接受了第二次婚姻。这一次他没有失算。他和学究、体育学校的教练拉里萨组成和谐的一对儿。拉里萨知道钱的价值，从不乱甩支票。她在付款处用计算器一遍遍地清点找回的钱，还经常问售货员："你们的公平秤在哪儿？"随后便立刻把售货员支吾的话和玩笑打住了："你看我像个傻瓜，会为你们背黑锅？"售货员吓得一时浑身发抖，把拉里萨或者当成自己的同行，无赖，或者当成检察机关的无赖，或者就当成一个纯粹的无赖。但对于鲍里斯来说，她既是他的爱，也是令他快活的人，还是他儿子连奇克的母亲，忠实的朋友。对于鲍里斯重要的棘手的问题：她是否准备"改换"国籍，从俄罗斯国籍改为以色列国籍——而且不仅是口头上说说而已，要在护照上更改？拉里萨毫不犹豫地回答："很容易！我干吗舍不得？"

到以色列的入境签证已经领到。离开尼科利斯克之前的每一天鲍里斯都会增添一些忐忑不安：在那里，在遥远的国境线那边会怎样呢？但不管怎样，在这里待下去已不可忍受。这个国家没有任何希望！在未来的几十年，这里什么都不会改变。反犹太主义在这里根深蒂固，就像在这些人身上对富人的嫉妒、非法夺取别人的东西、靠别人生活的愿望根深蒂固一样。这个民族没法改造，他们需要斯大林那样的人，需要笼头，严加管束……没有恐怖，没有战争，这个国家就不能存在……革命是所有人的天性，只要抛出一点火花。缺乏阶级意识的无产者贪得无厌地洗劫银行、超市，炸毁商人的高级轿车，用可口可乐浇自己的被破坏的道路……衣不遮体的帝国！把富饶的克里米亚送给乌克兰，却摆脱不掉车臣匪帮，为它而牺牲生命。在这个国家，无论共产党员，还是民主派，都是一丘之貉！

鲍里斯就这样清醒、尖刻、过于夸张地思考着，他发现自己的一个想法，它曾在脑海中闪现过，但从没像现在这样清晰：他已经彻底与俄罗斯分开了，此时他对这个国家的看法与地道的外国人的看法完全一样。这里蕴含着以前未曾体验过的、发自内心深处的喜悦，他好像甩掉了俄罗斯生活中的枷锁，连同当地土生土长的贫困、酗酒和牲畜般的愚昧。现在他们的命运不论以什么方式出现都已与他无关了。这些暂时与他一起待在房子里，走在街上的人们——这只是暂时的同路人，仅此而已。他很快就再也看不到他们了，也不会再想起他们。对他而言，他们将成为与非洲津巴布韦丛林里洞穴里光屁股的黑人一样的格格不入的人。

这种高兴劲儿使他想起与前妻离婚时那种获得自由的感觉："结束了，小鸟儿，现在你的指责，你的愚蠢，你的挥霍——无论怎样都与我无关了。再见吧，孩子！我终于摆脱了你的任性，你的古怪，你的愚不可及的行为！"对俄罗斯也完全是这样：再见，亲爱的！拜拜！可恶的道路，红鼻子酒鬼，臭气烘烘的流浪汉，无处不在的小偷，杂乱无章——这一切都与他完全没有任何关系了。如今关于非洲某个部落的人吃了臭气熏天的鳄鱼，随后因腹泻而蜷成一团的消息，关于尼科利斯克的流浪汉钻进合成酒精槽里，喝饱之后一小时中毒而死的消息，对他而言反正都是一个样……

前室传来的铃声打断了鲍里斯尖酸刻薄的思绪。他没料到有客人，也不需要客人。他看到门口站着廖瓦·乔尔内赫，这并没有激发出他的善意。

"喝两口？啊，鲍里卡？喝的理由很充分。我带来了白酒。"廖瓦用喜欢结伴消遣的伙伴口吻一口气说道，并立刻跨过门槛，亮出自己的诱惑物。

"我需要这个吗？"鲍里斯在心里问自己，不信任地看着朋友。"听他有关寡头的无稽之谈？举起酒杯，愚蠢地'为资产者的死亡干杯！'？你们先学会工作吧，乡巴佬！每个人都有每个人的位置！……酒醒后脑袋就该疼了。他的伏特加有股烧焦的味道，肯定不是'斯米尔诺夫'。唉，不，我现在……现在！这个我肯定不需要！"

"我不喝，"鲍里斯说，"如果你想喝的话，你就一个人喝吧。我现在忙着呢，我得把一篇文章写完。到厨房去吧。"

"你怎么摆上架子了呢？来喝点吧，"廖瓦催促着。

"不。不喝。不！"鲍里斯最终断然地拒绝了。

廖瓦低下了头，看来，从他的声音中判断出他的冷淡和固执。随后廖瓦看了看他的脸：

"随你的便。我其实是来和你告别的。也许，以后我们不会再见面了。你什么时候去那儿呀？"廖瓦用头指了指放在小柜上的一本厚书《现代希伯来语会话手册》；解释"去那儿"是指去以色列。

"快了，"鲍里斯回答。

"我也是——快了，"廖瓦说。

"你打算去哪儿？"鲍里斯问。

"去挣钱。多少打块补丁……"

"又去北方？"

"不，这次去南方。去海边……"廖瓦笑了笑。

眼力很好的廖瓦看到和自学课本并排放着的、鲍里斯刚才读的书《尼科利斯克的犹太人》。

"嘿，鲍里卡，你坦率地说。只需坦率地说，反正你也要走了。"廖瓦尽管说的是"坦率"，他却狡黠地看着鲍里斯，好像是给他设了一个圈套。"在俄罗斯，犹太人生活得不好，是真的吗？"

鲍里斯机械地耸了耸肩，平淡地说：

"当你不去考虑你是个犹太人时，你生活得会像在俄罗斯的所有的人一样。一些人过得一般，另外一些人还会差些。但当你开始意识到自己是个犹太人时，你就会开始感到痛苦。那时你也就会明白，你在这里是个外人。大多数居民，整个军队，所有警察，所有的情报人员——他们都对你持敌对情绪。他们总想给你下脚绊。甚至最有成就的犹太人在这里也好像是手持一托盘面包圈，走在一群无业游民中间，所有的游民都想拽下几个面包圈来。"

他们沉默了一会儿。廖瓦变得严肃起来，狡黠从他带麻点的脸上消失了。

"最终，俄罗斯无业游民总是对的。"廖瓦说。

"为什么？"

"因为他们并没有邀请犹太人到这儿来。正如常言说的那样，带着自己的规章就别往别人的寺院里闯……好吧，鲍里斯，既然你摆架子，不想和我喝几口，那就再见吧。"廖瓦又快活起来。"在那里照顾好自己，在以色列。你其实最好和全家一起到那个安静的丹麦去。在东方，阿拉伯人在活动。当然，他们不善于打仗，但暗中放个令人厌恶的东西，放个炸弹，脑子还是够用的。我在阿富汗看到各种各样的伊斯兰教徒——怪人。照顾好自己，鲍里卡。"

鲍里斯本不打算与廖瓦分别时拥抱，但不知怎么倒是他先伸出手来，然后友好地，甚至可以说是像兄弟般地拥抱了一下。

廖瓦·乔尔内赫走了。鲍里斯带着自己临行前的、移民的思绪重又坐下来，但令人快活的灵感从这些思绪中已经消失了。他猜到廖瓦准备到什么地方挣钱去。尽管他反复地对自己说："那又怎么样！我现在跟他有什么关系？跟他们所有的人有什么关系！"但在内心里好像有条小虫子在啃啮他：还是应该和廖瓦一块儿喝一杯。结果很别扭——他是来告别的。他们很可能再也不会见面了。他们曾在一个学校里读书。廖瓦有时曾为他打抱不平。应该喝一杯，说说话。甚至劣质的伏特加也应该喝呀。

鲍里斯一会儿看看回忆录，一会儿又看看家乡的——现在从遗传学角度来说——家乡的现代希伯来语自学课本，但他想的还是过去的、还没忘记的祖国。他的朋友走后，有什么东西刺了他一下,他开始舍不得与朋友分离,甚至把第一个妻子——小傻瓜纳塔丽娅留在这里他也开始感到惋惜,不知为什么他还开始怜悯起自己来,真想和什么人大吵一通,证明什么:要知道,什么时候俄罗斯人也会明白,犹太人对他们没有恶意,相反,犹太人希望国家能够得到发展,永远地摆脱奴隶的枷锁……

"该死的俄罗斯!怪不得人们谈论思乡病呀。看来,它还将长时期地令人伤痛……好吧,就算我不能摆脱掉它,那就让连奇克立刻成长为另一个人也好。"鲍里斯又开始快活地说服自己,浪漫地猜测未来,但廖瓦突然的来访无法忘掉,先前的一波情绪消失了,就好像他正听着收音机里触动人心的美妙音乐,它却突然戛然而止,你开始旋转调节器,但那个波段你已找不到了,调出来的都不是先前的声音,或者音乐已经结束了。

没能和鲍里斯·瓦伊斯曼喝一杯,廖瓦·乔尔内赫说不上是感到不快,但这事毕竟萦绕在心头,久久难忘。"这就是亲戚!他若知道我爸爸是谁,他就不会这样接待我了。哎!假如我自己变成犹太人,那会怎样?具有全部权利!我会紧随鲍里卡离开。"廖瓦开始想象如何办理改换犹太人国籍的证件,如何开始与先前不同地感受自己的心境,意识到周围的人对自己的鄙视,明白到处都是警察、军队人员、联邦安全总局的密探,他们开始成为潜藏的不怀好意的人。"哎!"廖瓦大笑起来。"当你意识到自己是个犹太人时,那你会发疯的。你会招惹所有人的指责……可怜的犹太人!俄罗斯欺负和侮辱了多少犹太人兄弟呀!听听他们讲的,他们简直就是遭罪呀。但不管怎样,他们比所有的人都有钱,无孔不入。"他像小学生一样不屑地吐了口痰,快步地到从不推辞的酒友"仓库管理员"那儿去了。

但这一天过得不顺利。齐娜伊达——"仓库管理员"的妻子说,她丈夫到州中心,到"灰色主楼"去了,也就是说,去克格勃了。

"他怎么,是间谍?投案自首去了?"廖瓦嘲讽地说道。

齐娜伊达解释说,不是,说他去"黑渡鸦"①的人那里是因为他父亲战后立刻就被镇压了,后来被平反了(齐娜伊达用的词是"被宣告无罪")。而她丈夫本人也是政治迫害的牺牲品,当年他还是个未成年人就跟妈妈一起被流放了,现在因为父亲的事,他能获得一笔货币赔偿或者某些终生优惠。

"这里也是个破碎的家庭,"廖瓦忧郁地看到这一点,同时他感觉到怀中有个可爱的重物,那是他塞进去,本打算与一个善良的哥们儿共同畅饮的。无论如何也不能孤单一个人喝!到哪儿去呢?到住在塔吉扬娜家的谢尔盖那儿去,也不行:谢尔盖不碰酒杯了,说在他离开家乡之前一滴酒都不沾。

带着自己没能了却的"喝杯酒,聊一聊"的打算,怀里揣着一瓶没打开的伏特加,廖瓦回到了家。叶卡捷琳娜·阿列克谢耶夫娜正忙着做家务活儿,从高板床上逐个挑选洋葱,把它们包裹到旧的卡普纶长袜里,准备保存到冬天吃。

"妈妈,你暂时先把这些活儿扔一边。我和你一起喝一杯。好像不兴与母亲一起喝伏特加,但今天例外。明天我就走了。"

叶卡捷琳娜·阿列克谢耶夫娜惊慌地看了儿子一眼:

"明天就走?你说过,还有好几天呢……你现在要去哪儿,廖武什卡?"

"去达吉斯坦。打工,看仓库。"

"难道他们那儿,达吉斯坦,没有自己的保安人员?"

"人手不够……拿点蘑菇,妈妈,白菜。再煮点土豆。我们

---

① 黑渡鸦,指运载囚犯和被捕人士的黑色汽车。源于二十世纪三十年代末苏联大规模肃反时期使用的"嘎斯–M1"汽车。

坐下来,和和睦睦地聊一聊。"他终于取出放在怀里走了一圈的那瓶酒。

端上的饭菜很简单,有普通的自家做的凉菜;但桌子不是放在厨房,而是摆在正房里。圆桌子很宽敞,铺着印花的红色桌布。叶卡捷琳娜·阿列克谢耶夫娜几乎没有喝伏特加,只在呛人的酒杯上沾了沾嘴唇,就皱起了眉头。她也几乎没吃饭。

廖瓦喝酒,吃蘑菇土豆和酸卷心菜,也没有食欲。他把叉子推到一边,在无言的沉默中躺了下去。在某一瞬间他抬起头发鬈曲的脑袋,请求道:

"拉一会儿手风琴吧,妈妈!干坐着有点郁闷。唱吧!"

对于儿子的请求,叶卡捷琳娜·阿列克谢耶夫娜没有感到惊讶。每一次,当他离家出远门之前,他都请求她吱吱嘎嘎地拉一会儿手风琴。乐器键盘上镶着各色键子,风箱上罩着花哨柔软的法兰绒;它是民间艺人制作的,她把它从老家农村带来,在那里她还是个少女时就学会在手风琴上和谐地按压黑白键。除了大众熟悉的歌曲之外,她有时还自己伴奏,低声唱起似乎除她本人之外任何人都不会的歌:

在林边空地上
站着一个姑娘,
在白翼菊花上
她占卜着幸福。

叶卡捷琳娜·阿列克谢耶夫娜的曾祖父是作为歌手被列入她农村贫苦的氏族里。他在各村走门串户,在手风琴伴奏下唱歌,"收集"施舍物。大家都认为他是个臭名远扬的懒汉,不会也不想干活,所以像个活宝似的在村子里闲逛。叶卡捷琳娜·阿列克谢耶夫娜就是从他这个从前的流浪歌手那里听到一些歌曲,那时他已经老了,蓬头厉齿,从火炕上几乎爬不下来了。他有时和着古老的曲调，带着鼻音轻声哼出一些有节奏的词。

叶卡捷琳娜·阿列克谢耶夫娜还很喜欢四句头。有时她会唱起粗野泼辣的，甚至胡作非为的四句头。

逃离丈夫，
去见小伙。
亲够了，爱够了，
返回自家房屋。

她知道许多旋律，有俄罗斯名曲的、民间的、慢节拍的、凄凉的、动人心弦的、快活的、顽皮的、召唤人跳舞的等各种旋律。《茫茫大草原》《货郎》《那不是风儿吹弯树枝》《能干的商人从集市上来》。这时，伴随着这些歌曲，廖瓦开始配合母亲的歌声，吹起自制的木笛来。

他还是个孩子时，就学会用生长在峡谷低矮多林地带和沼泽里的干燥蕨类植物制作几个小木笛。他把干燥的蕨类植物做成一个管，从一头把管堵上，在管上面钻几个孔，然后就像童话里的小牧童那样在笛子上吹奏起来。后来廖瓦搞到一个在乐器行里制作的真正的笛子，但此后他还是宁肯选择自己做的乐器。闲暇的时候，他学会了谱曲，凭听力选择这个或那个铭记心中的歌曲的和声。木笛声不大，让人想起长笛。这声音柔和地和手风琴奏出的音乐融合在一起。母亲手指下，低音键发出拖长的低沉声音，曲调时而尖利起来。廖瓦的木笛以其细细的声音融入这个多声部。

后来，叶卡捷琳娜·阿列克谢耶夫娜唱了一支关于离别的老歌：

你要走了，孩子，
不是去心爱的地方，

不是去心爱的——而是去遥远的地方

遥远而又悲伤的地方。

"别忧伤,妈妈。"歌声停止了,妈妈有点慌张地沉默下来时,廖瓦说。"生活,总的来说,还是个不错的东西。但在生活中没有钱是不行的。这不,你退了休,靠着你的养老金最近一段时间我们勉强度日。我很惭愧。对于一个男人来说——太惭愧了。工厂倒闭了。城市里没有正常的工作可干。当装卸工——我不想干。所以我就同意了,所以我要走了。"

叶卡捷琳娜·阿列克谢耶夫娜甚至没有试图去劝阻他。头几次她已经劝够了:廖瓦已经不是第一次试图在异乡找到幸福。她坐着,头垂到了静下来的手风琴上方。泪水从脸上流了下来。

廖瓦坐在母亲对面,也低下了头,手里紧攥着木笛。他闭上了眼睛。刚才母亲唱的歌是很早以前,可能是彼得大帝时代或更早时候几代人口口相传下来的。当这支歌唱起来时,廖瓦有时感觉到母亲的声音好像是从几个世纪前,从古老的俄罗斯历史中传到他的耳边,那时送行的女人满目皆是,她们的泪水流成了河。这使他的心情逐渐平静下来。离别的忧伤不再那么压抑,不再那么引起恐慌。他不是第一个,他也不会是最后一个。

塔吉扬娜不能不对谢尔盖惊讶不已,喜不自禁。

他把窗户缝封严了,清理了炉子的烟道,加固了地窖里的顶桩,把门用毡子包上了,以防透风;他还劈了一拖拉机拖车的桦木木柴,那是塔吉扬娜买来过冬的柴禾。"现在什么样的死人我们都不怕了,是吧,谢廖扎?"塔吉扬娜一边和谢尔盖亲热,一边说。每天清晨她在被窝里醒来都不是一个人——是和谢尔盖在一起,她都想亲热地偎依到他身旁亲热一番,暖暖身子,如同小猫钻到善良的保护人温暖的身体一侧一样。

今天早上塔吉扬娜在被窝里照样想拥抱一下谢尔盖。她向谢尔盖那边挪过身子,但在折叠沙发床上却没摸到他。窗户上透过来微弱的乳白色的光。天刚蒙蒙亮,但谢尔盖已穿戴好,站在床边:他身穿外衣,脚踏皮鞋,身旁放着一个背包,上面有顶帽子。

"醒了?"他向塔吉扬娜点点头,和善地说。"你睡得很香,我没惊醒你。我想,临走时再叫醒你吧。"

"临走去哪儿啊?"她愣住了。

她一下子想起了昨天晚上的情景:谢尔盖总是左顾右盼,好像在找什么,盘算着带什么东西上路,还不停地自言自语。塔吉扬娜没去干预:一个人也应该自己对自己想说什么就说什么,干吗要打断他的思路。昨晚上床谢尔盖也比塔吉扬娜晚很多:他去了一趟门斗,用什么东西敲打了几下,不知为什么在洗脸盆旁忙活了一会儿,又擦了擦鞋油。

"我要解缆起航了,塔妞莎。如果我有什么事做得不好,请原谅。谢谢你做的一切。"他甚至微微鞠了一躬。

"你要到哪儿去呀?"

"去车臣。按合同服役。"谢尔盖用快活的语调回答。"我还能靠你生活多久?该知道点尊严了。我和廖瓦·乔尔内赫一起走。对不起,在此之前没和你说。我和他讲好:事先不对任何人透露一个字。为的是避免多余的议论和感受……让我们告别吧,塔妞莎。"

她从沙发上跳起来,让被子绊了一下,差点儿掉到地上。她只穿着一件睡衣,扑到谢尔盖身上,用双手紧紧地抱住了他。

"至少应该让你吃饱饭后再上路呀。带点什么……我现在就去做,谢廖扎。等一等……"

"别担心,"他制止住她的忙乱。"我已经多少吃了点,而且从今天开始我就吃公粮了……让我们按照风俗习惯,在上路前坐一会儿吧。你把上衣披上,冻得都哆嗦了。把鞋也穿上。"

他们坐到床边。

"你现在去哪儿?去车站?"塔吉扬娜问。

"我自己也不清楚。在部队列队,在警备司令部。然后立刻送到州里……接下来——或者去达吉斯坦,或者先去莫斯科郊区组建。我现在是军人。军人——你自己也了解军队——长官替军人考虑一切。"

塔吉扬娜的膝盖在颤抖,她把睡衣强拉到膝盖上,竭力抑制住颤抖。

"那你的亲人呢?你的玛丽娜知道你要走了吗?"塔吉扬娜猝然一抖。

谢尔盖脸上的笑容消失了。

"她不知道这件事,"他冷静地说,"昨天我和莲卡见了一面,我去了一趟学校。但关于车臣的事,她们暂时不知道……而你,塔妞莎,别忧伤。任何战争都有结束的一天。这场战争不是世界大战,是地区冲突。我们很快就会搞定。挣到钱,我们就回来了。"

"什么地区性冲突,"塔吉扬娜对他的话思索着,"既然是在全俄罗斯征召志愿者?在莫斯科以及其他城市居民楼被炸毁?……我怎么就没发现呢?没来得及劝阻他?为什么,为什么放他走?在那里死亡……"塔吉扬娜的思绪好像被开水烫过一样,从一边滚向另一边。"这个该死的政权!它把男人们送到什么地方去了!他们在走向战争,为的是挣来一口面包……我能做什么?他可能是我仅有的最后的一切。"

***

"我不放你走，"塔吉扬娜低声含混地说。

"别这样，塔妞莎！我不会去很久。嗯，我该走了。"谢尔盖站起身来，拽了拽上衣，拿起帽子。

塔吉扬娜也机械地站起来。她想说几句有分量、劝阻的话，让他醒悟过来。她用手指揪住他的衣袖。但谢尔盖赶在了她说话之前：

"你别送我，好吗？别生气，"他在自己衣服上掰开她的手指。

门在谢尔盖身后早就砰的一声关上了，塔吉扬娜仍然坐在床边上，像一个一无所有的人，一个重又被判决为孤独的人。对谢尔盖她没有一点怨恨。她理解他——理解了，也就原谅了。她本人也会在一小时之内收拾好，和他一起奔赴车臣——做一名卫生员，清洁工，炊事员……一种痛苦的极度的谴责不是针对谢尔盖，而是针对整个世界秩序和卑鄙的俄罗斯政体，它又把苦难摊给了普通的俄罗斯女人。

"可能，还来得及？"塔吉扬娜突然问自己或许还有别的什么人。"不管怎样，应该试试。只要他离开战争。"

她急忙跑去穿衣服。

***

玛丽娜只在谢尔盖的小学同学照片上看到过自己的情敌。她穿着白色围裙，头上扎着蝴蝶结，在同龄人中间是个普通的女孩子。但现在，听到铃声后刚一打开门，玛丽娜立刻就猜出了这清晨的陌生访客是谁。

"谢尔盖被征召去车臣。我来这里就是告诉……我叫丹娘。这是十字架，玛丽娜，我不想破坏你们的家庭……不能放他去那里。"

"怎么征召？"玛丽娜说，"谁征召？"

"他自己去的，签了合同。他和廖瓦·乔尔内赫一块儿签的……你最好快点儿收拾一下。也许我们还来得及……"

前室里断断续续的说话声，惊恐不安的忙乱，快速的脚步，把床上睡觉的莲卡惊醒了。她从自己的房间门口探出头来，看到爸爸的阿姨。

"孩子也可以带上，"塔吉扬娜用头指向莲卡，说道。

"穿上衣服出门，快点儿！"玛丽娜吩咐女儿。

早上很冷——已是深秋。落下来的褪色的叶子上覆盖着一层白霜。有些水洼边上结了一层薄冰。从地面吹来的风冷飕飕的。在汽车站上只能挨冻了。

公共汽车很少，又正赶上"高峰点"，车上挤得满满的，她们勉强才挤进车去。莲卡紧挨着妈妈身旁，有时从下往上斜看着塔吉扬娜。某个特殊情况把她引到她们家。她听到阿姨和妈妈关于车臣、爸爸、廖瓦叔叔的谈话，她明白：爸爸和廖瓦叔叔准备到很远的地方高加索去，但不明白他们此行的后果会怎样，但现在在拥挤的车上她不敢缠上妈妈，问妈妈。

玛丽娜和塔吉扬娜一路上也一句话都没说。劝阻谢尔盖，让他放弃签署合同，玛丽娜不抱希望：他不会放弃自己的想法，而且这还牵涉到廖瓦。但在心中她还是怀有一丁丁侥幸心理，希望能出现奇迹：突然，一个局外的力量，甚至一个误解或者一个说不清道不白的麻烦事打乱了事情的进展，可以趁机把谢尔盖从可怕的雇佣合同中解脱出来。不惜任何代价，只要不让他去战场。过后他在哪儿住都随他便。"他若愿意——那就和她住。"玛丽娜不带醋意地看了看自己的同路人塔吉扬娜。"他若愿意——那就回家去吧。"看来，塔吉扬娜也持有和玛丽娜同样的看法，尽管她没有说出一句类似的话。

在尼科利斯克，兵役局招募前往车臣的志愿者，这不是秘密。不知为什么人们把他们称作加上引号的"车臣人"，在城里谈论起他们时没有热情，很绝望。人们同情这些为在世上寻找待遇不菲但太不可靠的工作而在这一部门服役的人。

　　超载的、咣当当直响的公共汽车缓慢地走了很长时间，才到达警备司令部。在司令部大楼和毗邻的部队驻地大门附近几乎没有什么人，只有很少的、偶然路过的行人。从种种迹象来看，送行的人都已经散去，回家了。而这时从部队严实的混凝土围墙后面传来管弦乐队的乐曲声。雄壮的招徕的"斯拉夫女人"。这么说，还没有离开，都在那里！

　　塔吉扬娜和紧随其后的玛丽娜及莲卡跑到大门附近通行检查站的砖砌岗亭，闯进门里。在门里，一个旋转门和一个军大衣上戴着袖标、皮带上别着刺刀的中士挡住了她们的去路。

　　"到哪儿去？"问话的口气并不严厉，只带有惊讶。

　　"去那儿！送人！"塔吉扬娜不假思索地说。

　　"送谁？如果是送'车臣人'，那他们已经走了。大约十分钟前走了。"中士说。"这里的一切都进行得很快。点完名——就上车走了。"

　　"你不是说谎吧？"塔吉扬娜严厉地看了军人一眼。"可能他们在那里？干吗还在奏乐？"

　　"乐师们在排练。每天都这么轰响。不信的话，你们自己去看看。"中士踩了一下旋转门的踏板。

　　塔吉扬娜、玛丽娜和莲卡通过旋转门的旋转栏杆，走到通行检查站内的台阶上。大操场上有些秋雨留下的水洼，军营和一些醒目地画着列队操练的士兵的展示板从两面挤压着操场的空间。在不高的讲台旁边乐队在轰鸣。几个拿着吹奏乐器的士兵没有指挥的控制，自己吹奏着传奇的进行曲。一个打节拍的大鼓似乎比其他所有乐器都更响亮，更来劲。一个矮个子士兵把它挂在自己的被带上，用一把木槌敲击着它。不论操场上，还是操场附近，都看不到其他任何人。只有这个士兵管弦乐队在排练，它与其说是以其协调性，不如说是以其巨大的声响引人注目。还有几只落在高高杨树上的乌鸦,或是由于早上湿冷的雾气,或是由于轰隆隆的乐声,它们无精打采的。

"没来得及。"塔吉扬娜脱口说道。

玛丽娜更紧地握住了莲卡冰冷的小手。

小个子士兵好像是在为自己享有特权的乐师地位辩护似的——乐师在军队总比普通士兵轻松——使劲地砰砰敲着空心大鼓。

***

可能是感冒了,而更准确地说,是由于神经性的发冷,那天晚上玛丽娜病了,病得很厉害:腰疼,关节酸痛,如同一辆翻到斜坡下、年久失修的老破车一样,整个人散了架似的……莲卡照料她。自从父亲出走后,莲卡好像明显地长大了,她开始自己洗餐具,不再玩娃娃。她用小手掌蘸上气味很重的药水,使劲地给妈妈搓背,涂上芥末膏,严格地按照钟点给妈妈服用地段医生开出的药片,把家务活都揽到自己身上。

这天早上,罗曼坐车去瓦汉科夫墓地——某种突然产生的感伤力量推动他去看父亲。

他站在墓旁。父亲的黑色大理石雕像塑造得过分地年轻,不像他本人,被美化了;某些地方虚假得让人想起一位著名的唯美主义导演,他像个海豹似的从一个访谈节目爬到另一个访谈节目里,把电视屏幕都磨出了窟窿。对这个雕像,罗曼不太满意。脾气暴躁、专断强横的父亲在雕像上像一个经过修饰后彬彬有礼、过于殷勤的知识分子。可实际上,他并不喜欢知识分子。"我们的知识分子觉得他们什么都懂，很重要。可他们狗屁都不懂，狗屁都不是！在俄罗斯，掌权的只是最高层的势力，而知识分子——就像无家可归的小狗一样。汪汪地叫，汪汪地叫。可你走到它跟前，说一声：'喂，你这个小崽子，狂吠什么呀？'抚摸两下它的脖颈，它就会摇摆起尾巴来。而且摇摆得那么欢！"罗曼甚至想，如果父亲看到自己墓碑上的雕像，可能会啐一口说："你们在这儿涂了这么一层漆皮！我真想把你们都带走！……"而且一定还会点缀上一句骂人的话。

"你还是不对，父亲！正是知识分子，那最富有创造力的、总与政府对立的知识分子，为我们国家带来了真正的赞誉。不是政客，不是只能炫耀武力的军人，而是知识分子！各派势力的政府来了，又走了。而艺术杰作永存。陀思妥耶夫斯基、契诃夫、拉赫玛尼诺夫、列里赫、帕斯捷尔纳克、肖斯塔科维奇、特瓦尔多夫斯基——这些知识分子永远是人民意愿的表达者。当局是通过鲜血、欺骗和恐吓取得人民的信任。"罗曼在心里对父亲说。他知道自己不会等来父亲的争辩，但他模模糊糊地相信父亲能听到他的想法。"承担民族精神和光明的正是他们——人民和知识分子。有时他们之间可能发生矛盾，就像有时一个人的心与头脑发生矛盾一样。但他们还是紧密地联系在一起。不是知识分子的软弱，而是政府的卑劣——这才是俄罗斯的显著特点！不，父亲，知识分子来到世界上不是要像政府做的那样去战胜谁和压迫谁。知识分子一直是并将永远是自由和理想的探索者。"

小雨淅淅沥沥地下着。凉飕飕的。瓦汉科夫墓地的槭树和椴树上的叶子都掉落了，树木黑糊糊的，很难看。这个著名的墓地的外貌也很难看，衰败，荒凉，它好像还能以其奢华和碑文的过分高雅，而不是以死者姓名的显贵地位来使人们惊奇；新坟墓的特点是：过分地造作，俗气，它们是墓主令人生疑的财产的证据。潮湿的、像秋天那样单调乏味的寂静笼罩在墓地上空。莫斯科大街上能穿透一切的轰隆声当然也传到了这里，但与这里林荫道上的静谧相比，它显得徒劳无益，空泛无物。

　　罗曼没急着回家。此刻他隐约感受到儿子对父亲迟来的感激之情。父亲喜爱他，照看他。父亲给了他不可估量的、按照罗曼本人所希望的那样生活的权利，而现在，父亲不在了，他清晰地感觉到：过去在他身后总是站着这个饱经风霜、脾气暴躁、老爷派头的人——这个人可能是非常不幸的、孤独的人，尽管他有着自己的影响力和一群围着他转的殷勤的随从。

　　现在，在罗曼身后没有任何人了。

　　突如其来的对自己的儿子伊留沙的思念在他心中涌动起来。他本人也是父亲，他有儿子，有家庭。他为什么总是慢腾腾地拖延与家人的见面呢？在这里，在莫斯科，在俄罗斯，实际上并没有任何东西阻碍他离开呀。出版社的所有事务都由马克管理，和玛丽娜已经断绝联系，然娜也不在人世了……

　　还在墓地时罗曼就毫不拖延地决定了：今天就飞往自己的家人，飞往伊留什卡和索尼娅身边。他就在今天做这件事，不管此前已做了什么计划，预约了什么会见。他在汽车里给航空代办处打了电话，订了飞往汉堡的晚间机票。

　　在去机场前，罗曼突然拜访了普罗科普·伊万诺维奇。

　　"为什么俄罗斯所有的酒鬼都喜欢穿带松紧带的裤子：运动员贴身衣或者灯笼裤？"他看着过去的科技主编往杯子里倒波尔图葡萄酒时忧郁讥讽地想着。他回想起尼科利斯克一个讨要火柴的男人的醉态。"可能在卫生间，在无责任能力的状态下穿着带松紧带的裤子比较方便。而且穿这样的裤子睡觉也方便。"

　　普罗科普·伊万诺维奇的厨房里乱七八糟的：桌子上有好几块红葡萄酒干涸后留下的深色酒渍，几块黑面包皮和鸡蛋壳杂乱地堆在一起，角落里和暖气包旁边的地板上——空瓶子。炉灶台上满是烧糊的食物留下的痕迹，泄水盆里堆着没洗的餐具。房主人本人完成了这个单身汉住所的画面——他身穿一条褪色的蓝运动服,穿着背心,脚上是一双浴场上穿的破旧拖鞋;乱蓬蓬的胡子,脸上和秃顶上有不少因过敏引起的红斑点。

"您问我为什么身体垮掉了?可我干吗要克制呢?我已经是个废物了!"普罗科普·伊万诺维奇说着,把一杯波尔多葡萄酒送到嘴边。他开始喝酒,不小心把支棱的灰色胡须沾上了酒。

罗曼看着他,不由自主地皱起了眉头,就好像廉价的红葡萄酒也流到了他嘴里。把一杯酒喝干,普罗科普·伊万诺维奇开口说话了,似乎说出的话是他的下酒菜,会使酒的苦味变得甜一些。

"为什么我没去保护那个女孩子?不是因为我虚弱无力。是因为我空虚!一个人强有力的不是三头肌,不是腹部压肌,而是精神。精神力量支持谁,谁就会义无反顾地扑向敌人。在我身后已经没有任何支撑了。我可是,老兄,属于那一辈……读书人……"普罗科普·伊万诺维奇用手指了指自己的房间。那里的书柜里、书架上塞满几百本六十至八十年代的图书和曾经很时髦的"厚厚的"文学杂志。在墙上发黄的苏联地图旁边挂着一张褪色的普罗科普·伊万诺维奇年轻时没长胡子的照片,那是在综合技术陈列馆的一次诗歌晚会上他在一群幸福的人中间拍摄的。"我们,老兄,就好像生活在小卖部里,自负,逞强,可内心很空虚。父辈的共产主义理想我们背叛了。祖国我们称之为'苏共集权国家'。鼻子转向了西方,想闻闻那里的自由什么味道……现在嗅出来了,于是出现了可利用的废物。什么都没有剩下:无论是思想,还是目标。我们曾相信过赫鲁晓夫,他以武断专横作为回报;我们曾拿勃列日涅夫的萎靡孱弱开心取乐,并准备讨他的欢心;我们还曾把戈尔巴乔夫当成救世主,捧上了天,而他其实是个乳臭味干的小儿……"

"戈尔巴乔夫是个有世界影响的政治家,"罗曼辩驳道,声音不大,但很坚决。"对于俄罗斯来说,他出现得过早;但对于整个世界而言，他是个伟大的公民。他完成了规模宏大的转折，推动了历史向前发展，促使几十个国家走向进步。他超越了时代，并使世界避免了可能是最大的灾难。最后，他说出了关于我们自己的真实情况！"

普罗科普·伊万诺维奇摸了摸自己因病态的斑点而泛红的秃顶，理了理胡须，带着醉意尖刻地笑了笑：

"淫秽作品、芝士汉堡、资本主义市场——这不是思想，老兄！人民从来没有站到戈尔巴乔夫身后。站在他身后的只有克里姆林宫任命的一小撮人和西方，他们愚弄他就像愚弄一个智力最不健全的人一样。"他沉默下来，皱起了眉头。随后他毫不客气地说道："人民从来没有丢掉自己的真理！也没有不再相信理想！"

"这个真理在哪里？这个理想又在哪里？"罗曼问，尽管他并没有期待自己的老师能说出头脑清楚的话来：喝进去的酒已经在他有点嘶哑的嗓音中，在他红不棱登的脸上显现出来。

"正义和荣誉——这就是对于俄罗斯来说最高的尺度！"普罗科普·伊万诺维奇激动地高声说道。

"正义——是个泛泛的概念，"罗曼带着不相信的口吻说。

"不！"普罗科普·伊万诺维奇坚持自己的看法，大声说道。"正义与财产状况没有关系。正义与良心有关联……'瞧，老爷来了——他会评判我们的是非！'人们甚至期待着贵族老爷、农奴主的正义。甚至在小偷圈子里也有正义的概念。有！因为不可能彻底消灭良心。而俄罗斯的文明社会，你回想一下，罗曼·瓦西里奇！它渴望着正义。俄罗斯整个令人痛苦的历史的走向就是寻找这个正义。"普罗科普·伊万诺维奇醉了：他时而提高嗓音，时而又把声音压低到近似耳语。"还有——荣誉！军官的荣誉，姑娘的荣誉，艺术家的荣誉。现在荣誉比正义还重要。我们现在最好别向小偷让步，不要往狗屎堆里扎。"他不再做声了，又伸手去拿淡绿色的波尔图葡萄酒瓶。

"正义与荣誉，"罗曼在心里默默地重复着自己导师的话，他是在民族思想的丰碑上指出这两个词的。"目标是高尚的，毋庸争论。可如果周围这么肮脏，这个高尚又有什么用呢？有多少人穿着带松紧带的裤子！"

罗曼走近窗户，从上面用目光找到自己的"雷克萨斯"，它停在院子里等待自己的主人，在其他汽车中如鹤立鸡群。雨已经停了，但天空中仍布满灰色的乌云。好在没有雾气，不用担心不宜飞行的天气。罗曼的目光无意中划过放在窗台上一张报纸下面的厚纸夹。他把报纸拿开，意外看到熟悉的手稿《爱情守恒定律》。对玛丽娜炽热的、令人感到压抑的爱情涌上心来。他看到的手稿好像带来了一段已经逝去但仍栩栩如生的生活。从那里——从黑海，从赠予他幸福的那个迷人的春天。

"您弄明白那个定律了吗？猜到不知名作者的秘密了吗？"罗曼问。他看了一眼普罗科普·伊万诺维奇，他正在打量倒满葡萄酒的杯子。

"那里没有定律，也不应该有。好像手稿里还缺几页。但也不应该有那几页。"

"作者干嘛费了那么多笔墨，却什么结果都没写出来？"

"怎么没写出来？"普罗科普·伊万诺维奇摇了摇头。"写出来了！有定律。手稿上没有。但实际上有。我们缺乏信念。"他举起左手，晃了晃食指。"一切，老兄，都建立在信念之上。"

普罗科普·伊万诺维奇一口喝干了第二杯酒。看来，这杯酒不那么甜，他不得不吃了一块黑麦面包皮。普罗科普·伊万诺维奇沉默下来，嘴里嚼着面包皮，茫然地看着前面。

这时罗曼打开了厚纸夹，目光停在最后一页上，停在通过磨损了的带子印出的几行打字稿上。

"在俄罗斯，同胞相残的国内战争是建立在信念之上。谁能把剑举到兄弟的头上方？不是金钱，甚至不是饥饿——是信念！

德国人成千上万地死亡，不仅仅是死于俄罗斯大地上正义的子弹，还死于莫斯科和斯大林格勒城下的严寒。是什么把他们驱赶到不屈服的异国他乡，不光彩地结束自己的生命？是信念，它转变为残暴的信仰狂和整个世界的悲剧。

"没有信念，任何最精确的科学都会化为泡影。假如研究者们不相信他们将在无法计量的星系的凹陷处遇到自己的同类或者其他的生命形式，那么唯物主义者们开发'不信教的'宇宙简直就没有什么意义了。

"接不接受创世主的存在或者不存在，也只看信念。相信创世主——这是认识自己和世界的一种独特方式。这是计量的基础和出发点。随后的一切都由宗教来承担，它赋予信念以形式，为它划定界限，确定仪式、特征。"

"爱情，人的爱情不单单是对异性的爱；笼统而言，也是对世界的爱，对生活的爱——也是独特地认识世界和自己的起始、起源和计量点。

"如果高明的人士能够根据创世主的意愿建立起宗教的公理和教会法规，那么任何一个心中有爱、有信念的人都会自己发现爱情守恒定律。

"一个人第一次划十字或者把手臂举向天空，即便是悄悄地、没人看见——他就是参与宗教信仰了。一个人感受到爱情，说出爱的语言，即便是悄悄地、没有发出声音——他就是按照爱情守恒定律生活了。"

手稿接下来就没有下文了。罗曼合上厚纸夹，转向普罗科普·伊万诺维奇，他正一动不动地坐在桌旁，用拳头支着脸。他的胡须乱蓬蓬地支棱着，完全是一副醉醺醺的样子。他脸上和光秃秃的头上过敏的暗红色斑点更清楚吓人地显现出来。

"我来这里是与您告别的，"罗曼说，"我现在就要飞往德国。"

"什么？"普罗科普·伊万诺维奇猛地一抖，从凳子上站起来，惊恐地、前言不搭后语地开口说道，有点吐字不清。"这不可能。为什么呀？罗曼·瓦西里奇，您说过，出版社会再生的，说过……"他颤抖起来，眼泪似乎从他的眼睛里马上就要流下来了。"我求您了。不多的预付款。多少都行！我起誓，"他用手指戳向自己的胸部，"我起誓，我做工偿还。我做工偿还所有的钱，一个戈比也不会差。您知道我会怎样工作！别把老头儿扔下。"他肥胖的双手颤抖着，发紫的嘴唇颤抖着。黑面包渣卡在他乱蓬蓬的胡须中。

    ***

    罗曼机动灵活的小汽车驶过跨越环线的高架桥，在高速运行的车流中沿公路向谢列梅捷沃机场驶去。

    道路两旁到处都是广告，它以其花花绿绿的色彩划破灰暗低矮的苍穹，与巨大的护板交织在一起。涂抹着香脂、嚼着口香糖的花枝招展的美女，和手拿除臭剂和巧克力饼干、一口白牙的粗野家伙，看上去都十分虚假，玷污了城外的景色。广告侵蚀空间，竭力夺取大自然、晚秋的各种美景、寂静和沉思。寂静、沉思和模糊不清的美景看来只保留在那里，在离公路数公里之外；远处山岗上闪过一个低矮的小村庄，那里可能还保留着未开化的生活………

    罗曼转过头去，他想再看一看莫斯科，看一看渐渐远去的故乡莫斯科。也许还能看到什么，看到高楼？不，他们已经驶离很远了。除了带着异常的、不熟悉的忧郁驶过的反方向的道路，背后什么都看不到了……"真是愚蠢！我会回来的！"当古怪的念头涌上心来，好像他永远离开了俄罗斯，罗曼开始反抗。"我很快就会回来的！这里的一切都会走上正轨。一定会走上正轨！"

    前面，路边上闪过一个苗条的身形——一个身穿红色外衣、浅蓝色牛仔裤、披着白色长发的姑娘。她抽着烟，似乎是试探性地快速打量着驶过的汽车。她没有向过路汽车招手示意要搭车，而是用自己鲜艳的衣着、烟卷和近距离的靠近道路来吸引别人的目光。

"或许，我们捎带着把她送到机场？"罗曼犹犹豫豫地问奥列格。

"这是路边妓女。她值30美元，"奥列格回答，没有减速。

"太遗憾了，"罗曼轻声对自己说，把脸转向路边一个瘦削的姑娘。

航空站大楼长方形的巨大玻璃在其镜子般的暗淡的窗户上映出阴沉沉的天空。在这映照中灰色的乌云显得比天空中的乌云更有趣，更白。

"到了，"罗曼打起了精神，说道。他走出汽车，一边活动筋骨，一边抬起手，伸个懒腰。"你怎么了，奥列格，这么无精打采的？为什么郁闷起来？"他问司机。奥列格正从后车厢里取出旅行袋。

"没什么……"奥列格吞吞吐吐地回答，没有看罗曼的眼睛。"您要走了，我不得不寻找新的工作了。现在找工作不容易。我的妻子怀孕了。"

"还寻找什么？我已经跟马克说过了。你给他当司机，还拿同样的薪金。"

"我不想给他当司机。"

"为什么？"

"他是犹太人。"奥列格低声说。

罗曼本想愤怒地大叫一声："这算怎么回事？我的儿子也是犹太人！这能说明什么？"但他克制住了自己，惭愧地、悲哀地垂下了眼睛。可怜的国家！他们从年轻时起就想些什么呢？谁从他们小时候起就给他们灌输了这些垃圾？这里是如此贫困，一贫如洗，不顾廉耻。这里有如此之多的苦难。这里有如此之多的东西需要改变……而他们——想什么呢？想什么呢？难道这永远都不能结束吗？难道俄罗斯就这样处在文明的边缘上吗？二等的边缘国家？

"再见吧，奥列格，不用帮忙。我的袋子不重。"罗曼把旅行袋挂到肩上，朝机场自动玻璃门走去。

两小时后，去汉堡的波音航班滑行了一段距离后离开了跑道坚硬的混凝土地面，急速地飞向高空。在舷窗下面，秋天的大地在灰色的烟气中扩展开来。飞机朝一侧倾斜，调整航向，向西，向欧洲飞去。大地连同暗绿色的混交林、一块块褐色的耕地、弯弯曲曲的河流和灰色的圆形湖泊，越来越快地退向远方。很快，无形的、滚滚升起的蓬松的云彩就把肥大的铁鸟整个吞了进去。在舷窗外面漂浮着白色的云雾。飞机直冲高空，越飞越高。终于翅膀落上阳光——斜射过来红黄色的光。波音飞机肚子下面展现出一望无际的白晃晃的云海。灰色的云层为地面遮住太阳，从里面，从地面上来看永远是白色的，由于阳光的照射而闪闪发亮。不错，现在是晚上了，阳光已不那么耀眼了。但飞机在追赶白日，它在向西的航线上已经飞行很长一段距离了。

空中小姐宣布：可以解开已系上的安全带了，现在将提供冷饮和简单的晚餐。

汉堡郊区的海边上一座古老城堡的主人是亨克里太太。她的财务管理得不像这位古板老夫人所幻想的那样顺利，所以，带有哥特式建筑特色的整个两层楼城堡——有六个面的小塔楼并且房盖上有尖顶——她经营不善，两个侧房就都租给了外国人。一个侧房由瑞典的一个商人的多子女家庭租用，另一个侧房——一个有钱的俄国人家庭租用，他把自己的独生子送到当地的"海洋学校"，供他念书。房客们彼此之间绝对独立生活，完全不依赖亨克里太太。有时她整整几个星期都没看到自己的租房人，尽管她知道他们的事业经营如何。所有的日常事务、服务和房屋配套设备由她的一个亲戚——一个已不年轻但精力极其充沛的好动的迈尔先生打点。这个特别勤快的人不嫌弃任何工作，不仅是因为修缮工作需要花钱，实在来说，他就是这样被教育出来的。他可以修剪草坪，在修理间修理汽车，爬梯子换灯泡，铺设新水管，给铁栅栏刷油；但尽管如此，每逢节日，他总是穿上黑色的西装，系上蝴蝶式领结，变得非常高傲，并以其故意装出的傲慢劲儿使自己多少有点像亨克里太太：要知道，这个干巴瘦的活跃好动的管家，他可不是那么穷。

就是迈尔先生第一个在小门旁迎接了刚从出租汽车里出来的罗曼。

"您来得太突然了，卡列特尼科夫先生。"

"有什么新情况吗，迈尔先生？一如既往——一如既往①？"

"是的，是的，一如既往②，卡列特尼科夫先生！"

"亨克里太太身体可好？"

但他们宾主之间的客套话没有持续下去。在一层的客厅窗户上罗曼看到亨克里太太本人，她也在看着他：通过迈尔先生询问她的健康状况不是非常明智的。罗曼彬彬有礼地向迈尔先生点了点头，沿着长方形小条石铺的路，穿过有花坛和花园长木软椅的小块草地，向城堡的正门走去——礼节性地拜访女主人，至少去和她打个招呼。当他向管家点头离开时，他注意到管家的脸上浮现出某种不安的神情，似乎迈尔先生打算对他说点什么，却没敢

---

① 原文为德语。
② 原文为德语。

说或者不过是没来得及说。

　　与亨克里太太的谈话简短、客气，还有点虚伪。

　　"在俄罗斯的近况怎样啊？"

　　"一切都好极了，亨克里太太。"

　　"这次到汉堡来要住很长时间？"

　　"这要看情况而定。"

　　"在俄罗斯发生麻烦事了？房屋被炸毁，又和车臣打仗了？"

　　"很快我们就会找到那些坏蛋，并惩罚他们。俄罗斯是个太大的、由各个不同民族组成的国家，完全没有麻烦事——那是不可能的。而且这不是战争——是局部的反恐战役。一切都会很快结束。"

　　要走到自己的房间，罗曼可以返回到街上，穿过种着非常耐寒的英国品种草的翠绿草地，经过城堡正面，进自己房间的门。他也可以穿过服务区到自己的房间。在一层楼有厨房、洗衣房、小仓库，在它们前面还有饭厅，穿过饭厅，走后门就是自己的侧房了。这样走，比返回街上绕个大弯要快很多。

　　朝亨克里太太微笑了一下，并足敬了个礼，罗曼向自己的房间走去。他肩上挂着旅行袋，手里捧着用云母纸包裹的吱嘎作响的一束白菊花，那是索尼娅喜欢的花。在紧挨着一层大厅的饭厅里——由此开始就是他家租住的面积——他闻到一股从隔壁饭厅厨房里传出来的煎肉和作料的刺鼻香味。从这股香味中可以揣摩到一种特殊的庄重的意味，好像索尼娅由于丈夫的到来打算做一顿节日的家庭晚餐。可是对于他的到来她并不知道呀：罗曼没给她打电话。他自己也不想回答自己这样的问题：为什么没事先告诉妻子今天他回来；他是突然决定回来的，没仔细考虑——就让这次回家成为送给家庭的一个意外礼物吧。这里想必是也隐含着男人狡黠的缘故……

　　罗曼走进大厅，几乎是迎面碰上一个突然从厨房门走出来的男人。他一只手拿着平底锅,那股掩不住的香味就是从平底锅散发出来的;他的另一只手拿着一个调味汁碗。陌生人身穿带肩章的白色衬衫,肩章上闪烁着几个官阶绦纹;他下身穿着蓝色裤子。看来,这是一位海军军官。而在他身上扎着索尼娅带圆点的围裙。

"您怎么到这儿来了?"陌生人喊哩咔嚓地用德语问道。

"我倒想知道您是怎么到这儿来的?"罗曼用俄语凶巴巴地回答。

这一切在一瞬间变得清楚了:那辆停在离小门不远的地方、从没见过的红色大众牌小汽车;管家那禁欲者特有的脸上的不安,他显然知道索尼娅有客人;以及当他准备走后门去自己房间时亨克里太太目光中的某种傲慢。

罗曼和德国海军军官之间的无言的静默没有持续多长时间。听到说话声,索尼娅从客厅跑进大厅,她惊恐万状,脸色苍白,慌乱中头发乱蓬蓬的。她身上穿着一件与平常不一样的浅紫色长外衣,衣领和翻袖口上缀着银白色水貂皮制作的装饰品,一头黑发做成一绺绺闪闪发亮的鬈发发型,明亮的黑眼睛画了眼影儿,鲜艳丰满的嘴唇抹了口红。由于惊恐,她身上的一切都显露出一种更多的鲜活的诱感力。罗曼看了她一眼,对她的惊叹狠狠地刺痛了他自己:任何一只公狗都会扑向这样的洋娃娃!

"只要我在这儿。这个人就不应该到这里来。"罗曼看着索尼娅,用威胁的口吻一字一顿地说。

"你来得怎么这样……出什么事了吗?罗玛,我现在把一切都对你……"索尼娅急着想用花招,但罗曼立刻打断了她的话:

"只要我在这儿,这个人就不应该到这里来!"

德国人眨巴着眼睛,显然没有听懂俄语,但清楚地明白了:他陷入了窘境,现在应该赶快走人。

"对不起!"他简短地说了一句,就迅速地离开了,走进厨房。

"伊利亚在哪儿？"罗曼毫不妥协地问。

"伊留沙今天和所有的同班同学留在教练巡航舰上。他们第一次到海上进行教学巡航。我想……罗玛，我现在把一切都对你解释一下。"

"只要我在这儿，这个人就不应该到这里来！"罗曼大声说道，把那束用云母包装纸裹着的吱嘎作响的白菊花扔到了沙发上，随后快步走上通往二楼的楼梯。由于煎肉刺鼻的香味，他厌恶地皱了皱眉。口水甚至都出来了，真想狠狠地把它一口吐掉。

北海和波罗的海与南方的海、黑海、地中海不同，即使在阳光明媚的好天里也保留着低沉灰暗的色调，某种沉重的阴郁的色调；在这些海里水温低，很少看到蓝晶晶的海水。晚秋，北海则完全丧失了蓝颜色，好像变得更咸了，更加死气沉沉。罗曼站在卧室的阳台上，看着海湾的方向，看着远方灰白色的春汛。

已是黄昏了，但天色还很亮。海湾上空升起一个橙黄色的大球。月圆时分。圆月的光还没有被感觉出来：月亮只是靠正下山的看不见的太阳发光，它自身并没有散发出粼光。

在环绕城堡的围墙外，从一个方向看，高尔夫球俱乐部场地平整的草皮和修剪成球面形的小树丛那边，可以看得见海边码头上停着一些昂贵的帆艇。没有帆的桅杆形成岸边的密桩栅栏。从另一个方向看，可以见到德国市民大众的郊区房子。罗曼此时从阳台上看到其中一个房子的房顶是黄色的，铺着瓦，很陡的斜坡。欧洲的房顶非常漂亮、干净。根据房顶，可以评价居民……当他从尼科利斯克的宾馆阳台上看城市时，那是些什么样的房顶呀？但还是没有人，世界上没有人能知道在什么样的房顶下生活更幸福！

从公园柳树那边传来微弱的回声——远去的汽车发动机的响声。可能，是那个德国人，"拿着小平底锅的水手"，开着自己的红色的"大众牌"汽车离开了。"真遗憾，伊留什卡不在！"

罗曼懊丧了一阵，回到自己的卧室。

　　他没有脱大衣，甚至没有脱鞋，就躺到了床上，躺到放着柔软光滑的粉红色枕头的大床上。怎么，今天他占了别人的位置？什么，确切地说，他想从索尼娅那里得到什么呢？像狗一样的无限忠诚？希望她永远等着他，就像他还是未婚夫的时候那样？那时他给她指定了在亚历山大花园的约会地点，而自己却滞留在学校研究生考试的考场上，晚去了两个小时；索尼娅在克里姆林宫红墙旁的花园林荫路上走来走去，经受了这次考验。这样的事再也不会有了！而他甚至还对此有点高兴呢！拿着小平底锅的白痴和他本人罗曼——拿着一束花的白痴。而现在，各种罪过，各种罪孽，都从他身上抹掉了。索尼娅想必猜到了她与然娜的关系了。或许她还猜到其他……那她干嘛还感到痛苦？他本人也曾趁索尼娅不在身边而堕入情网，并感到幸福！他开始有点惭愧，但觉察到，由于这些宽宏大量的想法，一种轻松感涌入心中。

　　罗曼·卡列特尼科夫轻轻哼了一声，疲倦地闭上了眼睛。

16

　　秋天晚间的昏暗和脆弱的寂静笼罩着"新来的俄罗斯移民"——亨克里太太有时就是这样称呼他们的——在城堡租下的房间。落地灯的微弱光亮只淡淡地洒在一层楼宽敞的客厅里，在其他窗户上一片漆黑。走廊卧室旁还有一个夜间小灯，它靠近一幅镶在宽大的青铜色框里的海景画，可怜巴巴地散发着微光。索尼娅已经多少次地走上二楼，踮着脚悄悄走到卧室门旁，又多少次地退了回去。她不敢进去，一次次地返回了客厅。

　　罗曼愤怒地扔到沙发上的白菊花，在一个大肚陶瓷花瓶中找到了自己的位置。花瓶放在一个支脚歪斜的大块头的老式床头柜上。索尼娅不时地朝花投去沮丧的目光。她的脸涨红了,她绝望地摇晃着脑袋。情况真糟糕!埃里克扎着围裙,而罗曼……他怎么没事先通知一下他要来呢?而伊柳什卡,好像故意似的,没在家。他若在家会多少缓和一下……索尼娅坐在沙发上,穿着平日穿的毛巾长衫——没穿晚上见面时穿的衣服。她猛地挺直身子,竖起耳朵:她觉得卧室门在走廊里吱嘎一声响了一下——脚步声,叹息声……不是,看来这只是她的感觉。她非常希望听到这些声音,非常希望罗曼从楼上走下来,走到她身边,和她谈谈,流下眼泪。他现在未必在睡觉。他当然没睡觉。真糟糕,糟糕,糟糕!令人厌恶!由于束手无策,她握紧拳头无声地用它们敲打着柔软的沙发。"爸爸,教教我,提示我该怎么办?"索尼娅好像是在乞求一个治病的咒语,低声地念叨着。

  索尼娅的父亲济诺维·阿罗诺维奇是首都一个音乐剧院的大提琴乐师,他过着一种乐师–苦役犯的不引人注意的生活。白天——排练,晚上——演出;白天——排练,晚上——演出;休息日还是这样:白天——连排,晚上——演出。有时出国巡回演出——这种情况极难碰到;须知,在苏维埃政权下,剧院基本上是在夏天巡回演出,或者去伊热夫斯克,或者去切列波韦茨,在最好的情况下——去基斯洛沃茨克或者阿纳帕。而新时代济诺维·阿罗诺维奇没有赶上,戈尔巴乔夫的闸门刚刚打开时他死了。不可治愈的可怕疾病在一个月内就夺去了他的生命,没给医疗救助留下一点希望。

  济诺维·阿罗诺维奇没有抱怨过自己的音乐家命运,没把微薄的薪水看成是缺陷,并具有惊人的睿智,他把它视为高于社会等级制度中的任何地位。济诺维·阿罗诺维奇以其惊人的勇敢和理智接受了死亡的临近。死前他把大儿子马克和他最宠爱的并称呼其为索福奇卡的小女儿依次叫到自己跟前。

  父亲带着某些不准确的发音,用轻微的声音说出的临别赠言,她永远地记住了:

"整个一生我都诚实地工作,并直视人们的眼睛。因为我诚实地工作了。我没有攒下任何财产和任何贵重物品。你,索福奇卡,甚至没有你的女友们可能都有的嫁妆。但你任何时候都不要羡慕她们。我和你母亲给了你另外一种嫁妆——美丽。这是一种伟大的力量,索福奇卡。你应该正确地使用它。伟大的女性力量!"济诺维·阿罗诺维奇大动感情,眼泪夺眶而出。他沉默了一会儿。"爱情,索福奇卡,是甜蜜的和狡诈的东西。在爱情中可能受骗,在爱情中可能神魂颠倒。年轻时爱情非常热烈和盲目。只有随着年龄的增长你才会明白:只有爱人品高尚的人才能有幸福的爱情……因为人品高尚的人能够理解和原谅,他任何时候都不会指责或报复。你,索福奇卡,也应该学会理解和原谅。不需要恶意。生命对于人只有一次,所以人们应该在和睦与理解中生活。因为他们只生活一次!避开坏人,索福奇卡,嫁给一个人品高尚的人。这对于一个女人来说十分重要。"

当父亲说话时,索尼娅已经知道他不可避免的、很快就会到来的结局,所以她饮泣吞声,甚至没敢啜泣几声,打断他的话。在她得知父亲罹患无情疾病的消息之前几个星期,他把自己的男友——大学研究生罗曼·卡列特尼科夫领到家里做客。她和罗曼在伊斯梅洛沃水塘边上散步,突遭倾盆大雨。他们没带雨伞,被浇了个精湿。索尼娅为自己家在伊斯梅洛沃一层楼的简陋的赫鲁晓夫楼①而感到不好意思,但仍邀请罗曼进屋喝杯热茶。他就这样与父亲相识了。

"你的年轻人我很喜欢,"济诺维·阿罗诺维奇深深地呼吸了一下,说道。"他,索福奇卡,留下一个品德高尚的人的印象。你告诉我,他的父亲是部里的一个大官,脾气不好。这样的人,索福奇卡,任何时候都不应当去责怪。躲开他们就行了。彬彬有礼,不用责怪,离开他们。因为他们不是我们……记住,索

---

① 1953年至1964年赫鲁晓夫担任苏共总书记时推动建设的一种厨卫公用的小户型简易住宅楼。

福奇卡，那个伟大的力量。你有那个伟大的力量。"济诺维·阿罗诺维奇用无力的手抚摸了一下女儿的手，笑了笑。"女人的美丽甚至能够让瀑布倒流，更不用说河流了。"

几天后，父亲死了。

父亲的训诫对于索尼娅家庭的安宁和幸福而言，是有预见性的。现在，不论安宁还是幸福，都面临着危险。这个危险有多么严重，她还不清楚：因为发生的事情毕竟不是和丈夫之间的日常口角。而如果这个冲突向坏的方面发展，她的兄弟马克也会遭殃，他现在是罗曼的公司原始股东之一。"爸爸，我该怎么办呢？"她一遍遍地问幻影，从父亲的那个口头遗嘱中汲取一切生活的智慧。

归根结底，她不只是为自己寻求幸福。罗曼——她儿子的父亲！而他爱伊留沙！伊留沙也非常爱父亲！这比什么都重要。只为这一点就可以答应一切，直到忍受屈辱。但是，难道罗曼能够侮辱别人吗！

索尼娅从沙发上站起来，向厨房的方向迈了一步。罗曼还没有吃饭呢，他饿了。或许，给他做点煎面包片夹奶酪和他喜欢的可可加凝乳？不，最好过后再做。现在最主要的是——让他开口说话。承认错误。索尼娅在心里说出她在这个晚上精心琢磨出来的话："我求求你了，任何时候都别再提这个人了！"（是的，她将从自己的生活中把埃里克一笔勾销！甚至都不通过电话跟他交谈！）"实际上，罗玛，除了你和伊留什卡，我什么人都没有。也不可能有！除了你，一切都是胡扯，连想都不值得想……明天，罗玛，我和你一起去码头，去等待巡航舰从海上归来。伊留什卡在甲板上就能看到我们。任何人都不能妨碍我们为我们的幸福而高兴。"

索尼娅又走上通向二楼的楼梯，走向卧室。但走近卧室时她仍像先前那样，小心翼翼的，踮着脚尖，细听着每一个沙沙的声音。"爸爸，让我在精神上坚强些。"她央求起来，心惊胆战地伸出手来去敲门。

尼科利斯克的合同制志愿兵是通过莫斯科派往车臣战场,在莫斯科郊区的一支部队里组建分队,分发制服和个人武器,准备军需品,进行必要的指导,到靶场打靶训练。接下来,新兵将被派往印古什。那里就离战争咫尺之遥了。

在整个转运过程中,廖瓦·乔尔内赫始终像一个略带醉意的过命名日的人一样,处于兴奋快乐的状态。他胡诌些趣闻乐事,并无恶意地开别人的玩笑,晚上与当地的准尉狂热地玩"布鲁"游戏牌。谢尔盖·康德拉托夫没有参与廖瓦的娱乐,只有一次他同意和廖瓦一起去趟莫斯科,装卸军需品。

"我们去看看首都,谢廖加!军需品仓库的准尉请我们帮忙,需要装运一些破烂儿。走吧,散散心!"

又高又大的笨重的"乌拉尔"军用三轴车不慌不忙地在经过它身边、往来穿梭的小汽车中间行驶。谢尔盖和廖瓦坐在帆布棚车厢里,从微微掀起来的后车帆布下面不时地看看外面。

"瞧,谢廖加,又是银行。嗬,钱袋子!在这里,从整个俄罗斯搜刮金钱……可垃圾还是不少。垃圾箱塞得满满的……瞧,谢廖加,黑人!像个黑炭似的!走得还挺快,那么自豪,心满意足。就像在自己的非洲似的。坐在自己家里,坐在棕榈树上,剥香蕉皮好了,可是不,跑到我们这儿冻屁股来了……嘿,你呀!又是银行!到处都是外币兑换点……我对你,谢廖加,坦白地说。在学校里我读了很多历史书,一直感到很惊讶。共产主义,社会主义,布尔什维克,列宁——不管你到哪儿去,哪儿也不能喘口气,到处都是党。难道,我想,这种情况任何时候都不会终结？在历史上，无论什么东西都有个结束的时候。鞑靼人的统治，彼得大帝的改革，比伦苛政①。难道，我想，列宁——将是永远？可其实，并不是永远。不是永远！这不——"廖瓦用头指了指车厢外，暗示着按莫斯科的指示建立的新的俄罗斯制度。"不是永远，"他稍微沉默了一会儿，"也可能是永远，谢廖加，啊？"

汽车在一个拥挤的十字路口开始刹车。廖瓦读出了附近楼房上一块牌子上镀金的文字：

"《发展服务领域企业管理与小企业现代创新与投资规划中心》。嗷，太绕嘴了！"他大笑起来。"啊，俄罗斯母亲呀，你现在给这奸党卖力地干活吧！而主要的是，鬼才知道，他们在这里干什么，靠什么生活？可看起来，他们还过得挺滋润！"

"每个人都有每个人的命，"谢尔盖冷冷地应答道。

"这些中心里纸上谈兵的家伙是不会作为雇佣兵去车臣的……瞧，谢廖加！招贴画上：一个长着俄罗斯人脸的男孩，上面的文字是：'爸爸，别喝啦！'。再往远点——一个姑娘，肯定不是俄罗斯姑娘，文字是：'莫斯科——我的城市！'"廖瓦叹了口气，又朝左右转了转红褐色的好奇的鼻子，得出了结论："唉，莫斯科，莫斯科！你是我们可爱的首都！也许你自己没发现，他们是怎么给你，我亲爱的，穿鞋，换鞋。塞给你锃亮的靴子。只是穿着这样不结实的鞋子在俄罗斯的道路上是没法儿行走的。应该先铺路才行呀！"

谢尔盖没有回应朋友的话，他冷漠地看着挤满各式各样小汽车的街道，看着一座座敦实、不招人喜欢的楼房，它们的正面保留了从斯大林到勃列日涅夫时代的建筑细节——黯淡无光的星星、镰刀、锤子和带穗的徽章，看着商店——它们已经完全改换成花里胡哨的奢侈样式了。他甚至懊悔了：不该同意从部队出来，到了这里，到了莫斯科。当他得知玛丽娜的不贞行为

---

① 1730—1740年安娜·伊万诺夫娜女皇统治时期在俄国建立的反动政体。

并痛打她时，他还知道了另一件事："他从哪儿来，你那个情夫？""从莫斯科。"她翕动被打破的嘴唇，呆滞地低声说。

他们的车开到缝纫厂大门前，负责军需品供应的准尉消失在挂着"销售处"牌子的大楼里。谢尔盖和廖瓦从车厢里跳出来，打量起平淡无奇的周围环境——预制板建成的灰色楼房，工厂中的小花园，那里矗立着不显眼的列宁雕像。准尉从销售处匆忙走出来，面红耳赤，用粗野的话大骂一个什么女领导，但在自己的装卸工面前他带着歉意搔了搔后脑勺，把制帽推到额头上说：

"是这么回事，小伙子们，我们不得不返回部队。为了不让你们无谓地颠簸，你们在莫斯科溜达溜达吧。我带来的文件不够，有个文件忘拿了。"

"你怎么不早点搔搔你的萝卜呢？"廖瓦快活地挖苦他。

准尉用打牌的行话回应道：

"我若知道补进的牌，我就会住在索契城①……这附近有个咖啡馆，你们随便吃点东西。钱我出。"他掏出钱，递给廖瓦。"过四个小时左右我们返回来。你们到这儿集合。只不过你们，小伙子们，别喝多了。"

有点像只慢腾腾的大鳄鱼似的暗绿色的"乌拉尔"在工厂旁拥挤的小汽车中间开始掉头，空载驶到返回的路上。

"没关系，谢廖加，一切正常。我这里也有点钱。昨天我打牌从准尉那儿赢来的。我们到小酒馆去——老天爷太爱流鼻涕了。"

天气潮湿，寒冷，整个天空严严实实地蒙上了一层松软软的棉绒，气温在零度上下波动。就着饺子，暖暖和和地喝上一两杯——任何一个男人都不会拒绝，只要他不是一个胃溃疡患者……谢尔盖和廖瓦朝准尉指出的方向走去，一路上读着房屋拐角处街道、机关的名称，打量着售货亭橱窗里一排排的啤酒瓶。

---

① 打牌的行话，意思是：我若能准确地规划好我的策略，我就会赚到很多钱，足够我在索契买套房子了。

在其中一个房子上垂直挂着一个招牌"咖啡"。但不论是这个招牌，还是在房子一层楼的咖啡馆本身，都没有吸引住他们的目光——立刻引人注目的是站在道路对面的一群人，他们团团围住一个三层楼的台阶和台阶旁边的地方，从一切迹象判断，那是行政大楼。人群中的人不算多，但从其组成来看，这不是偶然凑起来的，不是一群游手好闲的人或者减价的紧俏商品的购买者。这里在罢工，集会，巡查什么东西或什么人。

"好像是退伍军人在要求增加退休金，"廖瓦估计道，但他立刻就推翻了自己的估量。"嘿，还有年岁不算大的人也在那儿。衣衫破旧，不错，但他们还够不上是退休人员。"

谢尔盖和廖瓦停住脚步，注视着集会。

人们基本上是三三两两地聚在一起，毫无兴趣地听着一个人的演讲。那是个灰白头发的男人，额头上有很大一块秃顶。他昂着头，扬着气势汹汹的尖鼻子，冲着人群上方用低沉的嗓音说着什么。人群中有个个头不高、短腿的女人走来走去，她说不好有多大年纪，戴着一副大眼镜和一顶红色针织帽，帽子下面支棱出一绺绺浅黄色长发。她往聚在这里的人手里塞去一些报纸或者传单，同时感情激烈地说着什么。她鲜红的嘴唇不停地翕动着，看得出来，她在鼓动着什么，像一个电影纪录片上集会的积极分子。在某些上年纪的人的脸上可以直接揣测到造反者的愤怒、决心和愿望。但在人可以通行的附近地方并没有对立的一方，所以不论什么样的喊声都毫无意义地飘散到对任何人都无所谓的空气中了。

离集会不远的地方有两个民警闲得无聊。其中年长的一个人是个行动迟缓的肥胖的中校。他把手背在身后，皱着眉头，像头肥猪似的站着。另一个人级别稍低些，肩章上是几个小星星。他漫不经心地不时地看看四周，对演讲者的叫声微微撇着嘴。形势看上去既是和平的，又是紧张的——不知内情的人不可能猜到这些聚到一起、看上去很特殊的人来这里是捍卫什么。

"为了某个规章，某个基金而造反，"廖瓦听到长着鹰钩鼻子的讲演者的几个词，说道。

"也许想找工作。他们那里可能也停产了。"谢尔盖猜测。

"喂，老乡！"廖瓦召唤站在附近的一个瘦削的长头发男人，他此时正好离开自己的三人小组，单独站在一旁。"这是怎么回事啊？这是些什么人呀？"

男人笑了笑，整理了一下肩头上的书包，自己走到谢尔盖和廖瓦身旁。

"这是人民的良心。是作家。"他再次坦诚的微笑使他长着一双蓝眼睛的脸容光焕发，这张脸与淡褐色的长发不太协调。

"作家？"廖瓦很惊讶，他和谢尔盖疑惑地交换了一下眼色。"这么多，还都是活人？可我还以为世界上没几个作家了呢。"

"这些穿着皱巴巴大衣、忧郁的男人就是人民的良心？你说得有点过火了吧，老乡，"谢尔盖说。

男人大笑起来。

"我们这里没有别的良心！"从他所有的言谈举止看得出，他的性格十分开朗，善于交际。

"你是谁？也是作家？"廖瓦问。

"我作诗。"

"就是说，是个诗人？"

"是的，诗人伊戈尔·基谢廖夫。"男人做了自我介绍，笑了笑。

当他微笑时，他的脸上浮现出一些细小的皱纹，它们表明他已不那么年轻，只不过他保留了年轻人的气质和年轻的"甲壳虫"音乐迷的长发发型而已，他已四十出头了。看来，他的人生之路并不平坦，还有沟沟坎坎：他肩上的大衣可以送给无家可归的流浪汉了。

"想喝点吗，诗人伊戈尔·基谢廖夫？"谢尔盖问，

"我不反对。"

"你真是个随和的人!"廖瓦快活地称赞道。

在几乎是空荡荡的咖啡馆里,他们向一个身穿黄外衣、扎蓝围裙的女服务员订了一瓶伏特加,每人点了一份白菜沙拉和一份饺子。喝完第一杯之后,廖瓦开始不厌其烦地询问起伊戈尔有关稀罕的作诗行当以及咖啡馆窗外集会人群的事。他的询问夹杂着尖酸刻薄的话,而对方也是个会说俏皮话并对玩笑话反应灵敏的人。

"你们为什么罢工?有人不让你们工作了吗?"廖瓦问,"西方的竞争者把你们的笔偷走了,还是国内的纸不够用了?"

"党寿终正寝了,可没有党中央,人民的良心就完全没鞋穿了。文学家们不能解决财产问题。为了作家的别墅,他们扯着嗓子喊。"伊戈尔笑着回答。"过去苏共中央看透了作家。如果谁开始吹毛求疵或者坚持自己那一套,那么他就会被叫到政治局挨训。或者威胁他一下,要把他送到克格勃去。还有更好的办法——征兵。做事特别起劲的人,送到精神病院修理修理脑子,让他不要再编造多余的话。让一些人——出国,给一些人——奖金,还有稿酬。而且他们知道怎样分配别墅!党不让人民的良心成为败类。现在,党——完蛋了,"他轻轻用舌头弹了一声。"现在谁更无耻,更善于钻营,谁就能捞到财产,把租金搂到自己兜里。而创作激情已经不能引起任何人的兴趣:无论是新老板,还是官员,或是人民。"

"嘿,你说什么呢!"廖瓦大叫一声,提起了一位著名文学家轰动一时的一句诗:"俄罗斯诗人大于诗人!"[①]

"是的!"伊戈尔用开玩笑的语气把话头接了过来。"他还是个宫中低级侍从……而一般来说,这一切都是故意装出来的。一个文学公子哥儿说了什么,其他人就像鹦鹉一样应和着。"伊

[①] 这是俄罗斯诗人叶甫图申科的一首长诗中的一句诗。意指:俄罗斯改革之前,缺乏言论自由,而诗人用诗歌的形式可以说出其他人没有可能说的话。

戈尔用行话说了几句,随后马上停住,开始朗诵诗:

诗人在俄罗斯注定孤独,
只有上帝的语言才永远是兄弟……

他拖长了声调朗诵诗句,但除了嘴唇之外,整个脸始终不动声色。所有的快活和天真无邪都从脸上消失了,目光冷漠地投向一个点。似乎,听众对他来说并不需要,他也许并没看到,没感觉到,没承认他们。

缪斯女神有太多的太监,
他们准备乞求她的一点荣光……

他越往下朗读,他的声音中就越多地出现金属般的清脆音调。他表达了自己不为某些人喜欢的真理。

……所有这一切都是太监们悦耳的梦话。
诗人在俄罗斯——他就是诗人!

停了一会儿,谢尔盖用头指了指窗外并无讥讽地问道:
"怎么,诗人伊戈尔·基谢廖夫,你到这儿来也是想弄套别墅吗?"
"得了吧,"伊戈尔摆了摆手,"我不过就这么来了。作家组织请求我来,为了凑数。"
"你怎么这样?"谢尔盖责怪道,"俄罗斯诗人,却为了凑数而来。我们——为凑数,你——为凑数,而大嗓门的人很高兴把数量凑上来了。"
"你,伊戈尔,再别为凑数而来参加集会了,"廖瓦开导他。"如果来了,那就不要放过各种各样的蠢货!"
这样的羞辱使伊戈尔感到不好意思了,他没有辩驳,带着怀疑的神情斜眼看着窗外自己的同行。

这时集会进行得有点枯燥乏味。好像没找到讲演的人：或许是大家对这事看得都很明白，或许是能说会道的人不够。集会的人群悄悄地散去了，监视纠察队的民警完全没有兴致了。只有那个戴着红帽子的女积极分子仍拿着传单，在渐渐稀少的人堆中晃来晃去。

"再朗诵点什么吧！"廖瓦向诗人提出请求。

伊戈尔微微一笑，沉默了一会儿；看得出来，他在为现在桌旁两个偶然遇到的小伙子挑选着什么。

喂，怎么样，我的朋友？再喝一杯？
瀑布般的交谈和信口雌黄？
还是旁边带拱门的那个小酒馆……
不，在命运的选择上谁都没有罪过！

他还是那样盯着一个点朗诵——声音悦耳，单调，神情凝聚。他在朗诵，而谢尔盖·康德拉托夫变得越来越阴郁。他变得越来越阴郁，因为这首诗好像一个令人忧郁的曲调，使他思念起家、尼科利斯克、乌鲁扎河，思念起女儿莲卡，还有——使他痛心地思念起她……有时谢尔盖真不能相信周围的世界：他怎么来到了这里，来到莫斯科，坐在一个干净的咖啡馆里，对面一些奇怪的人群集会，旁边有个人在朗诵悦耳的诗句，这些诗句使他不知为什么可怜起这个面容疲惫的人来，而且无论如何也很难相信：难道他只靠作这样的诗来养活自己吗？

当他们喝完一瓶酒，吃完下酒菜之后，伊戈尔从自己的包里取出两本薄薄的小开本的书。

"我想把自己写的书送给你们，"他微微一笑，"它们看上去自然不怎么样，但主要的是……"他没说完，在书上方弯下身来，准备在硬封皮的背面留下自己的签名和题字，作为纪念。

这时女服务员走到桌旁结账。

"伊戈尔，你送给我和谢廖加两个人一本书，在上面签名。另一本书——最好送给这个姑娘。女孩子们喜欢诗。你叫什么名字，亲爱的？"

"它在我的徽章上写着呢。"女服务员冷淡地回答。在蓝色的制服围裙上还真挂着一个白色徽章，上面写着她的名字。

"写着吗？"廖瓦盯着姑娘的脸说。"瞧，在板墙上写着关于叶利钦的什么字，他在管理国家呢。我还是很想，亲爱的，从你嘴里听到你的名字。我们著名的俄罗斯诗人伊戈尔·基谢廖夫想赠送你一本书。"

"卡佳。"女服务员终于笑了笑，变得温和了。

"这就对了，"廖瓦夸奖道。"你将有书看了，卡佳。那上面有关于爱情的诗。是这样吧，伊戈尔？"

"是这样。"诗人脸红了。

女服务员卡佳招待的三个顾客从咖啡馆走出去了。卡佳得到短暂的休息时间——新顾客暂时还没来。她坐到酒吧长柜旁一个高凳上，开始翻看那个长头发男人赠送的小书。

"他们给你什么了？"

"一本诗。"卡佳翻到诗歌"白鸟"这一页，小声念了起来：

我，一个充满悲伤的人，降落了，
但穿着衣服我和白鸟一个颜色。
我们使受苦人的歌声传遍时代
在矇眬中！也在痛苦的忘却光明中。

"胡言乱语……"

"你要的话，卡佳，我给你拿本杂志。上星期一个男人留下来的。那上面详细描写了普加奇哈和菲利亚从小到大的整个生活……"

"唉，"卡佳叹了口气，"我现在顾不上看书。又得找房子了。那个老耗子把房租提高到五十美元。而邻居的亲戚从塔吉克斯坦乘车过来了整个一个村子的人。早上不得不排队上厕所。"

对话结束后，伊戈尔·基谢廖夫的诗集就被忘掉了。窗外集会的人们聚到一起，分什么东西或者重新分配之后，几乎已经完全散开了。

***

谢尔盖和廖瓦在莫斯科不熟悉的街道上漫无目的地徘徊，来到一个教堂附近，教堂四周围着一道又高又密的金属栅栏。教堂周围的土地很宽阔，可能以前什么时候这里曾是墓地旁的寺院，现在它扩展成有条橡树林荫道的很大的街心公园。

"你想起了列宁，"谢尔盖开口说道，看着教堂坚固的白墙，看着带十字架的五个绿色圆顶顶尖。"我在学校上学时也很伤脑筋。怎么会这样呢：在苏维埃政权下谁都不信上帝，而在沙皇时代全都信上帝？难道沙皇时代的人都那么愚蠢，不知道上帝并不存在？我还是觉得布尔什维克不知为什么撒谎。"

"我们去看看教堂吧，"廖瓦建议。

"我们喝酒了——不好，"谢尔盖不赞成。

"得了吧，谁都不会说什么。"

"也是，这也算不了什么。"

挂着三位一体圣像的教堂大门敞开着，但教堂没有活动。用于浇灌混凝土的木制模板在教堂门前的台阶磴上白亮亮的。

"你们不走运，兄弟。我们正在修缮。"出现在大门旁的一个年轻男人满怀善意地说。他身穿羊皮坎肩，脚蹬擦洗得很干净的充革布靴子，身上还有一件浅色的方格衬衫。他戴着一顶麂皮帽子，开口说话时立刻把帽子摘了下来。这个男人留着大胡子，嘴唇上方还蓄着小胡子，但都收拾得很利落，衣装整洁，大胡子剪成了椭圆形，嘴唇上方形成两道浓密的淡褐色波形。

走近谢尔盖和廖瓦，他微微点了点头。

"还是可以走一走。通过侧门。走吧。"

"您在这里做什么工作？"谢尔盖问。

"我是看守，兄弟。教堂看守。我叫格列布。去教堂吧。尽管不做礼拜，在救世主圣像前也可以站一会儿。那里点着神灯。"

谢尔盖和廖瓦跟在仪表优雅、殷勤好客的看守后面走了。

教堂里阴暗，空荡，回音很响。两侧厚厚的墙上的窗户被护窗板遮上了，光线只能通过主圆顶下面高高在上的细长的射孔透进来。一层层圣像壁空闲着：可能在修缮期间圣像都拿下去了。祭台前没有遮挡，可以看得见脚手架，闻到涂料、水泥、刚刨下来的木料的气味。在一个方柱上透过昏暗的光线显现出圣像上的救世主的面容。闪着红色火苗的神灯指引着通向他的路……谢尔盖和廖瓦走近圣像，划了个十字，在沉默中一动不动。看守格列布站在他们身后。

在圆顶下方，高高的什么地方好像传来轻微、低沉的音乐声，像是教堂唱诗班席的歌声长时间回荡在那里的减弱的回声。或者，可能是屋顶上什么地方的鸽子发出咕咕的声音，圆屋顶下方的空间把这些鸟儿的声音转变成单调的音乐声响。或者，远处莫斯科街道上不间断的白日喧嚣传到这里变了调，增加了神秘的低沉祈祷声，形成一种独特悦耳的教堂嗡嗡声。或者，古老的祠堂，除了建筑形式、光线在各个方向的独特配置，还有自己的呼吸，就像每个人都有自己的呼吸一样，而这种呼吸在寂静的时刻就会发出声音，就像是遥远的曲调的回声。

"这是怎样的幸福啊，兄弟们！"格列布轻轻地赞叹道。"人世间的快乐就在这里！当你站在救世主面前时，你会感到心中多么明亮。"

格列布的目光中透着聪明和关爱。在他不大的、平稳的声音里可以感到热忱——仿佛他想与人分享他本人历尽艰辛得到的东西。对于谢尔盖的问题：是什么促使他来到这里，格列布回答：

"我准备离开这里，去当修士，兄弟们。侍奉上帝。去当出家修士。"

"不可怕吗？"谢尔盖问。"您这么年轻，却准备脱离整个世界？"

"可怕，"格列布承认，"但我不是害怕脱离世界。我对于尘世的庸庸碌碌毫不留恋。在上帝面前我害怕——我感觉我在精神上还软弱。"

"您是哪儿的人？以前是做什么工作的？"谢尔盖产生了兴趣。

"我是从，兄弟们，古老的城市雅罗斯拉夫来的。在那里大学毕业，在莫斯科攻读研究生，想成为一个物理学家。"

"那怎么，放弃了？"廖瓦很惊讶，说话时一下子就从您改称为你了。"我当年也对科学感到失望，结束了学业。"

"放弃了，兄弟们。想到上帝那儿去——所以就放弃了。所有的科学已被人们鼓捣又鼓捣了多少个世纪。可除了享受人的肉体和毁灭性武器，什么也没创建出来。它们不是为了灵魂。灵魂只有上帝才关心。"格列布回答道。"精神生活，兄弟们，是永无止境的。而所有的人间科学只关心人间的事。超出人间的范围它们就看不到了。所以它们服务于吃喝、肉体快乐，致力于征服手段。"

"作家呢？他们好像是为灵魂而工作？"谢尔盖问。

"我们刚才看到一百多个作家，"廖瓦支持谢尔盖提出的问题。

"你们自己也知道，兄弟们，各种各样的作品写了多少啊。但它们连《圣经》的一页都抵不上。作家们总是讨好魔鬼，为自己捞取荣誉，摆布灵魂供人观赏，虚构些开心和荒淫的事情……我不是谴责人的古怪欲望——不论是生活，还是地位，都是上帝给的。我只是想指出不可比拟性……您刚才跟我谈到世界。在世界上，金钱说了算，而金钱来自魔鬼。上帝和灵魂在一起，而魔鬼和金钱在一起。如果承认人类的目的就在于充实和改善物质福利——那就必定要把过去的一切抛到黑暗之中。其结果将是：一个人没有汽车和电灯，就永远不能成为幸福的人。可这不是那么回事呀！精神高于知识，高于物质。和上帝在一起的幸福是无限的。"

他们三个人从教堂里走出来，转身面对带十字架的圆顶划了个十字，鞠了个躬。

"上帝保佑你们走一条好路，兄弟们，"告别时格列布说。

"谢谢你，兄弟，"廖瓦微微点头，向格列布回礼。"只不过我们的路上风险太大。在路上没有多少好事等着我们。"

"那你们就不要顺着那条路走！"格列布坚定地说。"回来找上帝。他会教导，提示你们，往你们的灵魂中注入光明！你们什么都不应当去做。"他话中的训诫性更强了。"把灵魂交给他支配，他会给你们指出正确的道路。他就像黑暗中的明灯。把人带离诱惑，带离灾难！"

"您热爱神圣和纯洁的事物，这很好，格列布，"谢尔盖支持信仰上帝的教堂看守善良的倡议。"只是天堂里还是容纳不下所有的人。有的人拿着蜡烛，有的人——得端着喷火器。"

"是的，兄弟，不是全世界的人都能穿上教袍，躲在寺院里。"廖瓦做了结论。

与格列布告别后，他们回到来路上，回到工厂。他们结束了在莫斯科的浏览，坐在工厂镶着玻璃的收发室前面的长凳上等车。

部队后勤服务部门的准尉乘坐高大笨重的"乌拉尔"，在承诺的时间内回来了。从驾驶舱里出来，他精神抖擞地朝正在等候汽车的谢尔盖和廖瓦招了招手。

"瞧，这就是他们要的文件。现在甭想撵我们了。"当谢尔盖和廖瓦走到跟前时,他晃了晃几张纸。"喂,怎么样,小伙子们,溜达了溜达,看了看首都?我到部队食品仓库去了一趟,那里正在准备一份份干粮。据说,明天早上你们分队就将派往莫兹多克。乘坐从契卡洛夫机场起飞的军用运输机。"

"那就对了,没必要拖延了。我们在这个莫斯科待得过久了,"谢尔盖说。

廖瓦看了看阴暗的棉絮似的天空,胸有成竹地应和道:

"明天起飞。能见度良好!"

准尉提前透露的信息得到了确认。

秋天结束了。新年过去了。冬天已剩不了几天了。

车臣。哨卡。二月中午。

在警卫室里坐着值班的几个士兵和排长——上尉。排长面色阴郁,酒醒后很难受,不时地从一升容量的瓶子里喝几口矿泉水。他后背靠在墙上,试图打个盹。士兵基本上都是合同制士兵,中年人。他们喝着茶,抽着烟,没完没了地低声闲扯着。有时扯到了政治。

"我们钻到了这个粪堆里,会很长时间。从前他们就恨我们。现在一听到'联邦'这个词还会咬牙切齿几百年。"

"你怎么,人家一说到'契诃夫'①,你就会笑?"

"这些人对我们来说完全是格格不入的。从血缘上,从外貌上,从信仰上……都是格格不入的……应该沿着捷列克河划一条界线,然后就让他们滚开吧。随便他们死去吧或者享福——只要他们别碰俄罗斯。"

---

① 俄罗斯士兵对车臣人的一种称呼。

"甭想！他们这些畜生在这里是那样侮辱俄罗斯人！我还是在1995年第一次战争时就看够了这种情况。现在就让他们捞吧……"

"前几天小伙子们抓到一个'一撮毛'。他在'契诃夫'那边作战。你们，他说，莫斯科佬，在俄罗斯自由自在的，你们有，他说，地下掘出来的有用的石油。我们，他说，在涅扎列日纳亚，已经连偷的东西都没有了。总得靠点什么生活吧。所以，我就来了，朝俄罗斯兄弟的眼睛开火了。"

"记者都是些混蛋。打我们的孩子，他们却幸灾乐祸。瞧，你读一读，看看他们怎样描写我们的部队遭遇袭击的事件吧……"

"狗叫就让它叫去吧——风会把它吹走的。对我们来说，主要的是——自己人别把我们出卖了。我们在作战，而在我们身后又会搞一个哈萨维尤尔特①……"

在第二次车臣战争中，联邦部队，很幸运，没有被克里姆林宫的奴仆的背叛所消耗。部队以稳固的战线有计划有步骤地在车臣从北向南推进，把分裂主义分子和匪徒从造反的、非法的共和国的居民点撵了出去，战事顺利结束。但即使进攻战役和随后的肃清行动像滚木一样席卷过去，仍没能从抵抗的、搞破坏的匪帮组织手里完全地收复车臣土地。圣战战士和追逐成功的雇佣枪手——对于他们来说，任何战争都有利可图的——像是从看不见的缝隙里钻出来的一样，于是在俄罗斯联邦部队的后方响起复仇的声音"真主伟大！"。出现了反抗中心，从埋伏地点向联邦部队射击，埋设的地雷轰然爆炸，似乎每一夜被联邦部队解放的、已被破坏的格罗兹尼都遭到游击队自动步枪一梭梭子弹的袭击。时而在这里，时而在那里，发现俄罗斯士兵的尸体：被阉割的，无头的，烧焦的，没有耳朵的尸体……

---

① 哈萨维尤尔特，俄罗斯西部的一个城市。1996年8月31日俄罗斯与车臣武装签署"哈萨维尤尔特和平协议"，历时20个月的战争终于结束，车臣获得暂时的事实上的独立。

"在这里,在高加索,战争不会很快结束。我们走了,他们之间就会打起来。亚美尼亚和阿塞拜疆多少个世纪以来就互相仇视。奥塞梯人和印古什人在分家,阿布哈兹人和格鲁吉亚人在作战。我们觉得他们都是高加索人。不,他们现在这样的症结,只有俄国沙皇才能控制。"

"斯大林能!"

"他们把麻烦事送给了我们,这得令人头疼几个世纪。让这些强盗滚开吧!俄罗斯没有这点可诅咒的土地也足够辽阔的了。"

"他们自己贴上来的。没有俄罗斯,他们这些小民族到哪儿去呢?"

"鬼都不清楚这些民族是怎么回事。我在阿富汗的时候就搞不懂这些'神灵'。为什么他们相互之间打仗。他们的真主是同一个。"

"你给我们吹笛子吧,廖瓦,这总比闲扯要好。"

闲谈停止了。廖瓦没有推辞,他从怀里取出笛子,吹起一支曲子。

优美的笛声尖细,平缓,没有鲜明的旋律画面。它在歌唱什么?歌唱这个车臣村庄附近的哨卡?猜不出来。廖瓦本人可能也未必知道。或许它是在述说人生苦短,转瞬即逝,而人在其一生中会犯下那么多罪孽!或许它发出的声音像是温柔的召唤——以牧人特有的男高音寻找田园诗中幸福的牧羊姑娘……也或许它尖细的声音是在唱一支关于离开家园的歌,一支思念母亲的歌。

四周堆着沙袋的警卫室的窗户稍微推开了一点,好让烟气从屋里排出去。笛声轻轻地飘到外面,飘到灰色的乌云密布的二月天空下面。

哨卡离位于河谷、像个宽大的马蹄似的村庄不远。越过白雪覆盖的沟壑和稀疏的裸露的矮树丛,甚至不用望远镜都可以看到几乎每一座房子。附近地方覆盖的雪上显露出一些灰蒙蒙的、浅蓝色冰的痕迹，在高岗上有的地方由于解冻，白雪已经完全融化，露出黑土地。

横对着沟壑，有一条被车压坏的土路，它像一条粗大的黑色血管一样，弯弯曲曲地通向村庄。坦克履带、步兵战车、军队越野汽车的轮子，每一辆车都以自己的方式搅拌了道路的泥土，把碎渣抛到路边。

村庄里几乎没有村民了。部队为和平居民提供了"走廊"，而那些与武装分子有联系的人投靠武装分子去了，他们进了森林、高山，或者已经死在与联邦军队作战的战场上。只有几个当地的车臣人没有离开危险的地带，他们不能或不想离开这里，去难民营。也可能他们留在这里有自己的盘算。有几个房屋已被摧毁。洼地弥漫着大火熄灭后的浅灰色的烟——村边一座房子的断垣残壁已被烧成了灰。石砌的二层楼学校在联邦军队进攻时遭到扫射，废墟上满是子弹和炮弹留下的痕迹，窗户被打掉了，坍塌的房盖扭歪了，房盖上的铁皮翘了起来。

村庄看上去没有一点生气，但在这里，在哨卡，人们知道这种印象的欺骗性。就像蚂蚁窝一样。从远处看，蚂蚁窝像一动不动的一堆土，可你走到跟前……村庄里也在进行隐蔽的、毫不妥协的游击战生活。昨天从学校方向射来的狙击手的子弹就打死了一个正在通向哨卡的路上埋设地雷的士兵。

"上尉同志！"警卫室里走进一个中士，年轻的小伙子，合同兵分队队长。他向排长报告："我们在那里拦住一辆'尼瓦'。上面有两个车臣人。证件似乎没问题，但是……有点不对劲。一个人说一件事，另一个人却结结巴巴的……"

"拿出钱来了吗？"排长问。

"没有……只是倒换着脚。穿着干净。好像不是从树林里来的，但那副嘴脸很可疑。或者，把他们送到警备司令部去？"

"在这里我们就是司令部！"排长大叫了一声。"乔尔内赫！请你去鉴别一下。"

"唉，把音乐搅黄了！我刚刚进入角色。"廖瓦把笛子藏进怀里，拿起冲锋枪跟在中士后面走了。

两个车臣人站在一辆淡褐色的"尼瓦"旁边，汽车底部溅满泥巴。在离他们不远的地方有几个端着冲锋枪，随时准备开火的士兵。廖瓦一边走，一边扳动了枪机，把子弹推进了枪膛，把扳机护圈推到连发射击的位置上。

"到哪儿去？"廖瓦严厉地向车臣人喊了一声。

他们当中的一个人笑了笑：

"到姐姐家去……我们到姐姐家去。我们是和平居民……"

"她家的房子在哪儿？用手指一指！哪一个？"廖瓦命令道。

两个车臣人半张开嘴，慌了。其中一个人还是用手指了指村边。

"第二座。瞧，第二座。"

"这座房子是空的。已经四年了，里面什么人都没有。那里曾经住过一家俄罗斯人，他们早就被迁走了。"廖瓦迅速而又严厉地说。

车臣人相互交换了一下眼色。其中一人开始不停地"唉，唉"起来：

"唉，唉，姐姐买下了那座房子。唉，唉，给爷爷买的……那里住着我们的爷爷……"

"别胡扯了！"廖瓦打断了他们的话。"拿出钱，毒品，武器！快点！"

"没有，没有毒品，没有钱。"车臣人开口说话，相互打断对方的话头。

"一会儿它们就有了。"廖瓦一边说，一边出人意外地——不论是对被拘留的车臣人，还是对时刻警惕着的士兵而言——猛地用枪托角照一个车臣人的脸打了过去，这一击就把那人打倒在地。他刚倒下，倒在污泥里，廖瓦立刻就抬脚用皮鞋冲那人的脸踢了过去，然后又从上面用枪托朝那人头上打，又用皮鞋冲脸上踢。他那样殴打他，就好像打算往死里打，就地消灭他，立刻干掉他。只几下，车臣人的脸上，他的光头和长满胡髭的脖子上就流满了鲜血，鲜红的浓浓的血，血浆中还混杂着泥浆，帽子也掉在了地上。

"别打了！别打了！"另一个车臣人绝望地大声哭叫起来。"我拿！你看！你看！收下吧！"他把手伸进自己的皮上衣里，扯开衬里，拿出了钱，几张美元。"你瞧，收下吧！收下吧！"

廖瓦沉重地喘着粗气。他不满地看了一眼钱，然后把冲锋枪枪管顶在被打翻在地上、呻吟着的车臣人下巴旁的脖子上，又看了一眼递过来的钱：

"全都在这儿？"

"全部，全部。再就没有了！汽车已经检查过了。"

"检查得不好。把毒品交出来！"廖瓦说。"我数三个数……如果你不拿出来，你朋友的脑袋就没了。一！"

车臣人扑向汽车，手忙脚乱地扯下车门内侧的皮外罩，很快他的手上就出现了一个挤扁的小包。

"瞧！瞧！这就是！收下吧！瞧！再没有了！"他浑身颤抖，好像都不敢看一眼躺在泥泞中正在流血，似已无生命迹象的同伴。

廖瓦收下了钱和小包，轻蔑地塞进短呢上衣兜里，朝车臣人喝道：

"两个人都钻进车里去！坐在后座上！现在我们坐车走。快点！"

当两个车臣人——一个半死不活的，满身血污，脸上血迹斑斑的；另一个人吓得半死，两手哆哆嗦嗦的——勉强走到汽车前，爬上了后座，廖瓦按下了冲锋枪的扳机。一梭子子弹残酷地打破了阴沉沉的二月中午不自然的寂寞空气。

"喂，长鼻子！还有你，苍蝇！"廖瓦喊着自己的士兵的外号,"把这个四轮马车开到那边,开到峡谷那儿,从悬崖上把它推下去。别忘了浇上汽油,点上火柴。不过要小心点。别烧着自己。"

"证件放哪儿?"中士问廖瓦。他一直站在旁边观看,手里拿着两本护照。廖瓦接过护照,看了看其中一本,读道:

"努扎卡耶夫……这个?这个努扎卡耶夫……弟兄们,可能是,运送毒品和假美元。"廖瓦抬眼看了看中士。"你别怜悯,小伙子。这就像厨房里的蟑螂。打死他们就算啦。"

"我不可怜他们,"中士回答。"我怜悯自己的年轻人。他们最好没看到这些场面。"

廖瓦皱了皱眉眉头,不知为什么对中士说:

"昨天我们侦察连的人落入了他们的圈套。其中有一个我的朋友,谢尔盖·康德拉托夫,老乡。在拉线上被炸死了。不知道能不能活过来?"

廖瓦关上冲锋枪的保险,把枪背到肩上,回警卫室去了。

***

爆炸后谢尔盖苏醒过来几次。他听到什么人的怒骂声:"坏蛋!竟然埋上了地雷。怎么这样就轰炸完了?应该用冰雹火箭弹烧它个一干二净!"他听到不知是谁的呻吟,像是哭泣似的,仿佛划过了心脏;他还听到逐渐远去的冲锋枪射击声,好像什么人一边击退敌人,一边摆脱追捕。后来他听到自己连队指挥员的声音,他在附近什么地方用嘶哑的声音一个劲儿地冲着携带式无线电台喊叫着:"直升飞机!火速!我们这里有几个重伤伤员!流血过多!"

还有一次,谢尔盖被一阵狂风和轰响吵醒了。这不是一般的风。直升机的旋转轮叶在马达轰鸣声中从地上卷起一股股气浪。几个士兵把谢尔盖用军用雨布抬向敞开的直升飞机舱门。他没听到周围人们的说话声。由于呼啸的狂风和马达的轰鸣,无法听清这些声音,只能根据嘴型判断出周围人们的某些话的意思。

在这一时刻,他回想起女生物教师,她还教生物学和解剖学。他一直在追问她:是什么使心脏跳动?为什么它会突然咚咚地跳起来?为什么它能咚咚地跳那么久?什么力量会使它突然间,在一瞬间停止跳动?女教师始终也没能回答他这些问题,可能就因为这样,他才不尊重她,对她没有好感,所以他胡闹,有一次把她锁到了实验室里。

突然,谢尔盖开始感到非常可怕:如果他的心脏也停止跳动的那一时刻就在眼前了?永远地停止跳动了。只有一瞬间:心脏好像忘记例行的必须的跳动,无意中停跳了一下,接着就赶不上下一次跳动了,于是永远地停止了跳动。"没关系……"谢尔盖用令人宽慰的想法抑制住自己的恐惧:"没关系……如果我死了,国家负有责任规定我的退休金。玛丽娜和莲卡至少不会饿死了。我也就没白来这里,没有徒劳无益地作战了……"后来,他的心中涌上一股愉悦的感觉——要知道,周围站着很多人,他的同志,和他一样的士兵,尽管他不明白也听不到他们的说话声,但他感觉到这些士兵在关心着他,他们说:"忍一忍,兄弟。"也就是说,他们是他的兄弟,他是他们的兄弟,那就没什么可怕的了……

很快,曾唤醒谢尔盖的发动机的轰鸣声和桨叶吹起来的冷风变得更强了,但他已经完全听不到,也感觉不到了。

今年的夏天很晚才来到尼科利斯克。三月中旬已经过去了,可到处还覆盖着白雪,它几乎没被悄悄地触动。扫院子的人甚至

还没有尝试从人行道上把冰敲打下来。谁都没有把冬大衣、皮袄和毛皮大衣更换成夹大衣，而孩子们仍像以前那样从小冰山上滑雪橇。但太阳已开始更经常地光顾正在发生的一切。所以，春天不可避免地就要来临了。

这几天，柳芭莎给玛丽娜打了个电话。她说，很快，还是在四月，她就又去黑海了，还是去那个疗养院。她邀请玛丽娜和自己一起去。

"你记得我们休息得有多棒吗？你笑什么？难道不棒吗？"电话筒里嗡嗡作响。"和我一起去吧！"

"同一个海不去两次，"玛丽娜带着忧郁的微笑回答。

与柳芭莎电话交谈之后，她长时间惊讶地坐在那里：难道过去一年了？这么短——才一年。又那么长——整整一年了！在这一年里，她好像度过了特殊的、与其他年月不同的生活，好像是在幸福的狂欢节上，好像是在可怕的噩梦中。

对过去的事情玛丽娜没有感到惋惜，对任何事情也没有后悔。如果没有过去的事，她会空虚的。关于罗曼·卡列特尼科夫她回想起的时候越来越少。如果以前她是带着怨气，甚至是带着分离产生的愤怒：他破坏了生活；那么现在她是带着温柔的、有点怜悯的感情——他在某个方面是个不幸的人……她认为，她患上了对罗曼的爱情病，就像患上了猩红热或者百日咳。很多人都感染上和患上这样的病，所以他们提前获得了对类似感染的免疫力。"您现在在哪里，亲爱的罗曼·瓦西里耶维奇？"玛丽娜嘴上带着笑容问道，随后她耸耸肩，作为对自己的回答。

但是，她的心不是为罗曼·卡列特尼科夫而担忧。残废的军人从流血的车臣陆续回到尼科利斯克。在拖了很长时间的特种战中被杀害的合同制军人，带着"货物–200"①的标识被运回来了。现在玛丽娜已养成习惯，下班后就赶紧回家，为的是不错过

---

① "货物–200"，阵亡士兵之意，是运送尸体时约定的、有编码的标识。这个标识用于运回苏联和俄联邦军队阵亡士兵的飞机或火车上。之所以应用这个术语，是因为最初在运送时机场发的票证上标有这几个字样，规定棺材和尸体不应超过200公斤。

所有电视频道上的新闻报道，其中肯定有来自车臣的报告、医院里的摄像、与军人的访谈。在电视上的什么地方，在身穿迷彩服的人中间会有谢尔盖，会有突然播出、突然报道来自尼科利斯克的战士的新闻。

谢尔盖没从车臣写过信，只在临近新年时寄来一张贺年片和一笔钱。对于这样的沉默，玛丽娜没有谴责他，也不敢谴责他。有一次，她在自己的办公室窗户上偶然远远地看到塔吉扬娜，她本来已经跑到街上，想去追她，打听一下谢尔盖是不是给她写信了——但心中涌上一股冰冷的嫉妒感，她压制住了冲动。

"妈妈！你这么长时间到哪儿去了？我等啊等！"头发乱蓬蓬的、满脸泪痕的莲卡扑向妈妈。她手里拿着一张写满字的纸。毫不费力就可猜出——信！

在一瞬间，玛丽娜眼前一片漆黑：女儿的眼泪和精神紧张的慌乱样子使她不知所措，浑身无力，陷入一种短暂的神志不清的状态。她身体晃了晃，哆嗦了一下，她更多的是根据女儿的嘴型而不是自己的听觉辨别出女儿的话：

"爸爸受伤了！他在医院！"

"活着吗？"玛丽娜用嘶哑的声音问道。

"活着。他自己写来的信！"

"那你为什么还嚎啕大哭？"玛丽娜大叫道。"你把我吓死了！"

"可怜！可怜爸爸！给他做了两次手术。取出了弹片。他说，还有一块弹片留在身上。"

谢尔盖从顿河畔罗斯托夫医院发出来的信是写给女儿的。信封上写着："康德拉托娃·叶莲娜收"。只是在信的末尾有短短的一行字是写给玛丽娜的："向妈妈转致问候"。看到这熟悉的笔体写下来的字，玛丽娜哽咽了一下，没让女儿发现。"上帝啊，总算活下来了……"

当天晚上，莲卡一个人待在自己的房间里，坐下来给父亲回信。她从一本干净的练习册上撕下一张中间的、可两面写字的纸，挑选了一支写字干净、不留墨汁的钢笔。

不管莲卡怎样努力把字母写得大些，宽些，写出来的信还是很短，只写了一面多一点。她不想写学校的事：在过去的这个学季里她得了太多的3分。谈论天气（所有的成年人都是这样写信）的话只占了两行。"你修理的搁架现在挂得很稳当。"莲卡这样写道。她又开始一边咬钢笔，一边琢磨着再写点什么。

"妈妈！妈妈！到我这儿来一下！"终于她喊了一声，叫妈妈来帮忙。玛丽娜一迈上门槛，莲卡就问："爸爸还会去打仗吗？从医院出来后？"

"我不知道，"玛丽娜心慌意乱地回答。

"妈妈，我可以写，说我们在家里等着他吗？"莲卡问，马上又更确切地补充道："我们在这里等着他，和你一起等着他。可以吗？"

"写吧，"玛丽娜回答，仍然处于一种心神不安的状态中。"一定要写。"

莲卡在信纸上方低下头，开始写道："爸爸，快点好起来吧。再不要去战场了。我和妈妈在家里等着你。"

这时玛丽娜站在窗前。街上已经黑下来了——很晚了，但尼科利斯克的路灯还没有熄灭。莲卡的窗户对面有棵杨树，再稍微远一点，在杨树光秃秃的树枝后面亮着一盏路灯。一群小白苍蝇正飞向路灯。它们围着这盏半透明半球形的灯罩盘旋，飞舞，撞到灯罩上，烫疼了，跳到一边，掉了下去。玛丽娜若有所思地看着三月的风是怎样喧嚣，怎样在大地上卷起春雪，驱赶着它。

（刘开华　译）

代尾声

摘自《爱情守恒定律》手稿：

"如果一个人在森林里，在小树林里，在公园里，完全处于孤独之中，他走近一棵小树，把它折断了，他就在无意中抹黑了自己的灵魂。任何人都没看到这个行为，任何人都不会谴责这个恶劣行为——那只不过是折断的一棵小树。但他自己的感情将进行报复，至少在他的灵魂里将减少一些爱情酶。

最能腐蚀人的灵魂的力量是权力。权力的特性——这是人为的属性。它本身是堕落的，因为它剥夺了人的平等的权利。人的爱情就其自然内容而言是建设性的。权力就其人为的、撒谎者想出来的构架而言是破坏性的。我们的文明任何时候都不会得到和谐，因为人的——自然的——本性的和谐不可能容忍权力的非法性。权力激起贪婪和虚伪，权力扼杀爱——对人的爱，对艺术的爱，对年轻的无人保护的小树的爱。

如果生命在我们的星球上很快消失——那么这之所以发生不是因为氧气、纯净水、食品不够所有的人用，而是因为"爱"不够——对大自然的爱，对父母的爱，对女人的爱，对自己孩子的爱，对他人的爱，对上帝的爱。

……真正的对人的爱比对上帝的爱更宝贵。对上帝的爱是认识，是对宗教艺术的崇拜，是艺术本身，是为理想而服务，是防御无知，归根结底是在死亡面前人的恐惧的尺度。对人的真正的爱是高尚的，有积极的作用。它不是拔高的，虚无缥缈的，它是人间的，就在眼前发生的，它是针对周围的人而言的。上帝可能在自己的法庭上因一个人无罪而爱抚他，或者因一个人作孽而惩罚他——'在那里'，从那里没有任何消息传来；'在这里'人间的爱情能给予幸福，我们所有的人现在还都'在这里'。

……任何宗教，宗教信仰，都有自己的戒律。比如，基督教的'不可杀人，不可偷窃'，'不可作假见证陷害人'……但是，人们又杀人，又偷窃，又作伪证。而这仍不能替代信仰。爱情——这也是信仰。爱情守恒定律也到处遭到破坏。但是，难道那能替代法律吗！"

经验丰富的编辑普罗科普·伊万诺维奇·卢欣是正确的：《爱情守恒定律》手稿在出版社胡乱改编后，到他手里时已破烂不堪，没有书名页，最初就没有结尾，确切地说，没有一般总结性的一章，其中含有某种规则、定义、条例或者全部准则。从中不需要看到作者的巧妙办法或者自作聪明：在我看来，爱情守恒定律不过就是信仰的表示，人应该独立地达到这一信仰。

自手稿写完之后已过去好多年了——那是俄罗斯的动荡和个人内心极度沮丧的年代。但我没有放弃自己的构想……仍像原来那样相信：对于相爱的人们来说，一切都会按照爱情守恒定律得以实现。

顺便说一下，关于普罗科普·伊万诺维奇：他按照罗曼·卡列特尼科夫的坚决要求，再次看了麻醉品瘾防治医生，并经过一个阶段疗程之后不再喝酒了。现在他正在完成罗曼的嘱托，在莫斯科私人的和国家的档案中寻找很少有人知道的文件。

罗曼·卡列特尼科夫本人带着全家，从德国搬到了法国。他们生活在尼斯市，在海边上，因为伊柳什卡忠于这个空间，所有的自由时间都待在帆艇俱乐部。罗曼仍寄希望于编辑自己的百科全书，但最近他忙于调查俄国海军的产生和在没有理智的俄国国内战争年代俄国分舰队放弃克里米亚之后沙皇海军的悲惨毁灭。在法国，第一次移民浪潮中的已非常衰老的移民后代，帮助他恢复那些悲剧性的图片。当他在古旧书的手稿或正文中看到玛丽娜的名字时，他往往沉思一会儿，就不再往下读了。他很少回俄罗斯，但他总觉得他还会见到玛丽娜——不知道是在什么地方，怎么见到，但还会见到。

而关于康德拉托夫一家——谢尔盖是不是从车臣战争中回到妻子玛丽娜和女儿莲卡身边——我不知道接下来的情况。

他出院，与同病房里仍住院的人们告别时，其中一个人问：

"喏，怎么决定了？回家？还是再次签合同，去车臣？"

谢尔盖·康德拉托夫回答道：

"先到母亲家。应该去看看母亲。很多年没见面了。"

无论是战争，还是家园，他什么都没说。